新篇

辻の華

上原栄子

時事通信社

まえがき

十五年ほど前に、映画「八月十五夜の茶屋」（「The Teahouse of the August Moon」）の続編を制作したい、という話をアメリカの映画関係者からいただきました。

この映画、作家であるバーン・スナイダーが母・上原栄子をモデルに書いたとされる同名のベストセラー小説を原作とし、これにピュリッツァー賞受賞の劇作家ジョン・パトリックが脚色をして、一九五三年にブロードウェイで大ヒットした舞台劇を一九五六年にＭＧＭが映画化したものです。

コメディー映画「八月十五夜の茶屋」と母の自伝「辻の華」を交互に見比べ読み比べると、歴史の陰陽を見るようで面白く、一方で、アメリカ人であるバーン・スナイダーが描いた「芸者ロータス・ブロッサム」と、戦前・戦後を通じて活躍した日本を代表する写真家である木村伊兵衛が捉えた「那覇の女」、そして髪を結い上げたばかりの松乃下の尾類《ジュリ》「カミちゃん」にも、時にハッとするような共通点があります。

風刺コメディー映画の続編、または「辻の華」映画化の話は、母の生存中も何度かあったようですが、英訳されていないということもあり、いずれも具体化しませんでした。『辻の華―くるわのおんなたち（時事通信社刊、昭和五十一年）』の初版から三十年近く経った今、全三巻から成る長編のダイジェスト版ともいえる『新篇　辻の華』を出版することは、英訳と映画化への第一歩であります。そして、辻、沖縄をこよなく愛し、夫の祖国アメリカを尊敬し、娘の私には二つの祖国の間で引き裂かれる「ハーフ」ではなく、沖縄・アメリカ・日本、三つの文化の懸け橋を担う「混血」であることを誇りに生きなさいと諭し続けた母・上原栄子の愛を、国境を越えて、次世代に伝えるためでもあります。

陽気でユーモアに溢れた母の言葉を通して、「八月十五夜の茶屋」よりももっと不可思議で、時にすさまじく、時に滑稽で愉快であった一人の琉球人の真実の生き様を、その溢れるような生命力とともに伝えることができれば幸いです。

栄子ローズ（上原栄子）の娘
アイヴァ・ローズ保坂

新篇 辻の華　目次

まえがき

第Ⅰ部　戦前篇

夫の故国へ——299

妻・母、そして経営者——313

妖怪の足音——326

ガンとの対決——349

魔の十三階段――367

裁　判――393

永遠の別れ――434

あとがき

参考資料

沖縄タイムス社編『沖縄の証言』（沖縄タイムス社）
伊佐千尋著『逆転』（文藝春秋社）
当間重剛著『回想録』

装幀　鈴木美里

辻の華

第I部　戦前篇

尾類《ジュリ》売《ウ》い

売られてきたわたし

わたしは旧姓上原かめと申しました。数え年四歳のとき、〝辻〟という沖縄の遊廓に売られ、そこで育ちました。一九一九年（大正八年）のことです。

母の病気の治療費に困り果てた父に、仔豚か仔山羊《やぎ》のようにモッコで担がれ、〝尾類《ジュリ》ぬクーガー（遊女の卵）〟として連れて来られました。

後に知ったことですが、わたしを売りに来たのは二番目の父で、母がわたしを連れて再婚した継父にあたる人でした。辻の抱親《アンマー》様は、この人のことを小禄《おろく》の主《スー》（父）と呼んでおりましたが、この継父によって、乳離れしたばかりの女の児が芸妓に売られたのです。

継父は垢にまみれて、いまにもくずれ落ちそうなまでに汚れた芭蕉布《ふ》の着物をひっかけ、胸もはだけたまま藁縄の帯を下腹に巻きつけ、短い着物の尻をからげ、汚れて黒ずんだ褌《ふんどし》も丸見えという、貧乏を絵に描いたようないでたちで、いかにも生活に疲れ切った貧夫の姿で、暗いおびえたような表情をしていたそうです。

常夏の国沖縄で、〝波の上〟というところは、昔、首里、那覇の方々がそぞろ歩きののどかな空気

弦歌《げんか》さんざめいた戦前の辻の中道

を満喫する絶好の夕涼みの場所として有名でした。その〝波の上〟の丘から南方を見下ろす那覇市の一角に、一五二六年尚真王時代に始まったといわれる遊廓がありました。辻遊廓です。実に四百余年もの長い間、女の力のみで築かれた世にも珍しい花園でした。特筆すべきは、約三百軒もあるといわれた妓楼のどこにも、女たちを支配する男性が一人もいなかった、まったくの女護ヶ島だったということです。その花園には実際に女だけの行政が敷かれ、売られて来た多くの女たちが厳しい辻だけの掟を守って秩序を保ちつつ、長い間に培われた穏やかな雰囲気の中で、お互いを信頼し、尊重し合いながら日々の生活を営んでいました。

遊廓の運営に携わる男性は一人もいませんでしたが、辻の〝村屋〟と呼ばれる女たちの集会事務所には二、三人の男性がふだん働いていました。明治の末頃から大正の初めにかけて男手が要るようになったのです。たとえば納税に関する手続き、保健衛生管理などの官公庁へ提出する書類の作成処理など、遊廓の事務上の仕事に必要でした。これらの男性は辻遊廓に勲功のあった四、五十歳以上のお年寄り、中元老、大元老などに雇い入れられた人たちでした。

辻の各楼は、抱親と呼ばれる二～五人くらいの芸妓を抱えた営業主の集まりによって経営されていました。その抱親の中から選ばれたお年寄り、中元老、大元老が辻全体の運営にあたるのです。抱親とは〝詰尾類《チミジュリ》〟という、一人の旦那様だけを守る女でした。

辻では分担金として、貸座敷の営業権、芸妓置屋の鑑札を持つ女たちからお金が集められました。文字の読めない抱親、お姐《ねえ》さんに代わって、連絡係の盛前小《ムーメイグワー》たちが十銭、十五銭と各楼を集金して回りました。集められた分担金は貸座敷組合事務所の運営費、村屋の旦那方と呼ばれる男たちの給料として使われていたようです。

また事務所の旦那方は、無学の抱親やお姐さんたちが抱妓《かかえご》をしようとする際の事務手続きをすべて引き受けていました。そのお礼に二円ほどの礼金が支払われていたようです。

一人の抱親の抱妓はたいていが二〜五人ほどで、一番多く抱妓を持っているといわれた抱親様でも十人そこそこに過ぎません。辻の、抱親と呼ばれていた女たちの経営は、中小企業ともいえない、本当に零細なもので、自分の力に応じて抱妓を持っていました。楼の代表営業者である抱親様が、自力で建てた家を持っていることは少なく、一楼の家主である抱親は辻三百軒の中で約二十軒ほどもあったでしょうか。たいていは那覇近郊の物持ちの方々が建てた家を借りていました。

辻の三原則であった義理、人情、報恩を暮らしの信条にしている女だけの集団でしたので、抱親たちは大切な家を貸してもらっているという感謝の思いで、家主とは主従の付き合いを日頃からしていました。

遊廓ですから、女の子の人身売買はありましたし、お姐さんたちの身体を金で買う男たちが出入りしていたことは事実ですが、営業主である抱親たち自身が一人の女として、また一人の人間として暮らす不思議な習性を持っていました。

抱妓に客を多く取らせて、搾取しようと考える抱親は一人もおらず、抱え込んだ尾類んチ、姐《おんな》たちを〝立身出世〟させることに心をくだき、自分の血脈のように慈しみ育てることに努力する様子は、まるで我が子を育てているかのようでした。

さて、モッコを担いだ継父は、きっと足もすくむような思いだったに違いありません。三百軒もあるといわれた辻の各楼の、二階や平屋造りの豪勢な建物に圧倒された上、漆黒の髪を鬢《びん》付けや髪油で大髪《ウフカラジ》に結い上げ、ピカピカと光る銀の簪《かんざし》を髪にさしたお姐さんたちが明るく忙しそうに立ち働いている〝尾類ぬ家（芸妓の家）〟の〝仲前《ナカメー》（玄関）〟で、継父は入りそびれてただ往きつ戻りつおろおろしていたそうです。尾類ぬ家の明るい玄関の前をうろうろしていた継父はすぐに怪しまれ、物見高いお姐さんたちに取り囲まれ、不審尋問を受ける羽目になりました。天びん棒で肩に担いだモッコの片方に芋、もう一方には幼いわたしを乗せて、「尾類売《ジュリウ》いに来た」と、おずおずと語り出した継父には、さすがのお姐さんたちもびっくりさせられたそうです。

いきなり我が子を売りに来た者は珍しかったのでしょうか、「ちっちゃな子どもをモッコに突っこんで売りに来た」と聞いて、奥から抱親様もとび出してきました。

「サッテム、サッテム。ミジラシー（さてもさても珍しい）ヒルマシークト（不思議なこと）仲入りターリー（売買の仲介男）も通さず頼る人も通さず、我が子をオーダー（モッコ）に入れて売りに来たとは……」

と大いに驚きあきれてしまったようです。それでも抱親様は、モッコのなかでヒイヒイ泣いているわたしの様子を見て、哀れと思ったのか、この父親を台所からなかに入れて話を聞こうということになりました。

そのときのわたしの姿はといえば、まず栄養不良で腹ばかりがとび出し、そのお腹の皮膚は今にもパンクしそうで、薄い青筋が通り、気味の悪い色をしておりました。首はへし折れんばかりに長く痩せ細って、青い鼻汁は垂れ流し、目ヤニがこびりつき、頭には、〝ヘーガサ（できもの）〟がいっぱいで膿が出ていて、全身から異様な臭気を発散させていました。ひょろっとした細くて長い骨ばかりの手足で、男の児とも女の児とも見分けのつかないありさまでした。見ただけで気持ちが悪くなり、つまみあげる指先さえ汚れるような気がするほどの汚さだったそうです。

明日の我が身も知らぬ幼な児が、ひもじさのあまり泣き叫び、両手の指を口の中に突っ込んでしゃぶっている悲惨な姿を、じっと見ていたお姐さん――わたしたち父娘を最初に見つけた人――が、ヒイヒイとかすれ声を出して泣いているわたしに、飴玉を買い与えると、ニタッと笑ったそうです。このときのことを、後になって何かにつけてお姐さんたちの笑い話のタネにされたものでした。

成長をしてのち知ったことでしたが、どのお姐さんたちも程度の差こそあれ似たような境遇で売られてきた者たちでしたので、身につまされてわたしを可愛がってくれたようでした。わたしにとっては、みんな実の姉のように思われ、その優しい姿が思い出として残っています。

子どもが親に売られるのが当然のような時代でした。親を恨もうにも恨むことさえ知らずに育ったわたしでしたが、辻におりましたお姐さんたちも自分の意志で芸妓になったのではありませんでした。やはりわたしと同じような境遇でした。そんな境遇にもかかわらず、我が子を売って当座の生活をしのぐよりほかになす術もなかったであろう父母に対して、孝養を尽くすことが、辻にいるお姐さんたちの願いでした。自分の運命を見つめてあきらめねばどうしようもない、悲しい時代でした。

継父とわたしのみすぼらしい姿は、お姐さんたちを唖然とさせたものですが、抱親様の部屋に通された継父との間に、どうやら取引は成立したのです。

「二十円」と、言いにくそうに口ごもりながら切り出した継父の申し出は、なぜか言い値をそのまま受け入れるのを好まない当時の習慣で、抱親様は五十銭だけ値切ったそうです。わずか四歳になったばかりのワタブターグヮー（大きな腹をした子ども）に大枚十九円五十銭の値がつけられました。当時、米一升が二十五銭ほどでしたから、二十円といえばずいぶん思いきった高い値段だったようです。それは多分に、抱親様が、惨めなわたしたち父娘の姿に同情して出されたものでしょう。

さて、継父も抱親様も無学の悲しさ、自分の名前さえ書けません。それでも抱親様は、売買の書類がなければいけないということぐらいは知っていました。戸籍謄本、印鑑証明、連帯保証人の証書など当時の人身売買の契約に必要な書類は揃えなければなりませんので、さしあたって実母の薬代と書類をつくるのに必要な費用として、金五円也を約定金の形で支払われたそうです。

人身売買と申しましても、買い主である抱親様も、自分が辻に売られてきたときの悲しみや苦しみを忘れているわけではありません。人の世の哀れは身にしみて感じているのですから、不遇な者に対する慈しみの心は十分に持っておられました。

抱親様の心尽くしで、昨夜の客の残り物の料理が継父の前に出されました。これは沖縄の〝ムスビー（結び）〟という習慣で、物の売買契約が成立したときには御馳走をつくって出すのですが、豚や牛馬、田畑などの売買のときも、同じようにこのムスビーがおこなわれていたようです。

昨夜の残り物といっても、継父はこれに目を見張るばかり。この世の最高のご馳走とばかり、しばらくはおしいただくのみで、なかなか手をつけようとしません。あまりのご馳走にびっくりもし、さ

らに病気の妻のことを思ってのども通らず、なかなか箸をとろうとしません。抱親様も、継父の心のそれを感じとってか、

「チムガカイシンソーンナケー（奥さんのことを心配なさいますな）」

とお姐さんたちの手で別におみやげの料理を、汁を通さぬ芭蕉の葉やユーナの葉に包んで継父の前に置きました。それを後生大事におしいただいてやっと自分のお膳に手をつけました。

やがて、五円の契約金とおみやげの料理をしっかり握って継父は、早々に引き揚げていこうとしました。そのあとを追ってわたしは、

「スーヨー、マッチョーレー、ワンニンマンジューン、イチュン（お父さん待ってくれ、我も一緒に行く）」

と大声を張りあげて泣きわめき、せっかく食べずに大事に隠すように両手で胸のところに持っていたお菓子も放り出し、大声をあげて暴れたそうです。そのわたしをお姐さんたちは必死におしとどめていました。継父は何度も振り返りながら去っていきました。

なんと申しましても、西も東も分からぬ四歳になったばかりの幼児、いつの間にかみんなになだめすかされているうちに、なんとかお姐さんたちや抱親様と一緒の生活にも次第に慣れていきました。

わたしのこれまでの生活は、身体全体が語り尽くしていました。頭にできた〝ユーフー（毛が抜ける病気）〟によるはげが五つ六つもあろうというのに、さらに頭にヘーガサ（できもの）ができていて、わずかに生え残った髪の毛は黄色い膿で固まっているし、その臭気といったらありません。

慈悲深いさすがの抱親様も、あまりの臭さに耐えきれず、鼻の穴をチリ紙で栓をしてから頭の治療にとりかかられたそうです。それはそれは大変な仕事だった、といつも話しておられました。輪切り

にした生ショウガを、頭の皮がむけるほどすりこむという荒療治に、泣きわめき、逃げ回りました。その痛さがまだ思い出されるほどです。

オネショはするし、虱はわいてくる、腹ばかりふくれていかにも貧乏と不潔の標本みたいなわたしは、大きくなっても売り物に出せるシロモノとも思えなかったに違いありません。これまでが飢えの毎日だったので、大変な餓鬼猫《ガチマヤー》で、ご飯がもられたお椀に両手を突っ込み、食べ終わらぬうちにまたほかのものをつかんで、誰かにとられはしないかと交互に口にほうり込んでいたようです。

明治から大正にかけて、ハワイ、南米等に出稼ぎ移民として渡航する費用にあてるため、沖縄の農民たちが娘を連れて身代金を借りに辻遊廓を訪れるようになった、と書かれた本を読んだこともありますが、いずれにしても、やむを得ぬ事情のため、一家の犠牲になったのが辻の姐たちでした。

貧乏な暮らしをしていた農民にとって、家族に病人などが出たりしてお金が必要になると、最も手っ取り早い金策は我が子を売ることでした。せっぱつまった親たちは、我が子が頼みの綱でした。男の児なら〝イチマンウイ〟といって糸満の漁師として売られていきました。糸満は那覇から南へ二キロほどのところにある古くからの漁村で、独特の網元制度と漁法で知られたところです。糸満では、買い取った男の児を幼い時から海に連れていき、潜り漁師として訓練していたそうです。

また女の児なら尾類の卵として辻へ売られていき、そこで芸妓として暮らすよりほかに親娘の生きるすべはなかったようです。

貧乏な親たちが可愛い我が娘を尾類売いするという悲しい運命のなかにも、親娘のいたわり合う、心と心の強いつながりがありました。「済まぬ」と詫びる親も泣き、売られてゆく娘も泣きました。

我が娘をできるだけ高く売って自分が楽しよう、などと考える不心得な親はいませんでした。十七、八歳に成長してから辻に売られてくる娘たちの親でも、絶対に必要な金額しか辻の抱親たちに申し出はしませんでしたし、またそれ以上の金を借りてゆく親もおりませんでした。

親に連れられてきた娘たちを買い取って遊女に仕込む抱親たちは、自分も売られた哀れな道を通ってきた姐だけに、人の痛みに我が身の古傷を思い出しました。親と娘と抱親の三人が三様に泣き、いたわり、慰め、励まし合いました。抱親様は一、二週間も娘を預かっておき、悲しみに沈む娘の気持ちが落ち着いた後、売られてきた娘も、買い取る抱親様も、お互いが納得すると、そこではじめて契約書をつくって、お金のやり取りがおこなわれたものでした。

特に祖霊崇拝を信仰としていた沖縄では、〝ウヤフワーフジ（親先祖）〟に孝行を尽くすということが生活の根本になっておりますので、親のため家族のために人身御供の俎上に載せられた娘たちは、泣きながらも黙って売られていきました。「ニンジン（人間に）ンマリティ（生まれて）、ウヤヌコー（親への孝行）シランムヌヤ（知らない者は）イン、イチムシャカネー（犬猫より）チヂヌムン（劣る者である）」と言われていたのです。

当時辻の姐たちは、先輩に着物の裁ち方、縫い方などの無料教授を受けながら、自分の着るものいっさいを仕上げたものです。生活の知恵とでも申しましょうか、互いの得意なお料理や芸事、その他のことを教え合うのです。一人前に成長した後は、また次の世代に教え伝えるというのが習いでした。

このような相互扶助の生活のなかにも、どうしようもないことが一つありました。それは辻の姐たちが、学校に行ったこともない読み書きのできない者の集まりであるということです。その頃は、学校に行けるのは生活に余裕のある家庭の子どもだけでした。辻に売られて来る貧農の娘たちのなかで、文字の読める者は非常に少なかったのです。わたしの抱親様は、数を計算するのに〝藁算〟といって、藁を結んで計算する方法や、〝スーチューマー〟という丸や四角を書いた、本人しかわからない暗号のようなものを用いていましたが、計算の狂いはほとんどありませんでした。不思議としか言いようがないほど、見事に計算をやってのけていたのです。

まだわたしが小さかった頃、お姐さんたちは一緒になって幼稚園の先生方をお招きして、当時の小学校一年生の教科書で、〝いろは〟から習っていたようです。その頃は、辻のお姐さんたちに文字を教えることを仕事にされていた、お年を召したご婦人も二、三人おられ、あちこちのグループをそれぞれ受け持っておられたようです。お姐さんたちは、

「エンピツ、ムチュセー、サンシン、ヒチュシャカネー、ティーヌ、ウタティ（鉛筆を持つ方が、三線を弾くよりも手首が疲れるよ）」

と言いながら、力一杯鉛筆をつかむものですから、何度も鉛筆の芯を折っていました。何と申しましても、手首が硬くなった年頃になって、鉛筆の持ち方から習うのですから、教える方も教わる方も大変だったに違いありません。そのお陰で、勉強の後、わたしは暇さえあれば、お姐さんたちの手首をもまされていました。

昼下がりの辻は、お屋敷町のように高い石垣に囲まれ、当時の那覇のなかで変わった静けさを見せていました。そのなかに住んでいるお姐さんたちは、夜よりも昼の方が忙しそうで、お料理や洗濯、さらに内職をしたりで、まるで所帯持ちのようでした。

辻には、物売りの女性がよく歩いていたものです。茶碗や土鍋、急須などの瀬戸物を頭の上に載せたおばさん、メリケン粉を大きなたらいに入れ、一升マスの計り売りをしていたご婦人、米一俵入れ

た大きなザルを頭に載せ、さらにその上にもうひとつ上等の米が入った小さなザルを重ね、一升いくら、と売り歩いている方もいました。それから百斤（六十キロくらい）の豚肉をたらいに入れて、ヒョイと頭に載せて足早にサッサと売り歩く人もいました。

このたくましい首が沖縄女の生活力を象徴していました。あの瀬戸物売りのおばさんの「夫さえ持つことができる我が身なれば、これくらいの重さ何のその、ヒャヒャーグヮー（どっこいしょ）」という冗談まじりの、含みのあるその言葉のなかに、沖縄女性の本質が隠されているようにも思われるのです。

おかしな遊廓

辻という色街は縦三つに分けられ、それぞれ端道《ハタミチ》、中道《ナカミチ》、後道《タシミチ》という名で呼ばれていました。並び立つ各楼の階下から、華やかに悠長に、そして何かに訴えるような、南国独特の持ち味のある沖縄の歌があふれていました。あでやかな紅型《びんがた》衣装の琉舞と一緒に奏でられる音楽でした。〝谷茶前《タンチャメー》〟などのように軽快な〝雑踊《ゾウオドリ》〟もありました。お姐《ねえ》さんたちと殿方が掛け合いで歌う〝ナークニー〟などは、男の声に愛情が含まれていたそうです。また〝大節《ウフブシ》〟を歌う殿方には、琴を持ち出して三線に合わせたお姐さんたちでした。殿方に媚びるわけでもなかったのでしょうが、淡々としたなかに、座を白けさせぬくらいの心得はもっていたようでした。

お姐さんたちは自分の馴染《なじみ》の殿方が見えなくても、のんびりと客のある朋輩の部屋に集まって三線を弾いたり歌ったりしていました。抱親様をはじめ、金や物がなくともせかせかせず、意外にのんびり暮らしていました。お姐さんたちが、勝手なお喋りをしながら、むしろ、明るさを持つことができたのは、辻の姐たち全員がそれほど差のない平等な生活を日常営んでいたからかもしれません。貧乏故に馬鹿にされるより、義理、人情がないと言われる方が怖かった社会で、純な心と報恩、そして遊女に似合わぬ誇りをもって生きていたお姐さんたちでした。

尾類と奥方

女の情熱が燃えたぎる沖縄の遊廓、辻の詰尾類《チミジュリ》とは琉球式の囲い女です。一人の殿方だけを守る詰尾類になるということは、辻の姐《おんな》の一生を決めることであり、殿方を選ぶ権限を持っているのは抱親《アンマー》様ではなくて、当の姐自身にありました。一度決めて仕えれば取り換えがきかず、金の切れ目が縁の切れ目ということは許されぬことでした。

詰尾類は一楼のなかに必ず何人かはおり、ときには半数にもおよぶ楼がありました。お姐《ねえ》さんたちは二十五〜三十歳頃になると、着物の洗濯よりも殿方の選択を心に掛けていました。抱親と呼ばれる姐たちは全て詰尾類でした。また芸妓の鑑札を持っている姐たちのなかにも、詰尾類は多くいました。

二〜三人の馴染のなかから選び出す殿方は、性格、家庭、受けた恩などを思い合わせ、将来の縁談相手として考えられましたから、一人暮らしの妾宅に囲われることにあまり関心はありませんでした。せっかく廃業して一般人の生活に入っても囲い者の女でしかありません。そんな姐を見るたびに抱親様はげんなりとして白けきっていました。我が身を辻にデンと据え置き根を生やしていた抱親様は、とにかく辻から出たり入ったりする姐によい感じを持ちませんでした。殿方としても、家に囲ってしまえば、琴、三線付きの社交場での接待もできず、辻の姐を持つという意味もなくなり、お互いに不自由なものになります。姐は辻にいて朋輩同士の助け合いのなかで殿方を接待するのですから、この方が便利です。

一見、姐たちの生活は派手なようですが、金を出す力のない殿方を持った詰尾類などは、糸紡ぎ、布織りの仕事も収入の足しにしなければなりませんでした。自分の部屋の畳を起こし、藍瓶《かめ》を置き、絣《かすり》、紬《つむぎ》の模様を出す、布糸結びは女の力ではなかなか難しいものです。藍瓶のなかにつけた布糸を、何度も何度も二つの棒でキューッとしぼる作業なども、遊廓として普通考えられない風景で、詰尾類の暮らしとは実に面白くできていたものです。力のある殿方ですと、抱妓《かかえご》の二〜三人も抱え、ふだんの暮らしは詰尾類の工面で、月々の金は渡さず、盆とかお正月に半年分のお小遣いをドカッと出されました。なかには月々決まった給金のように、いくらと決めて出される方もおられました。辻の姐全体が殿方の出すだけの金で暮らしていけたのが不思議なくらいです。一般に、殿方は女の頼れる顧問であり、いざというときは、自ら出馬して解決してやる頼みがいのある殿方であればよいはずですが、こと辻では世間の常識では計れないものがあったようです。

辻の宴席

それでも殿方の方から別れなければならない事態になったとき、たとえば殿方の浮気から出た心変わりとか、あるいは奥方様によって別れさせられるようなときには、〝切口〟と申して一、二カ年の生活費くらいは慰謝料として殿方から出さねばなりませんでした。

当時の殿方は、我が生涯を共に送る最愛の妻に隠れて女を持つようなことはなかったとみえて、この頃から奥方と辻の妲双方にご機嫌伺いが始まっていたようです。殿方にしてみれば詰尾類とは男の持たねばならぬ道具の一つであり、我が仕事のため、会社の話も、政治の話も、妲の部屋の方が事務所のなかより話がはずんでくるもののようでした。

抱親の部屋

わたしの抱親《アンマー》様は、昔気質の尾類親《ジュリ》で、わたしたちに深い愛情をそそいでくれましたが、一方で厳しい人でもありました。わたしやお妲《ねえ》さんが叱られるときは、自分の不始末とか、とくに無責任な行為に対してのことでした。

抱親様に身代金を払い終えて、抱妓《かかえご》の一人、二人を持って独立したとしても、親子のつながりは続きました。義理、人情を忘れる者は、金銭面の関係あるなしにかかわらず、勘当を受けるということもありました。抱親様から勘当を受けるのは、いわば村八分にされることで、辻では暮らせなくなるのですから、これは大変な罰でした。しかしこの罰も、辻の伝統である義理・人情・報恩の三原則を踏まえてのことでしたので、尾類ん妓《こ》たちには反論の余地もないものでした。この辻遊廓の三原則は、たとえ抱親様が産んだ実子であっても、金で抱えられた妲《おんな》であっても、区別なく厳しく教え込まれました。抱親たちは、義理・人情・報恩の心を忘れる妲に対しては容赦しないのです。厳しく妲たちを躾けることを自分たちの任務だと信じきっていたのです。

売られてきて、その感慨に浸る暇もないうちに、早々と運よく殿方につかまり、一人、二人の抱妓を持って鼻が天井に向いている若抱親たちでも、自ら周りのしきたりに慣らされ、妓を持って知る親の恩と申しましょうか、辻の抱親としての風格や豊かさが自然に身についてくるようでした。

抱親の、自分自身の行動や、尾類ん妓に対するふだんの躾のなかからは全くといっていいほど、娼婦の家の〝経営者〟という印象は受けませんでした。

各楼が独立して生活しているように見えても、何らかの困難に直面すると、辻全体の抱親たちが総力をあげて解決策を見いだしてきました。文字を知らぬ姐たちの間でそれぞれの言葉が手形にもなり、証拠にもなりました。辻の抱親たちにとって恐ろしい権力であるはずの警察や税務署、あるいは他の官庁でも、いざとなれば結集して当たったのです。やがて事が済むとケロリとして、悠然と三線を弾いたり、冗談をとばす、ご機嫌な本来の辻の姐に戻るのでした。

辻の抱親たちは、営業意識が薄かったのか、多くの殿方に尾類ん妓たちを売るということはしませんでした。手内職で気張って稼いで、自力で借金を払うように仕向け、抱妓の二、三人も持たせることが抱親たちの使命であり、名誉でもあったのです。内職に熱心で、芸事に秀でており、お馴染《なじみ》も一人、二人と落ち着いた客を持つ姐が、抱親様にとって一番可愛い抱妓でありました。客数が多くてお金が入っても、そんな抱妓に対しては、抱親様の唇のあたりにはいつも苦笑に近い薄笑いが漂うのでした。抱親様はお金よりもまず自分の楼の格式と雰囲気を重んずるのです。楼の名を上げるにはよい客がついているか、よい姐を育てるかが辻には大事なことでした。

また抱親様は抱妓のため殿方にも大変気を遣っていました。たまには殿方と、若い姐たちの間には禁じられていた艶話などのやりとりもし、殿方も四角四面の生活のなかで起こる肩のこりをほぐしておられました。自分の部屋に入ってこられた殿方と、抱親様は世情あるいは日常生活について様々に語り合うほどの親しさを持っていました。何事も沈着に、そして辻独特の冗談などをとばしながら自分の抱妓の殿方と語り合うことも、我が妓を見てくれる殿方への報恩と心得た辻の抱親たちでした。

人生の裏を見知ってきた抱親たちの話しぶりは肩もこらず、殿方の方も自分のためにもなると考えられたようです。抱親自身が手製の漬物などを戸棚から出しながら、やんわりと語りかける言葉のなかに、殿方の心も開かれ、明日へ立ち向かう活力が満たされていくような気になられたのでしょうか。湯上がりのさっぱりとした顔で話す、抱親様のやわらかな冗談を、熱心に聞きながらうなずいている殿方の心のなかもうかがえたものでした。

世の裏も表も知り尽くした女と思う安心感からでしょうか、自分の家庭内の愚痴を持ち出す殿方もたまにはおられたようですが、家をがたつかせ、その上奥方様を誇りに思えぬような殿方には、殿方の資格なし、と抱親様は冗談にまぎらせて、戒めておられました。奥方と辻の姐、七分三分の生活をする殿方ですから、奥方をおろそかにする殿方は辻の姐もおろそかにすると言うのです。

親に売られたことが我が身の運命ならば、置かれたその立場で生きていこう、どんなことがあっても、これ以上落ちることはないであろうと、どん底に落ちた者の、ある意味で人生にひらき直ったような辻の姐の厳しさは、それなりに殿方に感銘深いものを与えたのかもしれません。

抱妓を持つ大方の抱親様の部屋は、抱妓たちの華やかな部屋にくらべれば、いぶかしいほどに質素で古くさく見えました。それでも何となく腰を据えたような品格を備えていて、落ち着いた雰囲気を持っていました。そこには小金細工を取りつけた、落ち着きのある静かな光沢を放つ箪笥が置いてありました。その金具の下は、沖縄独特の漆器工芸である朱塗り、黒塗りでした。そのなかに納めた着物の間には、すがすがしい香りの〝ヤマクヌブー（山草を乾燥させたもの）〟が入れられて、その葉や実の匂いがほのかに奥床しく着物にしみ込んでいました。虫除け、蚊除けにもなったこのヤマクヌブーの匂いのしみ込んだ着物を姐たちが着ると、この匂いに誘われて殿方という虫がつくというのもや皮肉なものです。若いお姐さんたちは、いま少し着物に匂いをつけたいと思うと、丁子とか白檀を布袋に包み込んで簞笥の隅に入れていました。この自然の香料は、お姐さんたちが動くと初めてほのかに優しく匂いました。いつまでも長持ちするこの香料は、熱い沖縄の気候をやわらげるかのように匂ったものです。

抱親様の部屋に据えてあった、この高さ六尺、幅四尺の二段の琉球特製の総漆器の簞笥を思い返しますと、今ではめったに見ることも手に入れることも難しい価値のあるものかと思われます。これはその頃の素晴らしく律儀な、指物大工の心のこもった手づくりの簞笥でした。ときどき大工白身が、己の手でつくった簞笥を思い出して、昼休みに訪れて、眺めたり、さすったりして帰っていったほどです。昔の職人気質なのでしょうか、当時の人たちは一つひとつの物をつくり出す喜びを、我が手我が心総身に感じて生きてきた、しあわせな人たちでした。こんなに誠実な人たちの心のなかに、沖縄の古き時代の匂いが偲ばれます。

抱親様の部屋には、古色蒼然としたこの素晴らしい簞笥とともに、定紋のついた長持が置かれていました。日本風の長持と違い、太くて短い箱形の朱塗りのものでした。夏冬の着物はそれぞれこの長持と簞笥の間を往き来しました。特に沖縄の大きな行事である〝二十日正月〟用の緞子《どんす》の着物や、〝ワタジン〟と呼んでいた打掛け用の上等な着物などは長持に納められ、抱親様がこれを開けるときには、すぐ近くに春が来たような感じがしたものです。そして、その長持の上に蒲団蚊帳や一人寝用の〝ユージ〟という着物のオバケのような掛け蒲団など、いっさいの寝具が積み重ねられていました。

このように一式揃った調度品のなかでも特に面白いものは、戸棚と呼んでいた大きな所帯道具入れでした。生活に余裕があるお姐さんたちも持っていましたが、奥行きが三尺、幅は六尺ほどもあり、まるで押し入れを簞笥にしたような二段重ねのつくりでした。男三、四人でも持ち運べないほど重いものでした。

大きい戸棚の上の方には大きな銭箱が入っていましたが、これは月桃の繊維に通した穴あき銭が使われた頃のものかと思われます。わたしの抱親様は、この箱には藁で結んだ書類を入れていました。

そのほかに重箱など色々な漆器工芸品を入れておき、ふだんはこれを使っていました。下の方には泡盛を入れる酒瓶がいくつも置かれ、琉球風の様々な漬物が並べられていました。ゴーヤー（ニガウリ）漬、クヮンソー（はまかんぞう）の花漬、トーフヨー（豆腐を米麹で漬けてチーズのようにしたもの）、ラッキョウ、キンカン漬、貝や小魚の漬物と様々な山海の漬物がひしめいており、その上には料理の材料が入っていました。また、酒瓶も古酒、新酒、梅酒、ハブ酒、ムム（桃）酒、キンカン酒等々、何種類もありました。琉球の泡盛は年月を経たものがよく、本当の古酒というものは、まろやかで、なかに鉄を交えたようなやんわりとした味がするものでした。

殿方の社交場であった辻では、お姐さんたち自らが酒を飲むことは禁じられていました。その不文律のため、酒の味も知らないお姐さんたちが、抱親様に習って、おいしいお酒をつくることに一所懸命心をくだいていたのです。それは辻の姐の実におかしな一面で、不思議というよりほかありません。抱親たちは琉球泡盛の持ち味をしっかりとわきまえていたようで、南蛮瓶に入れた酒は戸棚のなかにありました。その他に暗い床下の地面に穴を掘り、酒瓶を二つ、三つ埋めて、一番瓶、二番瓶とするしをつけておき、古酒にうめ合わせるお酒は、床下の一番古い酒瓶から汲み出して、次々に三番から二番へという風に足しながら貯蔵していました。

お姐さんたちの部屋は、大きな宴会があるときには、隣の部屋も襖を外して使うようになっていました。そして、食料倉庫になっている戸棚は部屋の方に向いて必ず廊下に沿って置かれていました。餓鬼猫《ガチマヤー》のわたしは、台所の次に、いろいろな食物が入っているこの戸棚が大好きでした。それはまた、一番怖い所でもあり、抱親様の言いつけを守らなかったり、いたずらをしたときなどは、この怖い戸棚に閉じ込められました。暗い戸棚で酒瓶に抱きつきながら、ワァワァ泣いていた子どもの頃を時々思い出します。

抱親様の部屋には、夏冬を通して火鉢が置いてありました。これは銅製で、お茶の釜に似た形をしていました。その上には、同じく銅製の平たいやかんが載せられていましたが、サンゴ礁の島のせいでしょうか、中には石灰分を取るために瀬戸物を割って入れてありました。この瀬戸物は、湯が沸騰したときに、チリン、チリンと音をたて、なごやかな雰囲気をかもし出していました。お茶盆は、琉球の結婚式に、お米を入れて飾る〝御供盆《ウクブン》〟という家紋が入ったものでした。朱塗りの大台に、素晴らしい青磁のお茶碗や急須が載っていました。

旦那様が一人だけのときなどは、〝高御膳〟という一尺二寸くらいの高さで、四角い箱様になっているお膳で食事が出されました。これには金箔の絵付けに彫り物がされており、引き出しが上下についていました。この引き出しには旦那様の漆器の箸箱と黒木の重い箸が入っていて、抱親様のお手製の特別料理ができあがるまでのつなぎに、と酒の肴になる料理が入っていたようです。我が抱親様はクヮーニングヮー（ハイカラ）で、旦那様とおそろいの高御膳を二つ差し向かいに置いて、尾類ん妓に給仕をさせながら、自分も旦那様と一緒に食事をとっていました。

当時の沖縄の一般社会では、格式を重んずるため、夫婦が揃って食事をとる、ということはめったになかったようです。戸主と長男は一番座で食事をとり、奥方様ほかは二、三番座で食事をすると聞いたこともありました。昔の殿方は、嫁姑ほか一家族全体が住む安らぎの少ない格式張った家庭のはけ口を辻の姐たちに求めていたようです。

詰尾類であるお姐さんたちの馴染が、楼のなかで行き交う機会も多く、尾類呼ばあ同士ということで初対面のような気もせず、仕事も違い、またお互いに利害関係もないということで、一つの部屋に集まって世間話にも花が咲き、気分はくつろいだものと見え、碁盤を持ち出したり、一緒に酒を酌み交わすなどなごやかな光景でした。

身代金

身の丈ほどにも感じられた、借金を払い終わったときの喜びは、辻のお姐《ねえ》さんたちにとって格別のものがありました。それも他人の力を借りずに、頼母子講などで自ら働き貯めたお金で借金を払い終えたときなど、売られてきたときの悲しい思い出もよみがえり、一層の喜びが感じられたものでした。前借りを払うときは、一応金を納めておいて、よい日を選んで故郷の親も呼び寄せて、抱親様《アンマー》とともども祝いの盃を酌み交わしました。そこで売られたときの証文が抱親様から親に戻されました。親は抱親に感謝をし、抱親様は抱妓《かかえこ》の努力をほめたたえ、盛大なお祝いを致しました。

返済する身代金《ルシル》は売られた額に利子を添えたものとされていましたが、実際はお姐さんたちの力に応じて返済するようになっていました。抱親様からいくら払えと言われることはありませんでした。

たいていは半分も積み重ねればよしとされました。いくらと決まった金額はメドが立ち、払いやすいものですが、抱親様の愛情を思えば、抱妓としてはできるだけの金額を払ってあげたいというのが報恩の気持ちであり、人情でした。こうした心の交流があって抱親様と抱妓の関係は、生きているかぎり続くのでした。

前借りはいつ支払ってもよいというわけではありません。抱親様に立て替えてもらった部屋の箪笥、膳棚など辻の姐に必要な一通りの仕度の費用をまず払い終わってからでなければ、支払ってはいけないのです。必要な備品はいっさい、抱親様と抱妓が一緒に買いにゆくので、計算はきちんとしたものでした。それも辻の姐たちには、我が身さえよければよしとして、自分だけの欲で、毎月の加納金惜しさに、義理も恥もなく、いきなり身代金をポンと払って抱親を困らせるような者はいませんでした。厳しい躾が人情を薄れさせなかったのです。よい馴染客もつき、金回りがよくなっても抱親様は抱妓に贅沢を許しませんでした。身代金を払う姐たちは頼母子の掛け金が何年何月に入るといったことを計算して独立の目標をたてていました。

わたしがまだ小さい頃、辻に、アサギーという、心に病をもった男がいました。他人に危害は加えませんでしたが、本当に真っ裸で辻のなかを小走りに歩いておりました。すると、彼の後から昔尾類であった姐たちがどこへでも付いて回るのです。貞女の鑑と新聞でたたえられ、お芝居にもなったほどです。愛する男でもあったのでしょうが、辻の姐は前借り金を出してもらった殿方には生涯尽くすのでした。

また、辻の大元老であった助左衛門《シキウンルルー》のおばぁ様は、前借り金を払ってもらった大恩のある大和人が国に帰られた二十歳の時から、なんと生涯独身を守り通して、辻の大元老になりました。若い姐たちは彼女の名前を聞くだけで、〝辻姐〟の道の厳しさに頭が下がりました。彼女ににらまれたりすれば大変なことになりましたので、抱親様はじめ、みんな彼女の名前が話に出るだけで緊張したものです。彼女の持論はといえば「義理恥失えば尾類の恥も失う、愚かそうに見えても辻の三原則を守ること第一なり」ということのようでした。

　こんな風でしたから、たいていの姐たちは頼母子など、時間をかけて自力で抱親様と姐自身が納得のゆく額を懸命に支払っていったものです。それがまた辻の大事な習いでした。また抱親の指導宜しきを得て、産みの親への盆・暮れの孝行もしていたのです。

　お姐さんたちは、身代金を渡した後も、毎月いくらかずつ、抱親様に小遣い銭を喜んで渡す習慣も持っていました。それには、貧乏な家に生まれた我が身が助けられた、という報恩の意味が含まれていました。身代金を払える頃になれば、自然に辻の不文律である義理、人情、報恩は身についており、呼び方にも「アンマータイ」という親しみのこもった言葉が、心の底から出てくるのでした。身代金も払い終え、自らの独立した世帯を持てるようになった辻の姐は、毎日の食事、部屋代、税金などいっさいを自分で支払うようになります。さらに頼母子を掛けて貯金をしながら抱妓をする姐もおり、それは個人個人の考え一つでした。

　この頃になれば、抱親様より教え込まれた独立心が頭をもたげてきます。自分の身代金を払う前に、その金で抱妓をして親《おや》妓《こ》で働く人もいました。この場合、毎月の抱親様への加納金は支払い続けねばなりませんでした。抱親たちはこれを喜び、「孫ができた孫ができた」と誇らしげに、人びとに吹聴するので、辻で暮らす多くの姐たちが二、三人の抱妓をした後で、やっと自らの身代金を支払うという不思議な現象も多く見られました。こういう例は幼児の頃より辻に育った姐に多く、身代金を払うのも、すでに一人前の女になってから売られた姐たちのようにはいかなかったのです。

裕福な旦那様に望まれて辻を引くことを、〝廃業尾類《ジュリ》〟といいました。本妻やお妾さんになるのですが、周りの人びととの目引き袖引きに姐自身が耐えられるかどうかに彼女たちの一生がかかっていたようです。これはその姐の抱親や姉妹たちを大変に心配させたものです。尾類の廃業はハブの木登りと一緒と言われました。これは木から落ちたら一生涯苦労する、という戒めからきたもので、いやしい身の辻の姐が一般世間に出てゆくことの恐ろしさを知っていたからかもしれません。尾類の皮は、生涯はげぬものという戒めが、抱親様や抱妓の心を押さえていたのでしょう。

しかし、たとえそうして辻を出ても、年二回の最大行事である盆・正月には、どこで暮らしていても、必ず全員が我が抱親様のお膝元に集まり、報恩の誠を尽くしたものでした。また抱親様の方も、我が抱妓であった姐の身の上に幸・不幸の起きた際には、必ず駆けつけるのでした。他人の子のはずの抱妓をまったく実の子同様にしていたのです。親妓仲のよいことが、辻の抱親たちの喜びであり、誇りと思っているようでした。貸し借りの気持ちからではなく、それこそ真心からの密接なつながりが育っていたのです。辻遊廓全体にこうした心が通って、縦や横のつながりを強くしていました。これが辻の親類、知人、友人全体に通じて、辻の姐に一体感を持たせ、団結するもとになっていました。

辻のあまりの厳しさに、姐のなかには、自ら抱親様に借金をたたきつけて、南洋サイパン、テニヤンなどへ出稼ぎにゆく者も多くいました。厳しく質素な辻より、ずっと派手に発展したという話も聞きました。女の身で武者修業に出ることも、人生また楽しからずやといったところですが、急に三行半をたたきつけられた抱親様の狼狽は大変なもので、まるで我が娘に家出を宣告されたようなしょげ方でした。

辻の日々

辻の正月

年に一度、旧暦の元旦に祝っていたお正月も、大和世《ゆう》になってだんだんと新正月が定着してきました。それでも古風な辻の姐《おんな》たちは旧正月を捨てきれず、毎年二度のお正月を迎えていました。

男のお正月と呼ばれていた新暦の一月一日は、那覇市役所の隣にあった公会堂や市役所を使っての名刺交換会で幕開けとなったものでした。

旧暦の正月は〝沖縄正月〟という言葉があるくらいで、沖縄の各家庭で盛大に祝われました。このとき、詰尾類《チミジュリ》たちのなかには二、三日も前から奥様のお料理の手伝いに行き、旧正月は自分の里方に帰って親類、知人のお年始回りをする者もいました。

辻の場合、お正月は旧の十二月十日頃から始まりました。辻の姐たちはそれぞれ自分の部屋の畳の表替えなどを終え、全員が協力して一人ひとりの部屋の大掃除を済ませたものでした。それよりもお姐《ねえ》さんたちにとって一番大事なのは、半年間のケジメをつける〝年義理《トンジリ》〟を殿方からいただくことでした。年末に殿方からお金がもらえなければ姐たちは年も越せぬのでした。それは〝盆義理《ブンジリ》〟の過ぎた半年間、雀の涙ほどのお金でお取り持ちをしてきた姐たちが、当然もらわなければならないお金でした。それでお姐さんたちは半年分の支払いをするのでした。殿方の懐をあてにして、とらぬ狸の皮算用で、指折り数えて待っているわけです。

加納受けした姐、詰尾類の区別はなく、遅くとも暮れの二十四、五日までにはいっさいの始末をつけるのが、辻の姐たちの義理ある生活とされていました。抱親《アンマー》様への加納金、医者への支払い、品物の買い掛けの支払い、生家への仕送り、さらに一門中の親類への正月の贈り物（お茶やソーメン）、また仏壇に供える線香の代金、お年玉などが用意されました。その上、辻内でも親類縁者や目上、年上の方々、尾類姉妹の生家にも盆暮れのケジメにはきちんと贈り物をして、縦横のつながりを保つようにしていました。盆や暮れの末日が来ても、買い掛け金の請求をさせているような姐は、義理・恥知らぬ人間とされ、信用がゼロになってしまいます。ですからどんなことがあってもこの義理は果たさねばならず、できなければ抱親様が自分の信用にもかかわるということで、それを立て替えてやらなければなりませんでした。

殿方もその時節は心得ておられます。ふだんは空手形だけのお付き合いですが、この時期だけは、姐の口から聞かずとも、馬に銭を載せて引かせて行かねば外聞も悪く、信用も保てない。己の名誉にかけて、その努力をされていたようです。何といっても女護ヶ島。姐たちばかりの辻では、噂も一晩で辻中を回るので、身持ち、世渡りを固くしなければならない殿方の自己保身の姿でもあったようです。昔はどんなに大きな仕事をしていても、責任と義理、人情を持ち合わせなければ、社会的信用がなくなりました。不思議なことに、辻で人気のある殿方は、一般社会でも人気があり、辻の遊びで約束事を守れない男は、一般社会でも義理を果たせぬ男でした。

辻に遊ぶということは、なかば公でした。盆、暮れの状態を見れば、誰が義理を果たせる人間か自然に分かるのでした。逆に各会社のやりくり、または仕事の内容とか男の性格、責任感などは辻で調べた方が早いということにもなったようです。

旧十二月十日ともなれば辻名物の香菓子や〝ナントゥーンース〟というお餅をつくらなければなりませんでした。抱親様の部屋の畳を起こして片側に立てかけ、床の上にゴザを敷きつめて、大きな菓子用のたらいを真ん中に置き、お姐さんたち全員が揃って、誰の分は何升、と初めに決めておいて、年上の者からつくり始めました。米の粉一升にお湯を少しずつ入れながら、すりつぶした白砂糖を入れてもみ込み、さらに落花生や、ゴマのすり潰したもの、そのほか自分の好きな物を加えて特徴を出しました。それを四、五人の姐たちが一組になり、めいっぱいもみ込んで、梅や桜の花を彫り込んだ〝ユーガタ（木の枠）〟に詰め、茶碗のすべすべしたところでさらにもみ込みます。最後にそれをポンと逆さにして取り出します。

二十四日は旧正月のお飾りをする日で、重箱の中にお米を敷き、天保銭を七枚入れて、その上に白・赤・黄色の紙を敷きました。琉球では黄色が最も格上の色とされていて、黄色の紙を必ず一番上に置きました。そこへ〝ウチヤヌク〟という小さな三つ重ねの正月用の餅を載せ、丸い炭に昆布を巻きつけて立てておきます。それに米の粉でつくった、赤くぼかして染めてある白い大きな薄くて丸い、半分煎餅のようなものを太陽になぞらえて立てかけてありました。これを〝白玉〟と呼んでいました。その周りに〝ハーガー〟と呼ぶ黄色くて丸くふくれあがった、やはり餅米でつくったものを七個置きましたが、これはお月様や惑星にたとえたものでしょうか。童話ふうに考えると夢は大きく広がってゆきます。

さらに沖縄では珍しく大きな、夏ミカンほどの大きさの食用ではない「インクヌブー」というミカンをお正月の七日まで、火の神の前に飾ってありました。

年越しの夜は、「ウユミ」と呼ばれるお汁をつくりました。これは豚の骨とカツオブシのダシで煮込んだ昆布、大切りの大根に、豚肉だけを煮しめたもの。これを〝マンフワー（唐風のお汁茶碗）〟のなかに入れて、生ニンニクを葉っぱとともに一つずつ結んでできあがりです。一人ひとりの前に置き、楼中の姐たちが揃って挨拶をしてから食べ始めましたが、これを「年を取る」と言っていました。

「よいお正月でございます」という挨拶もすみ、正月七日の日は火の神の前から供物を全部取り下げて雑炊をつくりました。その上に輪切りの田芋を七個載せて、カマドの上の方に綱を張り、大根、人参、ニンニク、干し魚、塩漬けの豚肉、干しタコ、干しイカなど、海の幸、山の幸をその綱からぶら下げ、まるで満艦飾の豊かな出船のようでした。この海の幸、山の幸は尾類馬《ジュリンマ》行列の日まで、そのままにしていました。

尾類馬行列

辻遊廓の話をするときは、旧暦の正月二十日におこなわれていた辻の最大行事、〝尾類馬《ジュリンマ》行列〟のことを書かねば収まりがつきません。昔は辻のことばかりでなく、沖縄のことを言うにも、この尾類馬行列を知らねば沖縄を知ったとは言えないと、大げさな評価をされたものでした。戦前の那覇市で、この尾類馬行列は、〝綱引き〟、〝海神祭《ハーリー》〟と並ぶ三大行事の一つだったのです。

戦前の二十日正月は、大変賑やかなもので、沖縄中の人びとが集まれるようにと、午後一時頃から始まりました。〝中道《ナカミチ》〟と呼ばれた辻の真ん中を通る大通りの両側には、沖縄特有のガジュマルの木が生い茂っていました。その広い道が前村渠《メーンダカリ》、上村渠《ウィーンダカリ》の両区域にまたがって一直線に伸びています。

尾類馬行列

両区域の境目は〝上の角〟という、これまた大きな通りが横に走っていました。その左右は、〝畳屋ステージ〟、〝森の下ステージ〟と呼ばれ、この両側に特別招待客の〝サンジキ（桟敷）〟という、木材を組み合わせて渡した見物席があり、行列を見るには最高の席でした。

　尾類馬行列の二～三日前から、離島や地方、さらに内地から、人びとが那覇に集まってきました。那覇中が沸き立ち、朝早くから銅鑼の音が鳴り響いて、辻の真ん中にはすでに旗頭が立てられ、風を呼んでいました。

　辻のお姐《ねえ》さんたちにとっても当日は、上村渠、前村渠の競争というわけで、それぞれ我が方を誇示しようとして飾りますから、衣装はもちろん小物にいたるまで、よい品を、よい色をと選び抜くのです。辻三千の姐《おんな》たちがこのために使う金額は、那覇市の経済が左右されるほどだと聞いたことがあります。辻姐たちはこの日ばかりは色とりどりに錦紗、縮緬と、上から下まで絹ものずくめでした。お化粧も、踊り歩く道中に顔がまだらにならぬように、と念を入れて何度も何度も上塗りして、ぬれタオルで上から押さえて、また塗りつけて取りのける作業は、ペンキの二度、三度塗りの比ではありません。桐の箱を燃やしてまゆ墨をつくり、盃のようなものにもられた口紅をつけて、日頃おとなしい辻の姐たちの裏面をのぞかせていました。変貌した姐たちを見て、別世界にいるような気がしたものです。

尾類馬行列の始まる日、明け方から、盛前小《ムイメーグワー》たちは緞子の着物の正装にたすきをかけて、錦紗、縮緬の生地で前結びの鉢巻きをしめ、華やかさのなかに、凛々《りり》しささえ見せていました。銅鑼鐘は廓中を歩き回り、辻全体の姐たちに支度万端整ったことを知らせ、姐たち全員が決められた時間に間に合うように呼びかけました。その間にも盛前小は元老方の世話やら使い走りなどで一日中てんてこまいです。とにかく、盛前小は、諸事の連絡係として第一線にいて、何事を言い付けられても頑張るよりほかなかったのです。

やがて時間になって、各楼からそれぞれ支度を終えた代表が大盛前《ウフムイメー》の家の前に集まると、御座楽の楽の音が高らかに鳴り響きます。この御座楽の中心は中国から渡った喇叭《らっぱ》で、わたしたちはこの喇叭を〝ピーラルラー〟と呼んでいました。昔の御座楽は王の御幸のときの奏楽だったそうです。ですから、それはもうおごそかに辻の町中に鳴り響いたものでした。

その頃には、辻全体のお姐さんたちが決められた盛装に身を整えて、辻の中央通りである中道にわんさわんさとおしかけてきます。白粉《おしろい》と香水の匂いにむせ返り、色とりどりの花が満開のお花畑のようでした。行列係の舞踊のお師匠さんと抱親《アンマー》の指揮のもと様々に扮装した大勢のお姐さんたちが往きつ戻りつして行列を整えます。カン高い声が飛び交い、大混乱です。上村渠、前村渠の印を刻んだ二つの大きな旗頭には、五穀豊饒と書かれた、長さ十一尺もある旗布が、風にはためいていました。

この旗竿は二十一尺以上でシュロ縄が巻かれ、そのてっぺんには六尺四方もある松竹梅やいろいろに彫られた飾りがたわわに実った稲の穂のように揺れていました。この旗頭は琉球特有のもので、那覇四町の人びとも各町の誇りを表した旗頭を持っており、その重さは百斤（六十キロほど）以上もある大変なものでした。この旗頭を、上村渠と前村渠がそれぞれに雇い入れた五十〜六十人の男たちが琉球独特の旗持ち衣装に身を固めてかつぐのです。

士気高揚のために鳴らす爆竹が、パンパンとはじけるように鳴り響きました。人びとの意気込みもいやが上にも上がります。旗持ちはグーンと腹の上に旗を持ち上げ、揺さぶりながら歩くのでした。大の男が十分も持ち歩くことができれば、大変な力持ちとされるほど重いものでした。

上村渠、前村渠双方の旗頭が辻の真ん中で向かい合って立ち、行列がスタートする前から旗持ちの男たちの口笛や気合はぶつかり合いそうな勢いでした。盛前小や抱親様たちがグワァーン、グワァーンと銅鑼鐘を打ちながら行列の先頭に立ちます。日の丸の旗を互い違いにして持つ二人の美女の後ろに、男たちの旗頭が続きました。さらにその後ろから、赤や青のふち取りがあるいろいろな文句が書かれた源氏旗を持って、きちんと結い上げられた琉球髪の上に光り輝く銀の簪をさした三十〜四十人の若い妓たちが続くのです。彼女たちは、色とりどりの金紗や縮緬の布を額の上から後ろに結び、長々と布をたらしていました。二人ずつ並んで列をつくり、ワッショイ、ワッショイと威勢のよい掛け声の男たちと対照的に静かに続きました。

その後には上村渠、前村渠とともに最年長の元老格が一人ずつ、白い長髪をつけて〝ハチマチ〟という琉球王朝時代に高位高官が被っておられたような冠を被り、白く塗られた木馬を前帯にさし込んだ姿で続きました。まるで乗っているかのようにしつらえた木馬の手綱を、二人の若衆姿の妓が両方から肩にかけて持ち、元老様の手足を支えながら静々と歩きました。その後には、元老様が立ち止まったとき腰掛けにする箱のような黒塗りの琉球漆器を持った人が、赤い冠を被り髭を生やした武士姿でお供に付きました。

緞子の着物に角帯を前にしめ、腰帯を形よく長々とたらして、無地の縮緬で前結びの鉢巻きの色も鮮やかな二十人以上の中元老たちが大元老様に付き添って、各自殿方から借りてきたステッキを手に持って警護の役を引き受けていました。その後には元老様お付き武官や従者に扮装した姐たちが続き、古きことこの上ない〝ピーラルラー〟という楽器が鳴り響きました。

先導役を務めるための準備をする大元老

上村渠では獅子が出ました。まるで本物のように毛並みもふさふさと造られていて、上村渠の守護神とされていました。前村渠はこれまたお腹も顔も特大につくられた弥勒様を出していました。これが前村渠の守護神で、その両脇に現職の大盛前が付き添い、辻三役の役職を終えられた抱親たちが威風堂々と獅子殿に掛け声をかけながらそれを守っていました。二人の若衆姿の妓がたすき掛けに後ろ鉢巻き、大きな鈴と牡丹の花を布の先につけて肩に掛け、獅子にいどみかかるようにとんだりはねたり、それにつられて獅子が元気よく繰り出していました。銅鑼鐘や鉦鼓の音やピーラルラーが荘厳に奏でられ、見る者聞く者の心をわかせました。四十～五十人の抱親たちの、あたりを圧するような獅子への掛け声がひとときわ高く聞こえます。

その後から、四十~五十人の〝飾り髻固〟というピチピチしてきれいな妓が、花模様の金紗縮緬で前結びの鉢巻きと華やかな緞子の着物に装いをこらして、二人ずつ並びおしとやかについていました。彼女らは一種の〝グサブックヮー（高ぶった）〟尾類小たちで、尾類馬行列の花形でした。七十~八十人の〝馬小《ンマグヮ》〟のなかに入って踊りながら「イューイ、イューイ」と声を掛け、道を行くのでしたが、なかでも一段と品格を保っていたのが飾り髻固の連中で、それだけに選び抜かれた若い妓でありました。有名な馬小の花形に任命された姐たちさえも、飾り髻固になれた妓たちを横目でチラリチラリとうらめしそうににらんでいました。

次には、大勢の姐たちの中でたった二人だけ、人力車に乗って道中ができる若い妓がおりました。それは王様とお后様に扮した妓です。王様は中国の王様が被っていたような〝タマンチャブイ〟という冠を被り、龍の形の縫い取りをした〝ウマントン〟という大きな衣装の上に、お腹が全部隠れるほどの幅がある金具の帯をしめていました。その後にお姐さんたちが付き、武官がいろいろな扮装で王様に続き、次にお后様がそれらしい服装に身を固めて車に乗って続き、さらに侍女たちが十数人続いていました。

このようにたくさんの人びとが行列をつくり、その名も高い、選び抜かれた辻の尾類馬姿の姐たちが「イューイ、ユイユイ」と黄色い声を張りあげて行進する後を様々な演し物が延々と続いたものです。三線や太鼓が鳴り響き、辻三百軒の家々が二、三軒ずつまとまって、それぞれ賑やかな演し物を競い合いました。若い妓たちの嬌声、殿方の口笛がとび交い、楼のそれぞれが芸を誇って、その熱気たるや、もうもうと湯気が立つようでした。どん尻は必ず豊年満作を祝う〝稲すり節〟で、この踊りは当年役職にある抱親たちの抱妓、尾類ん妓に与えられた役目でした。

　前村渠と上村渠の接点である上の角の大道《うふみち》で祭りは白熱戦の状態になります。湧き起こる口笛に、はじける爆竹。双方がいきり立って、きら星のごとく並んだ高位高官の招待客も、桟敷から身を乗り出して声をあげ、手をたたき、板を打って応援する始末で、双方の行列があわやぶつかろうとするとき、屋根に上った観客のなかには、応援に意気込むあまり屋根から落ちる人もあって大変な騒ぎです。見る人見られる人、黒山の人だかりでしたので、三〜四日費やして遠い果てから尾類馬見物に集まった人びとを、抱親たちは互いのステッキを横につないで人垣をつくり、あっちこっちを守っておりました。

　踊り狂った尾類馬行列の銅鑼鐘や太鼓、三線の音で一日が明け暮れたその後で、お姐さんたちはその熱気をさますのもなかなか大変なことでした。二度と帰らぬ沖縄名物、尾類馬行列のひとこまです。

節句

三月になりばよぉー、サアーサアー心浮かーさりてよう、ユイヤサアーサ、サアーサ、ユイサアユイ、ウリウリウリ
　旧暦の三月三日節句の日、沖縄には〝浜下り《はまうぃ》〟というお祭がありました。沖縄のご婦人たちがこぞって童心にかえり、〝パーランクー〟という小さな片張り太鼓や朱塗りの太鼓を手に持って賑やかに打ち叩き、白髪のおばあちゃんたちまでがこの日ばかりは結い上げた髪がひっくり返るのもかまわず〝カチャーシー〟というテンポの速い踊りを歌い踊ってとびはねて、一日を愉快に、浜辺に出て過ごすのでした。

この〝浜下り〟の日は、琉球の王家や貴族の十二単《ひとえ》のご婦人たちでさえ、日頃のいかめしい立居振舞を忘れて遊び楽しむことが許されたものです。ですからもちろん、一般の婦人たちも天下晴れて〝浜下り〟の楽しさを分かち合うことのできる日でした。

春夏秋冬、常に青々とした緑に包まれている沖縄ですが、三月はことに春の息吹や祭の歌につられて、女心も浮き浮きする陽気な季節です。島全体がギラギラと光り輝く太陽に焼かれ、陸には燃え切った熱い空気がよどみ、海の上にさえ陽炎がたちのぼる夏がやってくるまでの束の間に、沖縄の婦人たちはうち揃って三月の遊びを楽しむのでした。辻のお姐《ねえ》さんたちもやはり心浮き浮きと揃って〝浜下り〟を楽しんだものでした。

また同じ三月には〝清明祭《シーミー》〟という、先祖を祀るお墓にお参りする行列もありました。辻では、旦那様の家の〝清明祭〟ともなれば、当の詰尾類《チミジュリ》はもちろん前日からお手伝いに行って奥様の手助けをしますが、朋友たちもまた、その旦那様や奥様のご機嫌を伺う詰尾類への付き合いで、銀の簪が光る黒髪に紺地の打掛けを着て〝清明祭〟がおこなわれる墓地まで一緒に参ったものでした。〝浜下り〟と〝清明祭〟は、一年を通して物見遊山に外出することの少ないご婦人たちにとって天下晴れての遊びで、大変に楽しみにしたものです。この季節になると、野山にはグラジオラスの真っ赤な花が咲きほこり、桃売り娘たちの売り歩く甘酸っぱい香りが漂う木苺のような山桃が、辻のお姐さんたちの心を浮きたたせるのでした。

三月の節句につくる〝お重〟は、辻に生まれ育った子どもや売られてきた妓にとって、この上もない楽しみでした。お菓子やご馳走がいっぱいに詰まったきれいなお重をお姐さんたちがつくってくれるのを、ただもう心浮き浮きと待ったものです。辻では昔からの風習で、子どものいる楼では時節の行事やお祝い事があると、その子のために抱親様《アンマー》やお姐さんたちが祝ってくれるのでした。わたしの楼では前日からお姐さんたちがあらかじめ持ち分を決め、海の幸、山の幸を腕によりをかけて料理して、四段の三月重に詰めてくれるのです。子どもだったわたしは、お姐さんたちのお重づくりの様子を胸をはずませながらじっと見つめていたものです。

一の重には、小豆を炊き込んだお赤飯のおにぎりと白いご飯のおにぎりが、色合いもよく詰められていました。白いおにぎりの中には豚肉の間に味噌を入れてつくった〝油味噌〟が入っていました。二の重は九つに区切られ、まずゆでて紅色に染められた落花生が細い竹串に刺されて角に納まり、魚のすり身に卵の黄身を入れたのを型に流して上下から炭火で蒸し焼きにしたカステラ、魚のすり身を食紅で真っ赤に染めて豚の油でつやを出した大きなカマボコ、黒ゴマにつけ焼きをした〝ミヌダル〟という豚肉料理などが詰められました。

さらに〝花イカ〟という料理がありました。簡単につくり方を説明しますと、塩と砂糖に浸けておいた〝クブシミ〟という大きなイカの身に包丁を入れてさっと湯を通すと、花が咲いたように広がります。これを、酢と食紅を溶いたなかへさっと通して横に切ると、イカの白さが浮き立つように鮮やかでした。そのほか、魚やエビやテンプラもきっちりと切り揃えて重箱に詰められました。

また〝クーガーやまん〟も並べてありました。これは山芋の一種で、鶏卵ぐらいの大きさでゆで卵の黄身のような味と独特なねばりをもっていました。

お重用のお菓子は、米の粉をひいて砂糖をたくさん使い、重箱に合わせてつくられた四角の型に入れて蒸しました。この〝三月菓子〟の上には花形の砂糖菓子を飾りました。ほかには昆布も入れましたが、結んで銅銭を入れてゆであげると、きれいなコバルトブルーの色に仕上がりました。

三の重には、重箱に合わせて蒸し上げたカステラ風のふっくらしたお菓子が詰められました。四の重には〝チンスコー（油で揚げた落花生のお菓子）〟とか、結んで揚げた〝スーガーシ（塩味の菓子）〟などが、とてもきれいに詰め込まれていました。

余った料理は別々の皿に分けられ、祖母抱親様、さらに立身して分家した辻の尾類姉妹など遊廓親戚——いわば同じ屋号を称している人びとの家にも、きれいに盛りつけて届けられました。

このとき、今年の〝浜下り〟は波の上の海岸か、少し遠出して小湾の浜でか、またその帰りに見るお芝居は那覇の「真楽座」か「珊瑚座」のどちらかで、といった知らせを各親戚に持って行くのがわたしの役目で、その際、各楼でご祝儀をいただきます。のし袋のなかった頃で、白い紙の上に、お正月にかまどの上に飾ってあった赤い紙を小さな短冊型に切って貼ったものでした。ご祝儀は抱親様に納められ、〝浜下り〟の費用、芝居見物の費用となったようです。

いよいよ三月三日当日、きれいに盛り付けられた朱塗沈金の四段お重を前にすると、これは自分のためにつくられたことに思い至って自分まできれいになったような気持ちになり、胸がふくらみました。黒木でつくられた最上の箸と一緒に、紅型《びんがた》の大風呂敷に包み、お姐さんと二人で持ち上げたときの心のときめき、何と誇らしい気がしたものでしょう。二人で持つといっても風呂敷に手を添えているだけなのですが、それでもお姐さんたちへの感謝とそのお重を我が物と思う喜びを精一杯示したつもりの幼いわたしでした。

楼中の全員、そして辻の親戚が揃って白砂を踏み、海水に足を入れて清める「浜下り」には女の体に棲む魔性を海に流す意味があったようです。片張り太鼓を叩くようにはしゃぎ、喜びいさんでいる大勢の大人たちのなかに、小さいわたしはうずもれていました。

沖縄の海岸はサンゴ礁で遠浅ですので、潮の引いた岩陰の貝を拾い集めたり、あわてて逃げ出す小蟹を追いかけたりの磯遊びができました。日頃はおとなしく、女の高笑いははしたないことと禁じられているお姐さんたちが、今日ばかりは口をいっぱいに開けて笑い合いながら、琉球独特の下着袴の裾をたくしあげ、鏡水大根といわれた太い足、人参といわれた細い足を寄せ来る波に遊ばせ、夕暮れ近くまで大騒ぎしていました。

そして日も暮れかかる頃、みんなでぞろぞろとお芝居見物に向かうのでした。抱親様は出入りの人力車のおじさんたちを先に芝居小屋にやり、筵《むしろ》や茶道具の〝タークー（魔法瓶の親玉のようなもので、内側に錫が張ってあり、外は漆器になっていて持ち運びに便利）〟にお湯を入れて、〝マギ〟とか〝ティーサギ〟とかいう琉球漆の食器に料理を一杯詰めて、持たせてありました。

沖縄のお芝居は二階の方が高い見料を取られましたが、人力車夫のおじさんはこの二階のよい場所に陣取って待っていました。この日は、辻の姐たちも芝居見物に来られた一般のご婦人方と並んで〝三月芝居〟を見ました。

餓鬼猫《ガチマヤー》のわたしは芝居どころではありません。早速隣の人のお重と我がお重のコンテストを開始するのです。これがまた楽しくて、隣の席へ首を伸ばしたり縮めたりでまったく落ち着きません。ペッタンコの鼻においしそうな匂いがただよってくると、よだれがたらたら。子どもたちの食べるお菓子とてなかった頃、ふだん夢にしか見られない三月菓子とお重、これが今や我が物なのです。色どりがよく、見た目にも素晴らしくて、食べてしまうのがもったいないようでした。大正から昭和の初め、女の子にとって、三月お重はなんと待ち遠しく、楽しいものだったのでしょう。

鬼餅

三月三日のお重とともに懐かしく思い出される行事の一つに、旧暦十二月八日の〝ムーチー（鬼餅）〟がありました。この日は辻のお姐《ねえ》さんたちみんなで、厄払いの意味をこめてムーチーをつくるのですが、この時期の沖縄は急に気温が下がり冷えるため、〝ムーチービーサ〟と呼んでいました。

我が楼の長廊下の先、薄暗い場所にあった、わたしが主《ぬし》である一国一畳で、寝ながらムシャムシャ食べたムーチーの味を思い出します。月桃《げっとう》の葉の匂いもすがすがしく、外は寒い冬のさ中でも、食物をもらったわたしの心は春のようにポカポカでした。

また真夜中になって、お姐さんたちに送られて廊下をわたる殿方の足に、わたしが食べた餅を包んでいた大きな葉がペタペタくっついて、歩くにも困っている様子がおかしかったものでした。

寝ころんでムーチーを食べていると殿方やお姐さんが通りかかって、見つかっては大変とばかりに、あわてて口に押し込んだ餅をのどにつまらせて目を白黒させて騒いだこともありました。抱親《アンマー》様はわたしの背中をドンと叩きながら、

「この子は上から押し込むことしか知らない」

とわたしの行儀の悪さに真っ赤になって怒りました。すると機転のきくオト姐さんの「まだ童のうちから下から押し込むことを知ったら一大事」との冗談に、集まったみんながドッと笑い出し、とうとうこのときは叱られずにすみました。

それにしてもわたしは、餓鬼猫《ガチマヤー》だったせいもありましょうが、田舎にいた子どもたちと違い、毎日の食生活に不自由はありませんでした。お姐さんたちのマスコットのように可愛がられ、また、からかわれながら育った幸せ者でした。

辻と学校

やっと生え揃ってきたわたしの髪を、小学校も三年生になってはじめて編むようになり、昔の中国の人形のように三つ編みにして後ろの方にまとめてぶらぶらさせていました。走ると、まるで鞭で叩かれて疾走する馬の尾のように背中を叩いて調子をとっておりました。

わたしがふだん身につけていた着物はお姐《ねえ》さんたちのお下がりで、広袖を元禄袖に直し肩上げ腰上げを大きく入れたものでした。子どもはすぐに背が伸びるからと着物に縫いこんだその腰上げが、餓鬼猫《ガチマヤー》で食べ過ぎのお腹の上にきて、まるでカチカチ山の狸のようでした。

毎朝、わたしは青豆を炒って細かい粉にした〝チュージナ粉〟で顔を洗いました。この青豆は細かい粉を洗顔用に使い、荒い粉を茶碗や鍋、釜の洗い用にしましたが、豚肉をよく利用する琉球料理の食器の汚れもこれできれいに落ちたものです。

女の子は成長すると、女になります。しかし、辻ではとくに髪や顔の手入れ、足の先まで売り物として磨き上げていくなどということはなく、見よう見まねで習慣が身につき、心構えができてゆくのでした。成長していくうちに、自然にどことなく垢抜けるというか、ふるまいも違い、町の人々は一見して「辻の子」ということが分かるようでした。辻で育った子どもは売り物になる前に人に対する礼儀を教えられ、その行儀作法では厳しく躾けられたのです。

風呂敷を広げて本や帳面、鉛筆に日の丸弁当など全部グルグル巻きにして、肩にかついで学校へ出かけます。夜の遅い抱親《アンマー》様やお姐さんたちを起こさぬように、そっと台所の小さい戸を開けます。時間に余裕があるときは下駄を履いて、ゆったりと行けましたが、たいていは遅くなって走らねばなりません。着ている着物が重たく、その上に下駄を履いては走れません。足に履くべき下駄を両手に持ってすごい勢いで走って行き、学校の門に着いて初めて足に下駄を履きました。その頃の学校は木造の建物で、廊下の入口で下駄をぬぎ、手に持って教室の入口の下駄箱にきちんと納めるのです。教室へは素足で入って行き、帰るときも同じようなもので、何のことはない、わたしの下駄は足で履くよりも手で履く時間の方が長かったようです。

朝、顔だけ洗うと、いつも時間に追われて手に下駄を履き、外に飛び出します。西武門《にしんじょう》に大きな両足を開いたように立つ大鳥居を走り抜け、那覇尋常高等小学校の側の小さい丘の上を通り、知事官舎の後ろ側にあった人力車も通れぬくらいの路地を一気につき抜け、第二高等女学校の前に出てまっすぐ進む――これが、辻から松山小学校への一番の近道でした。わたしはいつもこの道を走って行きました。

「男女七歳にして席を同じうせず」という当時の教育では、男子と女子とは別々の学校へ行きました。わたしが、男の子たちの学校である那覇尋常高等小学校のそばを通り過ぎるときは大変でした。男の子たちがいっぱい集まり、みんなでわたしを追いかけてくるのです。ここが大きな関所でした。それもそのはず、固練り白粉《おしろい》を付けて踊った夕べの首は真っ白で、顔は今朝洗ったばかりの地色の真っ黒な顔、狸のような着物を身に付けた姿に、風呂敷に包んだ本を肩にくくりつけ、下駄は両手に、という出立ちだったのです。男の子たちが次々と投げつけてくる石を、手に履いている下駄が防ぎました。こんな姿はなかなか魅力があったと見え、男の子たちはわたしを追いかけ回しました。捕まれば毛虫をくっつけられるし、石は投げられる、「前門の虎、後門の狼」とはこのことでしょうか。

それやこれやでやっと逃げ切っても、学校の始業時間には遅れてしまいます。おそるおそる教室に入ろうとする途端に、「上原カメ！　また遅刻や！　そこに立っとれ！」と先生に怒鳴られ、仕方なく直立不動。やがて、「もういいから机に戻りなさい！」とお許しが出て、やっと自分の席に坐りました。すると今度は、居眠りが始まるのでした。

小学校時代は、教室では居眠りばかり、遊び時間には木登りばかり、という日々でした。夜は遅くまでお姐さんたちの使い走り、三線が鳴り出せば、お客様の前で昼間習ってきた踊りを踊らねばなりません。不夜城といわれていた辻です。十二時を過ぎなければ寝ることもできませんでした。一、二年生までは抱親様が早く寝かせてくれましたが、三年生の頃から毎日毎日の稽古事もあって、これは明日に回すことも許されませんでした。

遊廓である辻から何故に学校に行くかというと、義務教育ということもありましたが、小娘を抱えて学校へも行かさずにこき使うような仕打ちをすれば、人情のない抱親《かかえおや》として朋輩たちはもちろんのこと、辻全体から白眼視されたのです。「辻遊廓を顔をあげて歩くこともできない、世間の口は怖いもの」と、抱親様はわたしを学校にやってくれました。

子どもの身にしてみれば、毎朝早く起きて学校へ行かねばならないのは大変辛いことでした。しかし、学校を嫌がる素振りでも見せようものなら、抱親様の目に稲光が走り、大きな雷が落ちました。文字一つ書けなかった抱親様は、わたしの将来を思い、売られてきたときに着けていたうす汚れた着物を出してきて、

「踊りを習うのも学校へ行くのも、そしてお姐さん方のお手伝いをするのもみんなおまえ自身のためですよ。こんなことも満足にできない子どもは育てる価値がありません。お前のことを心から心配して育てているわたしを、お前がカナサン（慕っている）なら、ウミハマティ（一所懸命）努めるのですよ。ユースー（幼女）のときから育ててきた親の顔に泥を塗るようなまねはしてくれるな」

と、耳に穴のあくほどお説教されたものです。

毎年十月になると、奥武山公園で那覇市の各小学校の合同運動会がありました。あの頃の奥武山公園は、大きな松の木、その他の自然の大木がそびえ、奈良原知事の銅像の下に大きな広場がありました。ここで運動会がおこなわれたのです。この運動会の練習に行くのが、前日の晩から寝られないほどの楽しみでした。

尾類《ジュリ》の卵であるわたしに、抱親様は絶対に買い食いを許さず、それはもう厳しくて、子どもがお金を持ち歩くことは悪の始まりだと言って、ふだんは小遣いとしては一銭の金も与えてもらえませんでした。ところがその抱親様が、年一回の運動会には大枚十銭もくれたのです。そのときだけはうんと買い食いの楽しみを味わえました。お金は前の晩のうちに抱親様からもらえましたが、わたしの寝室であり居城であった、暗い廊下の先にある一畳の部屋が、その日は広すぎるように思われました。十銭の大金をどこへどのようにして朝まで隠しておこうか、と迷いに迷って、畳の隅っこの方、あるいはその下などに入れておいても不安はつのるばかりで、しまいには自分の締めている帯の端から端までくるくると十銭を巻いて、やっと安心して寝たものです。翌日は運動会の体操のことよりも自分の持っているお金のことで頭はいっぱいで、学校から運動場への道のり、みんなと並んで歩くときもわたしは帯の上から手が離せませんでした。

手製の飴の大きなかたまりを、その場で大きな包丁を振り下ろして、細かく同じような大きさに切って売っていた〝タッチリアミグヮー〟が、五個で一銭。〝カーブチークヌブー〟、〝オートークヌブー〟という深緑色の沖縄ミカンが二種類あって、カーブチーは甘く二個で一銭、オートーはすっぱくて三個で一銭でした。〝ガレーギ〟と呼ばれていた木の皮は、かじると舌を刺すような辛さの素晴らしい味と匂いがしましたが、一本一銭。〝ニッキー〟、これは口に入れて噛むと甘い味が出てきましたが、こんなお菓子か紙かわからないようなものもありました。穴のあいた〝ミーフガー〟という十銭硬貨は、わたしの一日を最高に素晴らしいものにしてくれたものでした。

待ちに待ちたる運動会
来れり来れり　アーア愉快
吹く風涼しく　日はうららかに
日頃の練磨……

これは当時の各学校が揃って歌っていた運動会の歌で、生徒たちが、雀のように口を揃えて声高く歌ったものです。「緑も深き奥武山　めぐる入り江の……」と今も歌われる那覇は三、四万ほどの人口でしたが、運動会は市民全体のレクリエーションでもありました。いつも家に出入りしている車夫が、抱親様の言いつけで、朝から筵《むしろ》を持って大きな松の生い繁る奥武山公園の木陰に陣取り、抱親様たちを待っていました。お姐さんたちは昼に間に合うよう、提げ重や重箱いっぱいのお弁当を準備してくれるのでした。お姐さんたちが集まってくる頃には一段と華やかな雰囲気になり、奥武山公園も黒山の人だかりになりました。

飴と鞭

小学校二年生の頃から、わたし自身は嫌いで才能もなかったのですが、抱親様《アンマー》の命令で沖縄舞踊の稽古に行かされました。あの頃の琉球舞踊は辻遊廓の尾類《ジュリ》たちとか芝居の役者方、そしてごく一部の舞踊研究家の方々だけがなさったものです。一般世間の風潮として、遊芸は良家の子女がやるものではない、とさげすむような目で見られた時代でした。このように辻やお芝居以外には見られなかった琉球舞踊を、お芝居の先生にお願いして、夜六時ごろ始まるお芝居までの時間、毎日楼まで来ていただいて、踊りを習いました。この稽古は〝ヤーマールー（家回り）〟といって、一カ月か二カ月、自分の抱妓《かかえこ》に教え込みたい抱親たちが助け合って各楼の抱妓たちを集めてお稽古をさせるのですが、自分の抱妓の番が回ってきた抱親は、芸能界の第一人者である役者先生をおもてなしするのに大変な苦労をしていたようです。

お芝居へお出になる前の役者先生をつかまえて頼むのですから、疲れさせぬようにと心を配り、半熟卵はもちろんのこと、栄養になる煎じ物などを差しあげて、夕食も抱親自らの手料理を出しました。一人の抱妓に芸事を仕込むためには、ずいぶんと物入りでした。

また、尾類の卵のわたしたちは腕白ざかりで、稽古場が我が楼ともなれば楼の全体が運動場に早変わり、夜の遅い抱親様やお姐《ねえ》さんたちは、初めは役者先生の話も興味深げでしたが、うるさい茶目っ妓たちにはたまりません。よほど忍耐されたようです。

教授料は一円で、これが十枚から十五枚くらいの稽古用もぎり券の形をとっていました。この券を買うとき、義理がたい抱親様は必ず先生の前に自らまかり出て、礼を尽くすようにしていました。そのとき、我が抱妓の踊りの筋や〝ザブリザンメー（作法）〟のことなども尋ねていました。茶目っ妓たちは師匠様より抱親様の目が恐ろしく、稽古用の券を買った抱親様が帰るまでは、おとなしく行儀よく坐っていました。師匠様は苦笑しながらも、茶目っ妓のおこないを抱親様に告げ口しませんでした。

学校から走って帰ると、抱親様が大きなたらいに漬けておいた洗濯物を洗う仕事が待っていました。カマドの新灰を水を張った大きな鉢に入れ、その上澄みを取って薄めた水のなかに自分の洗濯物を漬けておきます。「自分のことは自分でする」というのが抱親様の教育でした。

この水はとても汚れが落ちますが、洗うよりもすすぐのに手間がかかりました。灰の水で洗う芭蕉布や木綿類は、植物染料のせいか、洗うたびにとてもきれいに色が冴えてきたものです。お姐さん方はよい着物になるように何度も何度もきれいにすすいだのち、仕上げに〝シークヮーサー（沖縄の柑橘類で酸味が特に強い）〟を切って汁を出し、そのなかに着物をしばらく漬けておきました。そのほかに〝ユナジ〟という残りご飯を水に入れて腐らしたものに浸す方法もありました。これは繊維が固くなるのを防ぎ、トゥンビャン（夏服用の最高級の布。今は作られておらず、幻の繊維と呼ばれている）や芭蕉布の洗濯の仕上げになくてはならぬものでした。きれいにすすいでから糊付けをして、薄乾きの後で布を伸ばしておりました。この仕事は難しく、芭蕉布であろうと木綿物であろうと、自分の手で斜め横、縦横に引っ張り、手織りされた布の糸を傷めないよう筵の下に敷いて、ほどよい熱を与えるのです。さらに伸ばして〝イチヤブ〟という上下で十五センチくらいもあるまっすぐな平板の重しをして、それからもう一度手で伸ばしてから陰干しにして仕上げをしました。これは遊女であるお姐さんたちの洗濯法でしたが、一般の方々の間でも定評があり、上等の着物などはわざわざ頼みに持ってこられるご婦人方もおられました。

さて、学校から帰ったわたしは洗濯をすませた後、台所の隅で食物をお腹に詰め込んで、抱親様の前にひざまずいて、稽古用の券をおし頂いて稽古に出かけます。毎日一枚ずつのこの稽古券、真面目にお稽古をしていれば、今頃は踊りの一つや二つ踊ることもできたでしょうに。お稽古は、学校や使い走りの仕事から解放される唯一のチャンスで、その目的は遊ぶことでした。ところが、抱親様はちゃーんとそれを知っていて、ひとくさり小言を言わねば出してくれませんでした。

一、小さいときから稽古事が習えるのをありがたいと思え。

二、田舎の村遊び、首里、那覇のお祝い座など、あらゆる場所から依頼を受けて出掛けるのは、辻の姐《おんな》にしかできないことで、長じて依頼がなければ苦労するのは目に見えている。

三、今遊び歩いて悔いを残すのは自分である。真っ白に顔を塗りたくっても、芸事ができなければ腐った鯛と同じ、売り物にはならない。特技を持たぬ姐に振り向く人は誰もいない。

説教の後、やっと舞い扇と券を出してもらいましたが、下げていた頭を上げたときには、何を言われていたのかさっぱり覚えていません。抱親様から解き放たれた有難さに、我が世の春の浮かれ遊びに、一目散にとび出していったものです。

何一つまともな踊りもできない現在を思うと、なるほど抱親様の教え通りでした。

一軒の楼で一カ月の稽古が終わったとき、毎日踊りを習いに来る妓どもたち一人ひとりに、楼主の抱親様からお別れのお菓子が手渡されました。このときは抱親様がその楼の特徴を出すべく、一日がかりで手間暇かけてつくりました。これがとてもおいしくて、とくに琉球式の〝クジムチ《ガチマヤー》〟などが配られたときなど、喜々として群れ集まって頬張ったものでした。この日が餓鬼猫のわたしにとっては一番の楽しい日でもありました。

抱親様は日の丸弁当でわたしのおなかを満たし、お稽古事で空っぽな頭を満たそうと考えておられたようですが、もって生まれた餓鬼猫の腹は満たせても、頭の中は一年中〝空部屋有り〟と札をかかげていました。我ながら、情けない。「没法子《メーフワーズ》（仕方がない）……」。

サギジョーキーの魅力

このように子どもの頃の思い出のほとんどが食物につながっています。

当時、辻の各楼の抱親《アンマー》たちは、肉や魚、てんぷら、かまぼこ、琉球式のカステラ等々、いろいろな料理をつくっておきました。それらを貯えておくために使われたのが〝サギジョーキー〟です。これは竹で編まれた平たいふた付きの大きな籠で、半円型の把っ手がついており、広い台所の天井に吊ってありました。かまぼこだけでもいろいろな種類がこしらえてありました。そのまま出せる物、何か別の物と一緒に炊いて出す物、魚をカラカラに干してカツオブシのように削りカツオブシと一緒にお吸い物などのダシに用いる物などです。これは素材になる魚がトビウオとかグルクンその他、種類によって使い方が決まっていました。

辻の抱親たちは自分でいろいろと工夫をこらし、自らの手作りの味を自慢して得意げな様子でした。料理はサギジョーキーに重ならないように入れてあり、籠のなかには、いつお客様がお見えになってもすぐに出せるように味付けされた色とりどりの料理が一通り入っていて、所望してくれる人を今か今かと待っていました。

ある日の真夜中、小学生のわたしは、台所のサギジョーキーのなかのかまぼこが欲しくて欲しくてたまらなくなりました。

抱親様も寝てしまったし、お姐《ねえ》さんたちの部屋の戸も全部閉まっています。様子をうかがった末、わたしは抜き足差し足で目標のサギジョーキーの前に立ちました。コソ泥の気持ちとはあのようなものでしょうか。手足はぶるぶる震え、顎もガクガク、歯もガチガチ。サギジョーキーのなかからは、かまぼこのおいしそうな匂いがおりて来て、わたしを誘います。そのかまぼこの形を想像しただけで、あのぐっと弾力性のある心地よい歯ごたえが思い浮かび、口のなかはじわじわとつばでいっぱいになりました。子どものわたしはサギジョーキーに手が届かず、じれったくて震える手足を伸ばしたり縮めたり。

「抱親様よ、ご免なさい、もうだめです、我慢できません！」

抱親様の厳しい躾はいつどんなときにも頭にありましたが、叱られる前に頭を下げたのは、このときが初めてでした。餓鬼猫《ガチマヤー》の一念岩をも通す。ここで踏み台の〝アシンマ（足馬）〟を引きずり出して使うことを思いつきました。音を出さぬように乗っかって伸ばした手がやっとサギジョーキーに届いたのです。今度は下ろすのが問題でした。ヨイショ、コラショ、一所懸命に頑張ったのですが、〝カキジャー（吊し鉤）〟がサギジョーキーから離れてくれません。ウーントコラショと力を入れて持ち上げ、やっとカキジャーをはずしたとたん、あまりの重さにドサドサ、バターン、サギジョーキーもろとも高い足場の上から真逆さま。お肉はとび、かまぼこは泳ぎ、魚は跳ねました。落ちたわたしは気を失ってしまいました。

この物音に驚きとび起きてきた抱親様やお姐さんたちが医者だ、薬だと騒ぎ出したときには、目を覚ましたわたしは気まずさをごまかすために、思わずニタッと笑ってしまいました。これがかえって抱親様の気にさわり、わたしは、両手両足を縛られて、庭の縁側に放り出されてしまいました。呼べど叫べど誰も助けてくれません。悪いことは重なるもので、翌日は日曜日とあって学校に行かなくてよいので抱親様は許してくれません。

でもこの事件の後、「食べさせないからガチマヤーになる！」と抱親様にくってかかったというウシー姐さんの陰の力が功を奏し、年中梅干を入れておいたために穴があいていたアルミの弁当箱が新しいものに変わり、雨降って地固まるのたとえのようです。

その弁当箱には、たまに前の晩に抱親様からいただいたかまぼこや卵巻きが、入るようになりました。穴のあいたアルミの弁当箱や毎日毎日、日の丸弁当というのが恥ずかしく、ひとり木に登って食べていたわたしでしたが、かまぼこや卵巻きの入った日にはもううれしくてお弁当の上をなでさすり、お昼が待ち遠しく、お友達みんなと一緒に食べられる、と幸せな気分になったものです。ひとえにウシー姐さんのおかげで、このことは今でも肝に銘じ、ウシー姐さんの御恩は忘れていません。義姉への恩を表す盆、正月のお礼はもちろん、現世安穏、後世善所、と今でも思い暮らしています。

こんなこともありました。まだ小学校の三~四年生だったと思います。当時のお客様は、顔や首に真っ白く固練り白粉《おしろい》をつけて、お姐さんたちの三線に合わせてお客さんの前で踊っている小さな踊り妓《こ》の足元に〝花〟と言って、紙に小銭を包んで投げてくれました。常日頃のわたしはそのお金を抱親様に渡してから寝るのですが、たまたまある晩うっかりして、そのお金を懐に入れたまま寝込んでしまったのです。廊下の隅の一畳の部屋でいびきをかいて寝ているわたしを、抱親様は襟首つかまえ台所に連れて行き、そこで散々に叩きました。お客様から頂いたお金を抱親様に隠して持ち歩き、学校の行き帰りに買い食いをするのだろう、と決めつけたのです。

「子どもがお金を持つのは悪の始まりだ、泥棒や悪人に成すために、お前を育てているわけではない」

と大変な剣幕です。抱親に渡すのを忘れて寝たと答えると、それは弁解だ、親に向かって口答えするとは何事だ、となおさら怒る始末です。

「力仕事をいやがる者、嘘つき、泥棒の三つは同じもの、こんな恐ろしい嘘をつくお前の性根《しょうね》を叩き直してやる！」

と、そのときは殺されるのではと思ったほど、それはもう大変な腹の立てようでした。そこへお姐さんたちが割って入りやっと許してもらいましたが、今でもわたしの膝にはあのときの焼き火箸の傷跡が残っています。それ以来、わたしは寝る前には必ず抱親様に挨拶をして、お金も渡してから寝るようになりました。辻の抱親様は、小さいときから悪の芽を摘み取ることに腐心しました。この世の中で用いられねばならないのは、人間のジチマクト（誠実）だけだと言い切るところに根本があったようです。抱親様の厳しい教えは今でも耳元に残っています。

こんな出来事のあった翌朝も、もちろん首の真っ白な固練りの白粉も落とさず、日の丸弁当を持って学校へ行きました。抱親様に叱られたからといって登校拒否でもしようものなら、それこそ「親にトガを食わせる輩！」と大変なことになるのです。抱親怖さに、学校へ飛び出していくわたしでした。

前夜、どんなに遅くまで起きていても、学校を休むことは許してくれません。学校は専《もっぱ》ら居眠りの場所でしたが、お陰さまで皆勤賞だけは毎年頂きました。抱親様は自分の名前さえ書けず、藁を結んでお金の計算をする「藁算」といった具合でありましたので、子どもの義務教育の六カ年は人の一生にとって一番大切なときだと心得ていたのです。

尾類の卵と先生

今と違って、昔の沖縄では教職にある先生方も公然と辻に出入りをしておられました。大正から昭和の初めにかけての沖縄には、辻のほかには交際の場もなく、公職にある方々の歓迎会なども辻のなかでするほかありませんでした。裕福な家庭の先生方は詰尾類《チミジュリ》さえ置いておられました。辻という所は遊廓とは思えないほど社会と密着していたように思われます。ここでは先生といえども一人の男性には変わりなく、いろいろな世間的なお付き合いを持っておられました。わたしのように辻から学校に通っていた尾類の卵たちは、辻の通りで先生に行き逢いますと、黙ってニヤッと笑い、目を伏せていました。

わたしが通っていた松山小学校には〝尾類呼ばあー〟とあだ名のついた先生がおられました。わたしたち尾類の卵を、いつでも陰になり日なたになり、かばってくれた、とてもよい先生でした。ふだん多くを語らない無口なその先生は、黙って一人ひとりの生徒を観察しているようにも見えて、ちょっと怖いような感じもありました。その半面、寂しそうにしている生徒や元気のない生徒を見ると、教室のなかを歩きながらその子の肩にそっと手を置いてやるとか、帳面のないことを知れば白い紙を置いてやるとか、チビた鉛筆を口でなめなめ書きにくそうにしているときは、自分の使っている鉛筆をそっと机の上に置いてやるとか、いつでも生徒たちのことを気にかけておられました。ですから、その先生は無口であるにもかかわらずクラスのみんなの人気者で、遊び時間の運動場に先生が出て来られると生徒たちがワァーッと歓声をあげて集まったものでした。その頃は先生と生徒の間も近しかったものです。

その先生がどこの楼に通っておられたのかは知りませんが、ほかの方もみんな尾類呼ばあーであってほしいと小学生のわたしは願ったりしたものです。と申しますのは、先生方のなかには「ウィーバル・カメー」（わたしの名前）とわざわざわたしを職員室まで呼びつけて、

「オイ、尾類ぬクーガー（尾類の卵）お茶をついで来い！」

などと、何かにつけてわたしを使う方がおられました。当時の小学校には用務員さんがいて、先生

方の昼食を炊いたりそこら辺をかたづけたりしていました。にもかかわらず、尾類の卵であるわたしを呼びつけて昼食の手伝いをさせたりからかったり、それればかりか放課後ともなれば残っておられる四、五人の先生方の前で、

「オイ、ウィーバル・カメー、踊ってみろ！」

と、帰りを急ぐわたしを困らせるのです。早く家に帰ってお姐《ねえ》さんたちの使い走りや踊りのお稽古に行かねばなりません。さもないと抱親様《アンマー》に、

「遊びにやるために学校へ出しているのではない！」

と厳しく叱られるのです。わたしは時間に追われながらも、先生方に踊れと言われるとすぐに「ハイ」と答えて、手拍子を取って自分の口三線ととぎれとぎれの歌詞を歌いながら、手を挙げ足を挙げ、首を振り振り踊ったものでした。抱親様やお姐さんたちの顔色を窺いながら、びくびくして踊るよりも気楽で楽しいようにも思われました。そして踊り終えると同時に、先生方の笑い声をあとに、片手に下駄を持ちもう一方の手には学用品の入った風呂敷包みを引っ下げて職員室をとび出し、息せき切って裸足でかけだしました。わたしの頭には抱親様の顔色が浮かび、「先生に忠ならんと欲すれば抱親様に孝ならず」などと思いながら一目散に帰るのでした。

学用品とおじさん

わたしのついていたカマドーバーグヮーというお姐《ねえ》さんの馴染《なじみ》客に、石嶺のおじさんという方がいました。わたしを非常に可愛がってくださり、いつも友人四、五人のグループで我が楼にお見えになります。この石嶺さんのグループがお見えになるとき、わたしの心ははずんだものです。お姐さんが

この次の逢瀬を石嶺さんに約束する前に、わたしが先になって「おじさん、今度いつ来るの」と甘えるような調子で聞くと、その様子が可愛かったと見えて、お姐さんに目くばせしながら、二人に聞こえるように「次は何日に来るよ」とはっきり言ってくれたものでした。

おじさんに会うことも楽しみでしたが、彼のお友達に会えることの方がもっと嬉しかったのです。なぜならそのなかの誰かが、ノート、鉛筆、消しゴム、参考書、その他いろいろの学用品を持って来てくださるからでした。抱親様《アンマー》に言えば買ってくれないわけでもないのですが、何といっても学校へ行ったことのない抱親様です。毎年進級するときに新しい本とノート一冊、鉛筆一本を買えばそれでこと足りると思っていたのですからいたしかたありません。小学生のわたしには抱親様に買ってもらうよりもお姐さんたちのお客さんからもらった方が、ずっと気楽で簡単でした。

辻遊廓に来るお客の多くが、不思議とわたしのパトロン（？）になりました。そのほかにもウトーバー姐さんのお客さんの玉城さん、当間さんなどに一言お願いすれば万事ＯＫ、この次楼に来られるときは、玄関でわたしの顔を見るなり、学用品を振りかざしてニコッと笑って上がって来られたものです。わたしはこれを見て、喜び勇んでまるで主人にジャレつく猫のように、たもとにすがり、足にまとわりつきながら、それぞれの部屋まで案内して行ったものでした。

尾類《ジュリ》の家に行くとき、沖縄では遊女を買うと言わず、「尾類を呼ぶ」と言っていました。それぞれの遊び客は、尾類のクーガー（卵）のためにわざわざ文房具屋へ寄って学用品を買い集めて、それを持って尾類を呼びに行くのです。なんという、優しい心根でしょう。その頃の殿方は、辻に来られたらその人専用の浴衣に着替えて、くつろいでから酒を飲むといった具合でした。わたしは、いつもお姐さんたちがお料理をつくっている間、お客様の前に坐り込んで、先ほどもらった参考書の読み方を教わったり、学校のこと、踊りのことなど話して、四、五人の男性方のお相手に一所懸命でした。そんなとき、わたしのパトロンたちは非常に満足そうでした。しかしなかには、急に真面目な顔になり「身は穢れても、心は穢すなよ」と、怖い顔で厳しく言う方もおられました。それをわたしは、お風呂に入って身体を洗いなさいと言われたくらいに思って、うなずいているばかりでした。

ところがある夜、わたしが信頼していた石嶺おじさんに大変なことが起きました。

それは、お友達の方々二、三人とご一緒に我が楼に見えたときのことでした。いつもの通りカマドー姐さんはお料理の瓜グヮーなます、ゴーヤーチャンプルーをつくるのに忙しく、わたしは固練りの白粉《おしろい》を首も顔も真っ白くのっぺらぼうのように塗りたくって、カマドー姐さんのお手伝いをしていました。酒の肴の貝のお漬物など出したり、〃膳棚〃と呼ばれる水屋のなかから急須を出してお酒を入れたりしました。また外へ敷島煙草とかゴールデンバットを買いに行ったりして大忙しでした。そんなときのわたしは、浮かれてよく鼻歌まじりに歌いました。

「敷島煙草や、チキヤシムン、スミヤーグヮーのカマドングヮーヤ、ウトシグリサ……（煙草に火はつけやすい、しかし、茶屋の姐は落としにくい）」

などとやって、みんなを笑わせました。小さな人気者というわけで、得意満面でした。やがて、カマドー姐さんが三線を弾いてわたしが踊り、それが終わると沖縄都都逸《どどいつ》といわれる〃ナークニー〃など、お友達一人ひとりの歌が出る頃になるとわたしはもう眠たくて、〃酒ヂューカー〃という平たい特別な泡盛用の急須を片手に持ちながら、コックリコックリと居眠りをしていました。それを見た石嶺のおじさんはかわいそうに思ったのか、

「明日は学校だから早く寝かせなさい」

と、カマドー姐さんに声をかけました。その声が耳に入ってきて、わたしはあわてて目を見開いたものです。

「まだ十二時前だからそんなに早く寝たら、抱親様に叱られる」

と言うと、カマドー姐さんはわたしに向かって
「この部屋の片隅に寝ていなさい。抱親様が呼んだら、わたしの部屋でお客様をお取り持ちしていると言っておくから」

と言うのに甘えたわたしは、パトロンたちからもらった大事な学用品を抱きかかえながら、カマドー姐さんの部屋の隅っこにゴロリと寝込んでしまいました。

ところが夜中に、女の泣き声と男のうめき声にビックリしてとび起きました。蚊帳のなかをのぞいて思わず、

「石嶺のおじさんがカマドー姐さんを殺そうとしている」

と、すっとんきょうな大声を出して、泣きながら抱親様の部屋に行きました。抱親様をたたき起こして、

「カマドー姐さんが死にそうだから、早く助けて！」

と、大騒ぎをしたのです。

抱親様はすぐ部屋をとび出してきましたが、事情をのみ込みました。このため、カマドー姐さんと石嶺のおじさんは二人揃って抱親様の前に正座させられ、さんざんの体《てい》でした。

「人間としての慎みがない！　同じ部屋に子どもを寝かせたりして、イチムシ（犬猫）と同じじゃないか！」

と、大目玉です。ところが、カマドー姐さんはといえば、抱親様に叱られながらもおじさんの頭をふいてやったりして親切にしているではありませんか。わたしはむーっとしました。助けてやったのにとばかり、

「カマドー姐さん！」

と思わず声をかけました。するとどうでしょう、彼女はわたしに向かって目をむき出して、

「クヌ、ヤナ、ガチマヤー、ワラバー、ユヌナカニウリヤカ・ウィーテヌ、クトヌ、アミヒャー（この餓鬼猫童！　世の中にこれ以上のいいことはないのだ！）」

と今までに見たこともない顔で怒っているのです。なぜ叱られるのかもわからずに、ポカーンと立っているわたしを、抱親様は引きずり出し、廊下の先にある一枚の畳のところまで押したてていきました。そして、

「ここ以外には絶対に寝てはいけない、といつも言っているのがわからないのか」

と今度はわたしの方が抱親様に怒られたのです。あっちで怒られ、こっちで怒られ、どう考えても納得がいかないまま、それでも早速高鼾《たかいびき》です。

廊下の先にあった一枚の畳の上では、わたしは一国一畳の主というわけでしたが、薄暗い長廊下の先の一枚畳に寝かされていたそのお陰で、わたし自身、女になれるその日が来るまで、幸か不幸か、何も知らず知らされず育ったのでした。

辻における性教育は、外の見る目とは正反対でした。あの頃の厳しさは泥んこのなかに生きている者たちの境遇であればこそ、必要以上に清く美しく生きようとする姿勢であったのでしょう。

辻の朝

辻の各楼の〝仲前《ナカメー》〟（玄関）入口に敷きつめられた石は、お姐《ねえ》さんたちによってすべらぬように磨かれていました。二十畳ほどもあった板の間の式台を、お姐さんたちは〝仲前〟と呼んでいたのです。

この広くて大きな板の間は、お姐さんと殿方の出合所でした。そのほかの人間も、この場所で呼び出しを掛けて待たなければなりません。辻に物売りに来た人も、ここにお姐さんたちを集めて商いをするのでした。特に反物などの行商人は、向こうむきのままどっこいしょと、肩と尻に掛けた大風呂敷の荷物を仲前に降ろし、集まってきた楼中のお姐さんたちに内地製の布や着物を広げて見せながら、言葉巧みに売りさばいたり、注文を取ったりしていました。仲前の式台は、このようにいろいろなことに使われ、ここを踏まなければどの部屋へも通れない重要な場所でした。

夜ともなれば、訪ねて来られる殿方が連れの方々とともに長い廊下を通って、各自のお姐さんの部屋に行かれるのでした。その頃は鉋《かんな》を掛けた床板をむき出しのまま使っていたので、大切な殿方の踏まれるこの床板を拭き掃除するのは大変でした。楼中のお姐さんたちは毎朝総動員で、着物の裾をたくしあげて兵児《へこ》帯を締め、たすき掛けもかいがいしく、藁縄をほぐして水につけサーッとすくった水とともに、玄関の板の間や廊下の隅々が真っ白になるほど磨きあげてゆくのです。藁雑巾をポンと打って板をこすり、それを裏返しつつ磨きあげます。その間にシーッシーッと掛け声が入り、勢いづいたお姐さんたちは、額に汗を流しながら朝のラジオ体操よろしくやっていました。

小学校二、三年生の頃のわたしは、たまの日曜日も遊びに行くことよりお姐さんたちの手伝いをすることが優先です。まだ板を磨く力はありません。釣瓶を使って井戸水を汲み、お姐さんたちの大きなお尻の後から手桶を持って歩くのがやっとでしたが、一所懸命やらされたものです。水のいっぱい入った手桶を両手で運んで歩くわたしの姿はまるでアヒルが歩いているようで、足を広げてヨタヨタ、モタモタ、ウンショ、ドッコラショと、小さな身には大仕事でした。どういうわけか、平たい板の間にさえつまずき、手桶の上に腹ばいになるのもたびたびでした。水浸しになった板の間で胸を打ったはずなのにお尻をおさえて起きあがる姿がおかしいと、お姐さんたちの笑いの種にされていました。

仲前の床板の磨き加減にその楼に住むお姐さんたちの清潔さが表れる、と辻ではいわれていました。床板は昔の米びつのように艶もなく、真っ白に木目を出してあることが、お姐さんたちの誇りでした。そのために、ときどき床全体に磨き砂をまいて、亀の子ダワシで磨きあげるほどでした。各楼の抱親《アンマー》様たちは昼間でも互いに往き来していましたが、まず仲前の白さをほめてから上がって来られました。その楼に住むお姐さんたちの労をねぎらってあげるのも、抱親同士の付き合いには必要であり、礼儀でした。

お姐さんたちの一日は朝の掃除に始まり、夜は殿方の接待に使った漆器類や瀬戸物、茶碗など道具の後片付けで終わりました。抱親様の古風さが身に付いたお姐さんたちの生活でしたが、年上、目上の者を敬う原則を除けば、どのようなことにおいても暮らしのなかに上下の区別はありませんでした。たとえその姐《おんな》が売れっ妓であろうが、抱親様の実子であろうが、みんなが平等に扱われていました。とくに労働のことではお互いに気を配り、自分ばかりが寝そべっているようなことは、風邪でもひかない限りできることではありません。

寝ていたからといって文句を言うお姐さんもいませんが、目上、年上の区別のある生活は、見切りをつけられたらおしまいという意識があり、玄関で床板を磨く音が聞こえると、慌てて各人の部屋を走り出たものでした。女は大抵のことには順応できるものと見えて、抱親様の周りにある、日頃から真摯な雰囲気が、お姐さんたちの行動にもしみ込んでいたものです。

お姐さんたちは朝起きると、すぐに髪を結い上げました。片肌を脱いで片膝を立てながら長い髪を自ら大髷の沖縄髷に結い上げる姿は、浮世絵から抜け出たようでした。朝、もし昨夜の髪のままでいたりすると「姐としての身だしなみを知らぬ輩」、「髪の乱れは心の乱れ」などと、抱親様にひどく叱られたものです。この髷は辻の姐独特の結い方で、その上に簪を光らせていました。藁雑巾を持って仲前の床板の隅々まで磨こうと大きく股を広げて亀の子のようにはいずり回る姿と、着物で客席に坐っている上品な姿は、同じ人間とは思えないほどです。大きなお尻、小さなお尻、幅のあるお尻、お姐さんたちのお尻の品評会は見ものでした。

沖縄婦人独特の下着は、今どきのパンティーやビキニなどとは違って、いくら這いずり回っていても影も形ものぞけるものではありません。婦人たちの深々とすだれを降ろしたなかにこそ、女性らしい奥床しさが偲ばれました。

楼中のお姐さんたちが、揃って床を磨く様子を歌った面白い歌があります。この歌は、わたしが小さかった頃、抱親様の肩や腰をタンタントンタンタントンやっていたとき、一節一節ていねいに抱親様が教えてくれたものです。

一

起きられましたか《ウキミソーチイ》抱親様《アンマータイー》
どんな仕事をしましょうか《ヌーヌシクチサビーガヨー》

茶盆《チャブン》、急須洗って玄関拭いて《チューカーアラテツカーメースリ》

二

日暮れになりました《ユマングインナトイ》
どんな仕事をしましょうか《ヌーヌシクチサビーガヨー》
髪をかきあげお客を待ちなさい《カラジカチサバチウチャクウマチ》

こんな歌でした。お姐さんたちは朝起きると、まず仲前磨きや自分の部屋の拭き掃除をします。その後、洗濯をしたり縫い物をしたり、豚やアヒルなど家畜類の世話をしたり、内職のパナマ帽を編んだり、さまざまに働き始めました。そのうちに、物売りがやってきます。頭に大きな蓋のあるタライを載せた女の豚肉売り、野菜売りなどいろいろな物売りがいました。

物売りから野菜を二銭、お肉を十銭と買い、お姐さんたちは分担で楼中の朝食の準備をしていました。味噌汁には、お姐さんたちお得意の手作りのお味噌が使われました。辻のお姐さんたちは自分の味噌を作ることができなければ女ではない、と抱親様から仕込まれていたのです。みんなが自分たちの手作りのお味噌を自分の部屋に蓄えておりました。わたしのいた楼の屋根裏には、麦や米で麹を立てる部屋があり、年中誰かの米麹が立てられていました。お姐さんたちの味噌自慢は、やや手前味噌気味で、牛肉に味噌を揉み込んだ料理をしたりすると、お肉のおいしさよりも自分の手作りの味噌の具合を味わっている始末です。これではお肉屋さんも可哀想です。

みんなが一緒に楽しく食事をしている間も、わたしは箸の上げ下げまで細かく躾けられました。夜の遅い辻では、朝食は一般家庭のお昼過ぎにあたる時間になっていました。それでもわたしが十歳を過ぎた頃から、抱親様もお姐さんたちも、みんな一緒に朝からご飯を食べるようになりました。

楼のトイレは、今のような男女別というきちんとしたものではなく、いくつも戸が並んでいるようなもので、慎み深い（？）お姐さんたちは、男女がお隣同士で用足しをしないよう、気を遣っていました。殿方のご用のときは必ず後について行き、済むまで番人を務めていました。そこへ他のお姐さんが来ると手ぶりで知らせ、待たせていました。ご用を済ませて出て来られる殿方の手に水を掛け、そっと差し出す手拭きの布も、辻の姐たちの奥床しい心根の表れだったのです。

初髪結《ハチカラジ》い

儀式

居眠りが許された唯一の場所であった学校も、「蛍の光、窓の雪、……」の歌とともに、めでたく卒業とあいなりました。皆勤賞のごほうび（？）にノートを一冊もらいましたが、これはどんなことがあっても欠席を許さなかった抱親様《アンマー》のお陰でした。学校では成績不良で、尻から数えて一番目というのが自慢でしたが、それでも卒業できることは大きな喜びでした。

これまでのように時間に追われて、夜は遅くまで手伝いをして、朝は早くから家を飛び出す必要もなくなりました。脱いだ下駄を盾にして、飛んでくる石を防ぎながら学校への道を走り抜けることもなくなりました。卒業は、わたしにとって縄を解かれた犬と同じく、嬉しいものでした。

抱親様がつくってくれた矢絣模様の元禄袖の着物と袴は三年間着続けたものでしたが、これを着て誇らかに歩けるのも今日が最後かと思い、毎朝、息をはずませて駆け込んだ学校の門に「さようなら」を告げたときには、さすがにいちまつの寂しさをおぼえました。それでも気を取り直して、ノート一冊をもらって意気揚々と家に帰ったのでした。

そんなわたしを迎えた抱親様が、

「ナシンチャー（辻で生まれた子どものこと）の初ちゃんは高等小学校まで行くからこれまでどおり

だけれど、お前は着物の上から着ける袴も今日限り。これからは袴は着物の下から……」と言われました。そばでそれを聞いていたお姐《ねえ》さんたちのドッと笑う声に、思わずワァーと泣き出しました。何が悲しかったのか自分自身分かっていませんでした。居眠りする所がなくなったことを悲しく思ったのかもしれませんし、また辻で生まれなかった自分がとても惨めに思えたのかもしれません。自分の生まれた故郷に対して何らの思い入れも持たず、辻しか知らないわたしなのに、今は辻に生まれなかったことで差別される……、今卒業したばかりの学校が懐かしい、すぐに戻りたくなってしまいました。

わたしは、卒業饅頭を隣近所や辻の親戚の方々に配って歩きました。お祝いの金包みをもらって帰ってきた頃には、「明日からは、もう学校へ行かなくてもよい、朝はお姐さんたちと一緒に、ゆっくり寝ていられる」などと一人で合点して喜んでいました。小学校を卒業して、やっとお姐さんたちと同じように一人前になったと思ったのです。

ところがその喜びも束の間でした。朝になると、すぐに抱親様の部屋の掃除です。箒の使い方、雑巾のしぼり方の勉強、バケツの水の入れ替え、それが終われば抱親様や自分の洗濯物を集めて洗います。それから食事の支度をして、お姐さんたちと一緒に台所に集まり、食事を急いでかき込んで済ませ、今度は琴、三線のお稽古に通わなければなりません。

その頃からは、学校時代のようにお稽古をさぼって遊び歩くということもできなくなりました。お稽古は、次から次へと休む間もなく続けられ、抱親様の監督の下、前よりも厳しくなりました。お稽古から帰ってくるとお客様方が見えられるまでの間、抱親様が自ら三線を弾いてわたしの琴と合わせるので、「新しいことは習いませんでした」という嘘も通らなくなったのです。抱親様の目が光っていても、前進することなく、むしろ後退の方が多かったようです。たくさん習った芸事も、入口の受付に坐っている程度のことで、舞台に立てるくらいの力は、抱親様の精魂こめた鞭の下でも身に付けることはできませんでした。

学校へ行っていた頃は、夜の十二時を過ぎるとわたしのお城である一畳の寝室に入ることができたのですが、卒業した後は、お姐さんたちのお客様がお帰りになるのを待っていなければなりません。真夜中の二時、三時までも起きて、お茶碗、お皿などの後片付けを済ませてからでなければ寝られません。もちろん全部一人でするわけではなく、お姐さんたちのお手伝いをするくらいだったのですが、同じ家に住む同級生だった初ちゃんがそのようなことをしないでも済み、毎日学校から嬉々として帰ってくる姿を眺めていると、つくづく以前の自分を思い浮かべないわけにいきませんでした。

初ちゃんがうらやましい！　わたしは好きでもない芸事を仕込まれ、行儀作法でさんざんしごかれています。お客さんの前で踊り、お姐さんの使い走りもし、暗い台所でお客の残り物をパクつき、皿洗いをしている。こうした我が身が悔しくて、壁に向かってじっと立っていることもありました。

それでもようやくわたしは、お姐さんたちのように楽しく、面白く過ごせるようになりたいものだと考えるようになりました。自分の知らないいろいろなことを、お客である殿方から教えてもらって、初ちゃんに負けないようにと思いました。

辻には、〝初髪結い《ハチカラジ》〟というしきたりがありました。小学校を卒業したわたしに、この儀式の洗礼を受ける日が来ました。この行事は、「本当の女になってもよい」という証《あかし》の披露みたいなもの、といったらよいでしょうか。その日は盛大なお祝いをするのが辻のしきたりになっていました。昔の一円銀貨を何枚もつぶしてつくらせた銀の簪と長い入れ毛が揃えられました。初髪を結ってくれる役目の人も、相性のよいお姐さんを選びます。それも、一本立ちしている人が選ばれたものです。もしその相性のよいお姐さんが髪を結うことができない場合でも、必ず櫛を持って初髪を結う妓の頭に三度通します。その後で髪結いの上手な、他のお姐さんが結うことになっていました。これも辻のしきたりでした。

髪を結ってもらったわたしは、抱親様につくっていただいた、上等で美しい、その上に新しく匂う紺地の大柄の琉球絣に着替えました。前後から左右からしげしげと眺める抱親様の前に、きちんと正座して「ありがとうございます」と挨拶をさせられたものです。

初めて辻の姐《おんな》らしい琉球髷を結った妓となって、なぜかしら恥ずかしい気持ちでモジモジしていました。そのくせ心のなかでは大人になったような気にもなり、ちょっとえらくなったような感じもあって変な気持ちでした。わたしを育てる間の数々の苦労を並べ立てている抱親様でしたが、その目を見ると非常な喜びを表していて、何とも言えない、胸がいっぱいの様子で涙ぐみながら、しみじみとわたしを見つめていました。わたしは育ての親の心を感ぜずにはいられませんでした。

抱親様としては、四歳の子どもの時から手塩にかけて育てた尾類《ジュリ》ん子が、折々くらべた身の丈も自分より高くなり、初めて結わせた女の黒髪も見事なものだったので、うっとりとしておられたのでしょう。

それでも抱親様はまだまだお説教を忘れず、

「女が髪を結ったからには、鬢《びん》つけ油をきちんとつけて、ほつれ毛、おくれ毛が出ないように」

などと注意しながら、わたしを横や後ろに向かせたりして、まるでこけし人形でも回して眺めているような様子でした。年頃までに育てあげた抱親様自身も、晴れがましい気持ちになったのに違いあ

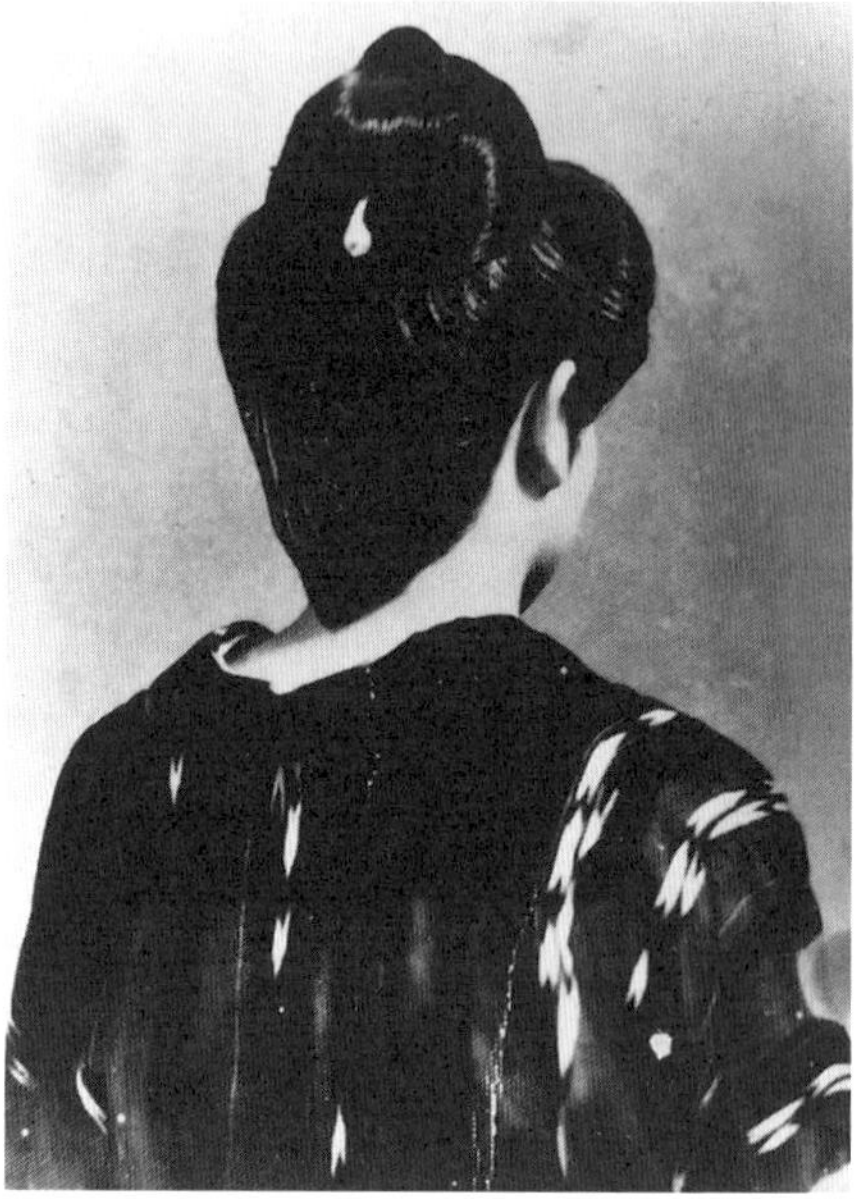

尾類の結髪

りません。精魂こめて育てあげた我が抱妓《かかえこ》の「若さ」に、昔の失われた自分を思い起こしているようにも見えました。なんとしてもよい女に育てたいとの願いが、わたしにも伝わってきます。わたしの晴れ着である濃い藍染の着物には、おとなしそうに見える抱親様の内に秘めた強い気性がしみ込んでいるように思われました。

　抱親様から言いつけられたお姐さんに付き添われて、お祝いの料理を配りに辻の親戚を回りました。親戚の方々は、そのご馳走を受け取ってお祝いのお金を包んでくださいますが、そのとき「しっかりやりなさい」と言いながら、大きな拳骨でわたしの頭をコツンと叩くのでした。それが辻の伝統であり、昔からの風習だったのです。店開きの挨拶に来た姐に、辻の親戚の抱親たちは心をこめて、コツンコツンとやるのです。一人や二人ではありません。初髪を結ったと聞くと、道を通るほかのお姐さんたちも寄ってきて、みんなお祝いの拳骨をコツンとやるのです。それでも、やられるわたしは「ありがとうございます」とお礼の言葉を言わなければなりません。こんなに割りの合わないことがありますか！　それを怒って頭上に両手をかざして逃げ歩くわたしの仕草を面白がって、お姐さんはわざと道行く人を呼び止めて、「初髪を結った」と言いふらすのです。

我慢ができなくなったわたしは家に走って帰り、すぐに初髪を解いてしまいました。髪を結い上げるたびに拳骨をいただくものとおどされて、その後しばらく抱親様からなんと言われても、わたしは髪を結いませんでした。しかし何年か後、本当の女になったその翌日からは、髪を結わないでいると大変に厳しく叱られましたので、仕方なく今度は自分で髪を結い上げなければなりませんでした。

辻の多くの姐たちは、身の丈を超えるほどの長い髪をしていました。櫛を通すときには、中腰でうつむいて、自分の髪に櫛を入れるお姐さんたちも多くいました。長い髪を櫛でとくときには、必ず先のほうからのばしていったものです。根っこの方から櫛を入れるのでは、髪が長くてとくのに大変だったのです。髪のことを歌った、昔の詠み人知らずの琉歌があります。

ンジャラキテ　ウチユ　ユワタイヌ　サバチヒチガ　スクナタラ　アカンヌガン
（髪のもつれのように　乱れすさんだ世渡りの櫛を　梳《す》き違えたか　苦労も絶えない）

初　夜

幸か不幸か、昔は男女の秘め事を表に出すのは非常にはばかられました。それが商売であるはずの辻で、四つの時から育ってきたわたしでさえ、どこでどうしてどうなるということを、本当に知らなかったのです。今考えれば不思議なことですが、廊下の先端の一枚の畳が寝室に充てられていたせいでしょうか、他の室でおこなわれていたことを知りませんでした。昔の人たちは、それほどたしなみということを大切にしていたものです。

遊廓ですらこのような状態でしたので、まして一般世間の方、特に首里、那覇の町方の人びとは、推して知るべしです。あの頃は、夫婦でさえ二人で道を歩くのに肩を並べて歩こうものなら、たちまち人の噂にのぼり大変なことでした。本当に、三歩下がって夫の後からついて行くのが常識とされていた時代です。

わたしが十五歳になった頃から、抱親様《アンマー》の落ち着かない様子が始まりました。何といっても長い年月、自分が産んだ子も同様に、日夜心を尽くして育てた大事な妓です。一人前の女にしなければという、辻の抱親としての義務や重い責任がありました。何も知らない妓に初めてのお客を取らせるという抱親様の心配や苦労は、彼女自身が悲痛な体験をしているだけに大変なものでした。なかなか決心がつかなかったのも無理なかったかもしれません。

周囲の人びとからやいのやいのと言われて、やっとの思いで重い腰をあげたようでした。そこで細心の注意を払って、知人、友人、辻のなかに住んでいる義姉妹、いわゆる辻親戚の人たちに、よい人を世話してくれるように頼み込んだものでした。辻の抱親様がしなければならない抱妓《かかえこ》のための一世一代の仕事であったのです。厳かな気持ちで人選をしてやるのが、人情であり、また責任であると真面目に考えていたようです。焦らず騒がず、いくら口が掛かっても、抱親様自身が納得しなければ初客を取らされるということはありませんでした。

辻の妓の初客というと、だいたいが子どもの欲しい金持ちの殿方がその任に当たっていたようでした。今でもまだ沖縄はそうですが、男の子でなければ家を継げないという風習があるので、世継ぎをこしらえるという大義名分を殿方は持っていました。若い初店の妓は、一、二年のテスト期間で子どもを産む、その腹を貸すために一人の殿方以外の客は取れない女になる妓がたくさんいたようです。そんな妓を「詰尾類《チミジュリ》」といいました。

辻の抱親たちはその道の経験豊富な方を狙っていたようです。男女の交わりを秘め事にするという昔の遺風が残り、テクニックにすぐれ、社会で盛んに活躍する殿方を選ばせることになったようでした。

さて、抱親様は妓の初客を人びとに頼んだ後は、今度は神頼みです。わたしに〝ビンシーグヮー(沖縄で神仏を拝むときに使う、お酒や米などが入れられた小箱)〟を持たせて、あちこちの因縁ある木や石を拝んで歩いたものです。理想的な初客に引き合わせていただけますように、と抱親様は祈願し、わたしも祈願させられました。初客をとる、ということがどんなことであるのか、それが何物であるか、良し悪しも知らない尾類《ジュリ》の卵は、ただ言われるままに教えられた通りの言葉を唱えたものです。抱親様の隣に坐りこんで、そこにいたおばあさんたちが吹き出すほど、大きな黄色い声を張りあげて、一所懸命拝んだものでした。抱親様は「大金持ちの年寄りに引き合わせてたもれ」と石や木に向かって線香を捧げ、ビンシーグヮーに入れておいたお酒をかけたり、お米を周囲にまいたりしながら、次のような言葉を述べたのです。

「尊し尊し、大金持ちでも若い男は駄目でございます。童を落ち着けて女にすることができるのは年寄りに限ります。年の若い男は気が早く、結婚の道具を壊されたら一大事でございます」

抱親様のおっしゃるには、「若いお客を付けたら若者好きになり、品の悪い尾類となる」ということでした。しかし、何事かよくわからないわたしにも、とにかく、客をとらされるということだけはわかりました。それでもわたしは平気の平左でした。わたしは早くお姐《ねえ》さんたちのようになりたかったのです。白粉つけて紅つけて、きれいな着物によい匂いをふくませて、三線弾いて、お客と一緒に歌ったり笑ったりしたかったのです。

それに、何にもまさる楽しみが他にありました。お客様の面前では何一つ食べられなかったご馳走でも、お姐さんたちは自分でつくるので、これからはいくらでも欲しいだけ食べられるのです。餓鬼猫《ガチマヤー》のわたしにとっては、これ以上の望みはありません。

さて、抱親様の奮闘努力のお陰で、わたしはある方に紹介されました。そのうちにこの方は、毎晩のように家に来られ、特にわたしには優しく親切にしてくださって、何でも好きなものを買ってくれました。髪はお下げのままで活動写真へも一緒に連れていってくれました。帰りには階楽軒という高級な中国料理店でお腹いっぱいになるまで何でも食べさせてくれるし、とても好いおじいちゃんで、わたしは天下泰平に思っていました。

遊んで食べて帰ってくる二人を、抱親様はいつもいそいそと出迎えて、今日はどこへ行ったの、何を食べてきたの、と事細かに尋ねます。もちろん、当時のわたしには、この方と抱親様との間に重大な話が交わされているとは、夢にも知りませんでした。抱親様の質問にわたしは浮き浮きして、

「今日は映画、明日はカツレツとオムレツを食べに行く」

などと答えていました。

わたしがこの方に、いつしか好いおじいちゃんとして親しみを抱くようになったある晩のことです。たくさんの料理を出して、抱親様とともにこの方を接待した後、抱親様が自ら布団を敷きながら、

「今晩は何か特別に教えてくださるそうだから、おとなしく教わるのですよ」

と言われました。しかしわたしは、お腹をいっぱいにした後はもう寝るのだけが願いです。誰と一緒に寝ようが、そんなことはお構いなし。楠でつくった木枕を二つ並べて蚊帳を吊ってくれた抱親様の目の前で、わたしはすぐさま自分から布団に入ってしまい、苦笑しながら出て行く抱親様の顔も、

半分はもう夢うつつのなかで見ていました。

さて、真夜中ふと目を覚ますと、目の前に男の顔があるのです。ビックリしてワァーッと大声をあげ、長方形の木枕をつかんで奮戦を始めました。そして、

「抱親様、タシキティクミソーレー（抱親様、助けて！）」

と叫んだのです。しかし、時すでに遅く、後の祭りでした……。

これは後になって知ったことですが、わたしの「ウーン」といううめき声に、頭から冷水をかけられたかの様子を窺っていたそうです。わたしの「ウーン」といううめき声に、一晩中、部屋の外で息をひそめてなかの様子を窺っていたそうです。

女であれば誰でも一度は体験するのでしょう、その翌日、骨盤が開かれたのか何か股にはさまっているようで、まるでアヒルのような歩き方をする本当の女（？）になったわたしは、抱親様から次のような訓辞を受けました。

一、尾類としての嗜《たしな》みは、一対一ならともかく、いかなることがあろうともお友達と同席の客の前で、物を食うては絶対ならぬ。

二、盃を差されたら、ちょっと口をつけて、必ず盃洗に酒を捨てること。尾類の酒飲みは辻の姐として失格である。

三、金をせびらぬこと。客が自然に出すように、最上の接待をするのが肝要。

四、美しい尾類になるよりもよい尾類になれ。よい尾類とは、常識豊かに何ごとかに秀でた尾類を

いう。

五、美しい尾類は一時の栄え。義理、人情、報恩を知る女の心掛け、第一なり。

初恋

それは、わたしが尾類《ジュリ》グヮーになって間もない頃のある夜、突然にわたしを襲いました。

　わたしの初客であるおじいちゃんが家に見えると、抱親様《アンマー》は喜んで迎えていましたが、わたしには動物の夜襲を受けるような感じで、この上なく辛いことでした。男という者はただ酒を飲み、料理を食べ、そして女と寝るだけのために辻に来る、いやらしい奴としか考えられない頃でした。男女の性愛などということからはほど遠い、まだ蕾も固く、青臭い小娘の慣れない手つきのわたしがかえっていじらしく可愛いと思っていたのでしょう。このおじいちゃんは毎晩のようにやって来て、わたしの機嫌を取ろうと一所懸命でした。そして月に四、五回はものにされて、性教育を受けさせられました。

　その頃は毎日のように、抱親様との争いも絶えませんでした。男というのがまったく嫌で嫌でたまらないという、尾類の卵から雛にかえされて間もないヒヨコだったのです。ニヤニヤしている抱親様と初客様に向かって、黄色い嘴《くちばし》をとがらしていました。幼いときから辻の礼儀作法を教えられ、叩き込まれたはずでしたのに、やんちゃだったわたしはことごとくたてついて、廊下を歩くにもパタパタ、ドタドタ！　身体を無理やりに開かされた腹いせに反抗をするわたしと初客様の間にはさまれてウロウロし、困った顔をしている抱親様を見ていると、ますます嫌になり、憂うつな日々を送っていました。

　ところがそんなある夜のこと、抱親様の義妹であるンゾー叔母さんの楼で、二、三十人の宴会に手伝いを頼まれました。これ幸いとばかりに逃げ出すように出かけたカマデー姐さんの部屋で、わたしの人生を素晴らしいものにしてくれた男に出会ったのでした。初恋とは、何の前ぶれもなく突然にやって来るものです。わたしは落ち込んだ穴のなかで、がんじがらめにされました。わたしの初恋はここから始まったのです。

太陽が昇り、月が出る、聞こえるはずのない音が、わたしの小さな胸に響いて来るようになりました。その方に初めて会った瞬間、わたしは全身がしびれて、声を出すこともできませんでした。もちろん、話をすることなど毛頭できません。まるで感電でもしたように、会っただけでポヮーンとのぼせあがり、その人の顔を見、声を聞いただけで緊張し、顔さえもあげられずにワナワナと震えました。

男の人はいやらしいことをする者と決めてかかり、誰に向かってもツンと鼻を立てていたその頃のわたしが、小さい時から持ちなれたはずの酒入れで、その人の差し出した盃にお酒を注ごうとしても、顔は真っ赤になり手が震えて注げないのです。面白がってつき出される盃に、意を決して持ちあげたわたしの酒入れが、カチカチと音を立てて当たり、恥ずかしいくらい身体も心も震えて抑えることができませんでした。ゆきずりの、どこの誰とも知らない人なのに、かけられたその人の言葉に全身が真っ赤になり、畳の上にパッとうつ伏せになりました。

何故そうなったのかわからないままに、その人に会ってからのわたしは、毎日、ウキウキ、ワクワクのし通しで、少しも落ち着いておれないのでした。何を見ても楽しく、心が躍り、その人にもう一度会いたい！　いや、会いたくない！　と乱れた思いが胸をしめつけていました。辻にいたからこそ会えたであろうその人、我が身が尾類であることに感謝する気持ちにまでなりました。尾類の雛もいつの間にか女になっていたのでしょうか。ドタンバタン歩いていて、いきなりポッと入り込んだ道がわたしの一生を左右したのでした。

それからのわたしはだんだんおとなしくなりました。毎日ボーッとしていたのに、恋を知り始めてからは、少しは女らしく抱親様の言うことも聞くようになり、初客のおじいちゃんが家に来ると、心では彼氏のことを思い浮かべながらもちゃんと接待して差しあげました。恋の病をわずらってから四、五カ月、それでも毎晩叔母さんの楼にいるカマデーお姐さんの部屋に行きました。

わたしは当時十五歳の妓で、尾類のひよっ子、何とかしてカマデー姐さんにその方のことを聞きたいと思いました。でも色恋を語るにはあまりにも幼くて、聞き出すには勇気が必要でしたし、またそれは許されることでもありませんでした。ですから自然に胸のうちを語ることもできず、あの晩会った男の面影を朝な夕な心に浮かべているだけでした。

こんなにもわたしを悩ませている人でしたが、実際に二度目に会えたのは、わたしが十六歳になってからのことでした。抱親様の名代で、当時辻の近くに建っていたあるお寺へ行ったとき、紋付羽織袴のその男を見かけたのです。「まぁ、わたしの彼氏はこの寺のお坊様だったのかしら」と身もすくむ思いをしました。

早速、翌朝からわたしの寺通いが始まりました。早起きできない〝ニーブヤー（朝寝坊）〟のはずのわたしが、お寺の門の石畳の上に朝の六時までに行き、お花を置いて誰にも見つけられないように逃げ帰ったものでした。あの方に会うのは恐ろしい、しかし何とかひと目でも会いたいという気持ちでした。片想いの恋人を忍び見ることは、なかなかに切なく、説明のつかない気持ちでした。

ところが、どんなに毎日お寺に通っても、わたしの想うその方にはまったく会えませんでした。それもそのはず、その人はお坊さんではなかったのです。お坊さんなら、行事のときに黒の紋付羽織袴を着て歩くわけはないということを知らずにいたのです。せっせと真面目に寺の門へ一年ほども通いました。行事や葬式のときだけ見えるその人は、寺の檀家にすぎないことを後で知りました。

十七歳になりました。わたしの初恋はもう三年目を迎えています。やはり忘れられないその方に、三度目にお会いしたのは「風月」という日本料亭でした。その頃の沖縄には「風月」と「見晴らし」という二軒の日本料亭があり、そこに住み込みで働いている芸者たちはせいぜい十人ぐらいでした。男手のない辻の習慣と違い、経営者や帳場、台所の方も男たちでした。辻の風習からすれば面食らうような組織で、ツブシ島田に着物の裾を引いた美しい芸者さんたちが三味線を弾き、踊り、年に一度は沖縄の芝居小屋を借り切って『壺坂霊験《れいげん》記』などのお芝居を打っていました。それほどの芸達者が揃っていたのです。そこの男女全員が、沖縄における日本文化の向上に非常に貢献のあった、という料亭でした。沖縄で仕事をし、あるいは日本内地からみえる政界、経済界の高位高官の方々が社交場として使っていた「風月」は、明治橋を渡ったところに建っていました。

辻の若い妓たちを発掘してくるのも、その料亭の帳場やご主人の仕事で、選び出された辻の姐《おんな》たちは夜の七時から九時、十時頃まで給仕として行けば、二円という給仕代がもらえました。沖縄の県外向け社交場を一手に引き受けていたその料亭では、毎晩何十人、何百人の殿方が各部屋に分かれて宴会をしていたのです。その宴会の応援または接待役として、辻の姐たちが毎日のように駆りだされました。その「風月」で、わたしはあの人の氏素性、その社会的地位と幅広い趣味とを知りました。また常に先輩を立てて礼儀に厚く、各界の人びとに好感を持たれている男であることを知ることができました。そして、その道の猛者であることまで。

ところが同時に、世間で己の名声を保っているその男は、一介の尾類グヮーのわたしにとっては高

宴席の筆者（前列左端）

嶺の花というべきでした。まったく大変な男に惚れたものだ、と内心ゲンナリしました。そして男の何くわぬ素振りにまたガックリ。その人はわたしには目もくれず、鼻も引っかけないのです。小娘を相手にするには、あまりにもその道で達人だったのです。女たらしの男は、かえって別れた女すべてに自分を懐かしがらせる能力を持っているとみえ、姐たちの評判もまたすごいものです。そうなれば、いよいよわたしの想いは増すばかりで、何とかしてその人に認めてもらいたいという一念に燃え、真剣そのものでした。沖縄社会のさまざまな行事や仕事に関係していたその人は、毎晩必ずどこかの宴会に呼ばれていて、「風月」のどこかの部屋に顔を出していたのは、わたしにとってはこの上なく幸運でした。

当時のわたしは、夜は「風月」に通い、昼はあの方の趣味である謡を、京都から来られた呉服商の大旦那様に教えてもらうことにしていました。謡を習うわたしが漬物の腐るような声を出すので、抱親様は経をあげるなら寺へ行けと怒鳴り、気がおかしくなった、と謡曲の本を取りあげて捨ててしまいました。それでもわたしは真剣でした。ほかにも長唄小唄、地唄端唄、お茶にお花も習いました。『中央公論』や『婦人公論』を取り、居眠り小学校の分を取り戻そうと努めました。かと思えば、当時流行の社交ダンスの講習を受けて、レコードの音楽に合わせてイチニイ、イチニイ。男一人を得んがため、わたしの努力は八面六臂でした。でもそれはみんな上っ面だけで素通りでした。何か一つでも実になっていれば、今頃は……、と悔いは常に後から出て来ます。

当時なぜか、『婦人公論』に木村伊兵衛先生が撮って下さったわたしの写真が二、三度掲載されました。大先生ということでしたのに、育ちも悪く、顔も悪いわたしには、どんな人かとんと分からず、ただノホホンと写されていたのです。恋は盲目といいますが、わたしにはあの人以外のどんな男も目に入りませんでした。

辻の姐にとって、恋をするということは生きている証《あかし》でした。皮膚も輝き、身についた習慣さえも変えてしまうもののようでした。立ち振る舞いに女らしい奥床しさを心掛けるようになり、お酒を注ぐちょっとした仕草にさえ、色艶が出て、目の輝きも変わってくるものでした。三年間も、どこの誰とも知らぬ人に恋をしていたわたしにとって、その張本人の三度目の出現は貴重で得がたいことと思えて、息をすることも大きな楽しみになりました。

「風月」でその人の顔を見ただけで、すっかり興奮して、何が何だかわからなくなるありさまでした。当の本人に対しては、いそいそとお酒をついだり、寄り添っていったり、親切心を出して、チョコチョコ動き回るサービスもできずに、一緒にいるお友達に対してばかり、それは彼の気を引くための思わせ振りにすぎなかったのでした。宴席でわたしの目は男の横顔にくいついたままでした。誰が何と言おうと、振り向きもせず、我が初恋の人、我が目標はただ一人、その方の歓心を買わんがためにひた走り、息も絶え絶えに一所懸命にはかない努力をしたものです。ところが悲しいことに、わたしが本気になって、誠心誠意を尽くして、果ては捨て身で当たっても、何の反応もありません。

辻に詰尾類《チミジュリ》も置いていないその男に、女のわたしの口から言いだすこともできず、どうにもなりません。それでもその人は、「風月」の宴会が終わると二、三人の女を引き連れて「一味亭」や「十八番」という所に食事に行ったり、「ライオン」という当時モダンなカフェなどへ遊びに連れて行ってくれました。茶目っ気のあふれた妓たちは、その人に会うと、みんな顔が晴ればれとしたものです。夏ともなれば、みんな一緒にゴットン、ゴットンと軽便鉄道に乗って、海に行きました。浦添《うらぞえ》の小湾浜や与那原《よなばる》の浜で立ち網をさせ、魚をとって騒ぎました。また、〝沖縄漫湖〟といわれた、明治橋の下を流れる国場《こくば》川に舟を浮かべて、川柳や俳句に興じることもありました。

あの人はいつでもいろいろな遊びのお供に連れて行ってくれましたが、一緒に連れて行かれるのはわたし一人ではありません。それぞれの会社のグループと一緒に辻の茶目っ妓たちが揃って接待役をつとめ、錦上花を添えるということで、わたしだけが特別にどうこうという話ができるわけではないのです。当時は特に、女の方から何かを言い出すなどはもってのほかでした。黒焦げになりそうなわたしの胸はくすぶるばかりで、報われぬ想いに息をのみ込んで、胸をさすっていました。辻の姐のはずのわたしが、いつまでもくすぶっているばかり、火をつけるチャンスもなく、燃え立つこともできないのです。

初恋の人をいとおしく想っていた頃のわたしは、初客様の次に、妻を亡くされた主前様の世話を受けていました。月々の生活費を出してくれる殿方がついて、とても気楽な身分になっていたのです。わたしの生活を支えてくれる主前様は、非常におとなしい方で、片想いの人よりも一つ二つ年長のようでした。初客様のおじいちゃんとは違って、この主前様、鳥の行水が好きなようなお方で、閨での秘め事にも非常に淡白な方でした。わたしのその方への任務は実に簡単なことでした。ジャジャ馬のようにはね返る若さをそのままむき出しにしたわたしのお茶目振りに、困ったような顔をしながらも、結構それを楽しんでいるような主前様でした。

「袖振り合うも多生の縁」といわれますが、その主前様は、いかにもわたしを辻の茶目っ妓として育ててあげるためのみに現れ、ただわたしの世話をし、面倒を見てくれるためにあったような存在でした。自分勝手なわたしは、主前様に生活を見てもらっている身ながらも、彼を自分の部屋に残して出かけて行きました。初恋の男の顔をちょっとだけでも見れば、それだけで気が晴れやかになると「風月」のお給仕に出かけたものでした。

わたしが飛び回ることを許してくれたこの主前様は、女というものに苦い経験をお持ちでした。わたしと知り合う前に囲っていた辻の姐《おんな》は、この殿方では満足しなかったのでしょう。鳥の行水のせいか、女を退屈させて逃げられてしまった、そんな経験の持ち主でした。

わたしに対して詰尾類という旦那様を持つだけの女の生活から生じる欲求不満に、適当にストレス解消策を考えるのも、我が身のためと考えられていたのかもしれません。それともまだ女のヒヨコで、閨の味もよくわからないわたしを、与しやすしと見抜かれたのでしょうか。でもわたしには関係ないことでした。誰が何と思おうが、人が見返ろうが、あの人に会うことが、わたしの命の支えのように思えたのです。浮気で優しく、強い情熱を持った初恋の人の顔さえ見ていれば、毎日が楽しかったのです。きれいな着物を着て、お化粧をして鏡に自分を映すときなど、それが当たり前と思い込み、主前様に義理立てしてては生きていけない、と自分で割り切っていました。

主前様はといえば、たまにわたしが家にいるときは大喜びで、インフレーションやデフレーションなど、当時の耳新しい言葉やいろいろな社会の出来事を『中央公論』などを読みながら、懸命にわたしに説明してくれました。その受け売りを、お座敷でお客様の相手になっているとき少しずつ出しました。すると、みんなが、「ホホーッ」という顔でわたしに注目してくれるのです。毎日が楽しいものでした。このように、毎日毎晩出歩き、とび回っているわたしに、主前様は「家にいるよりここが落ち着くから」と言われて、お部屋で雑誌などを読みながら、わたしが帰ってくるまでいつまでも待っていてくださいました。

金もあり、地位もある殿方が、自分のものになった女をどうして毎晩のように座敷に通うのを許しておくのか、おとなしい主前様に同情したお姐さんたちの陰口もあって、親しいお姐さんから叱られたこともありました。わたしの「風月」行きは、我が胸に秘めたもので、誰にも話せることでなく、また古い辻の習慣では許されることではなかったのです。

お客一人をしっかり守って、おとなしく恥じらいを見せる可愛い女として殿方に接しなければならない詰尾類が、恋をしたのがそもそもルール違反でした。それでもやんちゃで茶目っ妓のわたしを主前様は、ニヤニヤしながら大きな懐に抱きかかえておられたのです。何のことはない、わたしは主前様によって、どんなお客様の前でも笑いながら話し相手のできる女に仕込まれていたのでしょうか。

ところが、わたしの初恋のほうも、十年が過ぎようとしていた頃のことでした。生活の糧であった主前様に、年老いたお母様にいつまでも家を守らせるのは心苦しく、母親を安心させるためにもということで、郷里から奥様を迎える話が持ちあがりました。しみじみと語る主前様に、わたしの気は重くなりました。それでもすぐに初恋の人が頭に浮かび、気をとり直して賛成しました。

再婚に踏みきった主前様はしばらくすると、せがまれて仕方なく連れてきたと言い訳しながら、新妻と一緒にわたしの部屋に来られました。そのときはちょっと腹が立ちましたが、祝って差しあげるのが、過ぎし十年間の恩に報いることと、お姐《ねえ》さんの三線に合わせて、自分から立って舞い踊ったものでした。

今夜限りで扇を持つことをやめようと思い、舞い納めた扇を引き破りました。ところが、その翌日に主前様がやって来たのです。平謝りに詫びる男を、家庭が第一と突き放す辻姐でした。こんなおかしな気持ちはどこから出たものでしょうか。なごやかな表情をして、我が暮らしは平穏無事という格好をしながらも、辻の姐の生き様とはまことに難しいものでした。

主前様は、遠い沖縄まで嫁いできた妻に、少しでも早く沖縄の社会に慣れさせ、人間的広がりを持たせたいと思って連れてこられたそうです。沖縄の習慣を教えれば、堂々と辻にも出入りできると思ったのでしょうか、くどくどと言葉をつなぎつつ、こわばったような顔をしながら、わたしの手を引っ張る男の仕草に、男の心を知ったように思いました。

初めから好きで一緒になった主前様ではありません。それでも十年という歳月の長さに、わたしは主前様をすっかり頼りにするようになっていたのでしょう。いざ別れるとなると、今更のように大きな魚を逃がした思いで悔しく、どうしてもっとやさしく打ち解けてあげられなかったのか……。でも、そんなことはもうみんな後の祭りで、誰に慰められることもない寂しさは、自分にしみ込んだ主前様の影響の強さとともに、折にふれて改めて思い知らされるのでした。

その後、主前様は長年の念願かなって、わたしが産めなかった子どもを二人も授かる幸福な父親となりましたが、胸を病んで入院なさいました。お別れした人であり、特に続いていた縁でもなかったのですが、辻の姐の躾けられた律儀さでしょうか、朝な夕なに身体に効くという煎じ薬などを出入りの車引きに持たせました。どうせ奥様にも知られたこと、十年間の恩に報じようと努めたものでした。それでもわたしは、とうとう病院にだけは行かずじまいになったのです。

お宅から電話をいただいたときには、すでにこの世を終えられていました。お寺の祭壇の上で四角い箱に納まっている主前様、幼いお子さんと奥様の姿を拝見すると、飾られた写真に向かって、「妻と子を持ち幸せな主前様ですこと」と、ちょっと妬けるのも芸妓らしい思いです。幼い者を残して、逝った主前様の悲しみは、わたしの悲しみでもある。これが辻の姐のわたしに涙を流させたのでしょうか、ポロポロととめどもありませんでした。

実った初恋

主前様に去られ、侘しい日々を送っていたある日、わたしの部屋に、酒を飲んだ初恋の男が前ぶれもなく突然入ってきました。男女の間のことを知った女にとって男っ気なしの二、三カ月はやはり味気のないもので、男の足音にさえ身体がうずく頃、あまりの唐突さに、せっかく初恋の人が来られても言葉が出ません。胸がドキドキワクワクして、ただじっと見つめているだけのわたしでした。急に押し倒されて、怯える身も心も、いつの間にか、初めての陶酔に手足の指がワナワナと震えて……。

その男が帰って行った後、寝巻きにしみ込んだ初恋の人の体臭を、洗ってしまうのがもったいなく、二、三日もそのまま抱いて寝ました。初恋の人の残り香のなかに、十年余りもかかった初恋が実った実感を確かめているわたしでした。

そのうちに、一九三一年（昭和六年）に満州事変が起こり、やがて日中戦争と、世の中が騒然となり始めました。在郷軍人であった初恋の人は、将校として出征して行き、戦地で病死しました。まだ軍隊にも余裕のあった頃で、沖縄から夫の看病に駆けつけた奥様に看取られて死んだことが、不思議なことにわたしの慰めにもなりました。

尾類の子

遊廓のなかで、姐《おんな》たちが子どもを産んで育てるというのは、何かおかしな感じを抱かせるようですが、辻では一般社会と同様、ごく自然のことと受けとめられていました。抱親《アンマー》様たちは、自分の抱妓《かかえご》が子どもを産むと、まるで実の孫が産まれたかのように喜び、隣近所の抱親たちや辻親戚の抱親たちも集まってきて、楼中が〝産し繁盛〟と喜び合う、というおかしな風習がありました。

戦争が始まるまで、姐たちの妊娠に対する認識は浅く、商売女でありながら、客をとれば腹がふくれるというお姐《ねえ》さんもいました。定まった殿方を持つお姐さん方も、子どもを産んだ後、女体が順調になってからでないと、殿方のところに通えません。いつもお腹を大きくしているお姐さんを持つ抱親は、大変な出費を余儀なくされるので、閨でのことが済んだ後は、それなりの処置をするということを日頃から教えていました。各楼には井戸があって、その水がそれぞれの子種を流す役目をしていたのです。昔、辻の道端に、細長く掘られた水路の溝は、各楼から出る排水が通っていましたので、大勢の殿方の子種が溝のなかを泳いでいたことになり、帰り道を急ぐ父親と対面していたかもしれません。

子おろしは大変な罪悪とされ、医者のところに行ったにしても、子をおろせば、医者も一緒に監獄行きとなった時代でした。ですから、監獄へ行くよりは、子を産んだ方がよいとお姐さんたちもあきらめて、ふくらんでくるお腹をうらめしく思いながらも、じっと待つより仕方がなかったのです。

抱親様や家中のお姐さんたちは、妊婦のことを真面目に心配したり、喜んだりしていました。それでも、その当時は、子ども一人産むのにも命がけで、子を産んですぐ死ぬことも珍しくなく、生まれる子よりも母親の命を助けたいと思うのが人情でした。

妊婦は、五カ月目の戌の日に、白木綿の半反布に、朱色で〝寿〟と書いた腹帯を締めるお祝いをします。この儀式が終わってからは、客の前にも出ず、家中の姐たちの使い走りをさせられていました。妊婦の昼寝などもってのほかとされ、身体を動かすほどお産は軽いといわれていましたが、家中のお姐さんたちは、それなりにいろいろと気を遣っていました。

腹帯の締め具合も監視されて、ちょっとでも緩いと見ると、姉、妹を問わず、妊婦を叱りつけ、帯を強く締め直させていました。〝小さく産んで大きく育てる〟ということでしたが、とにかくお腹を締めつけていればお産は軽いと、当時はみんな信じ込んでおり、それ故に、辻にいた妊婦は、身体を動かすためにみんなにこき使われていました。そのお蔭でしょうか、お産の重い女はあまりいませんでした。

生まれる当日、楼中のお姐さんたちが代わりばんこに妊婦を引っ張って歩きました。歩かせることが安産になると産婆に教わっていたので、怒ったり、すかしたりして歩かせたのです。妊婦がいよいよどうにもならなくなったとき、抱親様と産婆さんが部屋のなかに入ります。朋輩のお姐さんたちは、大切な殿方もそっちのけで、我が事のように廊下を行きつ戻りつしました。赤ちゃんの産湯《うぶゆ》の支度をするお姐さんたちもいました。楼中に不安と喜びが入り混じって、お姐さんたちみんなが、抱親様と産婆さんが入って行った部屋に気をとられているのでした。

辻の姐とはいえ、抱親様は真正面に見る女の姿に、ゲーッとなりながらも、やっとのぞいた赤子の頭に胸躍らせて、もう一息だ、もう一息だ、と天井から下げられた帯綱に、産婦と一緒につかまりながら、子を産むのは女の務め、声を出しては女の恥だ、と我が抱妓を励まし、力づけていました。産婦の歯を折らないために、口にタオルをかませ、妊婦の両手を握りしめる抱親様は、自身には痛さを感じないはずなのに、気の張りつめ方は産婦以上でした。

おかしなことに、女の子が生まれたときは「大男が生まれた」と言い、男の子が生まれたときは「大女が生まれた」と隣近所の人びとには言いふらしておりました。

お姐さんたちの誰かがお産すれば、二十日くらいは、楼中の姐たちが産婦の世話で、目の回るような忙しさです。抱親様や朋輩たちが交代で、母親と赤ちゃんの世話につきっきりです。やれお乳を出すには白魚のお汁がよいの、青いパパイヤの炒め物がよいのと、親身になって産婦の心配をする朋輩たちでした。家中の姐たちの古い浴衣を出し合ってつくった赤ちゃんのオムツの洗濯はもちろん、産婦の下のものの世話までしていました。

赤ちゃんを産んでから一週間は、経産婦は上向きのまま寝かせておき、赤ちゃんにお乳をやるときだけしか横向きにもさせません。動きすぎると子袋が曲がるということでした。

辻で生まれた赤ちゃんの名前を付けるときには、親、祖母、曽祖母と三代くらいの名前を紙にそれぞれを書いて、丸めてお盆の上に乗せ、台所に安置してある火の神に捧げて拝みます。そして、抱親様がそのなかの一つを取り、引いた名前によって、親の後継ぎをする子だとか、祖母や祖父の性格と似るようになるとか、先祖の血を受け継いでいるとか言って喜んでいました。男の子なら太郎、次郎、三郎、松男とかで、女の子なら亀、鶴、竈《カマド》、音、鍋などと名前がつけられました。

琉球の風習では、女の腹は借りるだけのもの、どこの誰に生ませようが、直系の子は長男となりました。それは、沖縄全体に行き渡っていましたので、世継ぎ、後継ぎを生んだからといって、そり返る女もおりませんでした。男は一家を構えて立つものであり、女は嫁がせる他人のものという教えもあったようです。

しかし、男の子でも全部が全部引き取られるわけではありません。なかには親子の名乗りはしても、受けつけぬ奥方もいました。その場合は辻親は辻から出て、〝ムラウチ〟と呼ばれる辻から離れた町に母子ともどもに住みつき、殿方の世話を受けながら、ひっそりと暮らす者もいました。肝心の殿方に女を引き揚げさせる力がないときは、抱親たちは〝ムトルシル（売られたときの借金）〟以下でも、男子の将来のためという大義名分で、母子を殿方に近づけていました。

辻で生まれた男の子たちが、そのままで辻に暮らすことに問題があったわけでもなく、男子禁制ということでもなかったのですが、辻の姐たちの悲しい心は、男の子の将来ということに非常に執着があり、できるだけその父親である殿方と何らかのつながりを持たせるように努力しました。そして、子どもと姐が、一緒に暮らせるように、生まれた子の血筋を尊ばせることを大事にしていた抱親たちの心意気は、何事も男性第一の古き良き時代の、珍しく人に知られていない、隠れた遺産だと思われます。

父親のはっきりしない六、七歳くらいから十歳くらいまで男の子は、楼内に出入口の違う〝俗室〟という一部屋があって、そこで抱親様と一緒に寝起きして育てられました。母の馴染客になついて、教えもしないのに、父ちゃんと呼ぶ幼子のいじらしさに、母の心は痛み、抱親様は胸をしめつけられたようです。生み親が詰尾類《チミジュリ》であれば、殿方を頼りにし、何かと相談もしましたが、二、三人の馴染客が入れ代わり、立ち代わりしていれば、男の子に対する教育にもなりません。そんななかで、将来のためという抱親たちの決意と意気込みは、おかしなほど立派なもので、自然に抱親様自身が、辻を出て男の子を育てることに落ち着いたようです。こんなときの母親は、辻に居残って稼ぎ、抱親様と我が子の生活費を出しているようでした。

父を知らぬ子どもは、物心つく頃から、父親のことを尋ね始めるようですが、尋ねられるごとに、胸を刺される想いを隠して、

「あなたのお父さんはお仕事で東京、大阪に……」

と言うのです。しかし、この言い訳も何歳くらいまで通ったものでしょうか……。

昔は高等教育への進学は、私生児には許されないことでしたので、認知された子どもならともかく、辻遊廓からの進学はできません。高校や大学を出すことを誇りにしていた抱親たちは、他人様の戸籍を苦労をして借り受け、やっと子や孫を学校にやるのでした。が、そのためには抱親様ご自身が廃業して、抱妓の産んだ男の子を連れて、ムラウチに移り住みました。人間のできた抱親様、と言えばそれまでですが、金で買った、全く血のつながりのない抱妓の産んだ子を、孫として育てるのです。抱親様にとっては、本当に目の中に入れても痛くないほど可愛い孫、ということだったのでしょう。

このように辻の抱親たちに育てあげられて、医者になり、弁護士になり、また学校の校長、政治家、小説家等々、辻で生まれたことを隠しながらも、多くの人材が輩出したようです。そして特筆すべきことは、このような方々がどんなに功成り名を遂げようとも、血のつながりもない抱親様に育ててもらったという恩義に対して、陰になり日向になり、支え続け、抱親様の晩年を幸福に送らせたようでした。伝統のしみ込んだ、報恩ということに心をくだき、守ってきた、一対一の心の結びつきは、血縁をも超えるものがありました。

辻で生まれた子どもには、二種類の呼び名がありました。抱親様が産んだ子どもは〝ナシングヮー〟と呼ばれました。御殿、殿内の詰尾類である若い妓に娘が生まれたら、〝トートーグヮー〟として引き取られることもあったようですが、父親の知れない女の子は抱親自身が育ててあげて、他人の籍を借りる苦労をしてまで、女学校に行かせたようでした。ところが、辻遊廓で生まれたということを、抱親たちが子どものためにどんなに隠しても、「尾類の子である」という事実は、世間の噂となったようで、人間として最低の暮らしをしていた尾類の子どもとして生まれたが故に、蔑視されて、生まれ出た身を悲しみ、そして男女の別なく、我が身の哀れさに苦しみ、年頃になってから、世をはかなんで自殺した尾類の子どもたちも少なくありませんでした。そして、一途に育てた我が孫の自殺に、狂い出した抱親たちもいました。

また、やっとの思いで学校を卒業して、親の縁づけた人とすぐに結婚し、尾類の子なればこそとつつましい暮らしをする娘たちもいました。しかし、学校を出て普通の結婚生活をという大それた望みを自ら捨てて、抱親様の後を継ぐ娘たちの方が多かったように思われます。なかには、学校の卒業と同時に青二才に惚れて一生を台なしにするナシングヮーたちもいました。辻のなかには、さまざまな形の「女の一生」が詰まっていました。

さらに、抱妓が産んで抱親様が育てる子どもは〝ナシンチャー〟と呼ばれました。これは、生みの親が目の前にいるので、立場上、義理人情・立ち居振る舞いを教え込むためか、同じわがままでも、ナシングヮーのそれとは度合いが違っていました。このような妓が一人前になると、おばあちゃんである抱親様の資産の有る無しにかかわらず、報恩の名のもとに生活の責任を負わされ、世継ぎ、後継ぎにされたものです。蝶よ花よと育てられたものの、大人になってからは、義理のしがらみに縛られて身動きもできないようになっていました。父親の知れている妓でしたら、父方への孝行、生みの母親への孝行、育てられた抱親様への責任、おまけに抱親様の里方まで背負わされることになっていました。素直で従順なナシンチャーの妓たちは、「働けど働けど楽にならず」、という言葉を地で行くようでした。

だからといって〝ヤマーサンカー（身をもちくずした姐）〟に落ちることはできません。この妓たちが働くということは、いかに品位を保って、よい尾類になるかということに努力することで、その上に辻の風俗習慣一切を身に付けることなのでした。そういうナシンチャーの妓にかかった殿方こそ大変で、ただ一人の辻の妓ナシンチャーと情を通じただけだと思っていたのが、いつの間にか、抱親様や母である姐まで、我が子を嫁がせた親のようになっているのです。そうなってしまえば、これもまた、男としてつれないこともできませんが、それは功成り名を遂げた殿方でなければ長続きしません。ですから、そのような方が選ばれて客の任にも当たられたようでした。

鶴姐さん

わたしの友だちに「鶴ちゃん」と呼ばれていた若い妓がいました。〝ナシウヤ（生みの母親）〟や抱親《アンマー》様が、目に入れても痛くないというほどのかわいがりようで、箱入り娘の見本のようなものでした。抱親様や母親は、どんなことをしても娘を女学校に入れたいと奔走しました。他人様の戸籍に入れてもらったり、その関係先への義理を果たしたり、と大変な骨折りをして、やっと念願の女学校へ入学させることができました。

ところが、当の鶴ちゃんは、在学中に、中学卒業前の学生と知り合い、恋をしてしまいました。生みの親も、抱親様も仰天です。しまいには、とうとう学校を退学させられてしまいました。

　それからというもの、鶴ちゃんは、抱親様たちの監視下に置かれる毎日を送っていました。しかし、無理に止めればよけいに燃えあがるのが恋の道です。燃えあがった二人は、とうとう辻の抱親様や母姐の許可を得ることができました。血気にはやる若い者たちに、もしものことがあってはならないと、一応思慮深い辻の抱親様も考えられたのでしょうか、尾類《ジュリ》とお客という形になり果てながらも、やっと実のならぬ花は咲いたものでした。

　母娘ともども、我が力ある限り、辻で生まれた子どもなればこそ、高等教育も受けさせて、高望みはしないけれど、普通の女として、〝ネートケート（破《わ》れ鍋に綴《と》じ蓋）〟の結婚をさせたい……というささやかな辻の抱親たちの願いも、恋知りそめた女の、燃える心には勝てないものと見えました。愛するということは一切を許すこと、と抱親たちのあきらめ、そして決断力はさすが辻大学の姐《おんな》たちでした。

　相手の男性は、当時の沖縄では指折りの泡盛の醸造元の長男でしたが、昔の沖縄の醸造元といえば、長者番付に入るほどの大金持ちでした。そのうちに、彼氏は日本内地の大学に進学してしまいました。それでも何とか、夏休み、冬休みの短い間だけ、女との逢瀬に帰ってきたようです。学生の身で家から引き出す金も大変だったでしょうが、女学校退学後の女の生活も大変で、他の男を取らぬと、最初から抱親たちの承知の上で持たせた部屋です。辻生まれのサラブレッドは、食べるのさえ十分ではありませんでした。それでも生みの親や育ての親の抱親様も、鶴ちゃんのために、と大海のような広い心で生活の苦しみを伏せて、万事尊大に構えていました。

　さて、その彼氏、とうとう大学卒業と相成りました。ところが、それと喜んだのも束の間で、二人のことをうすうす知っていた彼の親たちの言い付けで、他の女性と結婚しなければならない羽目に陥ったのです。そして、この男、結局親の決めた女との結婚にゴールインしてしまったのです。そのショックの大きさに、辻の姐、鶴ちゃんは、とたんに気がおかしくなりました。妖艶な美しさを持っていた彼女が、咲き終わった月下美人のようにしぼんでしまったのです。そして涸れ果てんばかりの涙を流しながら、彼の家まで響いて行きそうな大声で笑うだけ……。これを知って駆けつけた彼氏に、何と言われても、何を聞かれても、ポロポロと涙を流しながら、ただ大声で笑っているだけの彼女でした。きれいな女であればあるほど、狂った女の声は哀れを増すものでした。

抱親たちの身も細るような心配をよそに、食事も取らず、なだめてもすかしても、水さえ飲まず、ただ大声で笑う彼女でした。とうとう鶴ちゃんは狂い死んでしまいました。日毎に弱り果て、思わず耳をおおいたくなるようなすさまじい高笑いとともに、涙をポロポロとこぼしながら死んでいった鶴ちゃんでした。

お姐さんの部屋

ときたま見える殿方を抱親《アンマー》様の部屋でおもてなししたり、空いているお姐《ねえ》さんたちの部屋を借りたりしているうちは、辻ではまだ半人前でした。〝抱親世帯〟と呼ばれるこの半人前時代を過ぎて、二、三人の殿方もつくようになり、日々の生活が自分でやっていけるようになって初めて一人前でした。なかには抱親様の力によって、初めから自分の部屋を持つことのできる妓もいましたが、一人前のお姐さんといえる頃になってようやく、ふさわしい部屋を抱親様が決めてくれました。

初客から部屋の設備費が出ない場合には、抱親自身が、箪笥、膳棚、夜具、衣類や蒲団箪笥など、辻の姐《おんな》としての部屋に必要な調度品一式を揃える責任がありました。

なかには、二部屋を通して持つことのできる姐もいました。客筋がよい場合で、たとえば十畳に八畳、あるいは八畳に六畳というふうに。ところがこのとき、一部屋の家賃は抱親様が出し、別の一部屋の分はお姐さんたちが自前で出します。

二部屋持つことのできるお姐さんたちは、主に上の間を殿方接待用の部屋と定め、床の間や違い棚の置物、花の生け方などで、部屋の主の心根を表すようにしました。琉球式の花の生け方では松を生けるときには松の葉と枝を一本一本固い糊でくっつけて生けますが、後には池坊、草月流など、いろいろな流儀を好みによって習ってくるようになりました。

床の間には香炉を置かずに、丁子風炉を置きました。上の小さい壺に香料と水を入れ、下の風炉の方に炭火を埋め、ほのかな匂いを部屋中にくゆらせました。お姐さんたちの丹精こめた部屋には、殿方の社交場になるせいか、相当な方が書かれた掛け軸なども掛けられました。ハイカラなお姐さんは、南国琉球の感じを出すために、〝チヌブ〟という、竹で編んだ沖縄風の囲いまでもつけました。池の周囲の大小の山にも苦労をして、編まれたチヌブの黄色い竹をバックに、蘇鉄の深い緑の葉が目を見はるような鮮やかさで浮かんできました。

加納受け

真面目の上に一言付くような辻遊廓のお姐《ねえ》さんたちが、廓の生活を明るく過ごせたのは、〝加納受《かのう》け〟という特別な風習にあったように思います。それは、抱親様《アンマー》とお姐さんが膝つき合わせて話し合いを持って決めた、月々の加納金の口約束でした。この決まりがあるために春を売ることにあくせくすることもなく、頼母子講を毎月掛ける余裕さえ生まれ、着々と自分たちの足場を固めてゆくとともに、将来の希望に目を向けることもできたのです。

この加納受けという決まった金額のなかには、お姐さんたち自身の食費や、一畳当たりで計算される家賃、電気、水道料など一切の生活費と、加納受けができるまでにかかった大まかな一切の費用が含まれていたようです。辻の抱親たちは大人になった姐《おんな》を抱えても、一カ月や二カ月で初客を取らせることはなく、抱妓《かかえご》の身体や心の準備ができるのを待って、納得ずくの上で初めて客を取らせていました。初客の済んだ女でも、慣れるまでは他の客につけることもなく、当分の間はその初客との往来があるだけでした。

二、三人の決まった殿方ができ、自立できるという見通しがつくまでには、一、二年の月日がかかるものでした。それまでは見習い期間と申しましょうか、衣食住一切、小遣いや風呂賃まで、抱妓の面倒を抱親様が責任を持つ代わりに、〝サラウティー（辻の生活に慣れない妓）〟は、抱親様の殿方がお友達と一緒に見えられたとき、接待や食事のお料理の手伝い、後片づけ、お座敷の掃除、洗濯など、色々と抱親たちの手足となって働きます。この頃にはさまざまな芸事も仕込まれますので、若い妓たちには一日が一番短い時でもありました。こうしてそれやこれやと働きながら、辻の姐としての習慣、しきたりを覚えさせられました。

加納受けは、抱妓についている殿方の力、その姐の能力、顔形、また前借金の度合いに応じた金額が、話し合いによって決められました。加納受けの資格には、彼女が何歳の時に辻という遊廓に売られてきたか、これまでに何年経っているか、ということが問題でした。金額の違いはありましたが、たいてい客を取り始めて一年も過ぎてからのことでした。客があろうとなかろうと、構わず遊び歩く若い妓たちもいましたので、抱親たちはあまりにも利かん気のわがままな妓には、むしろ責任感を持たせるために、早々と加納受けをさせていたようです。

初めから詰尾類《チミジュリ》になったお姐さんたちの加納金は安く、二、三人の決まった殿方を持っている姐たちの加納金は高いようでした。ところが一人の抱親様に抱えられているお姐さんたち——義姉妹の間でも、加納金の額はあまり話題にもならず、抱親様もそのことには触れませんでした。自分の抱妓の義姉妹たちが分け隔てなく平等に暮らしていけるように、との思いやりだったのかもしれません。

抱親様と抱妓との間に、毎月の加納金が決まると、姐の商売の元手として、泡盛一斗が抱親様から贈られました。それまでは、若い妓の部屋に簞笥や膳棚などの調度品は置いてあっても、お酒や肴などは抱親様の部屋から運んでいました。加納金が決まってからは、自分の部屋で用意して、そのまま殿方に差し出すので、そのときになって初めて、お姐さんたちも「この妓は加納受けが決定したんだな」と気づくくらいのことでした。自分の部屋に置いてある膳棚のなかからお酒や漬け物をとり出したり、自分で初めてつくった料理を、自分の部屋の火鉢で温めてお客様に出したりできるようになると、若い妓たちは急に大人になった気分になり、ご機嫌になったものです。自分の部屋で殿方への一通りの接待ができるということは、尾類（遊女）としても、階段を一段上がったことを意味するばかりでなく、もっと嬉しいことには、大先輩のお姐さんたちから一人前の女として扱ってもらえることでした。

一人前になって、一番楽しいひとときは、食事のたびに自分の部屋から出て台所に行き、小さい鍋を手に提げて、姐たちのそれぞれのお料理を味見しながら食べるときです。いままでは、お姐さんたちの残りを台所で食べていたので、食事がまったく別な感じになりました。世帯を別にしているお姐さんたちでさえ、毎日の食事時間には集まってきてペチャクチャやりながら食べるので、特に大きな変化があるわけでもないのですが、加納受け後の妓は、一人前になった喜びと同時に、生活の責任と、足元をしっかり踏みしめて行かねばならないという決意を感じたものです。

加納受けをして初めて、いままで気にも留めなかった食費や生活費がどれほどのものかも知り、抱親様の心遣いも少しは身にしみてわかってくるようでした。それからは、お姐さんたちの折々の話にも身を入れて聞くようになります。いままでのように抱親様の懐のなかでノンベンダラリと暮らしていたら、抱親様から釘をさされている加納金もきちんと払えず、将来へ向けての望みは何もかなえられずに終わってしまう――そう考えれば、我が立身の第一歩、加納受けへの意気込みも出てくるものでした。

太平洋戦争前、沖縄の観光は残波《ざんぱ》岬、万座毛《まんざもう》のあたりだけで、まだ開発されていない南国の素顔がそのまま広がっているだけで、日本内地から来られる方々は、沖縄唯一の名所である辻遊廓で遊ばねば、琉球の唄も三線も踊りさえも観ることができませんでした。その頃、辻が陰で沖縄経済の大きな力となっていたのは申すまでもありませんが、辻の抱親たちは自分たちの税金が那覇市の予算のかなりを占めることも知らず、身をこごめてひっそり生きていたのです。

琉球の女たちの夏の着物として使われた芭蕉布も、当時はふだん着で、女なら誰でも手織りができましたので、簡単に手に入りました。昔の女たちは、芭蕉の繊維を一本一本紡ぎ合わせながら、誰に着せようかなどと夢を抱いていたようです。

沖縄娘は、黒々とした眉と、直射日光の下に育ったせいか、黒目がちのぱっちり開いた目が特徴で、小麦色の肌が人なつっこく、明るいというのが一般的な印象のようでした。それでも内側から見ると、一般の女性や辻のお姐さんたちの琉装などにも、どことなくそれぞれの特徴が出ていました。

風にひらひらして透き通るような、胡蝶の羽根のように薄い芭蕉布の着物を、帯なしで打ち掛け、前の方にまとめて押し込んでおくだけのウチンチー姿は、今にもほどけそうな危うさを見せ、その姿は内地の方々に不思議がられ、またおかしがられていました。とくにご婦人方はびっくりされるほどでした。百聞は一見にしかず、と妓たちを立ち上がらせて着物をはずしても、下着がしっかりしていたせいで、見た目には今にもはずれそうな感じなのに、肌一つのぞかせません。実用的な上に美しさを兼ね備えた琉装です。

袖の間から背中にかけて風が吹き通り、とても涼しい沖縄の着物ですが、この姿では正式のお座敷には出られませんでした。暑い夏でも辻の姐たちの正装は紺染めの着物か、朱綾の夏物に四、五寸ほどの角帯を前に締めて、お座敷に出掛けて行ったものです。

大和尾類

昭和初期の頃、波の上寄りの一番端の所に、内地から娼妓たちが連れて来られ、そこに「大和尾類《ヤマトジュリヌ》メ屋《ヤ》」という店が開かれて、沖縄中の話題となったことがあります。わたしたち辻遊廓の姐《おんな》にさえ、大和尾類は珍しく、興味津々でした。まして世間では、様々の噂が飛び交ったのです。

「大和尾類の家には男主人がいて、この主人は女たちの処女を奪い、その後は客をとらせるために非常な虐待をするそうな！　ここに売られてきたお姐《ねえ》さんたちは、絶対に嫌だといっても、一晩で何人もの客を取らされる。そうしないと、主人から死ぬほどの折檻を受ける。ろくろく外出も出来ず、そのうえ衣食住すべてに不自由な暮らしをしていて、狭い部屋に閉じ込められ、玄関に飾ってある写真を指差した見知らぬ男が、女の部屋にヌーッと入ってきて抱きつくそうだ。お姐さんたちにはお金も手には入らず、主人が直接客から取る。一度そこへ売られたら、いくら男と寝ても、前借金は増える仕組みになっているそうだ」

わたしたちは話を聞いただけでも身の毛がよだって「あー恐ろし」という調子でした。かわいそうに大和尾類のお姐さんたちは、いったいどんな顔をして、どんな姿をしているのか、怖いもの見たさに沖縄尾類が集まって見に行ったのです。おかしな話ですが、茶目っ妓《こ》たちは真剣なものでした。でもそれは競争意識からではなく、男の呼び込みがいて、一日に何人もの男と無理やり寝かされる、食べ物にもろくにありつけない、と聞いて、憐憫《れんびん》の情やみがたく、本当に大和姐さんたちをかばってやりたい気持ちで見に行ったのです。

茶目っ妓たちが、恐る恐る青いペンキで塗りたくられた「大和尾類メ屋」の前まで来てみると、なるほどいるいる。呼び込みらしい男が、玄関に飾られてあるお姐さんたちの写真の前に、それもペタペタの着物を着て、しょんぼりした格好で、一人ポツンと立っていました。パリッとした格好をするように躾けられて、いつでも糊のきいた着物を好んで着ている、琉装のわたしたちには、この男が着ている着物が、尾羽打ち枯らした侍のように見えました。そこで、入口に飾ってあった大和姐さんたちの写真を見て、わたしたちはまたびっくり。なぜかというと、わたしたち沖縄尾類の考えていたのとはまるで反対で、写真のお姐さんたちは楽しそうに笑っていたのです。不思議に思って、

「何故泣いている写真を写さなかったのでしょう?」

と口に出すと、仲間の一人が、

「写真を撮るときに、笑えといわれて、叩かれたんじゃないの?」

と言いました。それを聞いたわたしたちは、みんなしょんぼりしてしまいました。そのうちに最初の意気を取り戻し、何よりもこのいやらしい悪魔のような男、大和姐さんたちを食い物にしている輩を、みんなで溝のなかに放り込んでやりたい、溝の蓋にしてやろうかと、大きな声でペチャクチャ話をしていると、沖縄方言のわからないこの男、わたしたちに向かってニタッと愛想笑い（？）をしたのです。そのときの気持ちの悪かったこと、総毛立ったわたしたちは、キャーッと叫び声をあげ、逃げ帰りました。それから半年も経たない間に、この大和尾類の家はどこかへ消えてしまい、わたしたちが話し合った溝の蓋の必要もなくなりました。

その後また、のんびりと暮らしていた辻の姐たちに、今度は日本中が沸き返った公娼廃止問題がもちあがりました。身のほど知らぬ辻の茶目っ妓たちが、大和お姐さんたちをかわいそうだ、などと思った因果はめぐってきました。今度は辻に売られていたわたしたちに、「日本キリスト教婦人矯風会」の方々から非常な同情が寄せられたのです。当時は、現代日本の社会に公娼という制度が存在していることが、善いことか悪いことか、というのが論議の中心となっていたようでした。

一九三二年（昭和七年）には「貸座敷営業法案」が議会に提出され、「婦人矯風会」の方々がこれを支持し、沖縄でもキリスト教系信者の奥様方を中心に、公娼制度廃止の運動が随分盛んになりました。人間の性欲は強い意思で抑制できる、文明が進歩するに従い、性欲は減退するものである、と説かれていたそうです。公認淫売制度は、世の青年を毒し、花柳病を伝播して悪影響を与える、というごもっともな話でした。

そんなときに、わたしの部屋に「婦人矯風会」のおえら方が四、五人で見えられたのです。沖縄の遊廓である辻の制度や習慣を、日本内地と同様に考えられて、沖縄にやって来られたのかもしれません。彼女らのお話を聞きながらわたしは、「自分たちを救ってくれるより、我が子を売らねばならなかった貧しい親たちを救ってくれ」と叫びたくなるような大変いらだたしい気持ちを味わいました。生みの親さえ育てられなかったわたしを、たとえ尾類《ジュリ》にするためだったとはいえ、四つの時から手塩にかけて育ててくれた大恩ある抱親《アンマー》様に反抗して、自由廃業してでも出て行く道に確信はありませんでした。義理固い辻の世界で育ったわたしには、林歌子さん、ガントレット・恒子さんとか、えらい方々の話は、他人事にしか聞こえませんでした。

このようにして「辻三千の姐たち」といわれる沖縄の遊廓からは、一人も自由廃業をするお姐《ねえ》さんは出ませんでした。日本内地の遊廓の制度とは全く異質の風俗習慣に、「婦人矯風会」の方々も本当にびっくりされたのかもしれません。案内して来られた那覇の大家の奥様は、「婦人矯風会」のおえら方には辻のなかがよほど珍しかったのかなかなか席を立たれないので、やっと「もう失礼しましょう」と声をかけて、わたしの部屋を出て行かれました。

お帰りの途中、時間を聞かれ、夜中の一時過ぎだ、との返事にびっくりした矯風会の方々が、「これじゃあ殿方がゆっくりされるのも無理はない」と言われたそうです。辻の組織を大変ほめられ、辻の風習に感心されて、大家のこの奥様が「婦人矯風会」のおえら方に会うと、いつも辻のことを聞かれたそうです。遊廓と聞けば、悲惨さが先に立つ先入観も、あのときの「婦人矯風会」にはあったのでしょう。高い地位におられた方々が、もう少し辻の風習を深く見て下されば、内地の遊廓に生きていた姐たちも、地獄の生活がしみついた女も救われて、街娼たちが街にあふれずともいいのにと思いました。それにしても、社会保障制度も失業保険も養老院もない時代に、親に売られた女たちを救うとはどういうことだったのでしょうか？

飛行機に乗った尾類たち

沖縄に初めて飛行場ができたのは昭和になってからでした。那覇空港は、旧小禄《おろく》村の大嶺鏡木集落の田畑をつぶしてできたもので、牛が草を求めてとび出す草原の中にありました。飛行機がまだ発着しないエアポートが、沖縄に住む人びとの観光地になり、学校や青年団などの見学で連日賑わったものでした。一九三五年（昭和十年）秋、日本空輸株式会社福岡支所那覇出張所の格納庫がようやく完成しました。三十坪ぐらいの管理事務所も沖縄風の赤瓦の建物でした。当時の沖縄では、飛行機を見た人も少なく、搭乗した人も数えるほどですから、那覇出張所の〝招待飛行〟はまさに一大ニュースでした。政財界の名士の方々が、八人乗りの「フォッカーF17・3M旅客機」で沖縄の上空を代わるがわる飛びました。

そのお偉方に混じって、わたしたち辻の茶目っ妓四人が招待され、沖縄の女として初飛行をしたのです。まだのんびりした時代でした。女の身で初めて飛行機に乗ることになった辻の茶目っ妓《こ》たちは、「危険なところが興味深い」などと大口を叩きながらも、空を飛ぶ機械に乗るのは生まれて初めて、本当は数日前から夜も眠れぬほどに心配したものでした。

新聞、ラジオが毎日、鳴り物入りの宣伝で、沖縄中が沸き返っているなかで、いよいよ問題の飛行前夜、抱親《アンマー》たちが寄り集まっての心配は、辻の姐《おんな》の身で他人様の頭の上を飛ぶという不謹慎さ。何とかして、止めようとする抱親たちと、何とかして旧態から抜け出そうとする茶目っ妓たちの新旧二つの世代がぶつかり合いましたが、翌朝、飛行場差し回しの車が来てやっと解放されました。頭の古い抱親たちの白い眼から無罪放免され、「お茶目グループ空を飛ぶ」とあいなりました。

飛行機を目の前にして、次々に乗る人を見ながら、我が足元もブルブルふるえ、己が手を握りしめて、身もすくむような心地でした。抱親様の顔がチラチラ浮かび、茶目っ妓たちの心の中は大変な動揺でした。落ちてもかまわない人間だから乗せられるのでは？　という疑いさえも抱く始末です。

沖縄本島一周の二十分足らずの短い招待飛行を終えてタラップを降りたわたしたちは、飛行機の中の様子はもちろん、飛行状態、空からのぞいた郷土や海などについて有名なタレントのように説明に大忙しです。ふだんははねっ返りのわたしたちが、飛行機に乗るという大任を果たし、ヘトヘトになって我が家にたどり着くと、今度は見知らぬ老若男女が大勢で待ちかまえていました。特に田舎のお年寄りたちは、ふだんは見られぬ色街見物のよい機会とばかりに近寄ってこられました。いつも下に置かれている女が、沖縄中の人の頭上を飛ぶなんて考えられない出来事だ、国頭《くにがみ》へのお土産に飛行機の話をしてくれ、とわたしたちの手を取り足を取っての催促です。わたしたちの心中などおかまいなし、本当に真剣な様子でした。

幼い頃から、辻よりほかに住んだこともなかった茶目っ妓は、生粋の国頭なまりの言葉が聞きとれず目を白黒させて問い直すのですが、それがまたおかしいと、国頭の奥から出てきたというおばあさんも面白がっていました。あんなに反対していた抱親様も、彼らと一緒に座り込んでしまい、何のことはない、言葉の通じないのをよいことに、自分が通訳兼聞き出し役にまわっている有り様でした。

ニービチ尾類

戦前の沖縄には、〝ニービチ尾類《ジュリ》〟というおかしな風習がありました。男子が十五歳になると元服の儀式があり、童髪であった少年たちが大人として飲んだり食べたり、また初尾類と寝かされて初めて異性を知ることを意味したのです。厳しい家庭で育った青年たちに、バラ色の人生を開く意味であった昔の抱親《アンマー》たちは話していました。それが結婚式直前ですと、〝弁当開き〟という名のもとに、七、八人から十人くらいの親しいお友だちが誘い合わせて前祝いかたがた、婿の心得を辻のお姐《ねえ》さんたちに教えてもらうのです。

彼らは、首里の殿内や、那覇の素封家、また田舎でも由緒ある家柄の子息でした。当時は身分の高い家ほど男女の間の秘め事を隠していましたので、必要悪とも思えるような〝ニービチ尾類〟が存在したのです。内地ですと枕絵を嫁や婿に見せたようですが、沖縄にはそのようなものはありません。その上、当時の一般社会の生活では、夜の夫婦の営みということを、おくびにも出さなかったようです。そこで、手取り足取り、そのことを教えてくれるその道の大家（？）である辻の姐《おんな》たちに、我が息子を託して、一人前の男子として嫁を迎える準備をさせたのです。

この大役を仰せつかったお姐さんたちも大変なようで、結婚式当日のお客様の接待の仕方はもちろん、料理も、用意された費用に合わせて考えねばなりません。〝新婿ゾーイ〟という、お婿さんになる人のお友達を大勢、一週間ほども前から、自分たちの部屋を開放して招待しておき、太鼓を叩いたり、三線を弾いたりして、一生に一度の結婚前祝い、と大変な騒ぎでした。

このように昼となく夜となく大騒ぎしているなかで、辻のお姐さんたちは合間を見てどんなふうにして教育したのか新婿さんは初夜の日までには完全に一人前の殿方になっておられるのです。お姐さんたちの努力もさることながら、男の成長の速さは、自然のなすところとはいえ、不思議なものです。上流社会の娘の貞操はやかましくいわれた半面、男の童貞はほとんどがお姐さんたちによって破られました。童貞という言葉も知らなかったあの頃、愛情がなければ男を抱かぬ辻の姐たちが、ただ若者を大人にしてあげるという気持ちだけで、母性愛を発揮したのです。それこそ変な遊廓でした。

一方、お嫁さんは結婚早々からやきもちやきの奥様にならぬように、と訓練されたのかもしれません。お嫁さんからのお土産として、煙草入れ、花織手折に添えたお金が、辻のお姐さんに届けられました。

わたし自身は、いわゆる〝ニービチ尾類〟ではなく、ただの給仕として参列し、お客様の接待にと飛び回って、いろいろと変わった結婚式に出会いました。戦前のことでしたが、その後沖縄の風俗習慣が、大和風、いわゆる新式に変わって、旧式といわれた琉球風がすたれ、お金持ちの方々はほとんど日本風になりました。

実父の来訪

花恥ずかしき十八歳と申せば、とても可愛いらしく、おとなしく聞こえますが、わたしの場合は、はねっ返りのやんちゃ者で、目も鼻も天井を向いており、しおらしさのかけらもなかったのです。

ある年の夏の日のことでした。ノッポでみすぼらしく痩せこけて、見ただけですぐ田舎者とわかるような男が一人、我が楼の玄関にポツンと立っていました。今買ってきたような、おろしたての下駄をぎこちなく履いて、何かを包んで片手に巻きつけている風呂敷が、田舎者を証明しているようでした。長い顔の額ははげあがり、下駄をはいていても、那覇住まいの者とは思えない男でした。

女たちだけの、華やかさを含む見えない匂いに気押されてドギマギしていた男は、年の頃三十くらいの姐に腰を低くして、おずおずとわたしの名前を言い、会わせてくれと頼み込むのだそうです。男の妙な様子に怪しみながらも、お姐《ねえ》さんに呼び出されて出て来たわたしは仲前と呼ばれる玄関の式台の上に、三つ指ついての挨拶です。意気盛んな茶目っ妓《こ》の姿といったところでしょうか。

今までに見たことのないこの男、どこかの大家の下男かお使い、と早合点をしたのですが、陸に上がった河童のように、オドオドして、田舎者丸出しでした。またわたしを見る目つきが気に入らないので、「どこからのお使いですか」と切り口上で、ツンと鼻を上に向けていました。ところがこの男、わたしをジロジロと見つめているばかり、渇ききっている己の心を潤すように、何にも言わず上から下まで眺めまわすという無礼さです。

電話もなかった当時のことで、四、五日後の予約でさえも、いちいち人の口によって伝えなければならない手数のかかる時代でした。辻よりほかに沖縄の酒や踊りを楽しむ接待場所もなかったため、他のお使いの方はみなていねいに手紙を持ってこられたりしました。何々様が何人のお客様を招待するから、何日何時に部屋を空けてほしいとか、琉球料理のことなどをこまごまと伝えてこられました。また内地からお越しのお偉方のお出迎え、お見送りの指示は、それぞれの趣旨をていねいに話して帰られるのが常でした。

ところがこの男、棒のようにつっ立ったまま、蛇が舌なめずりするように上から下までじろじろ見つめているばかり。ぞっとするような目つきに、しびれをきらしたわたしは、

「忙しいので失礼！」

と立ち上がりました。そのとたん、

「俺はお前の父親だ。こんなに大きくなって、きれいにしてはいるが、お前は俺の子どもなんだぞ！」

とのご託宣。「何言う、この変な奴！」と思いましたが、わたしはすっかり動揺してしまいました。抱親様《アンマー》の部屋にころがるように駆け込んで、

「玄関に変な奴が来てるんです。会ってやってください」

と、怒鳴るように声を投げかけて、そのますぐ自分の部屋に走り込み、戸口をピシャと閉めきっていました。が、それでもいたたまれず、あまりの怖さに石垣をよじ登り、屋根に渡って赤瓦の敷きつめられた上で震えていました。

抱親様に手を引かれて育った以外、親と名の付く者とは一緒に住んだ思い出もなく、何のかかわり合いもないわたしです。突然現れたこの実父に、ただ会いたくないというだけではなく、得体の知れぬ恐ろしさと、何か説明のできぬものに向かっているようで、震えあがったものでした。

つかみ所もない真っ黒なもやもやに脅かされて、午後の二時頃から、屋根の上に隠れ、やっと街燈のつくころ、ソロリソロリと屋根から降りてきたわたしでしたが、心配して捜していたお姐さんたちにつかまり、抱親様の部屋に呼びつけられ、思いっきりひっぱたかれたものでした。

「子どもの方から親を訪ねて会いに行くのが世の習い、せっかく親が会いに来てくれたのに逃げ出すとは何事だ！　わたしは幼少の頃から、お前をこんな人でなしに育てた覚えはない。親がいたからお前は生まれてきたのだ。親の恩を知らぬ不届き者め」

簪《かんざし》が落ちて、きれいに結い上げられた髪が滅茶苦茶になるまで、したたかに叩かれ、引きちぎられてぶらぶらになった着物の袖もそのままに、わたしは泣きながら抱親様の襟首に、心の底からすがりつきました。

「抱親様、あなたよりほかにわたしの親はない、いるわけがない」

と泣きじゃくるわたし。叩かれる痛さより、幼児より育てられた親につき放された辛さの方が痛い！　胸いっぱい血のにじみ出るような心の痛みでした。

「まだそんなことを言って口答えする。まだわからぬか！　わからぬか」

と、泣きながら叩く抱親に、わたしはすがりついていきましたが、気づかぬうちに抱親様を我が親として、生涯の絆と思い求めていたことを思い知らされたものでした。

「夫婦の縁は切ることもできるが、親子の縁は切れるものではない！」と言い切る抱親様です。人の世の厳しさ悲しさ、それよりも親に売られた辻の姐《おんな》たちの寂しさに、ずきずきと痛む我が胸をさすりながら、それを正面に受けて立っていました。

小学校一年のとき、わたしの生みの母が死に、その葬式に抱親様と出たことはかすかに覚えています。しかし、わたしにとって親と呼べるのは抱親様以外にはいませんでした。

さてその後、国頭に住んでいる実父は、何と思ったのか、あたかも台風のように半年に一回、一年に一回と、必ずやって来るようになりました。育てたはずもない我が子をノコノコ訪ねてくるたびに、わたしは実父を抱親様の部屋に案内して、彼との相手はいつでも抱親様に押しつけていました。実父に会って言うこともなし、聞くこともなかったのです。いつでも忙しそうに振る舞って、実父に対する一言一句にさえも、目に見えぬ心の壁がありました。憎らしくもなかったのですが、といって親しい感情も持てない、父親という名のつくだけの男でした。

わたしはそれでも、キラッと光る抱親様の目が怖いので、心にもない言葉、仕草を交わし、お土産の一つや二つを持たせて、抱親様を安心させるために、心のこもらぬ金や物を差し出し、親孝行の真似事をしてごまかしていました。が、だんだん慣れるにしたがって、この実父は田舎育ちの正直者、酒好きで、子や妻を捨てて平気でいられる半面、根っからの悪人ではないなどと、血縁というものの仕業でしょうか、だんだん贔屓目に見られるようになりました。

その頃の農村は、同じ村の男女が集まって夜遊びをしており、若い者同士が男女で掛け合いの歌などをやり、春を楽しんだようです。そのせいでしょうか、あっちこっちに子どもができて、地方での異母兄弟は珍しくありませんでした。実父にも、死んだわたしの実母のほかに二番目、三番目の妻があり、またそれぞれにわたしの弟が、一人ずつ生まれていることなども知らされました。抱親様の部屋で泡盛の盃を片手に持ち、目じりを下げながらポツリポツリと話し始める実父でした。まだ見ぬ腹違いの姉弟など興味はなく、このときは実父の後始末を押しつけられる身の上とも知らぬわたしは、半分うるさくて、まるで客席で聞く酔っぱらいの、柄にもないおノロケを聞いているような気持ちでした。

先妻と後妻

さてわたしも、辻では中年の二十五歳になりました。一九四〇年（昭和十五年）、前年には満州でノモンハン事件が起こり、この年には日本軍が北部仏印に進駐するなど、戦争へと突き進んでいた時期です。

いろいろなことを見たり、聞いたり、体験したり、辻の姐《おんな》の悲しい運命《さだめ》に泣きながらも、抱親様《アンマー》に導かれて、やがて抱妓《かかえご》を持つようになりました。その数も六、七人、抱えた妓《こ》たちからは、自分もまた抱親と呼ばれ始めていました。

しばらく遠のいていて、気にもかけなかった国頭の実父が、病気のため那覇に出て来ていて、渡ン地の宿にいるとの知らせを、突然に抱親様が受け取りました。

人の生死にかかわることと、意気込んだ抱親様は、我が身内に一大事が起きたようにあわてふためき、わたしを引っ張って木賃宿に行きました。

父親の部屋は、ずーっと奥の方にあり、駆け込んで行く抱親様の後からしぶしぶついて行ったわたしでした。それでも、小さな部屋の隅っこに、掃き集めた塵のように、一人で小さくうずくまっている実父殿を見て放っておけなくなりました。さすがに親子の情と申しましょうか、出入りの車屋さんの手を借りて、実父を連れ出し病院に担ぎ込んだものです。

意識を失って眠り込む病室で、抱親様がしんみりと語り出しました。

「疎遠となった実父だけれど、親は親。親の恩とは海よりも深いものであり、それを知ることが、子の道。辻に売られた姐たちが、初めから我が身はこのようにして生まれてきたと観念している。人をおしのけて妻の座に居座るなどと考えたこともない尾類《ジュリ》の身なれど、世の中はどこかで人と人とのつながりがなければ生きられぬもの。人びとの気のつかない心遣いや愛や哀れみを与えたり、受けたりしてしか、人の世は過ごせない」

実父を入院させて付き添う抱親様とわたし、辻の姐二人、それぞれ思いは違っても、行き着くところは同じ考えでした。背負い込んだ苦労を一つ一つ泥沼のような暮らしのなかで乗り越えてきた辻の姐の、性根のすわった骨の太さを感じさせる抱親様でした。

日に日に弱りゆく実父の姿に、医者と相談した抱親様の意見に従い、数少なかったタクシーを一台借り切り、三番目の妻が住む名護の町まで、抱親様ともども実父を連れ出しました。初めて会うその人に実父を渡し、名護町の医者に頼んで、一安心した二人が那覇へ帰る支度をしていると、三番目の妻が急に態度を改め、正面切った物腰になりました。

今日明日をも知れぬ夫の前で、抱親様とわたしに向かって声を低めて、

「正式に籍に入れて妻となり夫となって約十年、短いようで長い年月です。当時は妻ある男を寝取ったと人にも言われましたが、わたしが一生のうちで愛したただ一人の男です。われら二人の幸せも、我が産んだ子が大きくなってゆくことに望みをかけて、焦らず着実に働いてきました。夫のためと思えばこそできたこと。夫を信じ、まず子どもを育てて一歩一歩我も働き、夫に心配をかけるような妻であってはならぬと心掛けてきたのです。息のあるうちは我が物であり、最後まで自分が看病して送りたい。けれども、長男を産んだ先妻がいばりちらすであろうことを思えば、腹も煮えくり返る思いです。何としても夫はわたしだけのもの、先妻には渡したくない」

と、身もだえして泣く姿に、聞いている抱親様とわたしは何と慰めてよいかわかりませんでした。さらに、泣きじゃくる涙の下から語り出したのは、後妻の立場と、沖縄のしきたりのなかでこの世を終わる夫の身の始末のことでした。

「羽地村には先妻が長男とともに住んでいるが、自分が産んだ子は夫にとっては次男に当たる。このくやしさ、情けなさは、口に出すことも許されないこと。夫にもしものことが起これば、長男が親の位牌を持つべき定め」と泣きながらも沖縄女性の芯の強さを見せていました。後妻の涙にほだされた抱親様とわたしは、実父の二番目の妻が住む羽地村に行かねばならぬ羽目に相成りました。が、先妻と後妻の感情のもつれが、からみ合った影絵のように浮かび上がり、女同士の恐ろしい性《さが》が見えるようでした。

歩きなれぬ辻の姐たちは、腫れあがった足で丘をよじ登りながら、ふと立ち止まり、天空を仰ぎ見て、ため息とともに肺の疲労と心の痛みを天に吐きつけました。見上げた南国の夜空はあまりにも美しく、スーッと流れ星が一つ流れて行きました。吸い込む田舎の空気の味が、肺のなかまで心の底までしみわたるように思えて、果てしない人生の一角に身をすくめてたたずんでいる自分たちを思ったものでした。

疲れ切ってよれよれになった抱親様とともに、やっと羽地に着いたのはランプの灯も消えそうな頃でした。山を削ってできた崖下の土地に建つこの家は、真っ黒な柱が危うく立っているような二坪ほどのあばら家で、茅葺きの屋根は垂れ下がり、抜け落ちた所もある家のなかは暗くて、月の明かりで物を見るという陰気さでした。

髪も整えず、歯も抜け、頬もこけて、目玉だけがギョロッとした女がただ一人住んでいました。灯は家のなかにただ一つ、真っ黒な柱に釘を打ちつけて、裸のまかけられており、ブリキ製の小さな豆ランプの小さな炎の尖った先から、黒い煙がユラユラと立ちのぼり、何かを暗示するように揺れていました。

那覇から人が来たという案内人の呼び声に、首をのぞかせたこの女は、慌てて真っ黒の床にモグモグ言いながら一枚のゴザを敷きました。

節穴の抜けた真っ黒な板の間だけの汚れきった上がりがまちに、尻を据えて話しかける辻の姐二人に目をむき、色をなして向き直り、抜けた歯の間から真っ赤な炎が燃え出るように、さてもさてもと指を鳴らしながら、噛みつくようにいきり立った先妻でした。

「泣きすがる息子と自分を捨てていった男、今さら死ぬ直前に引き取れとは虫がよすぎる、ばかばかしい、人を踏みつけにするにもほどがある。われら母子の受けた苦労を思えば、後妻の苦しみは当然のこと、わたしが受けた心の痛手に今も身震いがする。自分が生きている間はしきたりも何もない。

自分が産んだ長男には父の位牌を持たさぬ、と固く心に決めている。後妻がなく、単なる行き倒れならば、わたしは長男をもうけた仲であり、仕方なく引き取ることもあろうが、今さらノコノコ出て来て何事か！　現在の妻と子で片づけろ、元気なうちはさんざん楽しんだのだろう」

と憤怒の形相。顔面蒼白、まなじりはひきつり、手足は震え出し、まるで目の前にいる辻の姐二人が敵のようにまくしたてる先妻でした。

抱親様もわたしも黙って聞いていました。が、さすがは辻の抱親様、先妻に言うだけ言わせて、後におだやかな口調で、人ひとり生きるか死ぬかの瀬戸際であること、一日とて育ててもらったためしのない子のわたしのことも打ち明けました。さしもの先妻も折れて、先妻が親戚を集めてきて、みんなで話し合いをすることになりました。辻の抱親様でなければ、まずこの説得はできないものでした。

話し合いは進められましたが、今までの不遇な身に耐えてきた先妻が、長男を産んだ当然の権利を主張し、位牌を持つなら財産もと申し出たのです。財産のあるなしが、そのまま人間の価値になる世の中、貧しい者は常に軽侮の的とされているのですから、先妻の言いようも分かるような気がしました。

抱親様の進言で、わたしは実父のために、墓と畑と家屋敷を持ち主である先妻の親戚から買い戻し、それを差し出す羽目になりました。金にものをいわせた抱親様の強引な解決法にちょっと反感を感じたものですが、こんこんと諭す抱親様の言葉にある者は泣き、ある者は深くうなずいていました。集まった人びとは明け方まで膝を寄せて話し合い、貧しい暮らしのために殺伐としていた先妻の心にも、希望の鐘が響いてきているように見えたものでした。

愛と憎しみゆえに、絶対に引き取らぬと言い張っていた女の怒りも、抱親様や先妻の親戚の人びとの努力によって鎮められたのです。これで実父殿、納まるべき所へちゃんと納まって、先妻、後妻、我が子の全員にみとられながらこの世を去ったのでした。

尾類の身はどんなことがあっても自分一人、と言い切った抱親様でしたが、深い孤独感を味わいつつ世を渡る者ゆえか、抱親様が悲しげに見つめていた先妻、後妻の姿は、今もなおわたしの頭のなかにこびりついています。一般世間から離れた辻遊廓に、うずくまるように、慎ましくわが身を置いて、己れが住まう所を安住の地と選んだ辻の抱親たちは、あまりにも自らを知り過ぎ、どうしようもないほど、深くて細かい女心をのぞかせていたように思われるのです。

わたしが二十五歳になって初めて会った弟たちも、親を失えば姉弟の手で育てられるのがしきたりでした。一体世の中はどこがどう狂っていたのでしょうか。あれやこれや昔の出来事も、姉と慕われ、弟と思えば、可愛くなってゆく血縁の深さは不思議なものです。沖縄の古い風俗習慣、いちいちご無理、ごもっともとわが首を振りながら、辻の抱親様によって教えられた親への恩と血縁の深さというものは、人間だけが持てる貴重な特権とも思われました。人間に生まれたがゆえに持つことのできる最高の宝を、抱親様はわたしに贈ってくださったのです。

法度の絵

ピーッ、と泣きながら、軽便鉄道は、石炭を焚いて、白い蒸気を噴きあげながら走っていました。この軽便については、身体のうずくような忘れ得ぬ思い出があります。

朝の始発、晩の最終の時間に合わせて、雨が降ろうが、風が吹こうが、毎朝毎夜必ずこの軽便の駅に、男を一人送り迎えした、若き日の燃えたぎるような日々が浮かびあがってくるのです。それも、駅のなかにも入らずに、電信柱の陰、あるいは線路の横にそっと立って、待ったり送ったりした、しのび逢いは辻の姐《おんな》の時代、天下のご法度を絵に描いたようなものでした。

「二十後家は持てるが、三十後家は持てぬ」という諺の通り、辻の姐の三十二、三歳といえば、身体のなかからうずいてくるものも、真っ盛りの状態にありました。惚れてはならぬ義理のある男に、女の身体はほどかれて、暴風雨のように起こった激情と興奮が、いまだにまざまざと思い出されるほどに、女の身体の性《さが》の深さと、それにのめり込んでゆく苦悩を思い知らされたものです。

それまでは、男と女のまじわりといっても、烏の行水のように、淡々と育てられていたわたしでした。初恋の人の火傷でもしそうな情熱も、女自身の氷のような冷たさに、お義理だけの男女の営みで過ごしていた未熟な女が、女体を広げて初めて知った歓びに狂い始めたときには、もうどうにも止まりませんでした。

その人は大阪出身の将校でした。男の肉体に押され押されて身が縮んでくるとき、神経は背骨を通して首のあたりまで貫いてきて、吸う息さえものどを通りません。朝夕続いたこの状態で、よくもまあ心臓麻痺もおこさずにいたものです。

女が美しくなるときは、心にはずみがついているときで、同じ白粉を塗りつけても、地肌によくのって生き生きしていました。どんなに塗りたくってものらないときがあり、心の動きひとつで女の肌が変わるというこの不思議さ、毎朝の髪をとくときさえ生き甲斐を感じていました。男を知った女は、一所懸命に美しく見せようと努力するものです。見るもよし、見ざるもよろし、我は咲くなり——と白粉を塗り、口紅をつけて大奮闘です。あの頃の三十女といえば、辻では抱親《アンマー》格の大年増でしたが、狂い咲きの花のように、夜ごとに香水を振りかけ、足の爪先まで磨きあげて一人の男を待っておりました。

世は戦争の真っただ中、辻の姐と一人の将校が〝沖縄戦〟という爆発寸前の噴火口の頂上で、互いの匂いを吸い込んで暮らしたあの頃は、消えなんとする灯火の最後の明かりか、散りゆく花の最後の露だったのでしょうか。戦争があったが故に彼と逢えたわたしでしたが、毎日が浮き浮きと楽しく、生きていること自体を素晴らしいと感じるほどになりました。彼との逢瀬にわたしはたぎり立つようで、いつでも身体中がほてっていました。

確かに情事では女の方が男より骨身にこたえます。何故、あの頃、あれほどまでに常はずれた身体のうずきを感じていたのか、わたし自身今もって理解できません。熟した女体の狂うすごさは大変なもので、指先にちょっとさわられてもジーンと響きました。

三十も過ぎれば、閨のことも控え目にし、口には出さずとも味わい尽くしていることになっており、デンと落ちついていなければならないのが、辻のしきたりでした。抱妓《かかえこ》を何人も持ち、抱親と呼ばれて悠々と暮らしているように思えたわたしは、髪も衣装も地味に装い、休火山そのものの姿でした。年の十も二十も離れていた今までの殿方とも、生き別れ、死に別れて、一人、縁にも恵まれず、これまでの来し方を振り返り、また行く末を思う年頃でした。そして、砂の上に立っているような一人身の暮らしを、今さらのように見つめて、どうにもならぬ世の哀れを思う頃でもありました。

土地の方とも一度縁はありましたが、妻子のある方と知れば、問題を起こすほどの情熱も感じられず、殿方のごきげんを取って暮らすことにも物憂さを感じ、一人寝の蚊帳のなかに、抱妓の生んだわが初孫を育てることに世を慰んでいました。日々を暮らして生きるとはこんなことか、毎朝毎夜、抱妓たちと同じように寝て起きて、自分も年をとる、辻の姐は大昔から同じことを繰り返してきたのです。辻に落ちつくことに懸命になって、我が事成れりと一応の納得をして、我とわが身を納めていました。

ところが、静かに暮らすべき、と頭では割り切っていても、三十代の辻の姐は分岐点に立っているようなもので、自分の身体の内部の渇きに息苦しく、下腹をぐっと締めつけられる一番危険なときで、自分を支配する何物もなくなったその頃は、一見穏やかに暮らしているように見えても、熟した女体の真っ盛りをもてあます歳でもありました。

夏の夜の辻は、九時といえばまだ宵の口で、燃え盛る薪のパチパチとはじけるなかに、慎ましやかな姐たちの笑い声も混じって、花火見物のような趣もありました。姐たちが殿方同伴で友達の所を訪ね合うこの頃に、男と女はヒョンなことで変なことになりました。遊女が殿方と不義密通といえば、あり得ようはずもなく聞こえましょうが、義理、恥が固く守られている辻故に、禁じられていることもあったのです。それでも、女体の底から沸き出る熱情には、辻のしきたりも勝てぬものと見えました。近しい友達が、殿方とともに連れ立って尋ねて来てくれ、紹介されたその殿方が、当のわたしを夢中にさせてしまったのです。そのときは何の気もなくおしゃべりしていただけなのに……。

わたくしが友達に、初孫のお守りに、首もまわらぬほどの肩の痛みを訴えたとき、この男は自ら指圧を申し出て、孫持ちのわたしを腹ばいにして、その尻の上に馬乗りになって、熟れた女体をなでさすることと相成りました。明かりが外にもれぬように黒い布を上からかぶせた灯火管制の下で、不意に感じた異性の匂いは、わたしの身体をピクッとさせたものです。記憶の彼方にあった男の強さ、締めつけられた太腿の間の体温を感じる女の神経は、もまれる肩の痛みより、心臓の早鐘の方に気をとられて、寝ていた乳房の先がうずき出しました。女の顔が紅潮して身体が震え出し、両手を握りしめて耐えたそのときから、わたしはこの男を意識してしまいました。不思議なテレパシーと、あのことを知った後に残るしびれに似たものが一緒になって、馬乗りになっているこの男の体温がふんわりと腹より下に伝わり、手や足の指先が縮み、身体全体が一点に集中する一瞬、女体の震えが尻の上にまたがっている男に伝わったとみえて、連れの姐とあわてて帰って行きました。後に残されたわたしは、身体に受けた激しい刺激に、ぐったり、ボーッとなってしまいました。

ところがこの男、翌日も、またその翌日も、夜が更けてから電話をかけてくるのです。かかってくる電話に、わたしは、さりげなく断ってはいても、背中に受けた感触は忘れ得ぬもので、話すだけでも身体が濡れ、彼のことを考えるだけでも顔が赤くなってくるのでした。この男の、冗談のように話す言葉にさえ足元はふらつき、何かにつかまっていなければ立ってもいられません。春情を催す女は歩くときさえつまずくといいますが、それが事実であることがよく分かりました。

大勢のほかの男には振り向きもせず、日ごと夜ごとにかかってくる、あの男からの電話に、渇きをいやしていたわたしの身体でした。それがたび重なれば抱妓や朋輩の口の端にものぼりました。その親しい友の耳にも通じて、怒鳴り込まれ、その上抱親様のお叱りは大変にきついものでした。「孫もでき、三十女の落ちつきも出てきたと喜んだのは夢だったのか、抱妓たちの教育はいかにする……」と畳を叩き、涙を流した抱親様の声は、耳には入っても、女もこうなれば、意識に残るものではありません。

みんなが騒げば騒ぐほど、深くなっていくのが、男女の仲というものなのでしょうか。身体の熟した女は、義理、人情では制御できないほどの、燃え盛るものを、生まれつき秘めていると見えます。自分の楼で逢うこともできない不義者の男と女は、とうとう男の探してきた糸満の宿屋で落ち合い、密通の味に浸りきることとなりました。

太陽が燃えたぎり、那覇の街の陽炎《かげろう》が立ち、石粉を敷いた白い道が目に痛い沖縄の夏です。どこが果てとも知れぬ透き通った空の下、二人で食べる重箱をこしらえました。男に逢いに行くワクワクした心を隠すために、目立たぬように白粉もつけない顔でしたが、目は輝き、肌にも張りが出ており、そっとつける口紅さえ濡れていました。

厳しい辻の義理、恥を失い、辻の姐の品位も失ってしまったわたしは、約束の宿を探し当てて、一応はホッとしました。それでも不安におびえながら入って行くと、男は浴衣に着替えて、冷たいビールで顔が真っ赤にほてっていました。今宵が馴れ初め、悪いこととは知りながら、燃える火のなかに飛び込む女心は、引きずり込まれるままに、たぎるのでした。誘惑したい、されたいと思う心は、言葉にならずとも相通じるものと見えました。この男と初めてのこのときまで、こんな思いをしたことは一度もなかったのです。背が高くて筋肉質のその男に、本当の閨のことがどんなに熱く激しいものかを知らされ、教えられた辻の姐は、ボーッとした頭になり、女体開眼もこのときなり、と思われました。

砂のようにサラサラと、男女の秘め事を忘れたはずの辻の姐が、狂ったように三日三晩も続いた初めて知る境地に絶叫し悶えて、自分の身体に生き甲斐を感じた後、空っぽになった身体をさすりいたわりながら、やっとわが身を糸満から運び出しました。家へ帰る途中の垣花の〝ガザンビラ（小高い丘）〟から見える、宝石をばらまいたような那覇の美しい夜景もかすんで見えず……というありさまでした。宙に浮いているような女の心と身体の底には、一度味わった不義密通の恐ろしさと恥ずかしさとが満ち、いやが上にも恍惚の境地をいや増し、毒酒を飲み込むようなスリルから、顔も身体も生き生きとして、目覚めから夜の明かりを消すときまでも、あの男の息吹を感じて暮らしたものでした。

忍ぶ恋とはよく言ったものです。人目も世間も視野から去り、激しい肉欲と男の強さに我を忘れたとき、親しい友人には踏み込まれ、抱親様には勘当されました。男女の交わり事には貝殻の片方のような相性が必要で、試してみなければわからぬもののようです。開発された女体というものは心も考えも盲目にすると見えて、自分の立っている苦境を知りながら、泥んこのなかにはまり込み、肉体のなかに引きずり込まれるような感情の昂ぶりは、地すべりのように失われてゆく名や金も、引き止めることはできませんでした。

おかしなことに、遊女でありながら辻の姐の密通は、〝灰尾類《フェージュリ》〟と呼ばれて、許されるものではありませんでした。しまいには抱妓たちにも見捨てられるありさまです。家中の朋輩たちもこれには腰を抜かし、お姐さんたちは視点の定まらない目で何か言いたげですが、複雑な表情を見せるだけで、同じ家の内に暮らしていても一言の声もかけてくれず、気まずい毎日を過ごしていました。

守らねばならぬ辻の姐の道を知っていながら、自らはまり込んで行った泥んこのなかです。何もかも面倒くさくてあほらしく、何もかもが無駄なように思われて、自分が生きていることさえも億劫《おっくう》に思える日々でした。「生きているのか、生かされているのか」と言ってくれる男の言葉に涙をふき、心も身体も、また男の胸に飛び込んでゆくのでした。何か深い大きなものを正面に受けて立っているような日頃の彼が、一瞬一瞬に命を賭けて生きているように思われ、その男らしい強さにぐいぐい引っ張られていきました。わたしの全部が男のものでした。

それでも、多くの人を部下に持っている男です、そのうちに自分の部下の口の端にものぼり、上官の耳にも入ってしまったようで、木にも草にも空気にさえも気を配らねば、女とも逢えなくなりました。かといって、明日をも知れぬ男は、見つけた片方の貝殻を捨て置くこともできません。夜は消灯の後に部隊を忍び出て、朝は起床ラッパの鳴る前に部隊に帰り着き、知らぬ顔をしていたようです。それが日ごと夜ごとと度重なれば、上官の意見も厳しいものとなります。それでも軍隊というところは命を賭けた、明日の日も知れぬ不安がつきまとう武士の集まりで、彼の行動は公然の秘密のようになって、上官殿が目をつぶった形となりました。

二人で逢っている間だけが生き甲斐であり、男の来ない一夜はこらえきれても、二夜ともなればじっとしていられません。三夜ともなれば、暗闇の駅の前に立ち尽くす女の目は血走り、あらぬ思いが走馬灯のようにかけ回るのでした。浮気じゃない、と言い切った言葉も信じられず、「よし、それならば目にもの見せてくれよう」と髪をほどいて後ろにたばね、顔に墨を塗り、着物をたぐりあげて田舎女の市場帰りといった格好で、大きなザルを肩に掛けて、灯火管制下の暗い那覇駅の角に立ち尽くすのでした。最終の汽車から出て来た軍服の男に、「やれうれしや、見つけた！」と足早で歩く男の後ろから見えつ隠れつついて行き、女の感情はメラメラと燃えあがる火のようになりました。

わが家とは違う方向に行く男、それを追う女の形相のすさまじさ、そしてあさましさ。やがて出迎えた民家の女に招じられて二階にあがる男の後ろ姿に、「さてもさても、いつの間に素人娘を落としたか」と思いましたが、確かめてみなければ口出しもできぬと思い直して、二階をのぞくべく近くのガジュマルに登ったものです。女の果てなる蛇の姿は、向かうところ何ものもありません。震える手足でしっかりと樹木の枝にしがみつき、くらくらと眩暈《めまい》のするほど早鳴る心臓を指先で押さえ、嫉妬の赤い炎を燃えあがらせていたわたしでした。悲しいわが身の一途さが、貧相に思えました。手と心のあまりの痛さに嗚咽《おえつ》しそうになりながらも、もう一段上に登り、両手両足を踏んばって首をうんと伸ばすと、黒い布をかぶせた電気の下に、いたのです男と女が……、見たのです、あの男の顔を……。

　それが違う男とわかったとき、思わずわたしはドサッと樹から落ちてしまいました。灯火管制のおかげで誰とも知られずに、恥をさらすことなく逃げ出しましたが、そのときの恥ずかしさといったらありません。塩をかけられたナメクジにでもなって、消えてしまいたくなるほどでした。

　尻をなでなで、肩を落としてわが家へ帰り着いたとき、何と、捜しあぐねていた男はわたしの部屋で、両手を枕に天井を見つめて横たわり、目をむいていました。そして姿形の変わっているわたしを不審に思ったのか、はね起きて問いただしたのです。わたしは化粧もしていない頬をけいれんさせると、男を見つめて、湯玉のような涙をこぼし始めるのでした。半ば泣き、半ば甘えたわたしの声にフンフンとうなずいていた男は、急にわたしを押し倒しました。このまま死ぬのではないかと思うほどの力強い抱擁と愛撫は、百万遍の言葉より納得のいくものでした。

　手枕をして語る男の話は、内地帰還の機会も自ら失い、星の数の増えた同僚の肩も見ぬ振りをして、わたしのところへ通い来ることに決めたという、初めて聞くものでした。男のプライドを傷つけるような女の返事も、今さらに震えがち、今宵限り絶対に逢わぬ、と心に誓うこともかないません。死ぬときだけは武士として死ねばよい、という男、そのときは死なせてやろうと誓う女です。再び狂ったように女の身体が男を焼きつくし、炎をあげてたぎり立つ乳房の間に男は顔をうずめました。

　那覇の空襲が始まり、女は家も焼かれて辻を追い出され、寄せ来る波のひかぬ間にと、男のいる部隊に近い与那原《よなばる》の浜へ身を隠しました。初めて持つ所帯の楽しさも、野菜を畑から引き抜く面白さも、男のおかげ、戦争のおかげと思われました。

そこへ抱妓たちを通じて、抱親様の呼び出しがまいりました。弾の雨も静まったとき、抱親様の、行く所もないという言葉に、生母なら捨てておけましょうが、幼い時から育てられた義理もあり、受けた勘当も許されるということが、辻の姐《おんな》にとっての一番の喜びのように思われたものでした。いやがる男を先にたてて、またも踵を返した抱親の許でした。集まり来る抱妓たちの面倒をみるのも、大恩を受けた抱親様へのわたしの務めと思い込むのでした。男を立てれば抱親様立たず、抱親様立てれば男が立たぬ――定め所もない女の心でしたが、勘当された抱親様の恐ろしさが先に立ちました。抱親様の許にいるならば、その代わりに男とは毎日逢ってよい、と抱親様の許しが出ました。連れ戻されて、否応なしに引き裂かれたとき、男は、形見にと瑪瑙の玉をわたしの首にかけてくれました。そのときの抱親様の目は、いつものように南の星のようにキラキラと光っていました。

それからしばらく経って戦いが始まった沖縄の、忘れられない三月二十三日、男は艦砲射撃の夜、弾の下をくぐってわたしを連れに来ました。首に吊ってあった男の形見のはずの瑪瑙の玉を男の首にかけてあげたわたしは、浮世の義理のしがらみに身動きできぬわが身なればと思い、男の手を振り払った拍子に、男の頬をしたたかに張ってしまったものでした。何故そんなことになったのか今もってわかりません。打つつもりもなかったのに。不意に打たれた衝撃に男は己れの立場を知ったのか、あるいは心にケジメがついたのか、悄然として帰って行きました。帰る男の後ろ姿に、わたしは身も心もしぼむようでした。男と一緒に行きたいという思いと、最後には武士として死にたいと言っていた願いを成し遂げさせたいと思う心が、上になり下になり揺れていました。与那原の隠れ家で白紙をくわえて、男の持つ日本刀に粉打ちしたときの誓いが首をもたげていました。

自ら、抱親や抱妓たちに楼から離れるように言いながら、自分では今さら田舎へ帰る気はなし、死なばもろともと泣き伏すわが身を見ても哀れなものでした。結局、わたしは、抱妓一人を連れて裏口を抜け出し、思い定めた男の許へと足早になりました。が途中、地雷が爆発し、これに妨げられて行きもならず進みもならずに、また立ち戻りました。そして姐たちとともに看護婦長と指名され、壕のなかで立ち働きました。戦いの最中にも、後退命令を受けて歩く途中の道でも、男の名を呼び叫び、二度と逢えぬ男を恋い慕う哀れな辻の姐でした。

別れた日からまる三カ月、戦い終わってわたしは捕虜となりました。収容所で会った年寄りの女は与那原の隠れ家の家主でした。自決した男からの頼みだ、と渡された爪と髪の毛をわたしは受け取りました。

それから後はその遺品を持ち歩き、病葉の如く浮世の波に流された辻の姐一人でした。四、五年も経って初めて建った寺へ持って行って経をあげ、大阪へ行く人に頼んで男の家へ送り届けたものですが、ついに武士らしく自決した男を思えば、切ない気持になるものです。戦争という噴火山の頂上で踊り狂い、肉の乱舞を楽しんだ、どうにもならぬ辻の姐の行動と、消えてしまった昔の夢が、風もなく蒸されるような暑苦しい思い出として、ときに通り過ぎるのです。

戦争の地獄絵図

那覇大空襲

世界地図の中にあるかなきか、虫眼鏡を持たねば探せぬほどの小島沖縄に、戦争の荒波が押し寄せたのは一九四四年（昭和十九年）の三月になってからでした。それは、私が大阪出身の将校と許されぬ恋に落ちていた頃でもありました。本土決戦の防備ラインとして南西諸島を守るために第三十二軍が編成され、沖縄に多くの軍人がやってきたのです。軍は沖縄移駐後全島要塞化を目指し、県民男女を徴用して航空基地建設などの突貫工事を敢行しました。

忘れもしません。一九四四年（昭和十九年）十月十日、朝の七時ごろ、ブオーン、キューン、ドスンという耳をつんざくような爆裂音とともに、空襲警報も鳴らぬ間に敵機が襲来したのです。飛行機の爆音、爆弾の炸裂する地響きに起こされたわたしは、夕べの酒に酔眼もうろうとしながらも寝巻きの上にモンペをつっかけ非常袋と抱親様《アンマー》の手をつかんで、かねて決めておいた防空壕である古井戸の底へと駆け込みました。珊瑚礁の上にできた沖縄には至る所に横穴の通った大きな自然壕があり、辻遊廓の真下のこの壕に、三千といわれる遊女たちが皆それぞれの抱親様を中心にうずくまっていたのです。

頭上に炸裂《さくれつ》する二トン爆弾の音に身を縮め、ズシーン、ゴオーンと地底から伝わってくる地響きに

1944年10月10日空襲の後、防空壕で昼食をとる佐伯中将（左から３人目）と幕僚と従軍看護婦の筆者たち

悲鳴をあげて十時間、やっと収まった爆弾の恐ろしさに身震いしながらわたしたちは地の底から出てきたのです。すると那覇港の船舶は皆やられ、ばかでかいガソリンタンクはもうもうと煙をあげていました。辻遊廓は影も形もなくなっていたのです。煙は地面を這《は》いずり回り、あっちこっちに焼け焦げた家の柱が煙を吐き出しながらにょきにょきと立っています。

　砲弾、焼夷弾に家を失ったわたしたちは、くすぶる火の粉を避けながら皆がひとかたまりになって行動しました。金で買われたというだけで一滴の血のつながりもない姐《おんな》たちは、まるで母鳥の後に続く雛のように抱親様の後になり先になり、お互いを助け合いかばい合いながら波にえぐり取られた波の上神宮の天蓋のような崖下《がけした》にたどり着きました。そこには、昨夜沖縄ホテルの歓迎会でお目にかかった大日本帝国船舶司令官、佐伯中将閣下の一行がすでに先客としておられました。まさに地獄に仏です。爆弾、焼夷弾に追われて那覇市全体を煙の中に失ったわたしたちには、兵隊さんといえば神様より力強く思われました。中将閣下とともにトラックへ乗せられたわたしたちは、南西諸島最高司令官第三十二軍の本部へ連れて行かれたのです。

初めて知る戦争、那覇の大空襲に身も世もなく震えている姐たちを見た牛島満閣下は、「兵隊さんと一緒に陣地構築の手伝いをしていれば、そのうちに戦争は終わるよ」と、まるで父親のようなやさしい言葉をかけてくださったのです。これに力づけられた抱親様以下十数名、従軍看護婦という名目を授けられたわたしたちは、先着の若藤楼の姐たちを残して、真和志村字識名《しきな》、その昔琉球王所有の識名庭園近くに陣取った上間村の給水部隊へ配置されたのです。そこには「〇〇部隊慰安所」という名前がつけられました。

辻遊廓もなくなった今、大阪出身の与那原《よなばる》の将校と一緒になりたいわたしは、皆の前に手をついて全員解散を告げました。しかし、仰天した抱親様がわたしの不義理を責め、妓供《こども》たちも、「わたしたちの肩には、親兄弟の命がかかっています。家を支えるのはわたしたちの運命《さだめ》です。死なばもろとも！」

と泣き出すのです。貧しさから売られた姐の持つ侘《わび》しさ、悲しさ。我が身の宿命を知らされたわたしは、将校への熱い想いを抱きながらも否応なく目を閉じたのです。

給水部隊では二、三百人ほどの人間が入れるH型の穴を掘り続けていました。琉球松や赤松などの大木をどんどん切って穴の枠をつくり、そこへ棚をかけて何段にも人が入れるようにしたのです。

壕の周囲には、兵隊一人ひとりが入れるようにタコツボを掘りました。機銃、機関銃の配給も少ないときは各々が小銃で敵機を撃ち落とし、また道の端、畠《はたけ》の中、丘の叢《くさむら》に地雷を埋めて、戦車が来たらタコツボに入っている兵隊たちが爆薬や手榴弾を投げつけて敵の戦車をひっくり返してやる、と意気軒昂《けんこう》でした。「来るなら来てみろ赤トンボ！」と、那覇市をやられた腹いせに沖縄人皆が歌い続けていたのですが、本音は「こんな小さな島に戦争が来るものか」とたかをくくっていたのです。

それから約半年後の一九四五年（昭和二十年）三月二十三日、陸海空の三軍を乗せた米軍艦の集団が、まるで集会場の入口に並べた靴のように横並びに並んで沖縄本島を取り巻いたのです。気味の悪い怪鳥のようなB29が、黒雲をたなびかせながらブォーン、ブォーンと津波のように押し寄せ、不気味な音を立てながら次々に二トン爆弾を落としては飛び去ってゆきます。

信じる者は救われるといいます。識名の壕に収容されたのはわたしたち一行三十人余に加え、波の上宮の上原宮司様、琉球芸能の最高権威者である島袋光裕先生や宮城能造先生たちとその家族です。艦砲射撃や爆弾、砲弾がドカーン、ドカーッと始まっても、「神国日本、いざというときには必ず神風が吹いて日本国は安泰」と信じているわたしたちは、絶対安全な日本の兵隊さんとともに大きな壕に入れたことに感謝感激していました。

「夕方の五時頃から七時過ぎまでは、青眼赤毛の鬼畜米兵たちの夕食時間だ」という噂を裏づけるように、その時間になると艦砲射撃はぴたっと途絶えます。そのわずかな間を、モンペ姿に身を固めた姐たちはバケツ片手に水汲みに一目散。夜の火は遠くからでも目印になると言われて、その火が外に漏れぬよう山間《やまあい》に掘った穴の奥で兵隊さんたちが炊き出す食事の手伝いをするのも姐たちの仕事でした。

パーランクー（片張りの小太鼓）を千個も集めて打ったような音がすると、穴の中にひっ込んでいた人々はわれ先に丘の上に駆け上がります。沖縄を取り巻いている米艦から、仕掛け花火のナイアガラの滝を逆さまにしたように天に向かって一斉に艦砲の幕が上げられ、そのオーロラの中を命を賭《と》して日本本土から飛んできた特攻機が米艦めがけ突撃をしているのです。

丘の上に立つわたしたちは目を皿のように開けてナイアガラの滝を抜け切れず火を吹きながら海へ

落ちていく特攻機を見ていました。男たちは両手を握りしめ低い声で唸《うな》っていました。

米軍の夕食時に弾の音が静かになったある日の夕暮れでした。〝スーマンボースー〟という沖縄特有の雨が降り続き、普段でさえ耐えがたく蒸し暑い深く掘り込んだ壕の中の空気は、汚れて窒息しそうです。若い妓供たちは壕の中へ引きずり込んであった衣装箪笥の中からそれぞれによい着物を引っ張り出して、「夕涼みよ」などと浮かれてはしゃぎながら壕の入口へ出て行ったのです。

突然、「パーン、ガラガラ」と大音響がしました。「爆弾だー!」と泣き叫ぶ声とともに襲った爆風で壕の中の石油ランプやロウソクの灯が一斉にパッと消え、天井の土がガラガラと崩れ落ち、手もつけられない修羅場となりました。わたしはぶるぶる震える手で抱親様の手をつかみ、やっと燈をつけて妓供たちの名を叫んでいました。すると、血みどろになった笑子が、暗闇の中から片方の目をぶら下げながら取りすがってきたのです。

「痛いよ、助けて!」

と泣き叫ぶ彼女の姿にわたしは思わずうめきました。ところが気が立っている兵隊からぴしっと「黙れっ!」と怒鳴られ、その勢いに気押されて笑子をかき抱き、飛び出た目玉を押し込んで三角布で結び付けました。早鐘のように打つ心臓に、「落ち着け、落ち着け」と言い聞かせます。

竹子がやって来ました。喉から血を流しています。藤子と幸ちゃん、節子は即死です。妓供たちの中でも一番美しかった節子は顔の半分が削り取られて飛び散り、きれいに結われた長い黒髪が解《ほど》けて、立てひざのまま爆風に当たってお岩様のような姿になって死んでいたのです。

一度に三人も殺《や》られた妓供たち。ぼーっとしている抱親様、そしてわたし。

軍からの後退命令に、大慌てで藤子、幸ちゃん、節子を一緒の穴に埋めて、大雨の泥んこ道を移動しはじめました。若い妓たちを前方に、年寄りたちを後方に、大けがをしている笑子と頭から血を流している年子を真ん中に挟んでトラックに乗ったわたしたち。エンジンの音が敵の探知機にかかったのか、集中攻撃を受けながらも爆弾の間を縫って命からがら野戦病院へ着いたとき、すでに笑子の息は絶えていました。あれは確か、一九四五年（昭和二十年）四月二十日。識名の壕には、三人のかわいい妓供たちが眠っているのです。

壕の中の地獄

滅茶苦茶に爆弾、砲弾を撃ってくる米軍の弾不足を願っていたわたしたちですが、彼らはアメリカへ爆弾を取りに帰る様子もありません。季節雨の降り続く泥んこ道の沖縄に、米軍の撃ってくる艦砲や爆弾はますます激しくなってきました。「北谷《ちゃたん》の浜へ米軍が上陸した！」、「浦添の石部隊が危ない！」という噂がささやかれるようになった頃です。沖縄人の十七から四十五歳までの男たちは皆が皆、現地徴用の国土防衛隊となりました。鉄砲もなく、背嚢《はいのう》もなく、腰にぶらさげた手榴弾一つで大日本帝国の兵隊さんたちの指揮下に入りました。軍の命令により、二人一組となって爆弾、砲弾の落ちる中からけがをした兵隊さんたちを担架に乗せて高平の病院壕へ運ぶ役目です。

これを迎える遊女看護婦のわたしたちです。ナイチンゲールにでもなったつもりで、寝ることも忘れて一所懸命務めました。

運び込まれ、うめき声をあげる負傷兵たちの傷口に薬をかけ、包帯を当て、さすったりなだめたり。食べる米も水も少ない中、三時間交替の遊女看護婦たちは棚のベッドの傍《かたわ》らで彼らの手を握り足をさすり、「勝つまでは、勝つまでは……」と軍歌を一緒に歌い続けていました。

昼夜暗い病院壕の奥深くでは、いつ朝が来たのか夜が来たのかもわかりません。ぶすぶす燃える石油やローソクの灯を頼りに負傷兵たちの間を歩き回り、一升瓶に棒を突っ込んで玄米をつき、バケツを引っ下げて水汲みに突っ走るのです。水のある芋洗い場に集まった人々の頭上で弾が炸裂《さくれつ》すれば、一瞬のうちに何十人もの身体が宙に飛び散ります。人間の首や手が水に浮かんでいても何の感情も湧いてきません。それをあっちへ押しやってバケツを突っ込んで水をすくうと、壕に向かって一目散に走るのです。洗いもしない米に水をぶち込んで炊いたところ、闇の中に青光りにご飯が光っていたこともあります。

上官より後退命令が出ました。遊女看護婦たちは歩けない負傷兵たちの枕元に小粒の錠剤二つと、なみなみと注がれた茶碗一杯の水、オニギリ一個を置きました。両足を失って寝たきりであった中尉殿が、それを見て決意したように「遺恨なり十年……」と低く太い声で歌いだします。やがてその声が二つになり、三つになって、壕の中に響きだしました。

歩ける負傷兵たちを肩に背負って、一声も出せずに壕を後に出て行くわたしたちの背中に、彼らの声がナイフのように突き刺さります。と同時に「おかあさーん！」と叫ぶ若い兵隊の声も追いすがるのです。

負傷兵を肩に竹槍突いて病院壕を出ましたが、外も本当に生き地獄のありさまでした。花火のように天を焦がし、地に当たって炸裂する二百五十キロ爆弾の恐ろしさ。季節雨の泥んこの中を、ころびつまづきつつ、大きな笊《ざる》を頭に載せて孫の手を引いたオバアやオジイも、泥まみれになった白衣の負傷兵たちも、蟻んこの行列です。先頭の一人が右へ行けば右へぞろぞろ、左へ行けば左へぞろぞろ。地獄へ向かっての行進です。戦争は兵隊だけがするものと思っていた貧乏百姓のオジイたちは、まさか我が村、我が家が戦場になるなんて考えたこともなかったでしょう。

艦砲射撃や迫撃砲、機銃、小銃等々の砲弾が炸裂する南部の果て。最初は鬱蒼《うっそう》としたジャングルでしたが、やがて大木も消えうせて傷ついた珊瑚礁の岩肌がぶざまな姿で顔をのぞかせ、最後はミカンの皮をひんむいたように肌もあらわになって横たわっていたのです。

息も絶え絶えに逃げ回る蟻んこ集団の真っただ中に、何トンもの殺戮《さつりく》兵器が殺到し、人間の首や手足が宙に舞い上がり、血の滴る肉塊が天から落ちてあちこちにごろごろと転がっています。真っ赤なハイビスカスのように、そこら中に血の海が広がっていたのです。道に倒れた人は大口を開けて恐ろしい形相で天をにらみ、そり返った手足は仁王様のように突っ張っています。ふくれ上がった死体につまずきながら、ただひたすらに走り続けたわたしたちです。砲弾に顔半分をえぐり取られながらお生きている兵隊、つける薬もないまま汚れた布を引き裂いて顔の半分に詰め込んでいる看護兵……。

飛んで来た馬肉はポトリと落ちましたが、人肉はペタリと石垣にへばりつきます。山羊や牛、馬の死臭と人間の死んだ臭いの区別がわかるようになった頃、軍の命令で動く郷土防衛隊たちは砲弾運びや挺身隊、斬り込み隊に組み込まれ、敵の銃に追いまくられていました。大きな傷でも小さな傷でも、泥んこ道、畠の中ですべてが破傷風にかかり、身体をピクピクひきつらせながら死んでいきます。親を失い子と離れ、夫や妻が死んでも涙も出ず、埋めることさえできずにそのまま走った沖縄の人々。飢餓に苦しむというのは心に余裕のある時のことで、死んでいる母親の乳にしがみついて泣く子を見ても素通りしてしまうのです。

渇ききったわたしたちは、道にたまった泥水にボロ切れを突っ込んで吸いながら、艦砲射撃から逃げ隠れしました。爆弾、砲弾の炸裂する凄まじさにみんなが散り散りばらばらになって、肩に背負ったはずの負傷兵さえどこへ消えたかわかりません。自分に向かって飛んでくるB29に気がついても、金縛りにあったように身動きもならず、両手で握った竹槍を天に向け、直径一寸の竹槍の後ろに隠れているつもりのわたしでした。そして真剣に祈ったのです。辻遊廓開祖の墓の方に向かって祈ったのです。

「命が助かったならば必ず辻遊廓を再建します」

戦争の苦しみを正面に浴びるのは、何も知らぬ庶民たちです。戦場とは、無垢な者たちがまるで木の枝がポキポキと折れるように死んでいくところなのでしょうか。

飛来する爆弾、砲弾の中、行動を共にしてきた鶴子がうめき声を出して倒れました。破片に腹をえぐられ飛び出した鶴子の腸を押し込みながら、「鶴子が今死んでいく！」と心の中で叫びました。抱親様《アンマー》とわたしの腕にしっかりと抱きかかえられ、鶴子は歯を食いしばりながらたったひと言我が子の名を呼び、目をむいて死んでいきました。貧しいがゆえに辻遊廓に売られて来た鶴子は、客を取ると同時に子どもができてしまいました。戦争が激しくなる前には一時、国頭《くにがみ》の山奥にある実家へ帰してあったのですが、お金がなければ生きられない家族です。子どもだけを実家に残してまたわたしたちと一緒に働き始めた彼女は、小金をためては田舎へ持って行き、子どもに会うのを楽しみにしていたのです。

脱　出

沖縄南部の島尻《しまじり》中に散在する大きな壕に出たり入ったり、非情な砲弾に追われながら息の続くかぎり逃げ回ったあげく、大恩ある抱親様《アンマー》とも散り散りになって生き別れ……。思えば識名壕を出たときは三十人もいた妓供《こども》たちが今はたった七、八人。至る所にある珊瑚礁の洞窟《どうくつ》の井戸のようになった竪穴の壕を見つけて滑り込んだわたしたちでした。

真っ暗な穴の中で皆がひとかたまりになってじっとしていると、あたりの黒い岩肌から滲み出る水が光を呼んで妖気が漂います。異様な水明かりが激しい地上の砲弾を反映しているのか、どす黒い岩肌の間からさえ地の底のうめき声が聞こえてくるようです。

血の滴る戦場を、息も絶え絶え逃げる気力さえ失ったわたしたちは、鬼畜米兵たちに捕まって戦車の下敷きにされて死ぬよりも、皆で一緒に死のうと自決を覚悟したのです。

わたしが手に握っているのは、車座に座った妓供たちを我が身もろとも情け容赦もなく一度に殺してしまおうという無粋な一個の手榴弾でした。最初の米軍上陸の頃、解散を言いだしたわたしに取りすがり、死なばもろともと泣き伏した妓供たち。死に装束も何もなく、全員頭の上に結い上げていた大髷《ウフカラジ》は影も形も消え失せて、今はその黒髪を一つに束ねただけの哀れな姿をさらけだしているのです。防空頭巾を脱いだ後の血の気を失った姐《おんな》たちの顔には、ほつれ毛に泥や埃がべっとりとくっついて、鍾乳石のように固まり垂れ下がっていました。

死ぬと決めた遊女たちは、黙って手の甲を岩水に濡らし、わずかに髪を撫で上げて整えました。紺地絣《がすり》でつくられたモンぺは異臭を放ち、身に付けた着物には死人の臭いや泥んこ、人間の血、虱《しらみ》がはりついています。ぽとりぽとりと落ちる雫が、模様の見え隠れする着物の上にまた別の模様を広げているのです。

思いを定めて車座になって座ったわたしたちは、少しもためらうことなく、むしろ安らぎの中にいます。最後まで残った一個の缶詰を開け、一人ひとり回して食べ終えたときは思い残すこともありません。生と死の境を走り回った戦場の苦しみがやっと終わるという喜びさえ感じていたのです。わたしの脳裏には、力強い抱擁と愛撫に魂までも溶けるような性の歓びを与えてくれた大阪出身の与那原《よなばる》の将校のことが浮かんでいます。生きているのか死んでいるのか、死ねば自分もあの人に会えるかしら……男を想う女心は大きな空間を泳ぎだしていたのです。

「いざ！」、手榴弾の信管をぐっと握ったと思えたそのときです。

「ドサッ」

突然、異様な響きとともに、もうもうと流れてくる黄色い煙がわたくしたちの目の前に襲いかかってきました。信管を握っていた手を思わず放し、そのままそーっと岩の間に置いていました。黄色い煙が霞《かすみ》のように広がり迫ってきて、身体が痺《しび》れてきます。心地よく……。

頭がふらふらと揺れていることに気がついたわたしは、両手で這《は》いずりながら、物音のした壕の入口ににじり寄って行きました。外から撃ち込まれた煙の出所には、黄色い粉が盛り上がっています。ぼーっとした頭で、はっとしたわたしは「毒ガスだぁ！」と叫び、一緒に死のうとしていた妓供たちに向かって「水に浸した布を口に当てて！」と大声を出し、怒鳴りつけていたのです。

穴へ滑り込んだときは、井戸のような狭い入口から縄梯子を伝って降りてきたのに、今はその入口がえぐり取られたように空に向かって大きく広がり、垂れ下がっていた命綱が切れてゆらゆらと揺れています。上を見上げたわたしは、壊された壕の岩壁に爪を立て、両手両足を踏ん張ってよじ登り、その穴を抜け出していました。

外は爆弾、砲弾で地形が変わり、見知らぬ世界が広がっていました。辺り一面は平坦になり、千里の遠くまでも見渡すことができるのです。目の前にある本部の壕の上には米軍の戦車が馬乗りになって、悠々とふんぞり返っていました。

　何物かで視界を遮られたと思ったとたん、仁王様のように大きく真っ黒な図体の大男が奇妙な目でわたしを見下ろしていました。恐怖のあまり声も出ず、異様な大男の水色の目に吸い込まれるように、すーっと意識が遠のいていったのです。

　どれくらい時間がたったのでしょう。がやがやと人の声がします。気がつくと、着ていたモンペが脱がされて、白黒混じった四、五人の大男たちが立っていたのです。

　ずきずきと痛む頭の中で、何をされたか考える余地もないわたしが救いを求めて見上げた空に、きらきらと浮かぶ文字のような光り物がいくつも並んでいっぱいに広がっていました。妓供たちは壕の中に残されたままです。その日、一九四五年（昭和二十年）六月二十三日、あの光は、沖縄の終戦を知らせるイルミネーションだったのでしょうか……。

第II部　戦後篇

捕虜収容所

形見の白シャツ

柵を巡らせた畑の真ん中に、戦場の生き地獄を見てきた者たちの放心した虚ろな目がひとかたまりになって震えています。生き残ったのは自分だけだと思ったのに……。ぼーっと突っ立っているわたしにわっと抱きついてきた年寄りのご婦人がいます。大阪出身の将校と忍び逢った与那原《よなばる》の隠れ家の家主でした。自決した男からの頼みだと小さな包みを渡されたわたしは、貪欲な愛情ゆえに内地帰還のチャンスを失わせ、自決にまで追い込んでしまった男の爪と髪を両手でつかんだまま、呆然と胸の間に抱きしめていたのです。

そこでわたしは、ちりぢりになっていた辻遊廓の抱親様《アンマー》と、四歳まで自分を育ててくれた小禄《おろく》の養父様《とうさん》を見つけたのです。親子の縁とは不思議なもの、切っても切れずということでしょうか。やつれ果てた年寄りたちの惨めな姿に、泣くことさえ忘れて駆け寄ったわたしは、養父様の腕からたらたらと流れている血を見つけました。梅雨期に戦場となった島尻《しまじり》は、日ごと夜ごと、いやというほど雨が降り、泥んこのぬかるみが続きます。三カ月も濡れたり乾いたりでべったりと身体に張りついている自分の着物を脱ぎ、その下に着けていた白シャツをやっとのことで引き裂いたわたしは、それを養父様の腕に巻きつけました。

焼け跡の中の牛島満中将の墓

南西諸島最高司令官・牛島満閣下の名前がついているこのシャツは、思い出のある貴重なものでした。米軍上陸半年前の、一九四四年（昭和十九年）十月十日の沖縄空襲で丸焼けになった辻遊廓から追い出され、南西諸島総司令部へ走り込んで救いを求めたとき、鉛筆なめなめ、折れ釘のような文字で次のような句をつくりました。

秋深し花の都を追われ来て

敵機によって辻を追い出されたことをちょっぴり皮肉って書いたものを牛島閣下に差し出したとき、縫い取りをした名前入りの財布とともに形見にいただいた白シャツでした。

南西諸島最高司令官の肌に触れていたこのシャツを我が身に着けていれば、床下であろうと天井であろうと、自分自身もまた大日本帝国軍属として死ねると思う女心のあさはかさ。茶目っ気たっぷり、もって生まれた一途さで、わたしはこれを誇り高く、我が死装束とばかり肌身に着けていたのです。

いろいろな思い出のあるこのシャツで養父様の腕を巻きつけていると、突然、青い目の米兵たちが

「カマーン！　カマーン！」

と怒鳴り始めました。牛馬を追い立てるように両手を振り上げて追い出す彼らの素振りに、わたしたち親娘は捕虜になった住民の一群とともに再びトラックに詰め込まれて、石川村へと運ばれて行ったのです。

石川村は沖縄本島の中部に近く、東の海と西の海が一度に見える砂の村です。ここは防火防風のための福木が縦にも横にもまっすぐ伸びていて、自然発生的な造りの多い沖縄の山村としては珍しく碁盤の目のように区画整理のできている村でした。わたしたちが石川小学校の校庭に引きずり降ろされたとき、待ち受けていたのは米兵たちの肩にかけたボンベのホースの先から出る白い粉です。まるでメリケン粉の中から出て来たように、頭の上から足の先まで真っ白けとなりました。最初のアメリカ文化の洗礼を、わたしたちはＤＤＴで受けたのです。長い行列をつくりながらテントの下に押し込まれて、砂地の上に寝起きする捕虜の暮らしが始まりました。

本土空襲へ向かうＢ29が地響きを立てて次々に飛んでいっても、それを見上げる気力さえありません。先に捕虜になった人たちから炊き出しの芋をもらいましたが、一番大きなものでも拳《こぶし》を握ったくらいの大きさです。抱親様とともに親指大の芋をやっとの思いでもらってきても、物憂げにそれを枕もとに置いたまま、またごろりと横になるのです。他の人たちも皆同じでした。何百人という人間たちが笑いを失い、感情のない目で虚空を見つめているのです。誰もがごちゃごちゃになった考えを口に出せないのです。

砂地に寝ころんで朝になり、皆の後ろにぞろぞろとついて行った私たち親娘は、三カ月も洗っていない戦場の顔を井戸水で濡らしたまま拭き取るタオルもなく、皆がするように顔の雫《しずく》をつるりと撫でて、ぬぐい落としていたのです。井戸のそばには雑草が青々と茂っています。世の中がどうあろうと、踏まれても蹴られても、大地にへばりついて生きているのです。地軸を揺るがさんばかりの砲弾に、二抱えもある大木がボキボキと倒れていったのに……。青々と生きている雑草を見つめた抱親とわたしは立ち尽くし、初めて大きな息を吸い込んでいました。

野天のトイレ

「ヘーイ！　チャオ、チャオ！」

と犬の遠吠えのような甲高い声を張り上げながら缶詰の蓋を開け、自分たちが先に食べて見せる米兵たち。爆弾、砲弾に追われて戦場から命からがら逃げ回ったあげく、いつ食べたかも分からぬすきっ腹で捕虜になった人々。そんなわたしたちに、横が十二センチ、縦十八センチ、高さが三センチくらいの全体がロウ引きにされて雨風にも強い茶色の小箱が渡されました。中にはカリッカリッとした新鮮なビスケットなどが詰め込まれていました。これをKレイションと呼び、一品一品が缶に入っているのをCレイションと言ったのです。Cレイションには、戦時下の日本では見たこともない高級食料のチーズ、ジャム、バター、ハム、ソーセージの缶詰、それにチューインガム、紅茶、砂糖、タバコに至るまで、一食分がこぢんまりと詰め合わせになっていました。

戦場の敵を殺すのは平気でも、人間を餓死させるのは平気ではないというのが米兵たちの考えでしょうか。米軍から与えられた食物は、バターにチーズにポークソーセージ、実に一足飛びに雲上人《うんじょうびと》の生活です。目はくぼみ、瞼は後ろにひっくり返っていたわたしたちに、今度はアメリカ製の食物がお腹の中をひっくり返しました。

テントばかりが並んだ砂地の石川村の端まで、延々と一直線に掘られた砂地の穴の上に、テントの切れ端で隣と隔ててある、男女の区別もない天然自然のトイレがつくられました。穴の上に置かれた二枚の板に両足を載せ、尻をからげて座ります。一列横隊に並んだ人たちの頭だけが飛び出しています。トンボのように低く飛んでＤＤＴを撒《ま》き散らす米軍のグラマン機のプロペラ音に、戦場を越えて来た者たちの神経は緊張しっぱなしで、出る物も出ずじまいです。

テントと仮小屋の並ぶ石川収容所（月刊沖縄社提供）

わたしは開放的なトイレに座りながら、壕に残してきた妓供《こども》たちのことを想います。自分だけが壕の中から出て来て命を取りとめてしまいました。辻遊廓で培われた義理人情もどこへやら、置き去りにして死なせてしまったという罪の意識に苛《さいな》まれていたのです。飛び交う爆弾、砲弾の中を逃げ回り、とどのつまり、一緒に死のうとした妓供たちの怨念か遺恨かは分かりませんが、己を責める心の苦しみとともに錐をもみこむようなお腹の痛さといったらありません。

「戦争はやめろ！」「生きることは死ぬことよりも辛いんだ！」と叫んでいるようなお腹にうめき声を上げ、今はただ、生きねばならぬ雑草です。わたしだけを頼りにして生きる義理ある親たちを捨てられはしません。

戦争から解放された住民たち（月刊沖縄社提供）

マラリア

真夏の琉球で、捕虜住民たちの砂地の上に寝起きする生活が続きます。蛆虫《うじむし》や虱《しらみ》の集団とともに暮らすテント生活で、戦場の爆弾や砲弾の破片で傷を受けた人たちの肉の腐る臭いが鼻につきだしてきました。しかし、蛆虫が身体中にのさばっている人間たちを見ても、戦場をくぐり抜けてきた人たちは皆不感症になっていて、誰がどうするということもありません。戦場の栄養不良で弱り果てた人間がやっとこさ水を飲んでいるというのに、不届き者の蛆虫どもはふくれ上がった皮膚の下で人肉をポリポリとかじっていたのです。

　そんな状態の中で、木の枝を折りテントの切れ端を探して囲いとし、己が陣地をつくってその上に寝るというアイディアを一人が考え出しました。すると皆がこれを真似て、手当たり次第に枝を折って陣地づくりに精を出すようになりました。我が抱親様《アンマー》もどこから集めてきたのか藁草の上に厚紙を敷いて、親子三人分のささやかな場所を確保していました。

　年寄りたちは、慣れぬチーズやバターへ恐る恐る近づき、少しずつなめるように食べていました。また空き缶を集めることには熱心です。大きな缶に電線の切れ端をくくりつけて鍋とします、石を三個置いた上にこれを載せて湯を沸かすと、腹痛に苦しむわたしに「白湯でもよいから、熱い飲み物を」と気を遣ってくれるのです。拾ってきた鉄冑を逆さにし、薪の皮を剝《は》いだすりこ木を使い、摘んできたヨモギの葉をすりつぶしてしぼった青汁を、お腹の薬として飲ませてくれたのです。

　捕虜住民たち全員が皮膚病やマラリアの病原菌を持ち寄っているともいわれました。病気になった人々は米軍から与えられたキニーネという薬を飲みすぎて、身体全体、目の色まで黄色くなり、正真正銘の黄色人種ができ上がっていきます。戦争中の栄養失調で体力が衰え、萎《しな》びた人間たちは抵抗もできず、生き死にを考える暇もなく、ばたばたと死んでいきました。

「アフィナ、ウーイクサ（あれほどの大戦）をしのいできたのに」とあっちこっちのテントから葬送のときの泣き声が起きて、多くの人たちがモッコに担がれ、砂の中に埋められていきます。そんな中でも、足るをもって安楽と思う年寄りの暮らしぶりや、義理、恥を失わずに厳しく生きる姿を無言のうちに教える抱親様は、雑草のたくましさをわたしに見せているようでした。

敗戦と解放

平　等

地獄とは戦争、極楽とは平和であることをしかと知らされた人々は、地位も名誉も失って裸のままの平等な立場となりました。皆が肩寄せ合って、石川村でお互いを労り合う捕虜生活を送っていたのです。

定員八百人が限界という石川村に三万余の捕虜住民たちが詰め込まれ、パンク寸前です。豚小屋まで満員です。日々の食料や賄《まかな》いは米軍余剰物資の無償配給で、沖縄住民全体、島ぐるみ救済します。「戦争は敗ける国も大変だが、勝つ国も大変だ」と抱親様《アンマー》はつぶやき、戦後の現実を知らされた沖縄住民たちは、素直に、懸命に戦争悪を話し合っていたのです。

沖縄全島至る所にある天然自然の地下壕のおかげだったでしょうか。一坪当たり三百トンの爆弾を落としたのにこれだけの人間が生きていた、と米軍が驚いたといいます。その捕虜住民たちに最初に軍政を施したのは、ニミッツ提督（米太平洋艦隊司令長官）の下で海軍副長官を務めていたムーレー大佐でした。

その軍政府で治安局長を務めるスキュス少佐殿は、ピンと跳ねた髭《ひげ》を生やし、将校の肩書きを持ちながら腕には入墨をしています。米海軍では男らしくとも、日本流に言えば大物の雰囲気を備えている将校様でした。この少佐が、石川中を駆けずり回ったあげく、長い顎鬚《あごひげ》を生やし威厳を持ったご老人にひきつけられたのです。スキュス少佐殿は青黒いテントだけが重なり合った石川村を市と名づけて、この顎鬚殿を初代市長に任命しました。ところが、次に会ったときには彼をひきつけた荘厳な鬚はどこへやら消え失せて、若々しい顔に変貌した市長様。少佐殿は、こんなはずではなかったとびっくり仰天、目を白黒させました。

「ナット、ユー！」

「イエース、ミー！」

この〝イエースミー〟殿、米軍捕虜になった五十五歳以下の男子は米軍の手先に徴用されるという噂に、中年男の知恵を発揮して、わざと鬚を伸ばして年寄りぶっていたのです。石川中に広がったこの笑い話に、捕虜住民たちは腹を抱えたものです。

市長様が決まり、隣組の世話をする班長様が決まって、農務、労務、衛生、配給と、年寄り五人組が出揃いました。着の身着のまま、ぼろぼろの古着をひっかけていた迷誉班長を任命された男性方は、米軍支給のＰＷ（戦争捕虜）服とヘルメットをポイと被せられ、ドタ靴を履いて行進です。紙切れに書いた名簿と余剰物資を担いで、テント村を往来します。「オーライ、オーライ」と、捕虜住民全体に生きることへの意欲が湧いてきたのです。

他の男たちは、元大会社の社長様であろうが元大商店のご主人様であろうが、一列縦隊、将校服を着せられて沖縄ＣＰ（警邏職）様のお役目を拝命しました。その代わり、この巡査殿は腰に下げる警棒もなく、徒手空拳、大手を振って街をぶらぶら歩いておれば一緒に住む家族の分まで食料や他の配給が倍もらえるという役得がついていたといいます。

労務班長たちはＰＷ印のついただぶだぶの配給服で並び、市長様のご命令のもとに各区それぞれの作業員を集合させます。栄養価は高くとも満腹感のないレイション（配給食糧）やクラッカーなどでは歩くにも力が入らず、腹にたまる芋を探して、働ける者は男女ともに芋や野菜の食物探しに皆が動きだしたのです。

労務に出かける人々は、生きて働けるということで命に太陽が輝きだしたようでもありましたが、一方では捕虜という心の重さを灼熱地獄の足かせのように引きずりながら歩き回っていたのです。

八月十五日

小島沖縄の、ありったけの山肌をひんむいた戦争の中から生き延びてきた捕虜住民たちは、背中とお尻にＰＷ（戦争捕虜）と黒いハンコが押された米軍支給の青い服を着て、これまた自分の足の二倍ほどもある米軍配給のドタ靴を引きずって歩いていました。デモクラシーの世の中とは面白いもので、のっぽのアメリカ人とちんちくりんの沖縄人、電信柱と郵便ポストが同じ寸法の服を着るということ自体無理です。アメリカ人のズボンの長さは沖縄人の背丈と同じくらいで、胴の方は縦横ダブダブ。首を出したら手が出ず、ハサミがないので歯でビリッと引き裂き、やっと手足を出します。身動きならぬ捕虜生活そのままの、亀のような人間のでき上がりです。

一九四五年（昭和二十年）八月十五日、テントの切れ端を腰に巻きつけたわたしたち婦人作業員は、ＰＷの青服を着た班長の下で一列並びに小石を拾い集める労務に就いていました。皆に配られた小さな竹の笊《ざる》は日本軍が飛行場をつくるために使っていたもので、今度はアメリカ軍が丘の上に自分たちの兵舎をつくるために小石を拾わせているのです。捕虜になった女たちがゆらりゆらり拾い集める小石は「一つ積んでは母のため……」と歌う巡礼の御詠歌の悲しい響きを思わせていました。

小さな笊に小石を入れてそろりそろりと動くわたしたちの頭の上で、突然ラジオが鳴り響き、天皇陛下のお声がふりかかってきました。日本は戦争に負けてしまった!? 小石を拾いながらも、勝つまではと意気込んでいたのに。身体全体の力が抜け落ち……そして小石とともに皆が地べたへ、へばって崩れ落ちていたのです。

魂の抜けた人間のようにやっと帰り着いた石川の集落では、天地がひっくり返ったような大騒ぎでした。捕虜住民たちは皆、頭の上で大きな爆弾が炸裂《さくれつ》したような思いで、誰もがあまり口をきけません。ぼわーんと気が抜けたような感じで、低いうめき声を上げるばかりです。

一八七九年（明治十二年）、日本の廃藩置県で琉球王国の首里城を明け渡したとき、

嘆くなよ臣下、命ど宝

と謡った尚泰王の言葉を、再び沖縄民衆全体が痛いほど噛みしめていたのです。何といっても守礼の邦琉球、日本政府六十六年間の恩に報いているつもりか、勝った米軍への当てつけ半分に「戦争はまた起きる！ 後二十年も待たないだろう。今に見ておれ！」とやり場のない悔しさから強い言葉を口に出して言う人もいます。あるいは、「いや、琉球民族はその昔、日本を開国させた先進国である。中国との貿易に先んじて、南方のジャワ、スマトラまで、われらの先祖は行ったじゃないか」とか、「イートマンという英国人が来て糸満を広げたじゃないか。琉球人は世界に伸びる民族なんだ」と、侃々諤々《かんかんがくがく》。日本が敗けたことで、沖縄人が沖縄人として生い立ちに自覚を持つ日でもあったのです。

英語の強み

生きるための情報が必要と、米軍の肝煎《きもい》りで、石川市の入口に「ウルマ新報」という新聞社ができました。社の前を通ったわたしは社長に呼び止められました。辻遊廓の遊女であったという過去を背負って生きねばならぬわたしに向かって、社長は「世界をひっくり返した戦争も終わった今、尾類《ジュリ》であろうが奥様方であろうが、金持ちも貧乏人も皆が対等のデモクラシーの世の中であり、これからは英語を使える人間が絶対に強い」と教えてくれたのです。

社会の最底辺に住んでいた者がまばゆいばかりの太陽の下で未知の世界に飛び込み、そしてまったく新しい生活が始まる可能性を見いだしたとき、おこがましいほどの冒険心に勢いづいたのです。ちょうどそこへ、新聞社を設立したS大尉というアメリカ人が来たので、社長を通じて英語を教えてくれるように頼み、早速新聞社の人たちと一緒に鉛筆を握ってＡＢＣを習い始めることになりました。社会人となった喜びとともに知らないことを学ぶのは楽しく、飛び上がるほどにうれしかったのです。しかし新たな冒険に挑んだつもりのわたしが浮き浮きと机に向かっていると、遊女時代の知り合いの男性に声をかけられました。

「やめた方がいいんじゃない？　あなたには難しすぎるでしょう」

遊女は酒の席で酒をついでいればよいと、実社会の怖さを知らない姐《おんな》に向かって不安顔で忠告してくれたのです。それでも茶目っ気の多いわたしは、人が何と言おうと一所懸命習ってみようとしました。やりかけたら最後までやることだ、と決意したのです。

アイアンダスタン――わかりました、ワーク――仕事、フォノグラフ――蓄音機、ミュージックソング――歌、ハロー――もしもし、ホワット――何？……。

捕虜になって屋嘉収容所に運ばれていく日本兵たちのトラックを見に出かけた抱親様《アンマー》とわたしは、戦前の那覇市長で大政翼賛会の会長であり、沖縄唯一の政治家といわれた当間先生に会いました。那覇人を見れば誰でも懐かしさで胸がいっぱいになります。当間先生は、沖縄翼賛会会長であったという理由で公職追放の浮き目にあわれています。当間先生に会って、日ごと夜ごと華やかであった昔の宴会場を思い出したわたしは、肩の落ちたその姿を見ているとぽろぽろと涙が落ちるのです。

辻の三原則を叩き込まれているわたしは、育ての親である抱親様を肩に背負い、妓供《こども》たちの手を引きずって、〝悲惨〟という言葉では足りようもない経験をしました。そして砲火に追われて逃げ歩いた戦場の真っただ中、砲弾飛び交う喜屋武《きゃん》岬の果てで、

「このウーイクサ（大戦）を生き残り、我が生を得たならば、必ず今一度辻に帰って、伝統ある辻の再建を」と、辻遊廓開祖の墓に手を合わせ誓ったのです。収容所にいる今、いろいろと状況の変わった社会の中でも、自ら立てたあのときの誓いを破れば命にかかわる以上の罰を受けるに違いないと心を引き締めました。そのためにも抱親様ともども、那覇に戻らねば辻の再建はおぼつきません。髪を後ろにひっ詰め、メリケン袋を逆さに着けて、大政治家先生の胸にすがりついていました。

わたしは、捕虜になった日本兵たちがトラックに積み込まれて米軍キャンプの作業に行くのを、当間先生と一緒に見送りました。多くの捕虜住民たちもまた、金網に取りすがり目を皿のように広げて知人捜しに右往左往しています。打ちひしがれたような日本兵たちのトラックが砂煙を上げて通った後を、勝利者の米軍ＭＰが高い鼻をつまみながら、

「ステンコー（臭い）、ステンコー、クサイ、クサイ」

とおどけて見せます。さらに、

「ユー、ジャパニーズコイビト？」

などと、チューインガムをせがんで集まった子どもたちをからかっているのです。生と死が隣り合わせの戦場であった沖縄南部の果てで、あるいは飢えに苛まれ北部を逃げ歩きながら、砂糖はもちろん、塩さえも不足する中から抜け出てきた子どもたちの目は異様にきらきらと光り、黒く汚れた顔に鼻汁を垂らして、キャッ、キャッと叫びながらチョコレートを奪い合っています。誰が教えたのか、米兵を見れば「ギブミー、ギブミー！」と手を突き出して、チューインガムを口にパクパク動かしているのです。

当間先生と抱親様を残してわたしはいつものように新聞社へ英語の勉強に行ったのですが、その日はついに断られてしまいました。辻遊廓出身の姐では、いくらデモクラシーの社会でも受け入れられないのです。社会の底辺に生きてきた者たちへの階級的差別意識は根強く、何も知らない異人にまでわざわざ、この女は尾類であったと言上する同胞がいたのです。泣きながら帰ったわたしに、抱親様は言いました。

「人の咎《とが》を披露して、我が身の確かさを示す人間の本性だよ」

デモクラシーを信じて一般社会人と同等に並んだと思う、自分のおこがましさも思い知らされました。そして、喜びに燃える者を蹴落とすのも、やはり同じ戦場を越えてきた同胞であるという現実に直面して絶望的になったわたしに、名前は聞いていたが会うのは初めてだと言いながら、同じテントに住む玉那覇君と高安のタンメー（ご老人）様が話しかけてきました。「捨てる神あれば拾う神あり」、日頃抱親様から教えられた遊女冥利を改めて知らされて、地獄から極楽へ飛んだ思いです。タンメー様は三線が上手で玉那覇君は空手が上手だと、お互いを紹介し合います。武芸二道を併せもつ彼らに助けられたような気持ちで、わたしは大声で笑いました。

茅葺き屋根の配給所

ヤギ小屋、豚小屋にまで住み着いた人間の頭だけがうごめく石川市に、原野から刈り取ってきた茅葺き屋根の配給所ができました。食べることだけが楽しみの捕虜住民たちに、その喜びは天を突くほどです。丸い穴のあいた長い鉄板をいくつも打ちつけた壁。それは、梅雨時、泥んこの沖縄で米軍が飛行機発着のために使った、あるいは砲弾でグチャグチャになった凸凹道を米軍トラックが通れるように敷いた鉄板の余りであるといいます。これを聞いた抱親様《アンマー》は、びっくり仰天。

「大和世《ゆう》では考えられないよ。鉄不足の戦時中、金めの物は鉄瓶からお寺の鐘までも出して、鉄砲や刀をつくったというのに、米兵たちはその鉄を道に敷いている！」

それは厚くて、てこでも動かない丈夫な鉄板です。茅葺き屋根の掘っ立て小屋の配給所の戸はつっかい棒一本で開閉が楽にできます。半蔀《はじとみ》のバッタン式でも、中には米軍からの配給食糧、衣料、マッチ、縫い針、灯油、米、缶詰類がぎっしりと詰まっているのです。

空腹のまま走り回った戦場をやっとの思いで越えてきたわたしたち生き残り組は、今では年寄り子どもおしなべて、人をかき分けてでも食べたい。お偉いさん方の政治話より、食べることが一番重要です。大人、子どもの区別なく、頭割りの配給を受けられることに皆が感謝感激。これが本当に、デモクラシー――平等であると、抱親様は大喜びです。

大和文字しか読めない人たちが、知ったかぶりをして〝OIL〟の文字を頼りに持って帰った油でてんぷらを揚げて食べたところ、それは重油で尻から泡が吹き出したり、ふくらし粉と思って使ったD

DTの粉で死人が出る始末です。知らぬがゆえに身に迫る内外からの危険が、いつでもどこでも目の前にぶら下がっている捕虜住民の生活は続きます。

婦人参政権

日本本土よりも小島沖縄に早く訪れたデモクラシーの一つは、前代未聞の婦人参政権でした。一九四五年（昭和二十年）九月二十日、市に昇格した石川市の市会議員を選び出すために二十五歳以上の男女に平等に選挙権が与えられたのです。

女性に投票権を与えるということで男性の威厳が傷つけられて、カチンときた諮詢会委員の中には、民法でも女性の権利を認めていないのに、ましてや選挙で女を認めるのは時期尚早、と反対論が出る始末。男尊女卑に同調する我が抱親様《アンマー》は、「義務教育修了証書は男女平等に与えられているから、女でもその資格を有する」と反論する急進派にびっくり。それは、男をしのぐ働き者の沖縄婦人たちが、頭に〝平等〟という鉄兜を被り、袖をまくり上げて堂々と一人前に投票ができるという、沖縄開闢《かいびゃく》以来、未来永劫に記念すべき日でもあったのです。

「デモクラシーだ！　デモクラシーだ！」と、労務、衛生の班長様が勢いよく飛び出して市会議員に立候補しました。「戦争は終わった！　復興だ！　新時代、沖縄の建設だ！」とうなり声をあげて石川の街を走り回ります。その後を竜巻のように舞い上がっていた砂煙が大変に印象的でした。

わずか三カ月の地上戦争で、二十万余の命が消え去りました。戦火が収まってもその影響は色濃く残されています。働き盛りの三十から四十五歳までの男女の数では、女の方が六倍以上も多く残されたといいます。それがために、男日照りとなって男性方の株はグーンと上がってしまいました。

さて、婦人参政権行使の当日がきて、紙箱に穴を空けた投票箱の中に、ザラ紙を細長く切った投票用紙を皆が放り込みました。しかし、文字を知らない年寄りたちは、横線一本引くだけで「ハジメ」と読める候補者にぞろぞろと投票したという、嘘のような本当の話。実は、わたしも抱親様も同じでした。古い世代を押し除けたアメリカ世《ゆう》は、グテェー（筋肉たくましき人）たちが市会議員に当選しました。だぶだぶの米軍服に足の二倍ほどもあるぶかぶかの軍靴を履いたチャップリンのような大真面目な顔でパッカパッカと石川の街を闊歩《かっぽ》するその姿に、抱親様は興味深げでありました。

西洋式デモクラシーとは面白いもので、鍋の底は半球形と決まっていた日本流の常識も、世変わりのどさくさでは通用しません。平べったい洗面器のような鍋や釜、針糸に至るまで、イチャンダ（無償配給の世の中）です。労せずして物が得られるこの頃では勤勉努力する必要もなく、一様に皆が平等に生きられるお仕着せデモクラシーの世の中になっていたのです。

情け深き米軍公衆衛生の係官殿が、メーチャー（布の前当て）しか知らなかった沖縄女性のために、生理用品の心配までしたという笑い話もありました。精神の安定を欠くことがどれほど女体に響くものか、島尻《しまじり》戦の真っただ中を逃げ回った時の最初から、わたしたちは生理がなかったことに気がついたのでした。

ハウスメイド

南国の月が、いよいよ中天に映える季節。テントを張った砂地の住まいから、茅葺きとはいえ、ちゃんと屋根も床も付いている米軍支給の規格小屋一棟を貰い受けたわたしたち親妓《こ》のうれしさは格別でした。無償配給の家とは、同じ規格の資材で床面積が六坪、間口三間、奥行き二間のマッチ箱のような造りで、骨組みの全部が今でいうツーバイフォー（厚さ二インチ、幅四インチ）の角材で組み立てられていました。戸や壁の板代わりにテントの切れっ端が張り付けられ、夕風吹けばバタバタとオーケストラの音楽付き。それが、三線や太鼓を失ったわたしたちには何とも素晴らしく聞こえたものです。ボルトやナットもいらず三十分でできる組立住宅でも屋根には涼しい茅が載っています。豚小屋、ヤギ小屋、立木に打ち掛けた破れテントの下までも、屋根のある場所なら畳一枚の広さに二人の人間が住んでいたその頃、そのありがたさと幸せは口にも表せないほどでした。

男手のある家なら自分たちで台所を張り出していたのですが、肝心な腕に砲弾を受けた養父様《おとうさん》と茹《ゆ》でたそばまがいのなよなよしたわたしと抱親様《アンマー》は、三人合わせてやっと一人前。しかし、釘は打てなくとも、壊すことは簡単にできました。床に張られた大きなベニヤ板をうんしょ、こらしょと引きはがして、砂地に三個の石を並べてカマドをつくり、えっちらおっちら親妓三人が一致協力してわたしたち専用の台所をつくりました。

遊女暮らしが身についているわたしも、ささやかながら心に余裕を持ち始め、拾ってきた小枝を生けて古きよき時代を思い出し、何はなくとも床の間つきの我が家、と慰めにしました。すると、箪笥《たんす》、膳棚、布団箪笥、その他女の部屋に必要な調度品一切合財を失ってはいても、夢が蘇ってきたのです。あらゆる苦難をなめつくしたはずの抱親様は、達観したように、人生は見方考え方で天国にも地獄にもなると教え、大きなため息をつきながら誰に言うともなくつぶやきました。

「命ヌ親ヌ御陰ニ、食物ンイチヤンダ、家ンイチヤンダ。イーバーニアメリカーンカイ、敗キ、テーンテー。ウンジポーチヤクシネーマタン闇ヌ世テー（命の親のお陰で、食物も家も無償配給してくれるアメリカ軍に敗けてよかった。この恩を忘れたら、また闇の世がくるよ）」

我が信奉する辻のしきたりに生きてきた抱親様でなければ出せない言葉です。これもまた無償配給の豆を砂に埋めて水を掛けモヤシをつくりながら報恩を教える抱親様の姿が、四歳の頃から育て上げられたわたしには、崇高なまでに気高く見えたものです。

ところが、捕虜になった住民たちはガラス瓶に入れられたバッタのように米軍の監視つきの生活で、散り散りになった家族を捜すために地続きの隣村まで行っても支配者である米軍からは越境犯として罪人扱いにされます。小島沖縄のどこに行くにも、通行パスという切符を持たなければ歩けない檻の中でした。

また、粗暴な兵隊たちは闇の夜に紛れて、金網を切り破り収容所に忍び込んで女を襲います。狙われた婦人たちの悲鳴が起これば、村中が団結して吊り下げた空のアルミ一斗缶やガスボンベを叩く音が一斉に鳴り響き、MPのピストルの音が聞こえてくるのです。のんびりのどかな南の国琉球で、姐《おんな》たちの苦界と言われた辻遊廓でさえ納得ずくでなければ抱かれなかったのに、捕虜になったとき、そしてその後も幾度となく悲惨さを味わわされました。

軍作業に出ても小さな缶詰を四個もらってくるだけではお腹を満たすこともできません。自分を含めていつでもお腹を空かせている養父様、抱親様のために配給食糧を確保しなければなりません。作業班長さんに頼んで、道を隔てた石川ビーチの本部に仕事を見つけました。それは、スネークという海軍大尉《キャプテン》のハウスメイドの仕事でした。

メリケン粉袋のブラウスにテントの切れっ端のスカートを腰に巻きつけたわたしは、米兵たちが仕事に出た後、朝の九時頃からのこのこと兵舎へ出かけて行きます。規格住宅テント小屋の鍵を開けて入り、まず鉄製のベッドと机、そして大きな箱のようなトランクが二つも置かれた将校部屋の中で、アメリカ式の太く長く重たいモップを持ち両手に力を入れてゴシゴシ掃除をします。その後は、脱ぎ捨ててある大尉殿の兵隊服を洗って干すのです。

火熨斗《ひのし》しか知らない姐《おんな》が、初めて見る電気アイロンを両手で握りしめ一枚一枚伸ばしておけば、キャプテン殿が帰ってくるまでの仕事は全部終わりです。そのうち慣れるに従って、かつて国防婦人会で教え込まれた鬼畜米英の感情や捕虜になったときに涙をこぼした無念な思いなどが煙のように薄れてゆくのに気づきました。

キャプテン殿との会話も、初めのうちは無声映画のように使われている者、使っている者双方ともに手真似足真似です。それぞれがお国言葉を勝手にベラベラと並べ立てていましたが、その言葉を反復運動よろしく一言一言覚えていくうちに、心にも余裕が出てきました。これまでに受けた訓練と、もって生まれた姐の習い性から来る殿方に対する勤労奉仕の精神や行動は、疲れて帰るキャプテン殿の肩や腰を揉むことから始まり、やがていつの間にか遊廓時代のような殿方とお抱え尾類《ジュリ》の生活に入っていったのです。

メリケン袋のブラウスにガバガバしたテントの切れっ端ではなく、少しでも柔らかでたおやかな芋袋のスカートを、と腰に巻きつけている姐に情が移ったのか、キャプテン殿は原色の派手なアメリカ製ドレスを取り寄せてくれました。慣れないハイヒールを履き、ポコン、ポコンとのめりながらアヒルのように歩きます。内股にアヒル歩きをする東洋姐の姿がおかしいのか、キャプテン殿は姐の足の爪先を外八文字に揃えたり、自分で歩いて見せたりして何度も直そうとしてくれました。わたしは、琉球人とアメリカ人は歩く足も招く手さえも正反対であるという大発見をしたのです。

辻遊廓での暮らしと少しも変わらないようでも、遊女屋から飛び出して普通の女になったという心の自由さは、長い間縛られていた軛《くびき》がほどけたようで日々が楽しかったのです。

折々に食料品や衣類、その他の品物を揃えてくれるキャプテン殿のお陰で、わたしたち親妓三人の生活は空き缶の世帯道具から、いつの間にかアメリカ製品の厚くて重たい野戦用陶器の、落としても割れない食器を使える身分になりました。紳士であるアメリカ将校殿の女性を大事にして甘やかす流儀は、遊女として生きてきたわたしには大変な驚きでした。ご婦人に対する彼らアメリカ紳士の労《いたわ》りは、辻育ちの遊女で中身もなく、ふわふわと浮ついた風船玉のようなわたしを有頂天にさせました。

「ヘーイ、ボーイ」と傍若無人に平然と胸を張って歩き、米兵たちにも鼻高く慣れている風を装えば、彼らはかえって悪ふざけをしないのだ、とアメリカ流の変わった保身法を教えてくれたのも大尉殿です。

生きていた妓供たち

妓供たちの捕虜体験

石川部隊に出入りするようになってしばらくして、わたしの耳に、壕の中に残してきた妓供《こども》たち全員が無事に生きて古知屋《こちや》にいるとの噂が入ってきました。壕の中に残されたまま死んで、今ごろはミイラとなっていると思い込んでいた妓供たちが生きていたのです。手振り、足振り、キャプテン殿に三拝九拝、懸命に両手両足をすり合わせて通行証と移動証、そして車をお願いし、トラック一台と二人の兵隊がつけられて、生死をともにした妓供たちを迎えに行くことになりました。

死んだと思った者同士の出会いは、声もなく、ただ取りすがり抱き合うばかりです。抱親様《アンマー》とももも、あまりに話すことが多すぎて、乱暴につかんだお互いの肩を揺すっているだけで、息が詰まってツーンと鼻を突き上げ、真っ赤な目を合わせたままどんな言葉も出てこないのです。

貧乏ゆえに人にばかにされるより、義理人情がないと言われる方が怖い辻遊廓の風習に育った遊女たちです。血のつながりはなくとも義理人情のつながる妓供たちを壕の中に置き去りにして死なせたという罪悪感に苛《さいな》まれていたわたしに対し、妓供たちの方ではガス弾の落ちた壕を一人で出て行ったわたしを、鬼畜米兵に捕まって殺されたものと思い続けていたようです。

何日間か壕の中に潜んでいた彼女たちですが、地響きする弾の音も静かになった頃、お姐《ねえ》さん株のカマー姐さんが先頭に立って、死んだはずのわたしを捜しに出たといいます。しかし、死体は見つからず、落ちていたアメリカ製の缶詰を拾って帰ったそうです。何日ぶりかの食料に大喜びの彼女たちが壕の中でパクついていたところ、

「カマーン、カマーン！　レテコイ……、出テ来イ……」

突然、米兵の叫ぶ甲高い声がしてカマー姐さんはびっくり仰天しました。

「アキサミヨー（あれまあ）、アメリカーはわたしの名前を知っている。チャーンナランサ（仕方がない）！　どうせ殺されるなら、皆で一緒に死のう」

と、ぞろぞろ壕を出て行きました。

覚悟を決めて出てきた彼女たちの目の前、地獄の門から飛び出てきたような真っ黒な仁王様が愛嬌を振りまいたつもりで白い歯をちらつかせました。そのとたん、「黒人は人間を食べるそうだ」と聞かされていた彼女たちは心底たまげ、カマー姐さんは、奇想天外というか日頃の習性とでもいうか、頭の上へ急に両手をあげて、声高く、

「イヤサッサ、ハイヤ……」

とカチャーシー（阿波踊りに似た琉球古来の踊り）を踊りだしていたというのです。目を丸くした黒人以上に仰天した妓供たちが皆で取りすがり、やっと押さえましたが、当の本人は覚えていないそうです。

トラックに乗せられた妓供たちは、お互いに抱き合って死を覚悟していたそうです。戦時中、鬼畜米兵と教え込まれていた黒や白や赤い髪をした異様な敵兵たちが、一人二人の捕虜を殺すのは面倒な

ので、トラックいっぱい詰め込んでそのまま海に滑り込ませるものと考えていました。そんな妓供たちがトラックから降ろされたのは、久志村の芒《すすき》ヶ原でした。辻姐《おんな》の優雅な身だしなみもどこへやら、茫々《ぼうぼう》とした髪と臭気プンプンたる姿で盃持つ手に鎌を持ち、お膳運ぶ手で芒を運ぶ作業に駆り出されました。沖縄人班長様のもと、一日一個のおにぎりで石川や屋嘉の捕虜収容所へ送る茅を刈り集める労務に就かされていたのです。

幸いに生きていた親たちと一緒になったカマー姐さんだけを残して、妓供たちをトラックに積み込んで石川に連れ帰り、八畳一間の家で皆がそれぞれ一本の棒のように並んで寝る生活が始まりました。厳しい飢えにさらされた彼女たちの食欲は飽くことを知りません。苦労して貯めたわずかばかりの食料を気前よく出しても、大騒ぎで奪い合う始末です。ウインナーソーセージを「小さなチンチン」、ブローニーやサラミを「馬のチンチン」と呼びながら口に投げ込み、やせ細った身体に詰め込んでゆきます。一日中台所で何かをつくって食べながら、おのろけ話に嬌声をあげ、昔の男のことを際限なくペチャクチャと語り合っているのです。

そして、朝夕必ず何かことを引き起こしては大騒ぎ。シェイビング・クリームを競って顔に塗りつけてアバタ顔ができ上がったり、粉石けんを砂糖と間違え口に放り込んで目を白黒。そうかと思えば、固形チーズを石けんと間違えて着物と一緒にドラム缶の中へ放り込み、泡が出るどころかねちねちとくっつくばかりで、着たきりの一張羅を失って泣きべそをかいたこともあります。

雲の低い一日は石川市の後ろにある恩納《おんな》岳の松林がぼんやりとかすみ、霧に包まれた伊波《いは》村の茅葺きの家が宙に浮いているように見えます。しかし、一見平和そうな日々は長くは続きません。働かざる者食うべからずというように、妓供たちも働かなければなりませんでした。抱親様の仰せどおり、わたしは光子、竹子、梅子、年子を作業トラックに乗せて行きました。

島尻《しまじり》で捕まって無事な女はいなかったといいます。一人残らず米兵たちの洗礼を受けたという妓供たちでも、第二の人生へと向かわせなければなりません。戦中、壕の中へ置き去りにしてきて、今また、情け容赦なく狼たちの中へ突き放す……。辻で育ち、身を寄せ合って暮らしたわたしたちは、人道地に落ちたりとあまりにも惨めな我が身を悲しみながらも、今はとにかく生きなければなりません。それに外へ出れば、それぞれの親兄弟の便りが聞けるかもしれません。

辻のサラブレッドの最期

若藤楼のお姐《ねえ》さんが、我が家へ訪ねて来ました。彼女は、わたしの同級生であった初ちゃんや妹の富ちゃんが、沖縄戦を牛耳った最高司令官閣下、参謀長閣下、その他大幹部方のお供をして、抱親様《アンマー》ともども総司令部壕の中で自決したことを泣きながら知らせてくれました。

廓生まれの彼女たちは辻遊廓純粋のサラブレッドで、箱入り娘の見本のように乳母日傘《おんば》の暮らしを送ってきました。三代続いた辻遊廓生まれの純血を誇っていた初ちゃんは、遊廓生まれでは入学もできない高等教育も、抱親様がいろいろと奔走して素人様の戸籍に養女として入れてもらい、大変な物入りをしてやっと念願の高等女学校へ入れたのです。そしてある日、自分は抱親様の実の子ではなく遊女の腹に生まれたことを知った初ちゃんは、自ら学校を退いて、客を迎える身となったのです。

前年の那覇大空襲で、若藤楼の一行とわたしたちの一行が先を競って最高司令部へ駆け込んだとき、わたしたちは給水部へ配属され、彼女たちはそのまま司令部に残りました。そして三月二十三日の爆撃、艦砲射撃が始まって、彼女たちは首里城の内に構えた軍司令部の壕に移りました。発電機を備えたこの壕は、いかに外が暗くとも中は真昼のように明るく、また塩漬けの肉、魚、豚なども持ち込まれて朝夕の食事にも事欠きません。お国のためには明日の命も知れぬという人々が、束の間の贅沢で三時のおやつ、九時の小夜食、そしてビール、日本酒、ウイスキーと何でも豊富で悠々たるものでした。大日本帝国の威力を示さんばかりのその壕は、親方日の丸の力を信じて疑わない初ちゃんたちには絶対安全な場所に思えたことでしょう。

　首里城内の壕にでんと構えていた軍司令部ですが、押され押されて五月十日ごろには後退命令が出され、最後の決戦場、島尻摩文仁《しまじりまぶに》の壕へと移りました。そこでも初ちゃんたち親妓《こ》は自らの使命を感じとり、遊女としての道に徹したといいます。季節雨の壕の湿気にやられ極度の緊張感に固くなっている兵士たちに、最後の最後まで笑いと希望をふりまいていたそうです。

　最後の最後、戦争の終結も近づいていよいよという空気の中で、自決する最高司令官のために白いカーテンを引いた穴の中には、畳二枚くらいの真っ白なシーツが敷かれ、壁も天井も置かれた小机までも白一色で覆われていました。その上には辞世を書くための巻紙、短刀、拳銃が置かれ、その後ろには白木綿で巻かれた恩賜の刀が立て掛けてあったとお姐さんは語ります。

　葉隠れ武士の真髄を見せつけた最高司令官殿や参謀長の切腹が終わった後は、入口を爆破して彼らの遺体を穴の奥へ閉じ込めておく手筈も整えられました。また奥へ入って機密書類を焼く参謀たちや、壕の中にいる民間軍属たちへの自決の毒薬を渡す副官もいれば、「君たちは死なずともよい！」とその薬を取り上げて足で踏みつぶす副官もいたと言います。

「米兵は、女子どもは殺さぬから、軍属たちは皆逃げろ！」

と壕の中にいる人々に向かって最高司令官殿のお達しも出ましたが、抱親様と初ちゃん、富子は潔く、死なばもろともと、自決を申し出たそうです。血のつながらぬ遊女たち親妓三人が赤い腰紐でひざをくくり、毒薬を飲んだのです。並んで寝て、生き返らぬようにと注射を受けながら安らかに死んでいきました。その生から死へ向かう間、初ちゃんと命を契《ちぎ》った副官殿が添い寝をしていたと、お姐さんは言うのです。

初ちゃんたちが自決した後、最高司令官殿の最期を見届けた副官殿も自決しました。その後、誰かが遊女たち三名の遺体を壕の外へ引き出したそうです。死に顔をさらした三人の並んだ姿を見たお姐さんは、自分が重ねて着ていた着物を一枚脱いで三人の顔に掛けたそうです。すると自分たちを捕まえた米兵が「ノー、ノー」と言いながら着物を取り除けて持っていったそうです。そのときは死人の顔をさらす残酷な米兵だと思ったそうですが、習慣の違うアメリカ流では死人の顔には何も掛けないものだと後で知ったと、お姐さんは言いました。

この話を聞きながら抱親様とわたしは、遊女ながらに死に場所を得て死んだ初ちゃんたちは大満足でこの世を去ったのかもしれないと思いました。そして死に場所も得ず生き残った自分たちはこれから先どうなるのだろうかと考えてもいたのです。行く道も知らず、目標もなく、五里霧中のわたしたちです。生死をともにした妓供《こども》たちを抱え込んだわたしたちは、我が身はどうなろうとも彼女たち一人ひとりの行く末を思えば捨てて置かれず、それでも抱えていくには重過ぎて押しつぶされそうな思いでした。

ペイデイ

近いうちに帰国するというスネーク大尉《たいい》殿の送別会に竹子と年子を連れて浜辺の本部へ行き、久し振りにキャプテン殿の部屋でゆっくりとくつろぎました。考えてみれば敵兵であるキャプテン殿は、着のみ着のまま捕虜になったわたしたち親妓《おやこ》や妓供《こども》たちまで助けてくれた大恩人です。

わたしが妓供たちを指差し、感謝の意を込めて手を合わせると、言葉で言い表せない気持ちが通じたのか、キャプテン殿は優しく肩を叩いてくれました。

優しかったキャプテン殿が帰国したので、わたしはそのまま彼の後任であるガネン大尉のハウスメイドに納まりました。ある日、大尉殿の部屋を掃除していたところ、細長く青い紙切れを縦に握った大尉殿が「ペイデイ（給料日）」だと言いながら帰ってきました。わたしは「ああ、お金というのがこの世にあったんだ」と思いました。三月二十三日、米軍に上陸されてからまるまる九カ月という間、見もせず聞きもしなかった久し振りに見るお金に、金の飛び交う辻遊廓を空襲で追い出され戦場を走り回っているうちに、この世は原始的な物々交換の社会になっていたことを考えさせられました。

お金がなくとも物さえあればその日はけろっとしてのん気で、お金のために売られた我が身さえ忘れていた自分です。皆が平和に食べて、寝て、起きて、お金は入らずとも食物さえあれば儲ける必要もないのです。金に恨みは数々あります。未来永劫にお金を使わずに暮らせれば幼き身を売られることもなく、他のご婦人と同じように生きられたものを。なぜこの世にお金がつくられたのかと、ペイデイの金を見せられて今さらに不思議に思いました。

遅れてきた台風

雨に叩かれた島尻《しまじり》戦場の泥んこの中を逃げ回りながらあれほど祈り待ちかねていた台風が、戦争も終わり命の心配もなくなった一九四五年（昭和二十年）十月頃になってやってきました。一年前、武力でかなわぬ戦場の者たちは真剣に神風を信じ、神風に救いを求めていたのです。目の前の海にアメリカ軍艦が所狭しと並んでいても、神風が日本国民を守っていると信じていた沖縄住民たちは皆が平気の平左でした。台風銀座の沖縄でひと荒れすれば海に浮かんだ軍艦なんぞはすぐにも沈没して、大日本帝国も我が沖縄も万々歳と、手をすり合わせ天に向かって、「神風よ、台風よ、早く来て！」とすがりつくように祈っていたのでした。

生暖かい風が吹き始めた小島の上で、赤黒い雲は綿のように低く飛んでいきます。この島に生まれ育ち、台風慣れしたわたしたちには、大型台風の前兆であることがすぐわかります。パタパタとオーケストラを奏でているテント小屋が倒れぬようにと、姐《おんな》たちが総出で辺りをはいずり回り、ありったけの棒やワイヤーで家を縛りつける作業に取りかかっています。

抱親様《アンマー》もわたしも、皆の先頭に立って忙しく動き回ります。ビューン、メリメリッと音を立てて横殴りに叩きつけてくる突風とともに、バケツの水をひっくり返したような大雨が叩きつけてきます。浜の部隊のコンセット小屋から、暴風で剝がれたトタンが空に舞い上がり、石川目がけて一直線に飛んで来ます。その勢いで防風林の福木がバサッ、バサッともがれていくのです。

「ルイーズ」と名付けられたこの台風は米軍にも大混乱を起こしたらしく、特に海軍に大打撃を与えて、二十人の死者に二百人余りの行方不明者が出たという話を聞きました。また陸軍にも百人余りの負傷者を出したということです。石川の街は、この沖縄占領軍の被害の噂で持ちきりでした。台風銀座の沖縄に恐れをなした米軍司令官殿が、

「南西諸島には駐留軍三万三千人を残して、琉球から引き揚げる」

と声明を出して、引き揚げを開始したという話も広がりました。捕虜住民たち皆が戦前の居住地へ

帰れるという噂を聞いてきた抱親様は、ついに那覇に帰るときが来たと、わたしたちと一緒に喜び合っていたのです。

大荒れに荒れた台風も収まって、倒れかけたバラック造りの我が家に、姐たちが協力し合って何本も支え木を立て終わると、皆がすっきりと雨上がりのような気持ちになりました。

住居が定まると今度は食の心配です。旧日本軍時代に浦添の畑に積み上げていた食料を思い出した富子を先頭に、皆が揃って食料戦果をあげに行こうと話が決まりました。市長様から一日だけの通行パスをもらったわたしたちは、武・芸の両役者が揃っていれば向かうところ敵なしと、玉那覇君とタンメー様も誘いました。戦果は山分けとの約束です。

借りてきたトラックに乗り込んだ私たちは、勝手知ったる浦添沢岻《たくし》の畑の真ん中に着きました。ひょいひょいと担ぐ男たちに対して、二人一組の妓供《こども》たちも勢い込んでトラックへ運びます。

あらかた積み終えると、静かな城下町であった首里に食料のつまった日本軍最高司令部の壕があることを知りながら、那覇の街が恋しいわたしたちはトラックの運転席を叩いて「那覇へ進め、進め」の歓声をあげたのです。一望千里、本当に真っ黒く焼け焦げた瓦礫《がれき》の那覇市。死んだ人々の朽ち果てた肉が肥料となったのか、と思わせるような野菜のでき映えです。

トラックに乗った妓供たちの勢いは大変なもので、今度は米軍のゴミ捨て場へひとっ走りとばかりに嘉手納《かでな》へ向かいました。そこには珍しい水中電燈や機械部品、小さいモーター、中古のジープや発電機など、米国式生活必需品がなんでも捨てられていました。しかし、機械類に縁のないわたしたちには、実際身に着ける物、そして何より口に入れるものが第一です。

少し古びたチーズの缶詰、粉卵、コーヒーの空き缶、紅茶、砂糖、ジャム、メリケン粉……手当たり次第に車に突っ込みます。精悍無比な男子部隊ならいざ知らず、なよなよした遊女たちが揃ってゴミ箱あさりです。大戦争のおかげだと、時流に乗って若さ溢れる妓供たちは天下晴れての大泥棒、その意気は天を突くようでした。

戦後の夢

芸能連盟発足

壺屋焼き業者百二十五人が那覇へ移動することになりました。その中にタンメー様の家族全員が含まれていたので、台風につぶされかけた規格小屋にたくさんのつっかい棒をして住んでいたわたしたち大家族は、二間もあるタンメー様の家をもらって移り住むことになりました。皆がいちばん喜んだのは、食料品や衣料品などを分けて入れるのに重宝なドラム缶が残されていたことでした。

雨水をためる飲み水用のドラム缶と井戸から汲んできた使い水用のドラム缶が別々に置かれ、穴の開いたものは砂地を掘って埋めてトイレにし、あるいは半分に切ってお鍋とタライのでき上がり。はたまたテントの切れ端で周囲を囲った真ん中にお風呂のドラム缶がちょこんと座っているといった具合です。ドラム缶をフルに使って整理されたこの家に妓供《こども》たちは大喜び。身体を伸ばして寝ることができる二間の家が宮殿のようにありがたく、まるで龍宮城の乙姫様になった気分なのです。

戦争に敗けて虚脱状態になっている捕虜住民たちへの心の強壮剤にと、米軍から宣撫工作の第一陣に祭り上げられた沖縄随一の俳優方と女形が知念《ちねん》村や宜野座《ぎのざ》村から石川の諮詢会へMP（軍警察官）の車で連れてこられました。そして「ただちに演芸部をつくれ！」との軍命令で、諮詢会の文化部に芸能連盟が置かれて活動が開始されることになったのです。

歌と踊りの似合う南国沖縄で、アメリカ人に琉球文化を認めさせたのはわれら芸能団が最初だったと、後に宮城能造先生から聞かされました。女形の最高峰である宮城能造先生の有名な「天川踊り」は、女といえどもまねのできない色気のある踊りです。

ところが、アメリカには女形がいないのか、優美なその踊り手が男であると知った米国将校が「僕らをペテンにかけた！」と怒ったそうです。そこで芸能団としても女優を多く出さざるを得なくなりました。

折も折、当山文化部長から呼び出しを受けたわたしが栄野比《えのび》村の文化協会へ赴くと、案の定、演芸部に入るようにと言われました。一流の先生方の中に、女が少ないというただそれだけの理由でその一員となったのです。踊りとはいっても、はなからもたついて、見よう見まねで手の上げ下げをしているばかり。それでも一応は文化協会の会員という肩書をいただきました。

舞台化粧は米軍の胃薬を水にといて白粉《おしろい》をつくり、木切れの燃えかすを眉に塗り、口紅は婦人部隊からのお下がりを使います。俳優方のかつらは麻縄をほぐして黒インキで染め、髪差しや太刀はジュラルミンの板を切ってつくりました。

衣装は軍にある品物を調達しました。婦人部隊の使ういろいろな布地を持ち込んで、インクやマラリアの薬であるキニーネなどで染めてつくります。白紙を切って紋付の紋を張りつけ、女踊りに使う琉球古来の打掛け紅型《びんがた》は女形の宮城先生がシーツに模様を描き、ペンキを塗って紅型らしく仕上げました。その他の男性方は日系二世殿やMPたちを引き連れて、北部の奥深く戦禍を免れた村芝居の三線や琴、舞台用の田舎幕などを探し出してきました。満足な状態ではなくとも、舞台で踊れるという

急ごしらえの舞台で琉球舞踊を披露する踊り子たち（中央が筆者）

だけで俳優の先生方は生き生きとして嬉しいご様子です。

そのうえ部隊から出るお礼の食料品や必要物資も家族の生活を潤し、古くから芸の道を歩まれてきた先生方にはよいことずくめの芸能団慰問です。

毎日のように慰問の割り当てで、米軍部隊からのお迎えのGMCトラックやジープが来るようになりました。平たい地面の上にドラム缶を何本も突っ立て、その上に分厚いベニヤ板を載せてテントを広げて敷けば、何十人が上に乗ってもビクともしない舞台がただちにでき上がります。

今夜は、踊りが始まる前のニュース映画で、東條前首相が自決しようとした姿を見せられました。演劇部員たちは全員気が重く、わたしたち婦人部は踊りの手も上がりません。

初めての舞台に怖じ気づくわたしに、先生方は、地面にペタリと座り込んだ米兵たちの頭を、万と並んだカボチャかスイカと思えと教えてくれました。

米軍部隊の慰問として行う演劇は琉球古典舞踊とはほど遠い喜劇や寸劇で、説明はなくとも見ているだけで筋のわかる「馬山川」や「ヤキモチ床屋」などです。地面の上に座ってこれを見る米兵たちは、腹を抱えて涙を流し笑いこけています。底抜けに明るい彼らは、ゲートから入ってくる琉球芸能団の乗ったトラックに向かって若年兵皆が揃って口笛を吹き、歓声をあげて迎えます。銃を持ち、きちんと武装しているMP二人に護衛されながらキャンプ内を行く演芸部員たちは、まるで凱旋将軍にでもなったかのように胸を張り意気揚々として、敗戦国民の意識はとっくの昔に忘れていたのです。

女日照りの中でひょいと担いで行かれては大変と、わたしたちがトイレへ行く間も、声も姿も牛に似ているMPが付き添うほどの警戒ぶりです。わたしたちはそのMPに「牛小《うしぐゎー》MP」と勝手にあだ名をつけました。米軍のMPさまに捧げ銃をさせながら用を足すのもアメリカ世《ゆう》のイチャンダ世（無料奉仕の世）でなければできないことだと、女優たちは話し合ったりしました。

アメリカ式娯楽場

慰問場のある馬天《まてん》の部隊には、見ただけでも戦争の恐怖を感じさせる大量の戦争用具が猛々しく並び、何十列にも並んだ数百台のジープやタンク、上陸用舟艇、トラック、シャボ（削岩機）などが野ざらしにされています。その間を通り抜けて、大きなトタン葺き兵舎の並んだ所に慰問場がありました。米軍部隊の膨大な戦争用具が広げられている光景は、よくもまあこれだけの兵器にわれわれは竹槍を持って立ち向かえたものだと思わせるのです。そして、日本帝国とともに命を賭けた沖縄人の自分たちが、あほらしく、物悲しくなりました。しかし、慣れとは恐ろしいもの、命より大切な親兄弟や恋人を死に至らしめたそれらの殺人兵器を、今では、平気で横目に見て通ることができるのです。

部隊の真ん中にある米国式娯楽場の設備は、琉球文化部演芸部員の全員がびっくり目を丸くするほど整っています。贅沢は敵だと教え込まれ、日本帝国の厳しさに慣らされてきた朴訥《ぼくとつ》というか真っ正直な住民たちが、ただポカンと口を開けて立ち止まってしまうのも致し方ありません。それは生まれて初めて見る、機械文明をフルに使ったアメリカ式舞台でした。

わたしたちの知っている沖縄芝居は、幕開けには拍子木叩いて合図をし、幕係が吊り下げた幕を抱くように両手でたぐり込みながら向こうへ引きずって開ける仕組みです。ところがこの舞台はといえば、何ひとつ人力に頼らず、開閉もボタンひとつですいすいと上がり、また下がるのです。昔那覇の街にあったキャバレーの玄関で光っていた赤青の照明電気の何百倍という照明を舞台に向けて煌々と照らし、われら沖縄演劇部員の目と口はずっと開きっ放しになったままです。

そこが終わると、次は宜野座《ぎのざ》の祝賀会場に向かいます。

戦前に習っていた社交ダンスがひょんな所で役に立ち、何人かの米軍将校らとアメリカダンスとあいなりました。男と女が抱き合って踊るダンスなんて、およそ縁遠い沖縄の片田舎です。旧態依然とした人々の前で堂々と青い目の将校たちに抱かれて踊る姐《おんな》。口をあんぐりと開けて見ている大戦生き残りの年寄りたちを横目にパートナーを競い合う将校たちとチータッタ、チータッタ、ステップをふみます。

天願部隊の慰問から歩いて帰る途中で、わたしは山から下りてきた日本兵に会いました。戦争は終わったというのに何カ月も逃げ歩いたらしく、食物もなかったのか頬骨はとんがり、沖縄人を見るにもおどおどとして不安と疑いの目の色をしています。かわいそうに、日本兵とわかれば米軍の捕虜となって連れて行かれるのです。

沖縄人捕虜たちの中にいれば石川市の住民として堂々と住めます。この人を我が家へ連れて帰り、よくあるように民間人に化けさせて夫婦気取りで暮らしてみようかな、と一瞬思いましたが、考えれば我が命を延ばされたのは、辻遊廓を再建するために年寄り妓供《こども》を抱えている今の自分です。そのうえに殿方までしょいこめないと思い切りました。ちょうど後ろから人が来たのを幸い、すーっと通り抜けて我が家に帰りましたが、その夜はやつれ果てた日本兵の顔が浮かぶ天井を見つめて、いつまでも寝つかれませんでした。

問題児

米軍慰問へ着ていくオーバーコートが見当たらず、わたしは家中をひっくり返して探し回りました。そばへ近寄ってきた富子が、「あなたのオーバーなら幸子の家で見たけれど」と耳打ちしてくれたのです。知らん顔をしている当の幸子にむっとしたわたしですが、辻は個人を尊重するしきたりがあります。他の妓供《こども》たちの前で正面切って「オーバーを出しなさい」と言うこともできず、時間もないので黙って慰問団のトラックに乗りました。

踊り終わって家に帰り、今日の米軍部隊で見たこと感じたことなどを妓供たちや抱親様《アンマー》に話して聞かせた後、幸子をそっとそばに呼んでオーバーのことを尋ねました。すると、キッと顔を上げた彼女は「そんなもの知らない！」と足音高く出て行ってしまったのです。幸子の態度は因習に縛りつけられてきた尾類姐《ジュリおんな》の取るべき態度ではなく、抱親様を中心に治まる我が家であれば、他の妓供たちにも示しが付きません。

十人十色の姐たちの中で特に気の強い幸子は、石川から出るトラックへ毎日のようにしがみついて、やっと見つけた両親と妹たちを石川へ連れ帰っていました。自力で家一軒の割り当てをもらって家族を住まわせています。

抱親様の命令で、幸子を連れて浜辺へ出て行ったわたしは、並んで砂浜に座りながら、

「辻は昔から姐だけの集団で暮らし、肩を寄せ合ってきた者たちで成り立ってきた。自己中心な考え方では生きていけないよ……」

と、抱親様の受け売りを話し始めました。

しかし、頭のよい妓《こ》ほど世の中の変化に敏感に反応するのか、デモクラシー世《ゆう》では皆が平等だという考えを持った彼女は、わたしに向かって反抗するように昂然と胸を反らしているのです。オーバーのことを話しだすと、「借りた物は返すから！」と言葉も荒く突っぱねて立ち上がりました。デモクラシーの社会は何もかもが平等になって、義理・人情もへったくれもないようです。わたしは地の底に引きずり込まれるような思いで、息が詰まりそうになりながら感情を必死に押さえて家に帰りました。すると、不義理なことは絶対に許さない抱親様が言います。

「今どきの妓供たちに、強引に自分の意見を押しつけると大失敗をする。花も人も、育てる苦労が大きければ大きいほど、開花のときの喜びも大きい。しばらくそのまま放っておけばよい」

デモクラシーの世の中を素直に受け入れる小柄な抱親様の、忍耐心に驚かされました。

辻遊廓の姐による支配が身に染みついている抱親様は、たとえ廓を離れていてもでんとして動かぬ強さを発揮します。それは彼女の持って生まれた性格、それとも年輪なのでしょうか。穏やかな物言いをしながらもじろっと見る目の輝きで、妓供たちの腕白《わんぱく》もぴしゃりとおさまってしまうのです。

捕虜生活を続ける今は、目標も希望も持てません。我が身さえどうにもならない世の中に、妓供たちの将来を心配してもしかたないと諦めたくなります。しかし、たとえ世の移り変わりとはいえ、四百年の伝統を持つ辻姐たちの中にも幸子のような問題児が出たかと思えば、残念さとともに腹が立って木枯らしが吹き抜けるようなむなしさを感じるのです。

初めてのクリスマス

「赤い靴履いてた女の子、異人さんに連れられて行っちゃった……」

こんな歌が聞こえてきそうなトタン葺き外人キャンプの宿舎の中で、大尉殿に申し付けられたまま、竹子とわたしは潜んでいます。

物音ひとつしない静けさの中に、突如、ピストルを撃つような爆発音がパン、パン、パンと騒がしく鳴り響きました。「すわっ！　第三次大戦の始まり」とトタン屋根に頭を打ちつけんばかりに飛び上がり、ぺたっと床の上に這いつくばりました。ピストルの音が鳴り、多くの人間がわめき散らす声が広がって、本当にまた戦争がきたかと慌てたわたしたちは、ベッドの下に身体をよじらせながらもぐり込みました。

米兵たちは一体全体どうしたことか皆が狂いだしたかのようで、何をわめき散らしているのかわかりません。窓に吊ってあるカーテンのすき間からのぞいた竹子の手招きに恐る恐る様子を窺《うかが》ったわたしの目に飛び込んだのは、金髪を振り乱し、真っ赤な顔でお互いに抱き合ったり、肩を叩き合ったり、片手にビールやウイスキーの瓶を持ち歩きながら空に向けてピストルを乱射している狂った集団です。米兵たち全員が路上いっぱいに、さながら百鬼夜行のごとく大暴れしているのです。

しかし、それは盆と正月を一緒にしたような、キリストの誕生を祝う騒ぎであると知りました。命懸けの戦争を終え、戦後初めて迎えるクリスマスを祝う歓喜の発砲が鳴り響いていたのです。

「メリー、クリスマス！　プレゼント、プレゼント」

と言いながらほろ酔い気分の大尉殿がドカドカと入ってきて、ベッドの下にもぐり込んでいたわたしたちを引っぱり出し、部屋の隅に置いてあった木箱を開けにかかったのです。恐る恐る首を突っ込んで箱の中をのぞいてみると、そこにはクリスマスの贈り物がいっぱいに詰まっていました。ふかふかした広襟のオーバーに赤いドレス、シュミーズやハイヒールなど、派手な原色の婦人服です。

胸のふくらみ二つを入れ肩に吊り下げるブラジャーは、ぎゅうぎゅうと胸を締めつけて呼吸がままならず、窮屈でたまりません。ハイヒールは身体のバランスが取れません。サーカスのピエロが綱渡りをしているみたいです。

「ノー、ノー」と言う彼らに「イエス、イエス」と言いながら、ドレスの裾をちょん切って利用価値満点のブラウスに早変わりさせ、早速兵隊ズボンの上に着ました。彼らにもらった婦人服や小物、大物は自分たちが身に着けるのではなく、明日になれば物々交換され家族の食料に化ける運命です。広げた軍人毛布にこれらを包むと、大戦果を得たわたしたちは意気揚々、足に履くべきハイヒールを肩にぶら下げて、抱親様《アンマー》が待つ我が家に帰ります。

いつでもどこでも陣羽織を着けている抱親様のために、わたしは大尉からもらってきた厚い将校用毛布で暖かい着物を縫い始めました。縫い上がった方の片袖を着けたり脱いだりして抱親様は仕上がりが気が気でないようです。幼い頃のわたしに彼女が縫って着せたであろう暖かい着物です。いくつになっても女は女とはいうけれど、一つのものを十ほどにも喜びをみせる抱親様の姿にわたしは大満足でした。

石川の正月

「よい正月デービル（侍《はべ》り候《そうろう》）」

と挨拶の言葉は変わりませんが、アマミキヨ（琉球の祖神）の大昔から旧正月を祝っていた沖縄人たちが、今が旧暦の何月何日かを確かめる暦も艦砲に吹き飛ばされてしまい、今日は生き残った人々の新暦正月の祝い始めになりました。

外では冷たい風がびゅーびゅーと吹き、屋根に張ったテントがぱたんぱたんと太鼓を叩いて、天地の自然がわたしたちと一緒に年の初めを祝っているかのようです。生ける若木もなければ供える神仏もいない戦後の正月です。お客を接待するための東道盆《トンダーボン》はもちろん、辻遊廓でつくっていたおいしい香菓子やナントゥーンス（お餅）もただ懐かしいばかり。それでも一張羅の着物に身支度を整えた抱《アン》親《マー》様を先頭に、皆が辻の方向に向かって座りました。

「恐ろしかった太平洋戦争の真っただ中を逃げ走り、死に損ねた去年とは違って、今年ユガフー（有果報年）は皆が揃って那覇へ帰り、昔のように辻遊廓を再建できますように……」

と辻遊廓再建を祈る抱親様と姐《おんな》たちの耳に、石川小学校の子どもたちの歌声が風に乗って聞こえてきます。平和だったあの頃に時間が逆戻りしたかのような錯覚にとらわれます。昔と何ひとつ変わらない子どもたちの「とーしの初めの……」という歌声は、たおやかで耳に心地よいのです。

配給のメリケン粉、粉卵を注ぎ込んで、お月様のように揚げた大きなカタハランブー（お祝い用の揚げ菓子）やアンダギー（黒砂糖菓子）をつくって皆で正月の気分を味わおうと、台所は妓供《こども》たちのお尻で満員です。わたしは、戦争で死んだ妓供たちのことを思いながら、抱親様、養父《おとうさん》様の前にかしこまって正月の挨拶をしました。すると、どこでどう工面したのか、光子が白餅だけのお飾りを持って来たのです。歓声をあげる若い姐たちはピチピチと魅力に溢れます。そこへ壺屋の青年たちを連れたタンメー様や玉那覇君たちが泡盛やソーセージを下げてやってきて、女、男が揃った我が家の正月は大変にぎやかなものになりました。類は友を呼ぶとばかりに、玉乃屋の抱親様を先頭に、昔の頭髷をちょこんと載せてお上品にナンジャジャーファー（銀の簪）を挿した辻の元老や、北部の山奥で命びろいしたお歴々が集まりました。あの大戦中どこに隠してあったのか、古びてはいても正月らしい着物を着てでんと並んだ抱親たちの姿は、錆びたりとはいえ我が鎧《よろい》という感じです。昔をしのばせる雰囲気で集まった大元老や年寄りたちを迎えた我が家は、まるでかつての華やかなりし頃の辻遊廓であるかのような錯覚にとらわれるほどのにぎやかさでした。

アメリカには元旦を祝う習慣がないのか、平日と同じように働くことになっています。集まったお歴々の昔語りを聞くのも人生の勉強になるからと抱親様に引き止められましたが、何もかも失った戦後の現実に生きねばならぬ今は、早々に退散し初仕事に出かけました。

大尉殿の部屋を片付けた後、大きな彼の机の前にどかっと座り、年初めの日記を書いていたところ、入ってきた大尉殿は英語の勉強をしていると勘違いしたようです。わたしの傍《かたわ》らに座り込んで、カバのように大口を開けてカメレオンのように舌を曲げたり伸ばしたり、難しい英語の発音を教えてくれました。しかし、どうしてもRとLの違いが発音できないわたしにあきれ返った大尉殿は、降参したのか両手を上げて部屋を出て行ってしまいました。

作業の見回りに来た米兵班長殿も、机の前にでんと座っている掃除婦を見てあきれ返り、「ゴーブレーキ（怠け者）！　ノーモアワーク！」と怒鳴りつけ、舌打ちして首をちょん切るまねをしたのです。彼の様子から、どうやら自分は仕事を失ったらしいとおおよそわかりました。女を大事にするアメリカ人にこんな厳しさがあることを初めて知らされて、寂しいと思いながらも今日はよい社会勉強をしたと思い直して我が家へ帰りました。

ウチナンチューとヤマトンチュー

持てる国アメリカを象徴する巨大なブルドーザーやバックファイヤーなどあらゆる機械を総動員して、石川と那覇の間に広い道がつくられました。アスファルトの敷かれていないイシグー（石粉）道は車が通るたびに砂煙が舞い上がります。車を止めて降りてくる人も道を歩いている人も白髪のようになり、眉から睫《まつげ》までも真っ白く、まるでメリケン粉を頭からかぶったような姿です。

昔は那覇と嘉手納《かでな》の間は軽便鉄道、そこから駕籠に乗り換えて石川まで、片道だけでも丸一日かかったといいます。敗戦後の今は作業用トラックのＧＭＣで四時間もあれば往復できる便利さになりました。那覇へ越して行ったはずのタンメー様は、毎日のように那覇と石川を往復しているのです。沖縄の殿方には、お酒を飲むにも生真面目な性格が表れるようです。今夜はご持参のお酒で酔っ払ったタンメー様と玉那覇君が、お互いの意見と戦後の世相を声高に話し合っています。

「義理、人情、報恩の三原則はヤクザと遊廓と政治家に強いと言うけれど、艦砲に吹っ飛ばされたか、戦後の今はどこを見ても義理、人情もへったくれもない。日本国でさえ、あれだけ忠義を尽くした沖縄人たちを捨て置いてしまった。人間の大事な義理、恥を忘れた昨今の世相はあまりにもはがゆい」

我が身さえよければあとはどうでも、という風潮になってきた戦後社会に大きな不満を抱いている空手界の長老玉那覇君は、荒々しく吐き捨てるように言うのです。熟年長老で南国的大らかさを持つとりなし顔のタンメー様は、日本国六十年の恩に報いようというのか、

「世の中は考えしだいというものだ。終戦とともに島ぐるみ捕虜になった沖縄人は自然に団結して残された軍物資を有効に分かち合い、お互いを支え合ってきたではないか。おかげで骨肉相喰む戦後

の混乱もなく、それぞれが人間としての心を通わせ温め合っている。米軍食料の配給もなく物資も少ない日本本土では復員してきた仲間同士の争いに明け暮れ、親戚同士でもそれぞれ謀反や企みを起こして悲惨な裏切りや争いをしているそうだ。それに比べて、太平洋戦争最大の被害を受けたわれわれ沖縄人のまるで台風の目に入ったかのような落ち着きぶりを誇ってもよいのではないか。お互いに労り合いながら生活防衛をし、沖縄人同士の争いも起こさず、親戚同士の愛情が残っているのはまったく不幸中の幸いだ」

と言います。玉那覇君も負けずに、

「それにしても、米軍はわれわれを保護しているつもりなのか、永久に琉球を取り上げるつもりか」

と、タンメー様に食いついてきます。

「『琉球人は、日本人に非ず』とマッカーサーが声明を出したと聞いたが、しかし、われらウチナンチューはウチナンチューであればよい」

と、沖縄の現実をしっかり見据えて生きる抱親様《アンマー》は年の功もあって、自分より若い玉那覇君を諭そうとするのです。

親方日の丸しか知らないわたしには、抱親様やタンメー様たちの議論が大変難しく聞こえます。

「蛇は頭が動けば尾も動く」という抱親様の教えですが、米軍慰問も少なくなったこの頃は、わたしがのんびり構えているせいか、妓供《こども》たちも何となくのんびりした雰囲気。彼女たちが軍作業に行こうと行くまいと我が家の食料には影響がなく、わたしは雀の学校のように皆と一緒になって鉛筆なめなめＡＢＣの勉強です。

そこへ仲吉のお姐《ねえ》さんと金鳥楼のお姐さんが、昔の辻遊廓の風習さながらに油屋次郎さんからの申し込みの手紙を持って来ました。近頃では軍労務戦果班長と騒がれて羽振りのいい彼の手紙には、「普天間に料亭をつくって一緒に仕事をしないか」と書かれてありました。殿方に頼って暮らせば何の苦労もなくて済むものを、抱親様と妓供たちを抱えて辻へも帰れず意気消沈しているわたしも夢想することがないわけではありません。かといってわたし自身お妾《めかけ》さんにいくのは嫌です。

「誓いを立てて守られた命であればこそ、辻再建を果たさねばならぬお前に、今様のお妾生活は考えられない」

と、抱親様も言います。昔の辻遊廓では、金や権力をかさにきて押してくる殿方に対しては分厚い玄関の板戸をぴしゃりと閉めたものです。

「軍慰問の仕事も先の見込みはないから、チャンスがある今、彼と一緒に料亭を開いた方が得策だ」

と勧めてくれたお姐さん方に、返事もまた昔流に「考えておきます」と言うだけに留めておくことにしました。

二人のアメリカ人男性

アメリカ紳士

日系二世通訳を連れた軍政府のP少佐という将校が我が家へ来て、軍慰問のない日は栄野比《えのび》の大佐殿のハウスメイドとして来てくれないかという話を持ってきてくれました。その大佐殿というのはシビリアンの医者でした。辻へ帰れるあてもない、さしあたってどうという目標もない姐《おんな》の集まりです。軍政府で働いていれば辻へ帰る助けになるかもしれないと考え、抱親様《アンマー》も納得しました。竹子もP少佐のハウスメイドになって一緒に働くということになってわたしもOKしました。

二人は彼らのジープで、一緒に栄野比の軍政府本部にある大佐殿の宿舎へ着きました。戦勝者のアメリカ紳士たちは女性に対して不思議なほど腰が低く親切で、わたしたちに椅子をすすめたりコーヒーをいれて飲ませたりと、抱親様の訓練でお客様へのおもてなしを心得ているはずの自分たちがアメリカ紳士の下へも置かぬサービスにもじもじする始末です。わたしたちがやって来たことを喜んでいる大佐殿から部屋の整頓や仕事の手順を手まねで教えられ、オーバーや洋服の贈り物をもらって帰ったのですが、これで我が家の何日分の賄《まかな》いになるやらと生活の惨めさを実感させられました。

山を削り、地を掘り起こす圧搾機械が、出撃を待つ兵隊のようにズラーっと並んでいる金武《きゃん》部隊の慰問から帰ったわたしたちが、トラックを降りようとしたときのことです。

「十区が火事だぁー!」

と、皆が叫んでドタドタと走ってきます。タバコ一カートンと替えた下駄は砂地にめり込んで走れず、慌ててこれを懐にねじ込んで裸足になると、十区にある清子の家へ向かって一目散。韋駄天《いだてん》に走りましたが、テント張り一寸角の柱で支えられていた清子の家は、焼け落ちて跡形もありません。慌てたわたしは近くの米子の家へ飛び込んで、広げた毛布に何でもかんでも詰め込み、普段のなよなよした自分には考えられない馬鹿力で引っ担いで我が家に走ったのです。しかし、清子はまだ来ていません。

「焼け死んだ?」

まさかと思いながら、輝子を引き連れてまたもや裸足のまま、

「清子! きよこーっ!」

と、人々の行き来する中をかきわけて、大声で名を呼びながら砂地を走り回りました。そしてようやく見知らぬ男の子をおんぶしてとぼとぼ歩いている清子を見つけたとたんに、わたしは心配するあまりにパシンと清子の顔をはたいていました。

燃えさかるテント小屋の中へ自ら飛び込んで捕虜住民たちを救い出している命知らずの米兵たちの凛々《りり》しい姿に、抱親様は感動して何度も繰り返し言います。

「大戦場を逃げ回ったわれわれ生き残りは、アメリカ人たちから衣食住を与えられて命を救われた。今また、火の中へ入って人を助ける彼らの恩を忘れてはならない」

一睡もせず震え凍えた石川大火災の一夜が明けると、間髪を入れず、焼け出された人々へ米軍から

新しいテントの配給があるというお触れが町中を走りました。

「サッテム、サッテム（さてもさても）！」

と指を鳴らした抱親様は、昨夜の今朝、早速テントの配給をする米軍に対して「尊し尊し」と感謝をしていきます。清子や米子もまた焼けた十区へ帰っていきました。

年輪の深く刻まれた抱親様は嘆きます。

「火事と戦争ほどこの世に恐ろしいものはない。泥棒は持てるだけしか持っていかないが、火事はゴミ箱まで焼き払い、戦争は命まで奪う」

昨夜の火事を心配した軍政府の大佐殿が、焼け出された妓供《こども》たちに着せなさいと、社会事業部から引き出した洋服や品物を通訳に持たせて届けてくれました。姐《おんな》の後見人になった殿方は、黙っていてもやるべきことをやってくれるものだと知らされました。また、生まれてこのかた父親の味を知らないわたしは、年を召した優しいアメリカ人医者の大佐殿を父親に見立てて甘えているのです。

夜の華

縫いかけの着物を大佐に着せたところ、よいお年の大佐殿が初めて袖を通した日本風着物に大喜びで、くるくるっと回って見せます。アメリカ人ってなんてかわいいんだろう。青くて大きい目玉にチョビ髭を生やした彼の仕草は、三歳児のように朗らかです。慣れるに従って、白人の彼を邪気もなく天真爛漫、素晴らしい旦那様と思うようになりました。

女は、どんな器にも従い慣れる水のような生き物と言われます。朝駆けのトラックに飛び乗って宿舎へ着き、彼がテーブルの上に置いてくれた新鮮なオレンジを食べ、朝のお掃除を終えて竹子の部屋でおしゃべりをしていたところ、大佐殿は事務所から暇を見つけてわたしを捜しに来ました。「土曜日は竹子も一緒に僕らの宿舎に泊まれ」と言う大佐の言葉に、軍作業を装っているわたしたちは、さて抱親様《アンマー》に何と言って家を空けようかと思案します。抱親様に嘘をつくやましさでどきどきしながらも、既にアメリカ男性の肉体を知り、付き合っている三十女の熟した身体は何とも放埓《ほうらつ》な感じなのです。抱親様への恐れと抱かれた男への愛情の板ばさみになるスリルの中で女心に弾みがつきます。

嘘をついて出かけた、夜深い栄野比《えのび》のジャングルの中。屋根の低い宿舎の中で、姐《おんな》たちがいると知れては困るのか「しーっ」と唇に指を当て明かりを消すと、それぞれの姐にチュッと軽いキッスを残したまま夕食の調達に出て行く大佐殿と少佐殿です。女扱いに手慣れた彼らの優しさに、口づけされた頬に手をやって、きまり悪そうに笑い合いました。戦争に敗けて初めて体験するキッスの洗礼です。霊肉一致で感情の高まりを誘導されるキッスもあれば、竹葉に結ぶ一滴の露がポロッと落ちるように淡々として何の執着もないキッスもあることを、初めて知りました。

週に一度が、そのうち二日に一度泊まることを命じられるようになりました。大佐殿からいただくタバコを持ち帰ればアメリカ人様への報恩に泣く抱親様。何もかも無償配給に慣らされた年寄りたちには、わたしたちが持って帰る戦果という言葉の意味がわかっておいでなのだろうかとも思います。

品定め

アメリカ向けのニュースに載せるため琉球女性の写真が必要ということで、軍政府の教育部からわたしたちを迎えにジープがやって来ました。昔の風情に浸りながら三人の妓供《こども》たちに髪を結わせ、彼女らを従えて、爆風で倒れそうになった民家をそのまま つっかい棒で修復した琉球博物館のある東恩納《おんな》へ行ったのです。

軍の部隊で踊るときは紫の頭巾を頭に巻いていますが、今日は特別にきちんと結った琉球髷で琉球女性の味を出してくれとの注文です。琉球髷という髪型、同じ琉装でも、尾類《ジュリ》であった姐《おんな》たちは一目でそれとわかる雰囲気を漂わせています。それは、客商売で磨かれた辻姐にしか出せないものです。金の簪を挿した恩納妃がさらわれて遊女になったという伝説をもつ辻遊廓の姐たちは、その昔、士族でなければ許されなかった銀の簪を挿しその地位を示していました。日頃農民たちが挿していた木製や竹の簪を挿すのは、茶毘《だび》葬式に行くときだけだったのです。

妓供たちと一緒にあっちに並びこっちに並び、通訳付き米国カメラマン氏の指差すがままに動いているわたしたちを見て、ＰＷ服を着けた男女のお年寄りたちが鍬や鎌を片手に一人二人と立ち止まります。戦後初めて見る前帯姿の琉装に昔を思い出したのか、皆目頭を押さえていました。

労務カード

大佐殿が突然アメリカに帰国することになりました。立つ鳥あとを濁さずというけれど、異国人であるアメリカの方々もまた同じ考えなのでしょうか。自分が帰国すれば仕事もなくなり明日の糧《かて》にも事欠くかもしれないと、わたしのことを心配してくれます。大佐殿の紹介で、わたしと竹子はメスホール（食堂）の仕事に就くための労務カードをつくりに行きました。軍の給料はA型軍票（A円）がアメリカ軍人たちに、B型軍票（B円）が一ドル十五円の換算で沖縄人に渡されるということですが、お金より品物が欲しい沖縄人たちは米兵たちにタバコを買ってもらう方がありがたいのです。とにかく、これで個人雇いのハウスメイドから米軍雇用という公のウェイトレスへ大変身することになりました。

いかに米軍といえどもそこは食の場、なごやかな雰囲気を想像していました。ところがこのメスホールでは毎朝出勤のたびに衛生検査官が捕虜従業員の髪や爪、服装などを検査し、月に一度は身体検査もあるという厳しさです。

わたしたちには、いろいろな食物や品物の名前を覚えるのにひと苦労です。一度で火がつくライターを「ワンパチ」、ソーセージを「チンチン」、「ウォーター（水）」を琉球語の「ワッター（われら）」で覚え、「アイスウォーター（冷水）」なら「アッターワッター（彼らとわれら）」と、日・米・琉すべてチャンポンの言葉を発明するのです。

西洋料理にはスプーンやフォークにもたくさんの種類があって、使い途もそれぞれに決まっているようです。お箸一本で何でも平らげるわたしたちにすれば、西洋流の食事法は何と煩わしいと思うばかりなのですが、そこは仕事。肉用・魚用のナイフは右手で、フォークは左手などと洋風の食卓の作法を懸命に習います。

「くちゃくちゃにして置かれるナプキンはよろしい。きれいに畳んで置かれたら、お前たちのサービスが気に入らなかったと思え」と教えられ、またもや東洋と西洋の作法の違いに驚かされるのです。鶏料理ひとつをとってみても、沖縄流の作法ではできるだけ鶏の姿を思い起こさせないようにつくるのですが、メルホールにやってくる殿方たちの凄まじさといったらありません。その物ズバリ焼いたものを、脚を持ち上げ、股を引き裂き、大口を開けて食べる彼らの姿にびっくりです。その姿を見れば、なるほど鬼畜米兵とはこの姿かと納得させられるほどです。

こんなこともありました。ずらりと居並ぶ佐官たちに運ぶスープ皿を、大奥女中のお給仕のように頭の上に捧げていったところ、驚いた彼らはあわてて叫びます。

「危ないから、下に降ろして運びなさい」

すかさずわたしが「自分たちの息がかかるから」と言うと、彼らは「ほーっ」と声を出して黙ってしまったのです。「お給仕はしっかり、礼儀正しく」と教え込まれ、いそいそ歩いていた遊女たちが、「はい、今日からはさっさと大またに歩き、テーブルの後ろを立ち回って客の前にポンと皿を置きなさい」なんて言われても、どうもしっくりこないのです。

おとなしく上品にだまって食事をする日本流と、食事をしながらぺちゃくちゃとしゃべっているアメリカ流。いかに心を込めてサービスしようと心がけていても、捕虜住民というひけめゆえか自分たちがばかにされているような感じです。

バタフライ

幼児の頃から育ってきた辻遊廓での訓練が変な所で役に立ったようです。何があっても物怖じしないところが気に入られたのか、わたしと竹子がマウリー司令官の部屋に呼ばれました。実は昨日食堂で、肩がこったのか大きな首を横振りしている司令官殿の後ろへ回り、肩をもんで差しあげたのです。司令官殿の宿舎へ入ると同時に、二人とも両手を前に突き出してマッサージ師のまねをしました。

しかし、早とちりでした。東京出張から帰ってきた司令官大佐殿がわたしたちを呼んだ理由は、日本で使われている新円の十円札をプレゼントしてくださることでした。戦前の一円札に比べるととても小さくなった十円札を手に取って、表にしたり裏にひっくり返してみたり。しみじみ眺めてその変わりようには感慨深いものがあります。新札までつくられた大和国とは違い、沖縄では無償配給が続いており、持っていても使えぬお金をもらってもありがたくはありません。堂々と、「ミー、ノーライクマニー。ギブミー、ブック、ブック」と手真似で大奮闘。これを聞く司令官大佐殿も、

「オウ、イヤー、COMICブックか?」

と、大きなお腹を抱えて笑うのです。今日も知らない言葉がまたひとつ出てきました――COMIC。持ち歩いている小さな学習手帳に、その言葉を書いてもらいます。たくさんの英語を一つひとつ覚えていくのが鬼の首を取ったことのようにうれしいのです。

彼らの注文どおりに夕食を各部屋へ運び終えると一目散に家に帰り、それから石川部隊へ慰問に行き、さらにまた金武《きゃん》の部隊へと、忙しい毎日です。身体が疲れてヘトヘトでも忙しいことは生きている証拠だ、「フレーフレー、エイコ!」です。捕虜住民としての生活は戦場のような慌しさですが、きっとどこかで辻遊廓の先祖様が旗を振って応援してくれていると教える抱親《アンマー》様の励ましを受けて、毎日走り続けるのです。

竹子の少佐殿がアメリカへ帰ることになり、二人で見送りに行くことになりました。今日は午後から軍政府の文化部より琉球姐《おんな》姿のニュース写真に出る約束もあり、忙しい一日となりそうです。このところメスホールの仕事をずる休みしていたのですが、まったく天網恢々《かいかい》疎にして……というのでしょうか。見送りのホワイトビーチで、やはり少佐を見送りに来ていた軍政府食堂係の二世殿に見つかってしまいました。慌てて首を縮めてもすでに手遅れ、口をへの字に曲げた二世殿にとっつかまったのです。

「仕事はどうした!」

と高飛車に言う二世殿へ、

「今日は踊りの写真を撮るので仕事は休んだ」

と真っ正直に答えると叱られました。

「それは食堂の仕事とは関係ない！　どっちの仕事を取るかは君たち自身の問題だ！」

少佐を見送った後、米陸海軍向けにそれぞれのニュース写真を撮るべく、東恩納《おんな》と石川の中央倉庫に行きカメラと陸海軍の将校たちを前にして琉球舞踊を踊りました。この映像は米軍の駐留する世界各国に送られると聞かされたものです。

昨日のことがあるので、今朝は早くメスホールへ仕事に出たのですが、早速炊事班長殿に呼びつけられ、

「勝手に仕事を休む者には辞めてもらう。これは食堂係の二世殿の命令だ」

と言い渡されました。帰国する船の出る前に少佐殿が二世殿に向かってわたしたちのことをあんなに頼んでくれたのに、少佐殿の船が出ると同時に首を切られようとは、トホホ……。落胆した二人はメスホールの前の椅子にしょんぼり座っています。

ところが捨てる神あらば拾う神あり、シビリアンのミスターウェブが現れ、事情を知った彼はハウスメイドとして二人を雇ってあげようと言うのです。先ほどの落ち込みようもどこへやら、鞍替えする遊女のように彼のハウスメイド・部屋掃除の仕事を見つけたわたしたちは「食堂よ、サヨウナラ」ということに相なって一件落着です。

無償配給打ち切り

一九四六年（昭和二十一年）五月一日、兵隊ズボンに兵隊シャツを着けたカーキ色一色の婦人たち

が、集会所に集まってわいわいがやがやっています。今日から労務に対して賃金が支払われるようになったのです。米軍政府の布告で物価と賃金が公定され、四月十五日には旧日本円が米軍政府発行のB型軍票（B円）と等価交換になりました。所持金は銀行に預金させられ、一家の長である人は毎月百円と扶養家族一人につき五十円が生活費として銀行から引き出しを認められることになったのです。

今までは無償配給で配られていた衣食住のすべての品物が、これからはお金なしでは誰も手に入れることができなくなったのです。人々は朝からB円と旧円の交換に騒いでいます。不思議なことに、持っていないはずの抱親様《アンマー》までがお金交換に出たり入ったり。そんな光景を横目に、無一文のわたしたちはわれ関せずといった調子なのです。一切が裸になった戦場の中で、いったいこの人たちはどこにお金を持っていたのかと不思議になります。

戦時中に足に傷を受けて足を引きずるようになった富子は、軍作業にも出られず、情報部員として隣近所を回り歩いて情報収集をしています。また炊事長の役目も担っている彼女は、一カ月働いて二百円にも足りないハウスメイドの給料では我が家の一日分の食費にもならないと常日頃から嘆いており、軍から支払われるお給料をそのままお金でもらうよりも、一カートン二百円にもなるタバコやいろいろな軍の備品を持って来た方が生活の助けになり足しにもなると、口から泡を飛ばして意見するのです。

富子炊事長を喜ばそうときれいなドレスを持って牛小《うしぐゎー》MP（軍警察官）が遊びに来ました。

「これで何日分の食料に変わるのかしら？」

と言う富子。芸能団の軍慰問も少なくなり警備の仕事も暇になった牛小MPは、お茶を出し笑顔を見せるととてもうれしそうな顔をします。チューインガムやＰＸ（軍の日用品売場）の品物を持って来てくれる牛小ＭＰは姐《おんな》たちにとって大事なお客様です。持参のウクレレを弾いてうきうきとしている彼を富子と竹子が石川部隊の入口まで送っていったところ、喜び過ぎたＭＰ殿、タバコや鼠捕り器などの品物を持ってまた同じ道を二人を送って戻って来るありさまです。

男女同権のデモクラシーの社会では、姐の恥も慎みもどこへやら。優雅であった辻姐たちの冗談もだんだん面の皮が厚くなってくるのか、アメリカ製鼠捕り器を指差しながら「アーユーキャット？」と外国人特有の冗談を言うと、牛小ＭＰは「メイビー」と笑いながら答えます。

ある日彼は、自分は帰国するからこの品物はいらなくなったと今まで愛用していたラジオや蓄音器、ギターなどいろいろな品物を我が家へ運んで来ました。大砲や戦車、爆弾など戦争に使う武器以外に、建設用の六トンのダンプ、ブルドーザー、掘削機や運搬機、そのうえにこれだけの日用品を運んできた米軍艦は、兵隊様より荷物の方がさぞ重かったであろうとその軍艦を気の毒がって抱親様は笑っているのです。

ラジオや蓄音器を手にした妓供《こども》たちは音楽が聴けるのがよっぽどうれしいとみえて、朝から晩までガーガーと雑音だらけの音楽を鳴り響かせているのです。さすがの抱親様もこの雑音だらけの西洋音楽には興味が持てないらしく、頭をかかえて耳をふさいで、蓄音器と抱親様の頭が連鎖反応しているこの頃なのです。

久し振りに続いた軍慰問で忙しく、一週間もハウスメイドの仕事を休んでしまったので、お詫びかたがたミスター・ウェブのハウスへ行ったところ、次の人がちゃんと仕事をしていました。頭の回転が鈍いわたしには軍慰問とハウスメイドの二つの仕事を調整できないのは仕方のないこと、と自分自身で慰めてはみてもやはり情けなく思えて、くすんとなって家へ帰りました。

ところがそこへ、わたしの舞台姿を見たMP隊長のカノンという方が通訳を連れて来て、伊波にある自分の宿舎へハウスメイドとして来ないかと言います。彼は片目を病んで眼帯をしていました。捨てる神あらば拾う神あり、ひとつの仕事を失っても必ずどこかに幸運が待ち構えているものだと、おめでたいわたしたちは彼らに向かって三拝九拝するのです。打ち出の小槌といわれる英語を教えてくれることを条件に、竹子と二人で明日から出勤という約束を取りつけました。

MPカノン様の宿舎は、石川の街を見下ろす伊波崖の突端につくられたトタン屋根の家でした。街の向こう側に青い海が広がり、残り半分は田と畑が続き、その彼方には五千人とか一万人とかの日本兵が捕虜になって住む屋嘉村が霞んで見えます。

白色の煙が風に揺られて静かに流れ、水墨画や水彩画で描いたような霞たなびく天国の風景が目の前にあるのです。

「いいなー……、我が島沖縄はこんなに素晴らしい邦なんだ」

と、竹子とわたしは生まれた島の美しさを自慢し合っていました。

男の一人暮らしで殺風景なカノン様の部屋に、少しは彩りも添えてあげようと栄野比《えのび》の大佐殿からもらったテーブルクロスを持って行き広げていたところ、喜んだカノン様がABCの文字を白い紙に書いて、これを勉強しなさいと宿題を出してくれました。書かれた文字の意味はわからずとも、カノン様のお心遣いを無駄にしないようただひたすらに筆を走らせます。しかし、長い戦争の間にすっかり朦朧《もうろう》としてしまったわたしの頭は霧雨の中のようにぼやけて、もらったお手本の書き取りを何度しても、家へ帰る頃にはきれいさっぱり忘れているのです。

前々から腕時計が欲しいと思っていたわたしは、カノン様にお金を渡して時計を買ってきてほしいと頼んだことがあります。その日は、腕時計が手に入るとうきうきしながら仕事に行きました。すると、待ちかねたような顔をしてカノン様が手を後ろに回しているのでぐるっと後ろに回ってみると、時計を持っているのです。飛び上がって喜ぶわたしに、

「お前が渡してくれたお金では不足だったから、自分のお金も足して良い時計を買ってきた」

と財布から領収書を出して見せたのです。ああ、カノン様とて与えることに対しては必ずや代償を求める男なのでしょうか。手にはめた時計を振りかざして喜ぶわたくしに、いきなり抱きついてきたのです。

生き残った姐《おんな》の生き様は、物を買ってもらった男へのお礼として自らの身体を捧げなければならないのかと、かつての辻姐の自尊心や心意気などなくしてしまったような気がします。そしてまた一つ、アメリカ人のスタンプが押されてしまいました。

初めて手にした給料

白、黒、黄と三色の人種が入り交じって暮らす今の沖縄では、命の次といわれるお金すらも日本本土から持ち込まれる新円が出回って、あふれかえっています。太平洋戦争が始まったとたん、アメリカ側で刷ってきたという手回しのよい戦時用のお札は、軍人専用のA型軍票、占領民用のB型軍票（B円）の二種がありました。それに日本円が交じり、ただでさえ狭い石川市は住む人間もお金も三

色三様でひしめいています。わたしには日本円とドル、そしてB軍票の差額の勘定さえ難しすぎます。

カノン様からB型軍票二百円をもらったところ、

「一ドルは十五円だから、これは十三ドル分」

と事細かに説明されました。

「今日は米軍労務事務所からも全従業員に給料が出ているから、労務カードを持ってペイを取りに行くように」

と教えられ、のこのこ労務事務所に出かけました。米国式占領軍の出勤表はでたらめなのか、それとも部隊長であるカノン様の差し金か、はたまた労務班長の肝いりか、わたしは一時間四十何銭かで四つの部屋を受け持つ掃除労務者ということになっていたのです。労働の報酬を手にして大いに感激です。遊女であったわたしが堂々と誇り高き社会の一員となったようで、大きく息を吸い、胸を張りたいほどのうれしさ。

生まれて初めて手にするお給料は細長い軍票のお札に鮮やかにB円と浮き出ていて、さまざまな色刷りがされています。なかでも二十円札の薄赤はひときわ美しく感じられました。五円札、一円札と十銭札は真四角で、折り鶴に使う小さな色紙を持ち歩いているような感じがします。

前月まで働いていた栄野比の軍政府からは六十六円六十銭を、現在働くカノン様の部隊からは五十四円六十銭をいただきました。日本帝国のもとではただ働きであった軍慰問でも、アメリカ軍からは二百八十円の慰問団給料が出ました。計算の不得手なわたしには、いつどこで働いて何時間分の勘定なのかもはっきりとはわかりませんが、合計四百円ちょっと手に入れたわけです。我が家では六人分の食料を登記してあるので、台所長官の富子に配給食料費として十九円八十銭を渡し、抱親様《アンマー》に三百

円を差し上げました。ところが抱親様曰く、

「初月給のお祝いにと鰹一匹買ったら、三百円だった」

ながーい間頑張って働いたわたしのお給料は、鰹一匹で羽が生えて飛んでいったのです。戦後のお金は水のようなものだと抱親様はおっしゃいますが、生まれて初めてもらった貴重なお給料は果たして何回分の食料費になるかしらと考えると、心は空しくげんなりとしてしまいます。やはり情報屋の富子が言うとおり、お金より日本本土や台湾の闇船に売るアメリカタバコの方がよっぽど値打ちがあり、物々交換の品物さえあれば、生活もしやすく何でも手に入る世の中のようです。

その後、カノン様の事務所でタイピストのまねごとのような仕事をしましたが、なかなかうまくいきません。辻で育った姐《おんな》には、できることとできないことがあるようです。

その頃、石川では捕虜住民の街全体に電灯がつくようになりました。街の表情や情勢も変わっていったのです。琉球諮詢会が沖縄民政府と名を変え、各諮詢会の委員が政府各局の局長様に納まって民政府ができあがっていきました。また、在琉米軍政府と民政府はともに石川市から玉城村親慶原の米海軍病院に移っていったのです。

再出発

カノン様の事務所で懸命に働いても、時給生活では、抱親様《アンマー》をよりどころとして、妓供《こども》たちを引き連れて働き蜂のように飛び回っても限界があります。そしてわたしは、カノン様と事務所生活に別れを告げたのです。

軍政府のキャプテンと一緒に、我が家にH夫人が訪ねて来ました。H夫人は外国帰りの通訳で、ア

メリカ人に顔がきくといわれていました。その彼女がわたしに仕事を紹介してあげると言ってくださるのです。事務所の仕事と聞いてもじもじしていると、

「過去を思うな、常に未来に向かって生きなさい！」とH夫人に励まされて、今一度人生の再開拓だと意気込んだわたしです。早速、キャプテンの車へ飛び乗り、米軍政府のある知念へ向かって出発しました。

柔らかな西海岸の風景とはまったく対照的な、波しぶきを岩に打ち上げて荒々しさを見せる東海岸を、わたしたちの乗ったジープが走ります。

遠い昔、日本帝国軍艦「加賀」を威風堂々と包み込んでいた馬天《ばてん》港を横目に見ながらきつい知念坂を一気に駆け登った所が、軍政府要員の琉球人用宿舎です。茅葺き屋根の建物は、ブルドーザーで地ならしをしたばかりの赤土の上に長々と寝そべっているかのように見えます。台風対策に何本も立て並べてある長いつっかい棒のために百足《むかで》を思わせるようなその長屋の下で、ぴちぴちとはち切れそうな若鶏という感じの娘さん方と一緒に、生まれて初めての合宿生活が始まったのです。

吹きっさらしの茅葺き屋根の下には野戦病院のような鉄製の裸ベッドがずらーっと並べて置かれ、マットレスに枕と毛布一枚だけが支給されました。合宿生活に入ることを知らされていながら、うかつでおっちょこちょいのわたしは新しい仕事を見つけた喜びに燃えるばかりで地に足も着かず、なんと朝夕に使う洗面具さえ持ってこなかったことに気づきました。軍政府支給の毛布一枚を引っ張って、これも尾類《ジュリ》姐《おんな》の知らなかった社会生活、またひとつの新しい体験だと思いながら裸ベッドの下から忍び寄る風とともに眠り込んでしまいました。

同じ茅葺き屋根の建物で、男女別に建てられた軍政府宿舎はMGカンパンと呼ばれています。女子

用カンパンの周囲は広く大きく有刺鉄線の金網が張られ、SP殿（沖縄人門番）までも立っているのに、男子用カンパンは縦も横も空っ風の吹きさらしに立っているのです。なるほどアメリカという国は、名実ともに女尊男卑の扱いをする国だと実感しました。

心は暖かくとも夜風は冷たくて寒い！　毛布の特別支給を願い出るためにカンパンの班長室へ行くと、昔懐かしい琴が立てかけてありました。三線に合わせて弾いた辻の音が懐かしくてたまらず、思わず手にとって弦を弾いてしまったのです。ところが、楽器はあれども弾く人がないのを嘆いていたカンパン班長は、芸のあるわたしの登場に大喜び。三線に合わせて、早速ちんとんちんとんと二人で弾き始めたのです。高鳴る琴の音になえていたわたしの心が開かれて、静かに調子よく、空気の中へ融けていくような気がしました。カンパン班長様は、「目の前に迫ったクリスマスのレクリエーション演奏会で、僕の三線とお前の琴で、弾いてはどうだ」と提案されたのです。

英語の基礎もないまま軍政府の事務所に勤めたわたしですが、新鮮な経験の連続にわくわくし、堂々と事務所の机を前にして座っています。自分の心臓の強さにあきれながらも、流れに身を任せて、なるようになれと思っているのです。

今日は、事務所のキャプテンと一緒に前原にある文教学校へ初仕事に行きました。アメリカ社会は実力主義で、どんな仕事でもできるできないの実証にかかっていると励まされて勢いづきます。ジェスチャー入りのちり箱英語しかできないのに、大抵のことは話せると思っているのですから無鉄砲もいいところです。しかし本心は、波に揺られる木の葉のように心細げに揺れています。

ローマ字で打たれた名前をマイクで呼んでカードを渡すだけの仕事でも、オロオロと混乱するわたしでした。

クリスマス・パーティー

若い女子に囲まれてクリスマスの準備に忙しい宿舎班長に、踊りの指導を頼まれました。そこで石川から踊り上手な清子と光子を連れて来て、女子部員たちにクリスマス舞踊の稽古を始めました。

軍政府で働く沖縄人従業員全員が楽しいクリスマス・パーティーにできそうだと意気込み、カンパン宿舎中がむせ返るような熱気に包まれています。準備万端整えて、「クリスマスよ早く来い！」と若者たちの胸には既に春が来たようです。

そしてクリスマスイヴ。若者たちと一緒に演芸会を楽しみながら忙しく立ち働くわたしも素敵な思い出の一夜にしようと頑張っています。

三線や寝かせて弾く琴がアメリカ人には珍しいのでしょう。わたしに仕事をくれたキャプテン様は、事務所ではたいして役に立たないけれど舞台の上では優雅に琴を弾く姐《おんな》を、誇らし気に連れ歩いて写真を撮っています。

はじけるように踊り歌う合宿所の乙女たちも、戦後の憂さもどこへやら、明日への希望と意欲を生み出して、燃え上がる熱気は広いトタン屋根の従業員食堂いっぱいに広がっていきます。動き回る若鶏たちのために裏方を務めるわたしにとっても、忙しいけれど生き甲斐のある充実した一日となりました。

軍政府に勤めて初めてのお給料をもらいました。戦後のお給料は入れる封筒もなく、軍政府従業員たち皆が裸のお金をつかんで帰ります。タバコ一個二十円、一カートン二百円の闇生活の中で、一時間九十銭で働き、一カ月百七十六時間働いて百五十八円四十銭のお給料。わたしと同じカンパンにいる財政部の沖縄女性のデータによれば、アメリカ人、メキシコ人、フィリピン人、日本人、そして一番下に沖縄人の順でお給料が安くなるのだそうです。

一年余り続いていた無償配給食料が止まると、沖縄民政府のお役人様をはじめ事務所勤めのお給料では一日も食いつなげない人々は、軍物資や配給品交換でやっと生活するといった状況になりました。判事様のお給料が六百円、沖縄民政府部長クラスで七百円。学校の校長先生方ではたったの四百円しか手にできないのです。生活に困った検事殿が裁判所の仕事を辞めて米軍食糧倉庫のガードマンになったという、笑えない話もあります。

クイズの世界

米軍政府の捕虜対策は、誠心誠意与えることに徹していると街の人々は言います。英語を勉強して話すことができれば軍政府から出るお給料も一〇パーセント増すことが約束され、「志喜屋知事様は英語が上手になって、百円の昇給」と言われる中、わたしも、学校へ行くことになりました。捕虜住民たちに許された自由とは、事務所に勤め、乏しいお給料をもらいながら学校へ出してもらうことなのです。

「エレメンタリー・イングリッシュタイピング・エデュケーションスクール」という長ったらしい名前のその学校は、喜舎場村《きしゃばそん》にあります。ルーフィングでつくった三角屋根のバラック建てで、校長室の前には「米国陸軍沖縄大学主席歩兵大佐、キリン」と書かれた表札が出されています。

学校へ行けることに輝くような魅力と喜びと大きな期待だけもって、自らの能力も知らず、基礎もないわたしは最初からつまずいてしまいました。どんなに努力をしても宙ぶらりんで、学校の入口へただぶら下がっているようなもの。肝心な足がちっとも地に着いていないのです。世の中はどんどんと移り変わっていくのに、古ぼけた頭は新鮮なオイルが足りず、錆びた歯車のようにこちんこちんで回転が鈍く変化についていくことができません。毎日学校へ通っても意味のわからぬ横文字を書き続けるだけで、居眠りばかりだった小学校の再現となりました。

ちり箱英語を得意とするわたしが米単語を覚えようとしても、ハロー、ヘローの幼稚園生第一歩にさえほど遠いのです。普段から方向音痴の姐《おんな》は英語と日本語の後先が違うこともわからず、真剣になってていねいに日本語どおりに米単語を並べれば並べるほど英語はクイズの世界になっていき、答案ができ上がったときには当の本人さえも何が何だかわからなくなって先生に叱られてばかりです。

眠れぬ姐

従業員カンパン（宿舎）にいるお嬢さん方の間でパーマネントが流行して、軍政府事務所の中は縮れ毛女だらけです。人のやることは何でもやってみたいわたしも、友達の孝子と一緒にパーマをかけに天願まで行きました。それでも、新垣美登子先生が丈なす黒髪をぷつりと切り捨てるその前には、さすが姐《おんな》心か、我が愛する琉球髷が二度と結えないと思えば心残りで、切られる前の黒髪にそっと手を添えてみました。

しかし、それも一時の感傷です。冒険心満々のわたしは、中身は変わらずとも髪形と衣装で変わる姐の姿にうっとりとなりました。そしてパーマネントの縮れ毛になって人相までも変わって石川へ帰ったのです。すると、あまりの変わりように家中の妓供《こども》たちがびっくり。喜ぶ妓《こ》、悲しむ妓、いろいろです。世は捨てるとも身は捨てるなと教えてくれた抱親様《アンマー》は、立ったままぽかんと見つめているだけです。

敗戦のどさくさの中でそれぞれの殿方と公然と夫婦のような生活をしていた辻出身のお姐《ねえ》さんたちも、旦那様の家族が内地疎開の十万人に混じって帰って来る頃になると、大きな生活の転換を迫られることになりました。

帰還船は中城村《なかぐすくそん》の久場崎海岸に着きました。カーキ色の米兵シャツの袖に上げを入れた小柄な志喜屋知事様が、アメリカ風に「WELCOME」と英字で書かれた歓迎の旗を掲げて奥様方や子どもたちの乗った船を迎えたときから、辻のお姐さんたちは長い間尽くしてきたそれぞれの殿方から捨てられ、身を引かねばなりません。妻ある殿方へどんなに尽くしても、しょせん遊女と旦那。気位高く生きていたお姐さんたちがいかに口惜しくとも、家族の帰還とともにいやでも殿方と離れねばならない現実に、遊女として生きる自分の運命《さだめ》を大いに思い知らされたものです。それでも、天は自ら助くる者を助く、さすがに辻遊廓特有の生活法を訓練されたお姐さんたちは皆それぞれに、自力でかつぎ屋や軍作業へと人生の再出発に新たな気分で臨んでいます。

名目だけでも初めから軍作業に出ていたわたしは、事務所からもらってくるお給料が百五十八円四十銭で、その中から合宿の食費を引かれたり下駄や石鹸などを買うと、いくらも残らない現実を経験してきました。給料は公定相場ですが、生活用品はうんと高い闇市相場でしか手に入らないのです。給料だけを当てにしていてはとても生きられない事務要員たちは、それぞれコネをつくって軍需物資の支給を受けてなんとか食いつないできたのです。

無償配給時代の見果てぬ夢をそのままに持つ抱親様は、わたしが石川に帰るたびにタバコや品物を担いで来るものだと決めつけています。そんな抱親様にタバコを手に入れるときの苦労を恩着せがましく話せないのも、辻で育った宿命でしょうか。いかなることがあろうとも、大恩ある親を悲しませてはならぬのが辻遊廓の姐の掟《おきて》なのです。

事務所では名目だけのタイピスト見習生です。ところがある日、スミス少佐がタイプの材料を置いていったのです。書類を置かれて一人前になったつもりのわたしは、今こそ面目をほどこすときとばかりにキーを叩き始めました。しかしながら、印刷された文字はともかく、個性豊かな少佐殿の横文字が読めません。

タイプの前に座って、一つひとつの綴《つづ》りを確かめながら尺取り虫のような音をキーキーと立てていると、事務所のフィリピン人氏が机の前に来て、真っ赤な顔で怒鳴りだしました。フィリピン人氏は打ち上げた紙のすべてに赤い棒線を引き、おろおろする姐の目の前でわざと引きちぎって、ちり箱へポイと捨てたのです。そして、

「お前はジュリ（遊女）だね」

と言います。痛いところを突かれてカチンときたので、わざと彼と同じアクセントを使って、

「はい！　わたしはジュエリー（宝石）であります」と反論したのです。すると彼はスミス少佐の原稿をさっさと他の事務員の机に持っていってしまいました。売り言葉に買い言葉です。

「自分は今日限りでこの事務所を辞める！」

と、フィリピン人氏に向かって辞職宣言をしてしまいました。まことに短気は損気で、口から飛び出た言葉を自分自身でも飲み込めず、しまったと思った頃には事務所よさようなら、とせっかくの職場を飛び出すはめになってしまいました。仕事を辞めれば軍政府従業員カンパンから出ていかなければなりません。

宿舎に戻る途中で、以前アイロンの修理で顔見知りになった電気部のビオ班長と会いました。困っ

ている事情を話すと、ビオ班長は
「僕が別の事務所へ紹介してあげるから」
と、わたしを引き止めようとするのです。ここでも捨てる神あれば拾う神ありです。

石川小唄

久し振りに石川へ帰ると、何ひとつ持たなかった捕虜住民たちの生活も、ハワイの沖縄県人会やアメリカの宗教団体から豚、ヤギ、牛といろいろな物資が送られて、戦前の活気が戻ってきた感じがします。また食料と一緒にシンガーミシンが送られてきて、カーキ色の兵隊服をほぐしてつくった新しい型の婦人服が大流行していました。ビンゴー屋と貸本屋もできています。見違えるようににぎやかになった街へ、久し振りに赤い洋服を着けて本を借りに出かけました。

心が弾めば身も軽く、途中の水溜りをひょいひょいと飛び越え、子どものような無邪気さですいすいと道を行きます。こんな気持ちで毎日を過ごせたら生きることも楽しく愉快だろうと、しみじみ思いました。道行く人々は、歯科医の小那覇全考さんがつくった石川小唄をさかんに口ずさんでいます。


〽一つとせ、ひふみ、よごろく、なな通り。いろはにほへと塵《ちり》横丁。碁盤十字の茅葺きテント町。

これが終戦直後の沖縄一の市ではないかいな。

二人散歩も砂の上、靴の中に砂が入る。見渡す限り便所町、ドラム缶の近代便所。いつ来てみても人の波。作業帰りの娘さん、慣れぬハイヒール。どいつもこいつも同じ規格の茅葺き天幕葺きじゃないかいな。

やせたお方はあんまりいない、いないはずだよ缶詰太り。娘の脚は太る一方、鏡地大根ハダシで逃

げるじゃないかいな――。〉
反骨精神旺盛なこの唄は、戦後に生きることがいかに辛くとも、苦難に負けない沖縄人のたくましい生き様を証明しているようです。

遠い道

太平洋戦争が終わって足かけ三年目。どうにか生き抜いてきた人々は、厳しい生活の中で息抜きの場が欲しくなる頃です。石川市の土地っ子たちが大勢集まって、ウスデーク（村祭り）を行うことになりました。

「欲しがりません、勝つまでは」と大戦中自らを押さえつけていた生き残り組、老いも若きも男も女もそれぞれの命が爆発したように、落下傘の布でつくったひらひらの衣装を着けての大奮闘です。南国人らしい勇ましい掛け声に、割れ太鼓を叩き、空き缶三線を弾き、踊りながら街を練り歩く人、人……。やはり天真爛漫な沖縄人、軽やかな三線の音に、山のように集まった人々が行列を取り巻いて喜びの涙を流している姿はまことに尊いものです。

喜ぶ一方で、抱親《アンマー》様もわたしも、那覇市三大行事の一つであった辻遊廓の二十日正月の尾類馬《ジュリンマ》行列をいつになったら復活できるのかと、底知れぬ寂しさに涙してしまいました。

いつになれば辻に帰れるのか、那覇の状況を聞くために知念の米軍政府の近くにある琉球政府へ行き、総務部長様に面会しました。生活必需品の一から十まで米軍物資に頼って暮らす現在、沖縄が自立するためには外資獲得が必要不可欠です。戦前でさえ黒糖以外に目立つ産物もなかった沖縄。辻から徴収された税金が那覇市全体の予算を潤していたのでは、と抱親様の持論を大真面目に言上しました。

「親に売られたことが辻姐《おんな》の運命なら、早く辻へ帰らせて昔どおりの生活をさせてください。社会で迷っている姐たちは早く辻に帰らねば落ち着く所もありません。何とか帰れるように頼みます」

と意気込んで話しましたが、

「沖縄全体が大戦争による破壊を受け、今やっと再建復興が始まったばかり。これからその成果を得るまでには、幾多の艱難辛苦《かんなんしんく》に耐えねばならず、ましてや世の中が落ち着かねば歓楽街はできない。あと四、五年は辻の再建も駄目だ」

と、総務部長様は言われます。期待しながら待っているであろう抱親様や妓供《こども》たちにどう話してよいのか、寂しい気持ちで石川に戻りました。

アメリカン・ハウス

四十五号区域

事務所仕事は無理と悟ったわたしは、メイドの仕事に活路を見いだそうとしました。顔見知りになった教育部の少佐殿に頼んでおいたところ、軍政府の部隊長殿を紹介してもらったのです。軍政府の中でも一般将校とは別の敷地にある部隊長殿の宿舎には、経済人である財政部の佐官殿と、本国では大学教授であった教育部の佐官殿の三人が住んでいます。今までの大尉や中尉らのざっくばらんな雰囲気とは違い、地位が高くなるとそれぞれの立場に気をつかうようで、彼らとの接し方も難しく思われます。

部隊長殿のルームメイドという仕事に就いたわたし、教育部の佐官殿には竹子、財政部の佐官殿には松子がメイドになって、三人で一部局をあてがわれたのです。

三棟の佐官用宿舎が並ぶ親慶原《おやけばる》の一帯は、フォーティーファイブ区域と呼ばれています。ここだけは、戦争の爪跡すらありません。琉球松の大木が並ぶ軍政府用地の一番奥まった所に部隊長殿の宿舎がありました。すぐ横に建つ将校倶楽部の近くには、軍政府二代目司令官マウリー大佐殿の広々とした宿舎が建っています。後ろの小高い丘の間の小さな空き地には西洋風の色々な草花が植えられて、それは美しい景色です。

花畑のすぐ前に建つ部隊長殿の宿舎では、一日の仕事を終えた軍政府各部の佐官たちが集まって夕食前の一杯を和気あいあいと楽しむのが日課でした。若い教育部の少佐殿が、本土から取り寄せたポップスのレコードや小説、それに新聞などを持って来てくれます。ここだけは別天地のような、時間も空気も流れているのでした。

愉快な部隊長殿

雨の日曜日、お隣のN少佐が軍政府従業員宿舎から妓供《こども》たちを呼び出し、将校たちを集めて皆で大騒ぎをしています。将校倶楽部から運んできた料理を朝食代わりに食べる人々、C大佐や他の佐官たちはお酒を飲みながら八ミリのトーキーを映して見ており、松子や輝子はサービスするのに忙しく立ち回っています。皆で冗談を言い合って楽しい雰囲気の中、酒をやめるやめると言いながら毎日愉快そうに飲んでいる部隊長殿は、レコードをガーガー鳴らしながら

「港のミエルオーカァ……」

と首を振り振り得意の歌をご披露しています。気がつきませんでしたが、どうやら六月生まれのわたしと部隊長殿のためにN少佐がそっと計画してくれた誕生パーティーだとわかって大感激です。

米国陸軍政府、司令官大佐殿の一時帰国の送別会が部隊長宿舎で行われることになりました。今日はその支度で大忙しです。自宅で飼っている鶏の卵を固茹《ゆ》でにし、酢漬けのきゅうりを細切りにして、マヨネーズ、ペパー、塩を加えたものを盛りつけ、飾りつけたチェリーパウダーをふると、何ともきれいなダボーエッグができ上がりました。鶏もつぶして細切りにし、おつまみ用に油で揚げました。

しかし、フライドチキンは新鮮な鶏肉よりも冷凍物の方が柔らかくて美味《おい》しいと初めて知りました。青や赤やらの長いドレスで着飾ったご婦人方が軍政府の職員たちと一緒に集まって来て、わたしのチキンを食べながら、べらべらしゃべっています。

お人よしの部隊長殿はお別れのパーティーでも浮かれだして、これが最後の一杯だという酒を何杯も飲んでいます。

パーティーの後で車を連ね、ホワイトビーチまで司令官大佐を見送りに行きました。

「琉球はどこに行っても景色が絵のように美しい」

と言う部隊長殿。彼が指差す向こうには、大きな米艦船がずらりと並んだ天願《てんがん》港が墨絵のように煙って見えました。

日米琉の三種類のカクテルマネーが出回っていた沖縄で、今日から軍票のB円に統一されることになって、お金の切り換えに皆が騒いでいます。一九四六年（昭和二十一年）四月に初めて旧円が日本新円に換えられた頃は、交換総額は六千二百万円だったと聞きました。ところがそれ以後、内地引揚者が来て通貨は日本と同じく膨張し、密貿易も盛んになると、交換高は三億六千万円だったと、財政部のM大佐が言われます。

「アメリカ軍政府が五一％の株を持つことになった琉球銀行の株券が、一株一ドルで売り出されている。五十円出せば誰でも買えるから、将来性のあるこの株を今のうちに買っておけ」

と教えてくれましたが、苦労して貯めたお金で株券を買うよりも、いつでも役に立つお金を持っている方が何となく安心できるのです。従業員宿舎では、今年から再開される税金の申告やらB円の話で持ち切りです。沖縄民政府のM部長が五十万円持っていると誰かが言いますが、他人はともかく、わたしは九百円のお金――。これでも懸命に生きてきたわたしの全財産、貧しいことを恥とする今の世の中で、どう暮らせばよいのか、色々と心配してもきりがないのですが……。

軍政府に新たな規則ができて、従業員宿舎には二十四時間ガードマンが立つことになりました。従業員たちを必要なときにいつでも引っ張り出せたこれまでと違い、雇い主はハウスメイドを呼び出すたびに、宿舎の班長にサインをして渡さねばならないというのです。部隊長殿はサインするのが面倒なのか具合が悪いのか、わたしたちのために百名村《ひゃくなそん》に家を建てることにしました。

丘の上につくられる家は上下をテントで張りつけた規格住宅一棟分の大きさです。それでも部隊長殿はこの家をつくるのに随分無理をしたらしく、宿舎に帰って計算したら、彼の使った費用はおおそ二万円にもなると分かりました。あまりに金額が多すぎるので心配して部隊長殿に尋ねたら、彼は笑顔で「余計な心配はするな」と言ってくれました。しかし、ソバとご飯一杯で三十五円もするこの頃に、辻に帰って本式の家を建てるのはいつのことだろうと、頭からそのことが離れず、使った二万円がもったいなく思えてしかたがないのです。

家ができ上がって、輝子、松子、豊子、美代子たち皆が集まって来ました。窓に吊るスダレがなければ布をちぎったカーテンを引っ下げるといった具合です。塩水の石川市と違って百名村では湧き水です。ドラム缶風呂を沸かして湯舟に浸って一日の疲れをいやすと、我が天下の姐《おんな》たちは引っ越し祝いのご馳走を持って隣近所に挨拶回りを始めました。

今までは気がつきませんでしたが、この辺に集まった人々は大抵が昔も今も有名人ばかりで、「あらあら、おやおや、よくぞ生きていた」と昔話に花が咲きます。

望まれぬ子

部隊長殿が、

「軍政府でも幹部級のミスター・ヒリブの女に子どもができてしまったが、何とかならないか」

と相談をもちかけてきました。本国には妻子がいる彼のためにも、軍政府のためにも、人々の噂にのぼらぬように気をつかっている部隊長殿です。ヒリブ氏の彼女はまだ若い娘さんらしく、とにかくかわいいという
その娘さんに会いに行ってみました。

教えられた部屋のドアをノックして入ったら、ベッドに寝ていた彼女がぴょんと飛び起きました。おやっ、この女性、富子の殿方の奥様ではないか。ご主人は戦死されたと聞きました。彼女もまたわたしの顔をみてびっくり仰天。おや、まあと照れ隠しするご夫人は、どぎまぎとていねいな言葉を使って応対しようとしましたが、慌てたのはこっちです。飛び出したい気持ちを抑えて、誰が悪いのでもない、戦後の生活、言い訳は無用と目を閉じることにしました。

戦争未亡人の彼女は姑もおり、小娘どころか亡き夫の子どもまでちゃんと石川にいるというのに。アメリカ人の中でも大柄なヒリブ氏が沖縄人の中でも特に小柄な彼女を、何も知らないお嬢さんと思ったのでしょうか。

「ヒリブ氏はわたしのことを結婚前の娘だと思い込んでいます。知念と石川の往復に疲れたわたしは、彼の部屋にひっ込んでいるうちに産み月に入ってしまったのです。たまに石川に帰るときも、他人《ひと》様に見られぬようオーバーで身体を隠していましたが、これから先どうすればよいのでしょう」

と泣く彼女。

「子どもは一人育てるのも二人育てるのも同じ苦労だと言うから、ヒリブ氏に話して子どもを産ん

で育てるようにしたら？」

　と言ってみましたが、

「それでは姑や子どもに顔向けができません。死ぬしかない……」

　と、彼女は泣き崩れるのです。世間体を思い、姑の怖さに脅えて生きる彼女の底知れぬ悲哀と苦悩に、迷い抜いた姿を見ました。

　石川に帰ってさっそく富子に彼女のことを話すと、旦那様の尾類《ジュリ》であった姐《おんな》の心意気か、奥様はきっとかわいい子を産むだろうから、自分がもらって自分の子どもとして育てたいと彼女は言ってくれました。恩讐を超えた富子と二人で、お腹の大きい奥様に付き添ってヒリブ氏の車に乗り込みました。

　そして、宿舎班長に紹介された名護の知人の家に富子とともに預けてきたのです。

親切な部隊長

　部隊長殿が奥様からの手紙を手に握って帰って来ました。二カ月たったら、奥様と娘さんが沖縄に来ると言います。部隊長は、

「お前がワイフの気に入りさえすればアメリカ風の生活や料理を学ぶことができるし、ワイフと娘はたった一年しか沖縄にいないから、彼女たちのために良き女中として働けば、お前が那覇に帰るための応援をしてやろう」

　と言います。辻の再建へ一歩近づくにはこれしかないと決意したわたしです。

　久し振りに百名村《ひゃくなそん》の家に帰って、食事をつくろうとすると薪もありません。軍宿舎の中で電気生活に慣れた姐《おんな》は、薪を燃やす沖縄人の生活に引き戻されて目が覚めた気がしました。小禄《おろく》の家と百名村

の家を行きつ戻りつしている抱親様《アンマー》と一緒に皆で食事をしながら、妓供《こども》たちは二十五万円も貯めたという与那原《よなばる》の婦人の噂をしています。夫に捨てられた新里のおばさんは、大きなお腹を抱えながらトラックにすがりつき、キャンプ回りの闇商売に打ち込んでいます。沖縄にはさまざまなご婦人がいて、生活力旺盛だと知りました。

春と入れ替わりに台風がやって来ました。アメリカ世《ゆう》の台風は女性の名前がついていて、今度の台風は「フローラ」というかわいらしい名前がつけられました。暴れん坊の台風は男だと思ったのに、本当は女だったのでしょうか？　大雨が空中に渦を巻き、木の枝がボキボキと折れて、軍政府の宿舎でさえミシミシと音を立てて揺れ動いています。宿舎の中は電気も止まり、ビューンと風がうなるたびに、ゆらゆらと揺れるローソクの灯が今にも消えそうになります。ワイヤーで二重にくくりつけたこの宿舎ですら、ぐらぐら揺れて動いているのに、百名村にいる抱親様や妓供たちや、茅葺きの家はどうなっているのかと心配でたまりません。

身支度をして裸足になって出かけようとすると、部隊長殿が

「危ないからやめろ！　今頃はきっと百名村の家も吹っ飛んでいるだろう」

とこともなげに言うのです。それでもあの戦争さえ生き延びた抱親様や妓供たちを助けねばと思うわたしは、タオルを頭に巻きつけ外に飛び出しました。

台風アレルギーの部隊長殿が、屋根を取り外した台風用のジープに乗って追いついてきました。ジープに乗せられたわたしが横目に見た軍政府従業員宿舎は、すでに屋台骨がぺしゃんこで、踏みつぶした饅頭のようにぐしゃぐしゃになっていました。

屋根の上にあるべき茅が地上に飛び散って、まるでタップダンスを踊っているように風に翻弄《ほんろう》されています。やっとの思いで百名村に着きましたが、テントの上に綱を張っていたおかげで家は無事で、わたしたちの到着にビックリした抱親様を中心に、首を揃えてのぞいている妓供たちも全員が無事でした。

「年寄りだけでも、安全な軍政府へ連れて行こう」

と部隊長は言ってくれましたが、台風慣れした我が抱親様は妓供たちと一緒にいる方が安心だと頑張って動こうとはしません。それではと、さっそく食料を心配してくれる部隊長殿は、まるで親鳥にでもなったかのようです。

先週アメリカから出た船に奥様とお嬢さんが乗ったことを知って、部隊長殿は大喜びです。家族が来ればお前のために何もしてやれないからと、手切れ金のつもりか、軍政府従業員共済会の売店の権利とともに十一枚のベニヤ板をくださいました。

喜んだわたしは、さっそく作業員を頼んで百名村の家を補修しました。物事をはっきりさせるアメリカ人気質というのか、男女の仲も竹を割ったようにスパッとしていて面白いものです。抱親様とも話し合い、何としても向こう一年間、奥様やお嬢さんに気に入られて働けば、部隊長殿の応援を得て辻へ帰ることも順調に行くだろうと、捕らぬ狸のなんとかです。

アメリカン・ハウスの家族

風光明媚な馬天《まてん》港を見下ろす丘は、沖縄南部で戦死した中将の名をつけてバクナーヒルと呼ばれるようになりました。その丘と並んで建つ家族用コンセットハウスへ引っ越すことになった部隊長殿のため、奥様を迎えるべく軍支給の家具用品を入れたり出したりの毎日です。山型につくられた独身宿舎と違い、カマボコ型のハウスはドアを開けるとすぐに応接間、その横に台所と洗濯場があります。廊下をまっすぐに行くと、奥の半分が夫婦部屋、その次に娘の部屋、向かい側にお風呂と便所が並んで、使いやすくお掃除もしやすいようにできています。

社会勉強第一歩のわたしは、この家に入ったとたん、沖縄風に家の中心神に向かって

「どうぞこの家に住む家族が健康でありますように。そしてわたしにも幸福をください！」

と祈り、遠い国から来る奥様の気に入られるように、家の中や外の庭を隅から隅まで一日中掃除をし、懸命に働いてへとへとです。

奥様たちが軍港のホワイトビーチに着く今日は、わたしと一緒にハウスメイドに決まった豊子と輝子を連れて、出迎えに行くことになっています。日本軍がいた頃は、那覇から勝連《かつれん》まで行くのにすれ違う車もなかった中頭《なかがみ》の田舎道に、今は蟻の行列のように車が走っています。道は確かによくなりましたが、戦前は貴重品であった空き缶や空瓶が道端にごろごろ転がっています。

桟橋に着いた私たちは、軍艦のような大きな船の前にぽかんと立ち尽くしました。部隊長殿はタラップから降りて来る船客の間を歩き回っていましたが、やがて奥様とお嬢さんを見つけると一目散に走っていき、船中の観衆の前を構わず、互いに抱きついてキッスをし合っています。

けろっとして船から下りてきた部隊長殿は、

「君のために素晴らしいメイドを探しておいた」

と、わたしたちを奥様に紹介してくれます。満面に笑みをたたえ、両手を広げてハウスメイド一人ひとりに抱きついて挨拶をする奥様の姿には、今までに会ったアメリカ女性の高慢さがなく、本当に

部隊長殿の家族

素晴らしい女性のようです。心温まる抱擁に親近感がわいたわたしたちは、この奥様のために懸命に働こうと決意しました。

　奥様の荷物と一緒にハウスに着くと、長椅子の上に座った部隊長殿と奥様が電線に止まったツバメのようにくっつき合って酒を飲み、お嬢さんは船で知り合ったというボーイフレンドからの電話にかじりついていました。

　さっそく、わたしはハウスメイドの開業です。

「夜のお食事はすき焼きにしましょうか?」

　スキヤキという名前はアメリカでも有名らしく、歓声をあげ、手を叩いて喜ぶ親娘。一家団欒《だんらん》とはこんな雰囲気をいうのでしょう。沖縄風すき焼きを食べるのに、お箸《はし》を取ったり落としたり、丸づかみにして奮闘している奥様とお嬢さんに先輩面の部隊長殿が手を取って懸命に教えています。あどけない奥様とお嬢さんが好きになったわたしもちり箱英語を使って、会話を始めました。チャーミングな声の奥様は、

「ヤイコ、ヤイコ」

と、わたしをそばから離しません。

わたしたち三人に奥様からメイド用の制服が渡されました。

「この家で制服以外は着けてはいけません」

とのご命令です。生まれて初めてメイドとしてのユニホームを着ける遊女たち。

「メイドといっても衣食住に区別があるわけでもなし、若いわたしたちが奥様同様に赤青の洋服を着けていては年寄りの奥様が見劣りするから、自分と女中の区別をつけるためにユニホームを着せるのだ！」

輝子はこう皮肉るのですが、わたしも豊子も制服を着けて喜んでいるのです。

人使いの上手な奥様は、隣近所のご婦人方を呼んでパーティーを開き、わたしたちメイドのつくった料理を皆に吹聴しながら「美味《おい》しい、美味しい」と誉めてくれます。辻育ちのわたしたちは、男に誉められるのは慣れていますが、ご婦人方に誉められると何だかむずがゆく感じます。アメリカ婦人は人を誉めてうまく使う才能を持っているのでしょうか。集まった奥様方がそれぞれに自分のハウスメイドを自慢します。

「これからもアメリカ人の中で生活してゆくであろう君たちは、是が非でもわれわれの生活の習慣を身につけなければならない。さもなければ、君がレストランを始めたときの接客も成り立たないだろう」

と部隊長殿に教えられました。アメリカ社会になった沖縄で、辻へ帰って仕事を始めるためには、この奥様のもとで一年間辛抱して、できるだけアメリカ人気質や風俗習慣を学ばねばなりません。今が正念場、「ガンバレ、ヤイコ！」と奥様の口真似をしながら自らを励まします。

百名村から出る通勤用のトラックに乗っていつものように仕事に出かけると、今朝は奥様のご機嫌が悪くお嬢さんも気分が悪いというので、わたしたちはどうしてよいかわからず、ただおろおろするばかりです。

わたしの好きな沖縄の歌「ティンサグの花」をお嬢さんに教えて二人で首をふりふり歌いだすと、奥様が手を叩いて調子を合わせてくれてなごやかな雰囲気になりました。今夜はお嬢さんが車を運転して送ってくれましたが、百名に着くと生地の端切れを寄せ集めてつくった布団を下さいました。

「これは、ママが洋服を縫ったときの端切れを継ぎ合わせてつくったものよ」

持てる国アメリカにもこんな端切れを使う細かさがあるのかと不思議に思い、主婦としてのアメリカ婦人の暮らしぶりをのぞき見したような気持ちがしました。華やかで派手に見えるアメリカ婦人は、夫に対する良き妻であると同時に、絶対に無駄遣いをしない良き主婦でもあると知りました。

百名村から毎日通勤していたわたしたちですが、奥様の要望で今日からはわたしだけが住み込みをおおせつかりました。

部隊長殿夫婦が着飾ってお手々つないで仲良くパーティーへ出かけた後、お嬢さんと二人で留守番をしていると、彼女の友達が集まって来て目の回るような忙しさになりました。元気いっぱい暴れ回るヤングのためにサンドウィッチをつくろうとキッチンに入りましたが、お嬢さんもわたしも包丁で手は切るし火傷はするしで、こちらも大変な騒ぎです。

アメリカ人の彼らは、まだ子どもだと思っていても成長は早く、男女の生徒が堂々と手を握り合って入口の階段や庭の木陰にうずくまり、キッスという一人前の振舞いをしています。「男女七歳にして席を同じうせず」と教えられた東洋人には、若い学生同士が手を取り合っていること自体、危なっかしく思えるのですが、そんな心配をよそに若者たちはけろっとしてにぎやかに大騒ぎ。やっとパーティーから帰って来た部隊長殿夫婦に、

「嫁入り前のお嬢さんを同じ年頃の男性軍と遊ばせていたら、娘としての品が悪くなります」

大真面目に意見するわたしに、きょとんと顔を見合わせた部隊長夫婦は急に笑い出しました。

「アメリカの親は、娘にボーイフレンドが訪ねて来ないことを心配するんだよ」

ボーイフレンドが多いということはアメリカ娘の誇りであり、誘いのない娘は「壁の花」というあだ名がつけられてしまうと、アメリカ流を教えてくれた奥様です。娘は箱に入れて虫がつかぬようにと心配する旧式なわたしに、

「娘のボーイフレンドがどこでうろうろしていても、かまわず知らんふりをしていてね」

と言います。アメリカ娘には、心や身体が傷つくという意識はないのでしょうか……。

辻町恋しや

奥様がA大佐夫妻を夕食に招待するというので、朝から大忙し。奥様のご自慢は、わたしのつくる沖縄風すき焼きで、誰を呼んでも大威張りで我が家のメイドとすき焼きを吹聴します。東洋の女は三人寄ればかしましいと言うけれど、西洋の女は二人でもかしましいのです。

「アメリカでは、男だけが集まって酒を飲んだり、宴会をすることはないのですか？」

と奥様に聞くと、横から部隊長殿が、「それはスタークパーティーと言って、年に一、二度あるかないかだろう」と言い、「君のつくるレストランは、夫婦同伴の社交場でなければ、アメリカ行政のもとでは、成功しないだろう」と、さっそくアメリカ流社交場の先生に納まっています。

明日から始まる部隊長殿の休暇には、家族揃って奥間ビーチへ遊びに行くそうです。「向こうにあるメイド部屋に申し込みをしてあげるから、お前も一緒に行こう」と奥様が言ってくれましたが、留守番をするからと断りました。家族の留守中、向こう一週間は、神経を使わずにのびのびと、この家が我がもののような気分でゆっくり休むことができると思えば楽しい気持ちになります。

部隊長殿一家を送り出したあとは気を遣うこともなく、台所のそばにある小さなメイド部屋が遊女の天国と早変わり。冷蔵庫の中身もわれら女中たちの物。豊子と二人で牛肉を焼いて食べ、寝て起きてはまた食べて寝る。辺りの景色はよし、贅沢のきわみです。まことにもって牛に生まれ変わった生活だと笑い声をあげていました。

軍政府の四十六区域宿舎に泊まっているGHQのヒューリン氏が持ってきた新聞を、台所仕事の合い間に隅々まで読みました。その新聞で、辻華やかなりし頃に、若かったわたしたちの後援者であった大事な方が、昭和電工事件に関わっていると知りました。昔華やかであった人ほど、戦争の爪跡は深く、戦後の悩みは大きいと思いました。

奥間ビーチから奥様たちが帰って来ましたが、お嬢さんは迎えに来たボーイフレンドと出て行ってしまい、夫婦はお酒を飲みながらおしゃべりをしたり、いちゃついたりです。

いつの間にか今年もまた、クリスマスの日がやって来ました。人付き合いの好きな部隊長殿夫婦がパーティーを開くと、二十組くらいのカップルが集まって、にぎやかなクリスマスになりそうです。アメリカ流の宴会は、めかし込んだ令夫人たちが、それぞれご自慢の料理を持ち寄ってテーブルの上に並べるのです。主催者である部隊長殿は、場所を整え、酒やおつまみを揃えておくのに忙しく立ち回っています。

酒が回るにつれてお客さんたちの声も弾んできました。客の接待はお手のもののわたしたちです。酔いの回ったアメリカ人たち皆に、ルンバの調子で手を叩かせ、豊子が鳩間節を踊ると、彼らは子どものように喜んでワンダフルの連発。今度は、わたしが夫婦者を引っ張り出して、幼稚園生のように並ばせ、テーブルを叩いて炭坑節を歌うと、豊子のあとについて皆が、ヤーヤーと踊りだし、大変にぎやかなパーティーになりました。

お客が帰ったあと、奥様がうれしそうに言いました。

「今日は大したお金も使わずに、思い出に残る素晴らしいパーティーになりました」

「ワンダフルな奥様だからこそできたのです」

と、ちょっとお世辞を返しました。喜んだ奥様はわたしをつかまえてほっぺにキッスの嵐です。夜明けまでかかって、後片づけや洗い物をしたわたしたちは、久し振りに辻にいた頃を思い出しました。

ピエロの願い

一九四九年（昭和二十四年）元旦。那覇を追い出されて五回目の正月を百名村《ひゃくなそん》の我が家で迎えました。抱親様《アンマー》や皆の顔が満ち足りたように輝いています。

ところが、朝早くから部隊長殿がジープでやって来て、

「ワイフと娘が大喧嘩をして、昨夜から二人とも達磨《だるま》のように目を光らせ、口をふくらませている」

との仰せです。部隊長殿と一緒に馬天のハウスに戻りました。喧嘩の原因は、普段よく電話をかけてくるボーイフレンドのようです。解放的なアメリカ人の親たちでも自由奔放な女の子は手に負えないものなのでしょうか。奥様のふくれっ面に怒った部隊長殿が、今度は酒を飲みだしました。彼が飲みだしたら、ちょっとやそっとでは収まりません。

酒さえ飲まねばよい人なのに、奥様の苦労の種がまた一つ増えました。彼女は日ごろの陽気さも消え、家中が暗くなって、私の心も縮みっぱなしです。ぷすっとしている家族を何とか仲直りさせようと、押したり引いたり。あれこれ話しかけてみてもにこりともせず、皆がそっぽを向いてしまうばかりです。意地になったわたしは、口紅と白粉を塗りたくってピエロの顔をつくり、

「これでよいかしら？」

と、皆の前に出たのです。

「ぷーっ！　わっはっはっ……」

ふくれっ面がみるみる崩れて、皆が同時に吹き出したとたん、いつもどおりの三人の顔に戻りました。我が役目果たせり、オールライトです。

奥様やお嬢さんの気心も知れてきたせいか、一日一日をそれほど辛いとは思わないようになり、家

族揃って映画鑑賞に出たあとでも、留守番のわたしはへっちゃらで、静かな夜を楽しんでいます。わたしの頼みを何でも聞いてくれる奥様が、

「私たちが沖縄にいる間に、いろいろなことを学びなさい。自分で仕事を始めるには、大変な努力が要るのですから」

と英語を教えたり、料理の手ほどきをしたり、わたしを育てるのに奥様もご苦労をなさいます。トウモロコシのマフィン、バターをしたたらせた焼き立てのワッフル、鶏肉の揚げ物、ステーキ、ハムの丸焼き、カリフラワーやさやいんげんのバター炒め、カボチャの丸焼き、チョコレートケーキ、アイスバックスクッキーやクリームで飾りつけたケーキ、そのほかさまざまな料理を教えてくださいます。同じ材料を使っても、味つけがまた大変難しいのです。

「沖縄の水は悪いから」と、どんなときでも皿やコップをぐつぐつと煮沸消毒しなければ気の済まない奥様です。このような彼女のもとでの家事修業が、後になって実は大変に役立つことになるのです。

打ち明けた前身

夜中の十二時、部隊長殿は、風邪をひいているのに酒を飲み過ぎて具合が悪くなり、急性肺炎を起こしてしまったようです。軍の救急車が迎えに来ました。担架に乗せられて運ばれる部隊長殿について行く奥様は、泣きじゃくっています。後に残されたお嬢さんも、父親のことが心配でならないようです。毛布を頭からすっぽりとかぶって入口の階段にわたしと二人でくっついて座り、冴《さ》えた月の寒空に震えながらわたしは辻に向かって祈り、奥様の帰りをじっと待ちました。

入院することになった部隊長殿の留守を守ろうと、わたしは日本刀を持ち、奥様は枕元にピストルを置いて寝ることになりました。病院の看病で疲れきっている奥様に、新鮮な野菜を食べさせようと、トマトを買ったところ、なんとなんと、三個で三十円です。日々、お金の値打ちが下がり、この調子では、いつ辻の家が建つのか見当もつきません。

朝夕、病院を行き来している奥様は、わたしの前身が尾類《ジュリ》であったことを誰かに聞いたらしい口振りです。貧しい沖縄の農民の苦悩がどんなに深かろうと、持てる国アメリカ人には、理解できないことです。今まで親切にしてくれた部隊長殿と奥様の恩に報いるためには、気まずくなってから仕事を辞めるのは避けたいもの。部隊長殿が帰って来たら、皆で話し合って身のふり方を決めようと決意したら、心が軽くなりました。

頭の中でいろいろと考えながら、家族の好きなレモンパイをつくっていると、痩せて青白い顔をした部隊長殿が、奥様に連れ添われて退院して来ました。さて、辞めることをどう伝えたらよいのやら……おそるおそる部隊長殿に切り出したところ、

「ワイフは何も知らないから、よけいなことを考えず台所をきれいにしておいてくれ……」

とおっしゃいます。疑心暗鬼とはこんなものなのでしょう。しかし、いつかはばれることであり、他人の口から知らせるよりも、自分から直接打ち明けたほうが潔いはずです。心を落ち着けて奥様の部屋へ入って行きました。彼女の前でぺたりと床に手をつくと、四歳のときに親に売られ、辻という所で尾類として生きてきた自分の生き様を話しました。

「こんなわたしがハウスメイドとして働くことが、奥様にご迷惑なら、どうかわたしを辞めさせてください」

と、血を吐く思いで伝えたのです。

しかし奥様は、優しさと厳しさが入り混じった目でわたしを見つめながら、

「戦前のあなたが何をしていたのかは知りませんが、私はあなたの働きぶりを見て、ここに置いているのです。あなたの進退はあなた自身の働きが決めるでしょう」

と言ってくださいました。いたずらに過去を問わず、よい仕事ができるかできないかですべてを判断するアメリカ流の考え方に、大いに元気づけられました。我が胸は、隠していた過去の荷物を広げて見せたことで、晴れ晴れとし、重い荷を下ろしたような気がしました。

奥様の誕生日の日、彼女へのプレゼントを買いに、お嬢さんのお供をして那覇市場へ行きました。アメリカ女性には珍しい我が奥様、ご主人の誕生日は盛大にして、自分の誕生日は控え目にしておくようにと、ディナーの用意もなさいません。夫に対する彼女の細やかな思いやりは、沖縄女にも負けません。

わたしは壺屋焼きの獅子《シーサー》を買い、お嬢さんは琉球人形を買って帰りましたが、ハウスに帰ると奥様も部隊長殿も外出中でした。お嬢さんと二人でケーキやハムの蒸し焼きをつくり、プレゼントとともにテーブルに載せていたら、帰って来た奥様は、娘が買った人形を見つめて、

「キライキライ、コワイコワイ！」

と叫ぶのです。わたしは両手で奥様の肩をつかんで、落ち着いて落ち着いてと気分を静めようとしたのです。ところがよく聞いてみると、「キレイキレイ」と「カワイカワイ」の間違いでした。

ややこしいのは英語の発音ばかりではなく、日本語も一字違えばとんでもない方向へ行くと知ったのです。狭いながらも楽しい我が家、「キライ、キライ」の日本語を肴にしながら、和気あいあいと、

彼女の誕生日を祝う家族の一日が過ぎていきます……。

軍政府の財政部に働く人から、

「円を持っているなら、全部ドルに替えておいた方がよい」

と、昨日教えてもらったばかりだというのに、一般住民のニュースは特別に早いのか、朝早くから新里のおばさんがドルを買いに来ました。ドルの価値が上がって、今は公定相場一ドル五十円のところ闇相場で百二十円になり、新里のおばさんは百三十で売ってくれと言います。

奥様のドルを替えてあげると、倍以上の値段に化けた円に喜んだ奥様が、「那覇の市場へ買物に行く」と、お出かけの支度を始めました。お供をさせられたわたしは、市場に着いて、ハウスメイドという生活がいかに社会から隔離した職場であることを思い知らされました。自分と奥様が千円の話をしているのに、逞しい闇市場の沖縄婦人たちは、老いも若きも血相を変えて、何十万円という商いの話をしているのです。

押すな、押すなの市場の中は、自ら歩かずとも背中を突かれ、鼓膜をつんざくような罵声に押されて進みます。右往左往する人々にまじって、昔辻にいたお姐《ねえ》さん方も、辻姐《おんな》の七変化とばかりに、テントの切れ端を腰に巻きつけた姿で、男たちの運んで来る戦果品や野菜などを威勢よく売りさばいています。かつては那覇市の郊外であった牧志の芋畑や田んぼの湿地帯にできたこの闇市は、泥んこの中に棒を二、三本突っ立てて、破れテントを屋根に覆い被せ、形だけ囲いをした店が幾百と並んで機能しているのです。

テントも立たない泥んこ通りと呼ばれる場所にも、板切れやミカン箱を簡単に並べて、商売をしています。台風や暴風のたびに押しつぶされるこれらの仮小屋ですが、何度吹き飛ばされても、そのたびにつくり直され、次の日には平然と元の活気ある闇市が開かれているのです。

今夜はビンゴーに出かける奥様を送り出し、彼女のベットカバーを編みだしました。ぽかんとしているより、編物をしていた方が楽しく時間も過ごせると思ったのです。

食料配給のお金が要る百名村《ひゃくなそん》では、妓供《こども》たちがわたしの帰りを首を長くして待っているはずだというのに。明日は沖縄唯一の画家、山田真山先生をお招きするため、何かと忙しい炊事担当の私。住み込み女中が本職であれば、百名村へは部隊長殿家族に暇のあるときにしか帰れません。

今までは、ハウスメイドやハウスボーイの給料は、軍政府が払っていたのですが、今月からは、直接雇用者の懐から出されることになりました。洗濯係、掃除係、台所女中、子守女中、洋裁女中、庭師と五、六人も使っていた佐官クラスの家庭でも、これからは一人ずつしか使えぬからと言われ、仕事を失った人たちが、ぞろぞろ帰って行くのを見送ったわたしと庭師のおじさん。

二人でお隣へ駆け込んで話を聞いてみると、アメリカ本国でも一般的な家庭では、一週間に一度女中を使えればよい方で、たいていが家の仕事は旦那様と奥様が分担して片づけていると言います。なるほど、それで部隊長殿や他のアメリカ男子方の料理の上手な理由《わけ》がわかりました。

「仕事で稼ぐだけでなく、家の仕事までしなくてはならないアメリカの旦那様はかわいそうだ」

と言うわたしに、庭師のおじさんは、

「異人らのことよりも、われわれ沖縄人が仕事を失ったら、言葉も知らず仕事もなし、いよいよ泥棒稼業を本職に、日ごと夜ごとの戦果をあげて、免許皆伝の証書を取らねば生きられない」

と、冗談ともつかぬ沖縄人の現実の厳しさをぶつぶつと呟いています。

人生教室

　ご家族に誘われて、奥間ビーチのリゾートセンターへと出かけることになりました。冗談を交わしながらはしゃいでいる奥様やお嬢さんに、気をよくした部隊長殿が調子に乗って車を走らせ過ぎたか、運悪く名護の七曲り辺りで、ＭＰに捕まってしまいました。沖縄の各集落のパスは持っていましたが、ピストルを忘れてきたという部隊長殿。

「ご婦人連れのあなたが、ピストルなしでの通行は絶対に許されません」

とＭＰ（軍警察官）は譲りません。パスを持って我が島を歩くのは、捕虜住民であるわれわれ沖縄人だけだと思っていましたが、戦勝国アメリカの将校も、集落を通るのに通行用パスが要るとは知りませんでした。それでも、

「ピストルを持たなければ沖縄人集落を通れぬとは何ごとですか！　敗戦国民の沖縄人にいったい何ができるのか、おとなしい沖縄人を踏みつけにするのもほどがある！」

と、沖縄人のわたしはふくれっ面。奥様もお嬢さんも楽しみにしていたビーチへ行けない腹いせに、一緒になって口々に文句を言い合っています。ああ、女三人に噛みつかれた部隊長殿だけが、黙って帰りの車を運転しているのです。

　奥間のリゾートセンターをあきらめて、ビンゴーへ出かけた夫婦。そして相変わらず電話にかじりついている娘。わたしはわたしで、庭に出て、知っているだけの沖縄島歌を歌い尽くして、黙り込んでしまいました。来月の八月には、軍政府が那覇へ移るとお隣の奥様から聞きました。我が奥様は、自分たちができるだけの応援をするから心配するな、と言ってくれましたが、さて……。一日でも早く那覇へ、そして辻へ帰りたい！

手に入れた我が家

一九四九年（昭和二十四年）八月。いよいよ沖縄貿易庁が家を建てる木材やその他の資材を一括購入して、一般民衆が入札し、軍労務者たちも今までの四分の一の値段で購入できるようになりました。私にとっても那覇へ移動する第一歩が近づいたことになります。

牧志町の桜坂前にあるカマボコ型の那覇市役所へ異動転入の手続きに行ったところ、雇い主である部隊長殿の許可証がなければ異動メンバーとして認められないと言われました。壺屋のタンメー様の家へ寄ると、「沖縄中から人間が集まった那覇の町には、もう売り家も出ている」という話を聞かされて、びっくり仰天、飛び上がりました。女手ひとつで家を建てようと、えっちらおっちら材料を集めている間に、売り家も出始めるという那覇の街は、猫の目のように動きが早いのです。

石川から越して来て、闇市の中に売り場をもっている古い友達のトミ姐《ねえ》さんに出会いました。彼女は、梅の家のマツさんが、昆布の輸入商売で非常に儲かっていると教えてくれました。

「辻出身の姐《おんな》たちがそれぞれの持ち味を生かして社会に出て、一人前に働き、地盤を固めているのに、お前はまだ田舎住まい。外人のハウスメイドならウイスキーやPXの品物を持って来れば、那覇でも家の一軒くらいすぐ買えるのに！」

とお説教されました。戦後の経済戦争を勝ち抜くためには、職業の如何《いかん》を問わず、栄枯盛衰はまさにこの一戦にかかっているとの意気込みが必要のようです。立ち回りのうまい男女は、たちまち成金にのし上がる代わり、まごまごしている者は完全に置いてけぼりをくうのです。市場の女たちの考えや頭の計算は、ぐるぐる回る独楽《こま》のようでつかみどころがありません。とにかく、物さえあればいくらでも売れる那覇市場であることは確かなようです。

「私の家の近くに、八坪ほどの売り家があるけれども」

と言う彼女と一緒にその家を見に行き、気に入ったわたしは、早速代金八万円の内金五千円で売買契約をして、まさに「やったぞベイビー！」と叫びました。喜びの足も地に着かないくらい、浮き浮きして百名村《ひゃくなそん》へ帰り、皆に那覇で家を買ったと伝えると、那覇を追い出され苦労を重ねた抱親様《アンマー》も妓供《こども》たちも飛び上がって喜んでくれました。

ペニシリンの家

那覇の家の残金の支払い日が来ました。お金をつくるために、部隊長殿から紹介された医療部の将校殿に会って、ペニシリンを三箱もらってきました。日本では生産できないというこの薬は、闇市では一本二千円もの値段がつけられています。人目につかずに運びやすいこともあって、闇市には打ってつけの品物です。

右から左、現金取引の闇市で大金を受け取ったわたしの顔には、満面笑みがこぼれます。やっと家の代金を支払って、これで部隊長殿から那覇の家を一軒もらったことになります。とうとう那覇へ帰れると思えば、気持ちもわくわく、足もわくわく。さっそく、今夜は家の購入祝いをして、輝子や抱《アン》親様《マー》とともに那覇で初泊まりです。

抱親様や妓供《こども》たちを残して、朝早く馬天行きの車をつかまえてハウスに戻ると、奥様が、「あなたを待ちかねていました」と言って、笑顔で迎えてくれました。どうやら近いうちにアメリカへ帰れる知らせが届いたようです。もうすぐアメリカへ帰ると意気込んでいる奥様と、那覇へ帰ると意気込むわたし。昼は奥様の荷づくり、夜は我が家の荷づくり、どちらも荷物の整理で大忙しです。

いよいよ那覇へ引っ越しすることになりました。知念にある軍政府やバクナーヒルにある家族宿舎への通勤用に、百名村の家はそのまま残すことにしました。トラック二台と作業員を部隊長殿から借りて、妓供たちと一緒に荷物をいっぱいに積み上げたトラックは、那覇へ向かって動きだしました。新しい家の中へ荷物を運びながら、皆が窓を開けたり閉めたり、心が躍り、嬉しくて嬉しくてしかたがない様子です。艦砲射撃と焼夷弾に那覇を追い出されて六年、日々心に念じ、とにかく那覇への第一歩を印したのです。これからは、さらに一歩、未開放地である辻地区へ帰るのが仕事と、抱親様を中心に私たちは互いの手を握り合っています。

那覇に一泊して、ハウスへは明朝早く行こうと思いましたが、部隊長殿が大島へ出張中であることを思い出しました。留守中の奥様、お嬢さんが心配になり、闇市から夜中に出る最終トラックにキャメル一個で飛び乗ってハウスへ帰ると、大喜びの親娘、私の肩にかじりついて離れませんでした。

帰国が延びた部隊長一家

身体が二つあっても足りないといいますが、三つあっても足りないこの頃です。奥様に暇をもらい抱親様《アンマー》のお供をして牧志の桜坂前にある那覇市役所へ行きました。そして買った家の登記をしました。私たちの家の住所は「松尾十区五組」というだけで所番地も何もありません。

足かけ六年、戦後の荒れきった社会のど真ん中でのたうち回り、ともすれば押しつぶされようとする心を、抱親様の目に鞭打たれながらなんとか望みを捨てずにやって来ました。社会の重さに泣かされ続け、やっと那覇に家を持つことができて涙が出るほどうれしいわたしたち親妓《おやこ》。天にも地にも感謝せねばなりません。

懐かしい那覇の土地に自分たちの足をつけ、われらが物となった家で天下泰平といった気分で、両手両足を思い切り伸ばして、大の字になって寝ることができるのです。この家の留守番に大抱親（抱親様の姉さん尾類《ジュリ》）を頼み、仕事場に近い百名の家には抱親様が鎮座ましまして、やっと引っ越しの荷物の整理もつきました。

「今までいろいろ苦労もしてきたが、那覇へ帰ることができたのも、約束を違えぬ部隊長殿一家のお陰、恩義忘却してはなりません。深く肝に銘じておきなさい」

感無量といった感じの抱親様のお達しです。闇市へ回って、帰国まで間のない奥様たちへのお土産にと、東洋風な品物を探したら、琉球漆の茶托セットが見つかりました。部隊長殿一家よ、いつまでも幸福で、と願いを込めたプレゼントを携えて、ハウスへ戻ったのです。ところが部隊長殿一家は外出中で、家に鍵がかかって中に入れないではありませんか。しょげかえって、一人でポーチに座り込んでいると、帰ってきた家族が、「アメリカに帰るのが、二カ月延びた」と言います。

いろいろ話し合った結果、那覇へ引っ越して、その代わり週二回ハウスへ来て、奥様のあれこれを手伝いをすることに決まりました。部隊長殿一家に仕えて約二年。いろいろなことで泣いたり、笑ったりでした。いざ辞めるとなれば、何かしら感無量です。アメリカ人の律儀さというのか、親愛なる我が奥様が隣近所の奥様方を集め、皆で私の送別会をしてくれました。小学校の卒業式にも歌い、日本の歌だと思っていた「蛍の光」を、アメリカ人たちが歌っているのも不思議な感じがします。

大人たちは泣かないのに、別れを惜しんだお嬢さんが泣いてくれました。あなたの人生や生き甲斐はこれからだ、前を向いて那覇へ向かって歩け歩け、と励まされつつ……。

自立する女たち

大男と小男

ペニシリンを売って手にした那覇の家に、チューインガムを売ったお金で改造した自分専用の部屋。長い間の軍政府勤めやハウスメイド稼業では必要もなかった食費が、一日百円もかかって、お金がどんどん転がり出て行くような感じです。仕事がなければ人生は暗いと知って、人ができるなら自分もできると、市場へ出かけました。

破れテントの下に木箱を置いて場所を確保、そして奥様に買ってもらった缶詰類を一人前の商売人気取りで、一個一個木箱の上に並べて座りました。人々は泥んこ道の坂の上を危なげに渡り歩きながら、手も足も口までもフル回転で客を呼び込んで忙しいのに、私はぽつんと座っているだけです。

市場婦人たちの商売に張り上げる声がひとかたまりとなって、グワーングワーンと渦を巻いて、隣人の話し声さえも耳を近づけなければ聞こえないくらいの騒々しさです。取り引きされる物資の大半が米軍からの戦果物である闇市ゆえに、MP殿が回って来れば、人々は身の丈ほどの草の間に品物を投げ込んで四方八方へ、これが闇市の生き甲斐とばかりに逃げ散る猫と鼠。

かしましく騒々しい闇市場から追い立てられるように、タバコ一箱出せば優先で乗れるトラックバスに飛び乗って、知念軍政府へと向かったのです。

部隊長殿の事務所に飛び込んで、英語を使う仕事をしたいと請願したところ、二、三年前の事務所なら、イエス、ノーさえできれば誰でも入れたが、現在《いま》は読み書き打つが上手にできなければ入るのは難しいと言います。それでもと食い下がる姐《おんな》に、困った部隊長殿は、総務部の管轄下にある労務課に連れて行き、聞いてみると言ってくださいました。彼の後ろからおずおずと入って行くと、事務所にいる異人たちが、三人三様に四角い顔で私をにらみつけています。

キャプテン班長を頭に置くこの事務所で、雲を突くような大男のミスター・Wと小男のミスター・ローズを紹介されました。三人並んで座った真ん中の椅子には、ローズ氏のはげ頭が燦然《さんぜん》と輝き、山の谷間に丸い月がぴょこんと光っている感じです。彼らのそばには若くてきれいで頭のよさそうなお嬢さん方が三人、懸命にタイプを打っています。その隣に机とタイプライターを与えられて、廓出身の姐が、懸命にタイプならぬ我が尻叩いて頑張らねば、と心の手綱を締め直しました。希望が膨らむ事務所の中で、お偉方は、私の打った間違いだらけの書類に赤線を入れるのに忙しく、終業時間を、完全にオーバーしてしまいました。

部隊長殿一家の帰国が迫ってきました。奥様と約束して、明日からは、事務所の帰りにハウスに直行し、彼女の荷づくりを手伝うことになりました。

貧しい農民の子である私は、生まれながら肉体労働に向いているのでしょうか。荷物の片付けに懸命に動き回っていると、「頭ばかりを使って生気を失った事務所の仕事より、身体を動かして力強く荷づくりをしているあなたの顔が、どんな化粧も及ばないくらい、生き生きとしているわ」と、奥様は言います。ほめられたのやら、けなされたのやら、私の心は複雑です。

「放り出された社会に絶望し、立ち止まっていてはいつまでたっても明日は見えてきません。いかなる場所でも、どれだけ真面目に生きていけるかが人間の価値を決めるのです」と教えてくれる奥様。帰国すれば、もう二度と会えない部隊長殿一家です。抱親様《アンマー》や妓供《こども》たち全員を那覇の家に集合させて、どんちゃん騒ぎのさよならパーティを開くことにしました。考えてみれば一年の約束が二年に延びて、ひとつ釜の飯を食べて過ごした部隊長殿の家族です。「幸多かれ！」と皆で祈りながら、ご恩は決して忘れることはないと、心で何度もつぶやきました。

光陰矢の如しといいます。部隊長殿家族を送ってはや三カ月。何の刺激もなく、明けても暮れてもタイプの音が鳴り響く事務所の中でカタツムリの歩みのように進歩のないわたしです。ぽつんぽつんとタイプを打つまねをしては、身の入らない事務所勤めをしています。

給料日になりました。若い事務員たちと肩を並べて給料をもらいに行くと、M大尉がわたしの給与の明細書を見て、あまりの少なさに笑いだしました。東洋流の計算は、広げた指を一本一本折り曲げて数えますが、西洋流では、握った拳を親指から一本一本広げていきます。

どんな計算か知りませんが、わたしの給料はたったの七十三円也。給料は公定相場、食料は闇相場と、げっそりしていると、慰めのつもりか、ミスター・ローズが私の肩を叩いてくれました。ありがたいという気持ちと、これくらいの給料では生活もままならぬという気持ちです。

七十三円では絶望する前にばかばかしくて、捨て鉢とおかしさの入り交じった複雑な笑顔で彼を見つめ返しました。

軍政府の引っ越し

軍政府の方針で、米軍に働く沖縄人従業員は、事務所で働いてお金をもらいながら、自由に英語を学習できる特権を与えられています。事務所へ行き、学校へ行き、百名村《ひゃくなそん》の家に帰り、また事務所へ行く。毎日同じことのくり返しだと思いながらも、仕事には出なければなりません。事務所は明日に迫った軍政府本部の那覇への引っ越しに、皆がおおわらわです。

考えてみれば、一九四六年（昭和二十一年）十月、石川から軍政府が知念へ移転して以来、彼らにとっては不運の連続でした。特に神風は、戦争が終わった直後に吹き始め、一九四七年の十一月には、風速三十メートルの「フローラ」、一九四八年の十月は四十メートルの「リビー」、一九四九年には六月早々から五十二メートルの「デラ」、そして七月には突風六十六メートルの「グロリア」と、丘の上にある軍政府庁舎は、まさに突風の矢面に立たされたのです。大きなパトラーがぺしゃんこに押しつぶされ、コンセットは吹きはがれ、トタンの舞い上がる強烈さに恐れをなしたのかもしれません。軍政府事務所が、とうとう待望の那覇市内へ移転することになったのです。

軍政府は残存コンクリートの建物を直した旧上山《うえやま》小学校跡へ、沖縄民政府は旧天妃小学校跡へ。那覇へ那覇へと日を暮らし、年を過ごしてきた長い長い六年間。明日からは名実ともに那覇で暮らせることに、あの恐ろしい台風様にも感謝しなければなりません。勢い込んで机の周りにある品物を両手で箱に詰めました。

一九四九年（昭和二十四年）十二月一日、新鮮な気持ちで那覇の家から上山小学校跡の軍政府事務所へ浮き浮きと出勤しました。一トン爆弾や砲弾に焼かれ、ぼろぼろになった上山小学校を修理してできた軍政府事務所は、皮肉にも昔懐かしい西武門《にしんじょう》にあり、大通りをひとつ越せば波の上の大鳥居が立っています。朝夕に恋し懐かしと思い暮らした辻が、すぐそこに残骸をさらしていても苦にならず、みすぼらしい住まいも我が住まい。なぜか我が事なれりといった感じです。

戻らぬ二万五千円

闇市で働いている千代子が我が家に来て、
「二万五千円のお金を貸してくれたら、毎日毎日、五百円ずつ利子を支払うことを約束するわ」
と言います。毎日、五百円の利子とはどうなっているのでしょう？　普通一分の利子とは千円に対して十円であり、〝大一割〟の利子とは、千円に対して百円の利子を月一回支払うとは聞きました。しかし、二足す二は四という計算しか知らないわたしには、二足す二が十にも二十にもなる闇市勘定は到底理解できるものではありません。ぴちぴちと若さに燃えている千代子は頭がよいのか、それとも夫の知恵で働くのか、とにかく毎日五百円の利子を受け取れば大儲けです。辻へ帰る時の足しにと銀行へ預けておいた全額の二万五千円を引き出して、千代子に貸し、利子の約束をしっかりと確めました。千代子の家へ行き、一週間分の利子をもらって来て、抱親様《アンマー》と大抱親に千円ずつお小遣いをあげましたが、老いてもなお夢を持って生きる年寄りたちが喜べば、わたしもうれしいものです。

知念やバクナーヒルのように便利な水道もなく、皆が天水暮らしの那覇では、すべてのアメリカ人に一切の飲み物に対する飲用禁止令が出ています。

知念の宿舎から軍政府に通うアメリカ人全員が、毎朝コーヒーを入れた戦場用水筒を腰に引っ下げて、ジープもトラックも横転しそうな凸凹道を通って来るのです。昔から、人に飲ませることがわたしたちの本職、そのうえ部隊長殿の奥様仕込みの、舌を焼くようないれたての熱いコーヒーしか知らないわたしです。生温《なまぬる》いコーヒーを飲む軍政府要員たちを気の毒に思い、熱いコーヒーの飲める場所をつくろうと思いつきました。その旨を、事務所の通訳官殿に手を合わせ、紹介状と願書を書いてもらい、軍政府のHQ（本部）中央事務所のM大尉に持って行ったところ、「今は引っ越し直後で忙しいから、年が明けてから出直して来なさい」ということでした。

給料日で六百四十円のお給料をもらいました。計算にうといわたしは、時給で払うアメリカ流の勘定が理解できません。それでも給料が多くなったことはありがたいものだと、西洋人がするように、堂々と片手にお札を持って、横に引っ張りながらお金の勘定をしていました。そこへ石川時代から軍政府にいるS少佐が、部隊長殿の家族からの手紙を持って来てくれました。うれしいことは重なるものです。二度あることは三度ある、これでコーヒー店を開ければ言うことないと淡い希望を抱きます。

クリスマスが近づいた日、赤いドレスに赤い靴を履いたご婦人を連れて、ローズ氏が事務所に入って来ました。気持ちのやさしいローズ氏は、ユリ子さんというその女性と五年間も一緒にいると聞きました。ところがどういう風の吹き回しか、彼女が出て行った後で、ローズ氏はわたしにクリスマスプレゼントをくれたのです。

しばらく姿を見せない千代子の家に利子を取りに行きました。ところがわたしが貸したお金を、彼女は市場の商売人に又貸しをし、その人の商売がうまくいかず、回収不能になってしまったと言うのです。欲が突っ張れば皮まで突っ張るというけれど、世の中は何がどうなっているのやら。

考えてみれば、千代子からは一週間分の利子しか取っておらず、元金はあぶく銭でもない事務所勤めとハウスメイドでコツコツとためた真面目なお金です。辻へ帰るために唯一の頼みの綱だったあのお金、絶対に返って来ると確信していたのに……。今となっては悔しくて悔しくて、出るのは大きなため息ばかりです。抱親様に泣きついたら、

「戦後社会は、人間の知恵比べ。命と勝負するほどの金を失ったのは、金と引き換えに命を儲けたと思ってくよくよするな。命さえあればまたどんなことでもできるではないか」

と元気づけてくださいました。長い人生に何度も苦難を乗り越えてきた抱親様に、お金よりも命が大切だと教えられ、この言葉を生涯忘れずに頑張ろうと決意したのです。

わたしは懐かしい辻町へ、草茫々《ぼうぼう》たる中に分け入ることにしました。軍政府事務所から見通せるすぐそこに、かつての我が楼の玄関であった敷石がそのまま残っています。わたしの部屋だったと思える所に六年ぶりに立つと、戦前の自分が懐かしいのか、悲しいのか、時のたつのも忘れ、過去の歴史に向かって子どものように泣きじゃくっていました。崩れ落ちる瓦礫《がれき》の下に埋まって、辻遊廓先祖の墓石だけが黒くすすけて、何本もにょきにょきと突っ立っている光景を、呆然と見つめていたものです。見渡すかぎり灰燼に帰した辻町は、戦火に焼かれたガジュマルの焦げ枝が、木枯らしに吹かれて地面にのたうち回り、壊れた煉瓦の山が道路をふさいでいました。嬌声さんざめいた影も形もなく、凄惨な廃墟となって、風雨にさらされています。草の中にうずくまって泣く姐《おんな》を怪しいと思ったか、軍政府の周辺を見回っているＳＧ（民間警備員）殿に捕まって、追い払われてしまいました。有刺鉄線が張り巡らされた辻町区域から、てくてくと帰る道筋でも、説明のできない涙がとめどなくあふれてきます。

ランプの灯りで過ごしていた那覇の街に、電灯がついて、人々は生き甲斐を見つけ団欒を楽しむ余

裕も出てきました。ところが、なぜか一九四九年（昭和二十四年）の十月十八日から那覇市内の電気が軍政府によって消されてしまったのです。一度手にした電源を、理由も明らかにしないまま断たれて、市民の不満は爆発寸前でした。

しかし軍政府が移って来たお陰で、再び電気がつきました。

那覇の酒場での米兵の立入禁止も解かれ、土曜日ともなれば街中の灯が煌々《こうこう》とついて、米兵一色でにぎやかにあふれています。泥んこ畑の真ん中にできた街の酒場は、琉米親善のキャッチフレーズで時代の先取りをしているのに、わたしたち親妓《おやこ》の歩みはカタツムリのようです。辻へも帰れず、料亭もホテルもキャバレーも、何ひとつつくることができません。自分たちがかわいそうで、時に寂しくなるのです。

根くらべ

「自分がコーヒーショップをつくれば、軍政府の皆さんがわざわざ知念からコーヒー瓶を提げて来る必要もなくなり、いつ何時でも淹れたての新鮮な熱いコーヒーが楽しめます。お店を開いたら皆さんの気に入るような仕事をするので、ぜひコーヒーショップを開くことを許してください！」と身ぶり手ぶりで、HQにいるミスター・エンルーにすがりつきます。しまいには、「軍政府要員たちの仕事の能率も上がるでしょう」とまで言い、懸命に説得しました。エンルー氏にコーヒーショップ開店のお願いをするのは、指折り数えれば両手の指では足りないほどでした。根負けしたのか、笑いだしたエンルー氏は第三代軍政官の部屋へ私を連れて行き、セーファー大佐を紹介してくれました。縦横に大きなお腹を抱えて威風堂々とした大佐殿は、握った拳を正面から見たようにいかめしい

顔つきです。でも声はとてもやさしく聞こえます。エンルー氏の説明を聞いた大佐殿は、

「軍政府内に、コーヒーショップの置けるような場所があるかどうか見て回ろう」

と言いながら、椅子を軋《きし》ませて立ち上がったのです。大佐殿とエンルー氏の後ろに、まるで犬か猫のように足音も立てずについて歩きました。「ぜひこの思いがかないますように！」と、彼らの後ろ姿に両手を合わせます。三人であっちこっち歩き回った末、二階の事務所に上がる階段の下に三坪くらいの場所を見つけると、大佐殿は、「ここならよいだろう！」と言ってくれたのです。

軍政府内で、捕虜住民の沖縄人が踏み出すサービス業の第一歩をわたしが担うのです。まず手始めに周囲にベニヤ板とトタン板を張って、ラワン材でカウンターをつくって、トタンを張った机の上に七輪を並べて、冷蔵庫を置いて……。頭の中には新しい計画の数々がひしめき合っています。

豊子と春子を応援に連れて来て、大工さんも雇って皆でノコギリかついで軍政府へ押しかけ、わっしょいわっしょいと突貫工事の始まりです。手伝っているのやら邪魔をしているのやら、それでも姐《おんな》たちは、大工さんと一緒に皆で壁板を張ったり、トタンを張ったり、二百二十ボルトの電気を引いて四つ五つのコンセントを取りつけたりの大忙しです。

やっと大工仕事が済んだかと思えば、今度は市場へ行っていろいろな買物をしなければなりません。七輪や炭を肩に担いで茶碗入れを引っ下げた姿は、誰が見ても角の生えたヤドカリの引っ越しです。那覇の闇市から買う戦果品の一斗缶入りの荒挽きコーヒーや砂糖は、病院で使われている消毒ガーゼ入れのステンレス缶に入れました。棚に並べるとピカピカ光って衛生的に見え、これは大成功です。お店を飾ることも姐《おんな》の喜び。自分の気にいるように並び替えたりまた直したり、やっと準備完了です。

ところが天井を見上げると、階段の裏が丸出しの真っ黒のままではありませんか。顔中にこってり

白粉《おしろい》を塗りつけて、首だけが真っ黒な女性をみるようで、何ともはや、これでは興ざめです。もう一度大工さんの手を引っ張って来て天井張りをし、ようやく完成しました。

コーヒー一杯五セント

ついにコーヒーショップの店開きとなりました。雇い入れた光ちゃんと二人でばたばたとやっていたら、豊子と美代子が手伝いに来てくれ大助かりです。七輪二つに炭火をガンガン燃やして、さあいよいよコーヒーづくりの開始です。

一方の七輪には特大薬罐をかけ、カルキの匂いや変な味のする急設水道管の水よりも、天然自然の天水を入れて、沸き立つお湯へ荒挽きのコーヒーをいれると、泡立つ匂いは上々、味も上々です。淹れたてほやほやのコーヒーの香りは廊下を伝わり、各事務所へ広がっていき、鼻をヒクヒクさせながら自然に客を呼んでくるという筋書きです。

もう一方の七輪に載せた大きな平鍋の中には、市場で買って来た湯呑み茶碗がゴトゴトと煮えたぎっています。これをお箸ですくい上げ、足つき茶托の上にひょいと載せて、できたてのコーヒーをさっと注ぐしくみです。グラグラ煮沸する茶碗が衛生的だとアメリカ人たちを驚かせましたが、その実、これは部隊長殿の奥様から仕込まれたアメリカ直輸入の消毒法です。使った食器を煮沸消毒することでお店の評判はグンとよくなり、一杯五セントで立ち飲み式の三坪の店は、アメリカ人の職員たちで溢れんばかり。

押すな押すなでわたしたちも大忙しです。狭いカウンターの中で大きなお尻を突き合わせた姐《おんな》四人がてんてこまいで、肝心なお金さえも受け取ったか取らぬかわからない有り様。予想以上の大盛況で、一日が終わると骨の芯まで疲れました。それでも那覇で仕事を始めたことで、皆が楽しく生きした表情です。

軍政府要員たちを乗せた知念村からのトラックが、毎朝七時四十五分きっかりにコーヒーショップの前に着きます。一杯のコーヒーを楽しんでから仕事に就く彼らのために、薬罐の下に火を入れて茶碗を煮て、荒挽きの新鮮なコーヒーの香りで迎えようと、夜明け前の五時から出勤し準備にとりかかります。

六時半には、軍政府の隣に建つ戦前日本勧業銀行だった爆弾の食い残しの破れ宿舎に住むセーファー大佐夫婦が、規則正しくお散歩にお出ましです。大木のように縦にも横にも大きく太って肩で息をしているセーファー大佐と、生え立てモヤシのように細くてひょろひょろの奥様が、じゃれ合うようにお手々つないで歩き回っているのです。夫婦者といえども、男と女が手を引いて歩くことなど決してない沖縄人には、漫画を見ているように楽しい風景です。

愉快の絶頂

お昼ともなれば、軍政府の各事務所からコーヒーショップへ集まって来た外国人や沖縄人たちが、太鼓代わりにカウンターを叩いて、「サンドウィッチをつくれ!」「寿司をつくれ!」といろいろなアイディアを出し、そして応援の声も飛び交います。

「仕事に燃えているお前はよいが、炭火を燃やす七輪は危ない」

と、総務部に勤めるでっかくて太っちょの外国人さんが、九十センチぐらいの電気コンロをえんやこらと担いで来ました。二十センチほどの丸い鉄板が目玉のように二つ付いていて、電気を通してから特大薬罐の湯が沸くまでに三時間はかかる代物ですが、それでも安全第一の軍政府ならばしかたありません。

お年を召したこの太っちょ氏に、お礼を申し上げました。

「パパさんありがとう」

かくして「ハートパパさん」というあだ名が、彼に進呈されました。新しいニックネームがお気に召したか、上機嫌なハートパパさんは、

「大勢の人たちが狭い店の前で押し合いへし合いしながら立ち飲みをしなくてもよいように、各事務所の注文に応じてコーヒーを運んだらどうか？」

と教えてくれたのです。なあるほど、これはよいアイディアと、さっそく各事務所から注文を受けてコーヒーを運び始めました。持って行けばその場で代金を受け取れるこの方法は、仕事もはかどり、お金の計算も間違いなくきちんとできて一挙両得です。古くから沖縄では、「女なしでは夜も明けぬ」と言われたものですが、西洋では女性よりも男性の方が、こと仕事に関しては頭が切れるようです。

軍政府の要員たちが仕事を終えて帰った後は、コーヒーショップの天井から床まで拭き磨き、掃除をして衛生第一に努めねばなりません。翌日のために茶碗がすぐに煮沸できるよう、またコーヒーがすぐに沸かせるよう、一切をセットしてわが家へ帰る頃には八時前になります。それからお金をつかんで、闇市の買い出しに一目散に出かけるのです。軍のメスホールからの盗品である燻製のハム、マヨネーズ、トマト、食パンなどを買い集め、頭に載せてすたこら帰って来ます。

部隊長殿の奥様からもらったベーカー鍋を百七十五度に熱して、パイナップルや黒砂糖を使い、いろいろなスパイスをのせたハムを焼き上げて切り分けるまでに三時間。明日の準備をすべて終えて床

に就くのが夜中の一時過ぎ。朝の四時に間に合わせるために、一分一秒でも早くベッドへもぐり込みます。毎日がこんな調子で、いったいどれだけの売り上げでどれだけ儲かっているのかすらわかりません。

琉米親善

米軍のアイディアでつくられた琉米親善公休日は、軍政府の休みです。妓供《こども》たちと一緒にお店の大掃除に行きました。

「文教部で第一回琉米親善の行事があるから、一緒に行かないか」

ハートパパさんが誘ってくれました。ハートパパさんの車で向かったのは、首里城址に建てられた琉球大学でした。琉米のお偉方が、千人以上はいるようです。場違いの所へ飛び込んだようで、身がすくみます。

「アキサミヨーゴザイマス！　サヨウナラゴザイマス！」と逃げ出そうとするわたしを、これもまた、朗らかなハートパパさんが同じく、「ダイジョービー、ゴジャイマス」と言いながら、会場へ押し込んでしまいました。行政法務部長となった当間先生を見つけて彼に近づきました。

「尾類《ジュリ》小《グワー》の私たちが来る所じゃなかった」

とぼやいたら、常日頃から豪傑笑いをする当間先生が、なお一層の豪傑笑いで、

「琉米親善は第一線でやっているじゃないか」

と言われました。なるほど、そう言われれば、そうかもしれません。

「琉米親善というのは、その名のとおり琉球が先であり、自らの能力を何らかの形で役立てようと

すれば、誰にでも果たせることなのだ。女性でも一人ひとりが、自ら住む社会にどのような力を発揮できるかを十分に考えて、適切な形で参加をすることが第一だ」

と当間先生に尻を叩かれました。わたしたちは、「わが島を占領しているアメリカーたちに、琉球のことを知ってもらうのだ！」と、ハインズ将軍をはじめとする軍民各界のお偉方の間をビールを注いで回り、サービスに努めたのです。

軍政府の街づくり

新興那覇市は、田畑の上に建てられた民家の四割がテント張り、三割は最新流行のハイカラなトタン張り、そして残りの二割が茅葺きででき上がった自然発生的な街です。一方、粉々に砕け散った旧那覇市は、大量の機械と資材を投入して、新たな街づくりが始まりました。カッター（裁断機械）を取りつけた何十台ものドレイジャー（浚渫《しゅんせつ》機）が、焼け残った岩を砕き、土を掘り起こしていきます。巨牛のように群がるブルドーザーとトラクターが、巨体をうならせながら丘を削り、昔からの石垣を取り去って、辻町と若狭町の墓地を整理しているのです。

また海の真ん中にある奥武山公園を挟んで、かつては南北二つの明治橋がかかっていましたが、アメリカ工兵隊と軍政府は、一方を埋め立て、橋をつぶして陸続きにしてしまいました。お陰で昔の垣花村《かきのはなそん》は百倍にも広がり、戦前は塩焚き場であった泊の砂浜も、遠くに見える海に突き出た夫婦岩も、あらゆる機械によって埋め立てられてしまったのです。近くにある上之蔵の丘や、辻、若狭町の丘や嶺を押し倒し、土石を注ぎ込んで埋め立て、風情も郷愁も消え、平坦な無味乾燥なものになってしまいました。戦前、新天地と呼ばれていたコンクリートづくりの劇場はかろうじて焼け残ったものの、ブルドーザーで引きずり倒され、消えてしまいました。

砕いた岩や土を巨大なパイプで吸い上げ、護岸内にぶち込むアメリカン・ポストエンジニアの人々や、リストリックエンジニアとして働いているアメリカ人たちのてきぱきとした作業ぶりに、近代機械を知らなかった沖縄人たちは、ただ目を見張っているだけです。米軍は百万坪の埋立地をただで那覇市へ進呈したので、驚いた市役所のお役人様方は、戦争に敗れて沖縄の土地が広くなったと喜んでいるという話です。

戦時中に爆弾で敷きならされて、さえぎる物のない旧道の上をブルドーザーで縦横に引き延ばして行くだけの、滑走路のようなばかでかい道づくりは至って簡単そうに見えます。一号線とも、ハイウエイとも呼ばれるこの道は、民家の十軒くらいは横に並ぶのではないかと思えるほどに広く、ソ連と米国が事を構えたときは、この道路の上から飛行機を飛ばすつもりかと、戦争恐怖症の沖縄人はアメリカーたちの道づくりが再びあの惨事を引き起こすことにならねばよいがと祈るばかりです。

日本本土から一流の土建業者が続々とやって来て、那覇市もそろそろ区画整理がされるといいます。立ち飲みのコーヒーショップでこれを見聞きするわたしも、辻の家をつくるお金を早く貯めねば社会の変化に追いつかぬと考えながら、朝に夕に自分自身を叱咤《しった》激励するのです。

辻の再建

悲喜こもごもの人生

評判が評判を呼び、ますます忙しくなってきた米軍政府内のコーヒーショップですが、曹長殿がこの頃よく持って来るコーラを、正規のルートで仕入れることができればというのが皆の念願でした。ミスター・ローズとミスター・Wに頼み込んで、天願《てんがん》にあるコーラ会社へ三人で交渉に行きました。しかし軍管轄下のコーラ会社では話がまとまらず、がっかりして帰って来るしかありませんでした。ハートパパさんやミスター・Wとその仲間たちが揃ってコーヒーを立ち飲みしているところへ、軍政府中央事務所の兵隊が、コーラの無許可販売に対する文句を言いに来ました。難しい英語はわからないので、ただふんふんと聞いているだけですが、ハートパパさんとW氏は、何が気にさわったのか、二人そろって指揮本部事務所へと向かったのです。

しばらくして戻って来た二人は、私の店のことで軍政府の指揮本部へ行って、M大佐と話し合いをしてきたと言います。結果が良くなるか悪くなるかはわかりませんが、軍人に弱いと聞いた軍属たちが、大佐殿にかけ合ってくれたとは、申し訳ないくらいありがたく感じます。考えてみれば、戦時下の日本軍では絶対通用しないことです。

夜が明けると同時にせわしくなるコーヒーショップは、当然のことながらお客様の主体は外国人たちです。コーラの件は、ハートパパさんとW氏が米軍政府指揮本部やコーラ本部を駆けずり回り、交渉してくれたお陰で、会社から直接仕入れることに決まりました。我が小さなお店のために走り回ってくれたハートパパさんやW氏は神様ほどにもありがたく思えます。

軍政府指揮本部承認のうえで、コーラ会社から運んでくるコーラを、沖縄人には十円で売り、外国人たちには五セント（六円）に手数料のB円二円を加えて売ることになりました。したがって儲けは一本につき二円となります。ドルの持てない沖縄人のわたしに、米軍政府は苦肉の策としてドルと円を組み合わせたカクテルのビジネスを考え出してくださったのです。毎日のドルの売り上げを、夕方の六時までには垣花《かきのはな》の丘にあるPXに納めれば問題はないということです。闇市で飲めば一本三十円もするコーラが、十円で堂々と飲めることに沖縄人は飛び上がって喜んでいます。

ところがアメリカ従業員たちは、五セントで飲めるコーラにプラス二円の金を支払わねばならず、しかめっ面をしています。本当は「もうプラス二円は要らない！」と言いたくなります。戦争で一切を失った沖縄では、外貨獲得が生き残った者の使命であり、たとえわずかなりとも、アメリカーのお金を銀行で交換させれば、沖縄はそれだけ外貨を得たことになると、社会通の抱親《アンマー》様はおっしゃるのですが……。

自分の誕生パーティを口実に、父親のようなハートパパさんに日頃のお礼をしようと張り切っていたら、ハートパパさんのハートに故障が起きて、軍病院に入院したと聞かされました。相変わらず肝心なところの抜けている姐《おんな》は、ハートパパさんのハート病を知らず、お店のために大変な苦労をかけてしまったと反省することしきりです。

彼を心配しながらボーッと座っていると、コーヒーの立ち飲みをしているアメリカーたちが、朝鮮で戦争が起きて、この沖縄にも灯火管制の指示が出るとか出ないとかの話をしています。米政府がマッカーサー元帥に対して、北朝鮮軍を撃退するためにすべての武器を日本から朝鮮半島へ送るよう命令し、沖縄の嘉手納《かでな》基地からは、戦闘機、爆撃機が発進していると彼らは続けます。地獄絵の戦場から解放されたのはわずか五年前です。気も狂わんばかりの生き残りの苦労をしてきたわれら沖縄人に、またもや戦争が迫ってくるのでしょうか。

指揮本部から店の衛生検査をするという通達が来て、検閲部からの書類を見せながら、三人の衛生検査官殿が堂々と入って来ました。三坪半のお店の裏表を調べたあげく、

「この店で売ってよいのは飲み物だけで、アメリカ人にサンドウィッチなどの食料を売ってはならぬ」

とのお達しです。衛生には特別に神経をとがらせていても、闇市以外に材料の仕入れ場所はないのです。闇市の何が悪いのかわかりませんが、材料自体が不衛生だと言われれば、どうしようもありません。居丈高な検査官殿に怒りたい気持ちはやまやまですが、姐一人で軍を相手ではあまりにも荷が重過ぎると考えて、黙って従いました。

いぶし銀の輝き

ぷすっとお店に座っている私の前に、突然「どうしてる」と言いつつ、ハートパパさんが現れました。昨日、病院から退院してきたという彼に、思わず飛びついて大はしゃぎの私。たまりにたまった思いを一気に吐き出すように、口に泡を飛ばし、両手両足を使ってこれまでの経緯を息もつかずにぶちまけます。何度もうなずきながら聞いていた彼は、さっそく書類をつくってきて、私にサインをさ

せ、軍政府指揮本部を行ったり来たりし始めました。

そして、沖縄にいる事業家で一番の金持ちと噂に高い華僑のチャーリー・ションと同様に、REX（アメリカ人専用生活必需品売場総本部）管轄下で仕事のできる、沖縄人第一号のPXコンセッショナー（特許権所有者）として契約をしてくれたのです。総売り上げの一〇パーセントをREXに手数料として支払うことでOKということです。二十四本入りのコーラ一箱を一ドルで仕入れて、一ドル二十セントで売却、十二セントのコミッションをREXへ納めると八セントが私の手許に残ります。

もちろん名目上、沖縄人がドルを持つことは許されず、月二回B円に交換することが義務づけられて決着がつきました。

ハートパパさんもミスター・Wも、これではかわいそうだと憤慨してくれましたが、現実に今やれる仕事があること自体、どんな条件でもありがたいと思わなければ、米軍管理下の沖縄では商売は成り立たないのです。REXに納めたドルは、品物代とコミッションを差し引いた残りをシビリアンたちのお給料同様、二週間ごとにB円でもらえます。

仕事さえ続ければ、とわが尻叩いて頑張って、とうとう私は、軍政府内にある沖縄気象局の隣の大きな一室を借り受けて、ドルだけを扱うアメリカ人専用の新しい店を持つようになりました。勢いづいて、またもや大工さんたちと一緒に金槌を持って、トンカントンカンの始まりです。さらにアメリカ人用の新店のそばには、コーヒーショップ用の事務所を作りました。かつては小学校の教室であった三十七坪の一部屋は、軍政府からの指示で電気工事を進めるエンジニアたちが押し寄せて、チャンスとばかり、いよいよ気が急きます。

苦労の中にも進展があった六月が過ぎ、蒸し暑い七月の到来です。東京のGHQ病院に入院して、全身の検査を受けなければならないというハートパパさんを見送りに飛行場へ行きました。どっしりとした軍服だけが歩いているようなパパさんは、まん丸い太陽のような顔をして、頭に乗った二、三本の毛をなで上げてハンサムボーイを気取っています。

　彼と並んでベンチに座った私は、改めて大恩あるハートパパさんの姿形に見入ってしまいました。パパさんはいつも、「年寄りはいい年をした浮浪者だ」と自分を評しているけど、私にとってハートパパさんは、いぶし銀の魅力を持つ父親のような存在です。「沖縄から立川まで、天気の悪い中を狭い軍用機にぶち込まれて五時間も揺られるのだ」と悲観的な顔で言うハートパパさんのハートに向かった私は、心から「どうかご無事で！」と祈りました。

コーヒーショップ花盛り

コーラ運搬のトラックは二日おきに階段下の沖縄人専用になった小さな店にやって来ます。品物を降ろすにも、コーラを運ぶにも姐《おんな》だけでは力もなく、人手が足りません。そこでカミ姐《ねえ》さんの息子や甥の清君と一緒に他の娘たちを五人、新しく雇い入れました。

　二階の指揮本部にいるセーファー大佐殿が、大きな目を細めつつ沖縄娘の働きぶりを見て、沖縄開拓時代だと笑っていると、聞かされました。一日懸命に働いて汗まみれになったヤングたちと一緒に、ざぶんとドラム罐風呂に浸かると、疲れも忘れて気持ちがすーっとします。労働の喜びとは、こんな気持ちをいうのでしょう。

　那覇の復興とともに、米軍政府への民間人の出入りも多くなって、外人用のお店も沖縄人用のお店も、ますます忙しくなってきました。この頃では四時に起きて働かなければ、知念から来るアメリカ人の従業員たちや、那覇から米軍政府通いをする市民たちの、朝のコーヒーに間に合わないくらいです。

車から降りたアメリカ人たちは、一杯のコーヒーを楽しみながら、世間話に興じるのです。今朝は、「朝鮮戦争以上の戦争が起こるかもしれない」

ということが盛んに話し合われています。去年（一九四九年）、ソ連が初めて原爆実験に成功し、アトミックボム（原爆）はアメリカの独占ではなくなりました。十月には中国で革命が成功し、蔣介石政権は台湾に逃れ、そして今年の六月、ついに朝鮮戦争が勃発したのです。いよいよ沖縄の基地の価値が発揮される今、アメリカは六年計画で、台風に耐える基地と、米軍将兵がアメリカ並みの生活を送れる施設の建設にとりかかっています。また、沖縄住民に対する無期限援助が、今年は二百八十万ドルもあると発表されて、沖縄にもドルの雨が降る時代が来るとも、彼らは話をしています。このように、お店の中にいれば色々な情報が耳に飛び込んでくるのです。

そういえばこの頃は、人々の心も何となく不安定で、太平洋戦争の沖縄上陸前の一九四三、四年頃のおどおどした人心にだんだんと似てくるような感じがしてなりません。何事もなるようになれと思う一方で、抱親様《アンマー》も私も、辻に帰れなければ、死んでも死にきれないとも思っています。先の見えてこない不安に焦り、思い悩むところへ、ハートパパさんが元気になって帰って来ました。

私を娘のようにかわいがってくれる彼は、コーヒーショップの繁盛を見て喜び、コーラがあればオレンジジュースも必要だと、明日はさっそくオレンジ会社へ連れて行くと意気込んでいます。

米軍人同士の間でも、噂が広まるのはあっという間です。わざわざ、在琉米軍総司令本部―ＲＹＣＯＭから少佐殿がやって来て、自分たちの事務所にも、コーヒーショップをつくれとのご注文です。

1951年、コーヒーショップの女の子たち

さっそく輝子と一緒に少佐殿のジープに飛び乗って、ＲＹＣＯＭに行きました。そしていくつも並んでいるかまぼこ型コンセット事務所の中に場所を見つけると、売上金を納めるＰＸのマネージャーに紹介されて、書類の手続きまで一切を、あっという間に終えたのです。

寸暇も惜しむアメリカ人の仕事ぶりは、イエスかノーで何事も本決まり、トントン拍子で二階へ駆け上がるようなものです。石橋叩いて考えてから歩きだす沖縄人と、走りながら考えるというアメリカ人気質の違いを、本当に教えられました。

次の日には、もうＲＹＣＯＭ軍労務から大工さんが回されて、お店づくりにとりかかる手際のよさ。この店の班長には知念時代の四十六区域宿舎で知り合った勝子さんが適役だと思いついて、善は急げと彼女の家を訪ねて仕事を頼み込んだところ、ＯＫの返事をもらいました。軍政府のお店で訓練した女の子二人をつけて、ＲＹＣＯＭコーヒーショップに、勝子班長様が誕生したのです。

この頃、琉球政府が中城《なかぐすく》行きの公営バスを運行させました。トラックの後ろに階段を取り付け、板の座席を備えて、那覇からの労働者たちの新しい足となりました。ブルドーザーでならしただけの、凸凹の泥んこ一号線を、今にも倒れそうに揺れながら、沖縄全島の軍施設や、各村の収容所への送迎を担っているのです。私の家へ住み込んだ勝子と二人して、若い寝坊助三人組を皆よりも早く叩き起こし、RYCOM行きの公営バスに乗せるまでがひと苦労です。それでも事務所で働くアメリカ人たちが、愛くるしいコーヒー嬢たちを喜んで迎えてくれるので、娘子軍も毎日の仕事は忙しくても、充実感があって楽しいと張り切っています。

コーヒーブームに乗ったか、乗せられたか、軍政府の分庁になった戦前の百貨店である丸山号の中や、那覇ポートの税関、泊のポストエンジニア部隊、マチナト倉庫部隊と、店開きの話が次々に舞い込んできます。注文に応じて七カ所すべてに店を置いたところ、昼も夜もなく目の回るような忙しさに追われるようになりました。

ある日の夕方、五時も過ぎたので、お店の片付けをしていると、ローズ氏がトランプを持って来て、二人でカウンター越しにカードを始めました。トランプの餌に引き込まれる自分にもあきれますが、本当は彼に惚れ込んでいるのです。晩の十時頃までコーヒーショップの中でトランプに興じて、くたくたになって帰る二人……。

ちんちくりんの彼と雲つくような大男のW氏は大の仲良しです。どこへ行くのも一緒のコンビです。知恵と優しさを兼ね備えたW氏はいつでもお店の繁盛に助言してくれるのですが、誠実で無口で目立たないローズ氏は、私の仕事には何ひとつ応援も否定の態度も見せません。個人の職業を尊重し、人権を守るデモクラシーは、愛する人に干渉してほしい私にはやっかいなものに思えます。しかし、自らの仕事を持っている姐《おんな》には、あれこれと口出しをする殿方よりも、こんな殿方がよいのかもしれないと考えたりもしました。

捕虜住民である沖縄人にはとても買うことのできないジープを、ローズ氏に買ってもらいました。そこで部隊長殿のお付きで働いていた神谷さんを連れて来て、運転手を頼み、コーヒー嬢たちの朝晩の送り迎えを始めたのです。皆を送った後は、私自身が乗り込んで、各店からドルを集めて、ＰＸに納めに行きます。

沖縄の旗

沖縄の本島と奄美大島、宮古、八重山と四カ所に分散されていた米軍政府は、沖縄本島一カ所に統轄され、沖縄駐留軍政府総本部が、北谷《ちゃたん》村のキャンプ桑江に設立されました。米軍政府による恒久的な沖縄統治への第一歩だという人々と、沖縄は日本にも帰らずアメリカの所属にもならず、ひとつの国家として独立するだろうという人々、さまざまな噂が飛び交って、街中がわき返っています。

ハートパパさんが、キャンプ桑江の事務所へ移ったので、陣中見舞いがてら訪ねて行ったときのことです。最高司令官がいるというキャンプ桑江の中で、ラッパ音が鳴り響きました。それと同時に、歩いている兵隊たちもシビリアンも、ありとあらゆる人たちが、一様に立ち止まって動きません。異様な空気にジープを降りて、キョロキョロ辺りを見回す私の目に、高々と旗柱に掲げられたアメリカ国旗が、今、降ろされようとしている光景が映りました。

旗柱を取りまいて直立不動のオグデン将軍をはじめ、十二人の将官たちが、アメリカ国旗に向かって最敬礼をしているのです。彼らの後ろに落ちる夕陽が、オグデン将軍をくっきりと浮かび上がらせています。日本の軍国主義をたたき込まれてきた私には、実に荘厳な風景に思われました。国旗はその国の象徴です。

わが沖縄の旗も、一九五〇年（昭和二十五年）一月二十五日に制定されました。それは、横に三等分で、上は青で平和を表し、中は白で自由、下は真っ赤な熱誠を記すという三色で構成されています。青色の中に白の明星が浮き出し、それは希望の象徴であると人々は言います。忠君愛国の精神旺盛な大正生まれの私は、目的を達し辻へ帰った暁には、わが家の玄関へ沖縄の旗を誇り高く高々と揚げたいと思っています。

この頃は、昼食タイムの一時間、退庁時の一時間、昨日も今日も、カードを持ったローズ氏が堂々とお店にやって来るようになりました。二十五セントのサンドウィッチを頬張りながら、カウンターを挟んで、十セント賭けるトランプに首を突っ込んでいる彼と私。通りかかった軍政府要員たちがちらちらと、横目でにらみながら通り過ぎるのも知らん顔で、夢中になっています。二人は、日によって勝ったり、負けたりと言いたいところですが、本当は「このー！」と思うほどコテンコテンに負かされて、憤慨して、意地になって踏ん張っては、また負かされている私です。

プロポーズ

デモクラシー社会ではチョンガーのアメリカ人は、宿舎に束縛されることもありません。ローズ氏とW氏は近頃は知念へも帰らず、わが家の張り出した部屋に下宿人のように住みついているのです。まさに凸凹コンビです。私と凸君、凹君と勝子さんの組み合わせで、尾類《ジュリ》であった昔の慎みもどこへやら、事務所へも仕事へも、彼らと一緒に堂々と出て行きます。

神谷さんの運転するジープに乗って、日に一度は必ず各店を回って顔を出し、挨拶と観察をしなければなりません。仕事半分、ローズ氏との時間が半分、どっちが忙しいのやらわかりません。

コーヒー嬢全員二十人、女ばかり住む家で、ひさしに張り出した隅の一部屋に、凸凹二組の男女がこもって過ごす生活が、約半年も続いたのが不思議なことです。久しぶりに知念の宿舎へ着替えを取りに行き、戻ったローズ氏を引っ張って、栄町にある豊子の家に隠れ住んで三日目のことでした。

二人きりになったついでにといった方がぴったりなくらい淡々と、ごく自然に結婚の申し込みをした彼。無口な彼がとつとつと語るその生い立ちは、華やかなアメリカ流の夢物語とは遠くかけ離れたものでした。

一九一七年一月十日、モンタナ州に生まれたリチャード・ローズ氏は、生まれも育ちも雪の中。一九三〇年代のアメリカは不況で、十六になった彼が仕事を見つけようとしても何の仕事もありませんでした。リチャード少年はその頃、列車のただ乗りの名人で、朝夕ポテトばっかりの生活に飽きた彼は、アメリカ中で有名な『エースナンバー１』にあやかって、モンタナ州からオレゴン州まで、無賃乗車で突っ込んでやろうと計画したのです。そして捕まってしまえば重労働の監獄入りというところを、まんまと成功し、やっとオレゴン州へ出て来たのです。

ようやくそこで職に就くことができたリチャード少年は、その後結婚し、ガス・ローズという男の子一人をもうけました。しかし世界的不況の中、苦しい生活に夫婦の争いは絶えず、戦争を契機に離婚して、自ら軍隊に飛び込んだのです。

除隊後の現在は、最近米軍政府から移行した（一九五〇年十二月）琉球列島米国民政府行政法務部財産管理課という、長ったらしい職場の係長……。長々と語る彼の話の中に、子どもがおり、妻がいたということは尾類であった私の関心事ではなく、持てる国のアメリカでも、ポテトしか食べられなかったという彼の生い立ちだけが深い印象として残っています。四歳のときに芋とともにモッコにかつがれて遊廓へ売られた私だからこそ、なおさら胸に大きく響きました。貧しい家に生まれ、芋を食べて育ったという同じ境涯に心が動いたのか、それとも初めて見る男の涙にひかれたのか、彼の結婚の申し込みに、幼い頃から育てられた抱親様《アンマー》の許しも得ずただありがたくうなずいていたのです。

自分が尾類であった過去をよく知っているはずの彼が、この私に結婚を申し込んだ！　こんなに正直でよい人と生涯一緒に暮らせるとは何と素晴らしいことでしょう。私の胸を、七色の光の渦や快い音楽が取り巻いて、それはもう、それはもう、命の底から吹き上げる感動に身体中の震えが止まりません。遊女として育ち、人生の冬に凍え震えながら生きてきた私にとって、彼の申し込みは春の太陽のように眩しく、暖かい思いやりに包まれています。

しかし、あまりの喜びの大きさゆえに、幸福ゆえに、このまま素直に身を委ねてよいものか。一直線に突き進んでよいものか、小さな不安が心をよぎります。東洋の結婚というのは、男女とも相手の生い立ちや家族を認識し、最後は親が決める、と話す私に向かってローズ氏は、アメリカ人は、格式や社会的環境や面子より、その人自身と結婚するのだと言います。過去はどうでもよい、現在の上原栄子という一人の女に結婚を申し込むのだとも言ってくれました。

それは、女として生まれた最高の幸せなのです。殿方へのサービスを百点満点に努めることが人生のすべてであった私は、結婚しても自分の夫を幸せにできないはずはないと、自信と確信を持って、彼のプロポーズを受け入れたのです。その実、生まれが生まれなら、育ちも育ち、お客様である殿方を接待するのと、夫との生活を一緒に考えているのもおかしなものだと思います。

不安と喜びが交錯する中で、今ひとつ気にかかるのは、尾類としての生き様に徹する抱親様に、結婚話をなんと持ち出せばよいか、皆目見当がつかないことです。わが家に帰ると、「どこをほっつき歩いていた！」と非難するような顔で現れた抱親様へ、大きく息を吸い込んで、特別に優しい表情をつくって話しかける私。そうでもしなければ、口をつぐんでいる抱親様に対して尾類であった自分の結婚話を持ち出せない雰囲気だったのです。

寝ても覚めても鍋蓋のようにいつも一緒のミスター・Wと勝子さんをかつぎ出して、垣花の米軍レストランで婚約発表の食事を済ませると、風習に素直なアメリカ人たちを引き連れて辻遊廓の先祖を祀った墓へと向かいました。昔のまま、何ひとつとして変わらない墓の前で、婚約報告に首を垂れ、辻遊廓開祖の姐《おんな》たちに語りかけます。岩を剝ぎ取るほどの爆弾砲弾の中、命救われた私たち親妓《おやこ》は、たとえ結婚はしても誓いは必ず果たします、と約束したのです。

古巣の人々

今日の『ウルマ新聞』に、

「旧那覇市のそこら中に散乱していた銃弾、不発爆弾、野ざらしになった人骨等々が片づけられて、沖縄地区米軍工兵隊の人力と、彼らが持っている機械力で、旧那覇市全体が敷きならされ、新天地の丘や焼け残りのコンクリート建物なども除き終わり、近辺の土地整理をした後は、辻町周辺も解放されて、家が建つようになるだろう」

と、大きく書かれています。私たち親妓《おやこ》が渇望してきた辻への返り咲きが、いよいよ間近になってきたのです。抱親様《アンマー》を先頭に立てた私たちは、コーヒーショップ従業員の男たちと一緒に、大戦中の砲弾や爆弾でつぶされ、壊された辻拝所の石垣を直しに行きました。一九四四年（昭和十九年）十月十日の那覇空襲以来、丸々七年土に埋もれていた石垣を拾い集めて積み直したのです。

「歴史を秘めた石碑や、辻開祖の墓に納まっている遊女のご先祖たちも、さぞうれしいことだろう。〝ウムコー〟と呼ばれた、この先祖たちのご位牌が置かれていた拝所（鏡のお寺とも呼ばれる）も今はない。そこにあった辻遊廓元祖のトートーメー（位牌）は、『音樽《ウトタル》ぬ前《メー》、思鶴《ウミチル》ぬ前《メー》、真加登金《マカトカニ》ぬ前《メー》、御座栄《ウザサカイ》ぬ抱親等』という首里御殿の女たちらしい名前だった……」

と言う抱親様。昔は唐守森《トーマムイ》と呼ばれていた丘の上にある辻遊廓先祖の墓碑の前に集まった私たち親妓は、どんなに強力なブルドーザーやユンボなどが押し寄せて来ても、われらが命を助けたこの墓だけはつぶしてはならない、そしてこの辻町だけは絶対に守らなければならない、と誓い合うのです。

建築図面

土地の風習も、ものの考え方も、正真正銘天と地ほども違う東洋と西洋です。

「アメリカにはプラストトゥーション（売春）はない」と言い切るアメリカ人たちは、遊女たちの拝所に頓着するはずもなく、土を起こし、岩を砕いてゆくに違いありません。バックファイヤーやキャリーという機械ならば、一時間もあればすぐにも壊してしまうに違いないという抱親様《アンマー》の言葉に触発された私は、わらにもすがる気持ちでキャンプ桑江のハートパパさんの事務所へ駆け込みました。手も足もいっしょくたに汗だくになって辻遊廓の歴史を説明しようと試みるのですが、沖縄の歴史に疎いアメリカ人には今ひとつ伝わりません。とにかく彼と一緒に地区工兵隊に行って、那覇の土地整理のことを尋ねてみました。

すると、波の上宮と旭が丘だけを残して、旧那覇市街は全て平坦に整理をすることに決まっていると言うのです。この頃は、中国革命勢力の伸長に対抗すべく、積極的な兵舎建設が始まっています。基地の強化を図り恒久的なコンクリート建物をつくるために、すでに日本本土から一流の土建業者が続々とやって来て、キャンプ桑江の中へ、それぞれの事務所を構えているそうです。

米軍公務当局は、それらの建設工事に日本の業者の参加を求め、測量と設計を担当する本土業者の先発隊として、マッカーサー司令部が選んだ鹿島建設、清水建設、竹中工務店など、日本の一流十社の技術者たちが大勢沖縄に来ているとも言いました。彼らの説明を色々と聞いていたハートパパさんは、

「今のうちに、お前の使命という料亭の建物を、拝所のある土地へ建ててしまえ。DE（地区工兵隊）の彼らに、建築図面を書かせて、早く司令部へ申請すれば、既成事実となって、その土地の確保は可能だ。難しい手続きは、僕が助けてあげるよ」

と言ってくれました。

早速、DEの事務所で働く日本人の製図係二人に頼んで、車に乗せ、拝所のある土地を見に辻町へ向かいました。そして彼らに、料亭の設計を頼んだのです。やはり、私の頼りになるのはハートパパさんです。本当にこの人だけは、見返りも要求せず、自分をわが娘のように心配してくれていると、心底から感謝しました。

昔の辻の大元老で、今は闇市の中で料亭をやっている染屋小の抱親様を訪ねて行きました。辻拝所の土地に料亭の建物を建てれば、村有地を確保することができ、辻遊廓先祖の墓もつぶされずにすむ等々、しゃべりまくる私たちに、染屋小の抱親様は大喜びです。

「それはでかした。われも辻生まれ、お前は、四歳のときに売られて来たといっても、辻生まれ同

様。辻の貸座敷組合の所有地である拝所を確保するためには、色々打てるだけの手を打たねばならぬ。頼んだ図面ができ上がってくるまでに一日も早く、コザや石川、山原《やまばる》、羽地《はねじ》と、島全体に散らばって住む辻の元老たちを集めて、皆に相談することにしようぞ」

と、彼女は言います。そしてその昔、辻遊廓事務所の書記として働いていた島袋さんが、松尾にできた「花咲亭」にいるから、彼に頼んで、それぞれへ連絡してもらった方がよいとも言われました。連絡その他一切の経費支出を私が出すことを約束し、まとまった金を差し出して、大元老集めをはじめ一切のことを染屋小の抱親様に任せて帰りました。

島袋さんが国頭《くにがみ》の先から島尻の先まで走り回ってくださったお陰で、辻遊廓生き残り組の元老たちが、松尾にある「花咲亭」に集まりました。抱親様と一緒に意気込んだ私は、昔遊女であった大元老たちにお目通りです。そして今までの米国民政府とのやりとりの経過を彼女たちに報告しました。

すると、昔から辻村有地である拝所の上へ、料亭を建てる許可をもらったお陰で、由緒ある辻遊廓先祖の墓を取り壊さずともよくなったと言って、大年寄の大元老である八十七歳の親富祖《おやふそ》カマドさんが、大感激して、

「アフイナ、ウーイクサ、シヌジ（あの大戦をしのいで）命永らえておれば、また花ぬ台（女の都、辻町の別称）を盛り上げて辻へ帰れる」

と泣きだしました。昔はでんと威張っていた大幹部の人たちも、今ではその大半が亡くなっています。残された年寄りたちは、都落ちを余儀なくされ、兄弟たちの嫁や甥、姪たちの世話になって生きなければなりませんでした。白髪頭の遊女たちは喜びのあまり、皆が声をあげて泣きだしたのです。

妊娠

家庭と職場と料亭の再建と、一度に三つ、そしてLCを組んでの日本の商品の購入。目の回るような忙しさで、腕が百本もほしいこの頃です。南国の暑い太陽に焼かれて疲れたのか、夏バテらしいと言いながら、コップに半分も塩を入れた水を疲れ直しにゴクンゴクン飲みながら、神谷さんのジープで、相変わらずの泥んこ道をあちこち飛び回っています。

「この頃、だんだん痩せてきたけどどこか具合でも悪いんじゃないかしら」

と美代子がしきりに勧めるので首里の病院に行きました。お腹に虫でもいるのだろうとの見立てで薬をもらって帰りました。しかし依然、体調はすぐれません。

「産婦人科の病院へ行って診てもらったら？」

と、輝子が言います。婦人科の病院なんて、花柳病を治す所としか思えません。旦那様が浮気でもしたのかなと思いながら、しぶしぶ善光堂病院へ行き、かつて宴席のご贔屓《ひいき》であった先生に診ていただいたのです。

「カメちゃん、おめでとう。妊娠だよ」

とのご託宣に、たまげたわたしは、あっけにとられてポカンとしてしまいました。

「先生、おかしな冗談を言わないでください。わたしが妊娠するはずないじゃないですか？」

と、先生様に向かって大真面目で問いただすと、

「僕を何だと思っている。これでも、ちゃんとした医者だよ」

と、冗談まぎれにのたまう優しい先生のお顔です。よく考えてみれば、忙しさにかまけたわたしは、長い間生理というものを忘れていました。そんなわたしに先生は妊娠六カ月と言い、腹帯のさらし布

をお腹に巻きつけてくれました。

ついさっきトコトコ歩いて来た道を、今度はそろりそろりと気をつけて帰りました。リチャードは妊娠を知らせるわたしに、もちろん大喜び。コーヒー嬢たちも、手を叩いて喜んでくれました。敗れ戦のわれらであれば人種の混合はと嘆きながらも、抱親様《アンマー》は風呂敷に包んだ拝み道具を持って、木や石に向かって無事安全を拝みながら歩きます。お陰で、噂はあっという間に街中に広がりました。

そんなある日、十区に住む染屋小の大城ウシさんと色々打ち合わせを重ねたらしい抱親様に呼びつけられることがありました。

「田んぼや桑畑であった真和志、牧志、松尾辺りでは、色々な人たちが、あらゆる他人様《ひとさま》の土地を囲って家を建て、貸家までつくっているという。しかし今度、お前が初めて入って行く旧那覇市の辻開祖の墓がある拝んぬ毛の土地は、誰のものでもない。辻の所有地だ。入費の一切をお前が出して、花ぬ台（辻町の別称）のフヤキ（掘り起こし）はしたが、アメリカの旦那様と結婚したお前の将来はこれからいったいどうなるかもしれぬ。だからお前だけの名前を立てるわけにはいかないのだ。自分たち大元老も地主としては入らない。色々と考え、お前の抱親様とも相談して、上村渠《ウイーンダカリ》、前村渠《メーンダカリ》の大元老たち、宇利地小《グワー》の親富祖《おやふそ》カマド、香々小《サンサングワー》の上原カマド、松華楼の宮平つる、そしてお前の名前も、一九四四年（昭和十九年）那覇空襲前の辻遊廓貸座敷組合の代表者として届け出も済ませ、お前は代表者地主の一員でもあり借主でもある。時がたち、この人たちがこの世を去ることがあったとしても、また別の抱親が代表者となるようにしておけば、花ぬ台は万代続いていくと、法律家先生の事務所へ行って教えられた。

村おこしというのは、ただごとではないし、村というのは決して一人では保てないのだ。昔からの大盛前《ウフムイメー》（一年交代で辻町をしきる者）たちもグムチウサギテ（供物をささげて）、一般の姐《おんな》たちはウスデーウサギテル（お金の入ったのし袋を差し上げて）花ぬ台のご奉公はしてきたし、また拝んぬ毛の墓には、親のため、国のために身を落とした人々の涙と悲しみが込められている。辻が盛んであった頃は、そこから木の枝一本折っても祟りがあって、恐ろしい所だった。これをわが物にしようとすれば、ヌチ（命）引かれるか、財産引かれるか、必ずその報いが来ることは確かだ。

拝んぬ毛の土地だけをお前が大元老たちから借りた形にして、その土地代で村の祀《まつ》りごとをやってはどうか。沖縄中歩いて大元老たちを集めた島袋さんにチョービッサ（帳簿係）をさせる、そうすればお前は、辻遊廓の先祖たちからも守られて、商売も繁盛するだろう」

この大城ウシさんの言葉に感謝感激の私。物の考え方や手続きの一切は大城さんに任せて、その契約は大元老の一人である松尾十区十四組で料亭を開いている宮平つるさんの「松華楼」で、ということになり、一九五二年（昭和二十七年）七月二十九日の日を約束したのです。

料亭の名

見渡す限り平らな赤瓦の瓦礫と、茫洋たる原野に変わった旧那覇市の土地へ第一号の家を建てたわたしたちは、道もつくらねばならず、電気も水道も引かねばなりません。抱親様《アンマー》は考える人、わたしは動く人。重い身体を引きずりながら、あっちこっち、それぞれ管轄の米軍事務所へ、ペコペコと頭を下げて歩き回ります。

さすが辻遊廓の抱親様と感心する出来事がありました。警察局長の仲村さんにお願いして、昔からあった西武門《にしんじょう》交番所を再建してもらうことになりました。それは新那覇市の街中に飲み屋が広がるよりも、那覇の塵は旧那覇市の一カ所に集めたほうが、全那覇市の環境にもよいし、管理もしやすくなるだろうと、説得力十分だったのです。こうして辻町全体を特殊地域として指定も受けてしまいました。

料亭の建物は三つに仕切りました。一つはいくつも並んだ四畳半の日本式、優雅な大和三味線の爪弾き用、二つ目はアメリカ風のダンスホール、そして中央は沖縄風に仕切り、お客様の好みによって遊べるようにしたのです。

また昔のよしみで、市場にお店を出している上原トミさんを引っ張って来て、料亭の補佐役になっていただきました。年はとっても、昔恋しい辻にいた戦争の生き残りのお姐《ねえ》さんや妓供《こども》たちが、次々に集まって来てくださいます。上原トミさんと染屋小の抱親様、そしてわが抱親様の三人が、昔の辻のしきたり同様に、面接試験よろしく、雇い入れ仕事にとりかかっています。古い因習を尊ぶ、彼女らのように年齢を重ねた年寄りに守られる私は、本当に幸せ者です。かつて遊女であった年寄りたちに感謝と敬意を表することとしきりです。

来月には建設中の料亭も完成するので、いよいよ開店祝いの準備にとりかかります。つんと飛び出てきたお腹でも、打掛けを着れば目立たないだろうと、抱親様たちの仰せに従い、とにかく休むことなく働かねばなりません。あまりにも忙しくて、お腹のことまで気が回らぬ私は、隠すまでもない自らのお腹を隠しながら、開店祝いの妓供たちに着せる打掛けを縫ってもらうべく、華僑チャーリー・ションの店へ行って繻子緞子《どんす》のありったけを買い込んで、縫い上げるのに大忙しです。

家を飛び出して走り回っているお腹の大きな新妻を心配したリチャードが、

「俺は嫌だが、お腹のベビーのことが心配だから料亭へ引っ越したほうがお前も安心して働けるだろう」

と言ってくれました。妻子を大事にし、家庭的でやさしいリチャードに、何もしてあげられない新妻は、誠に申し訳ないと、身の縮む思いです。料亭が完成した暁には、二階の方へ引っ越すことに話は決まりました。

米国民政府司令官ルイス大佐殿が准将に昇進したお祝いにと、彼の事務所を訪ねたところ、「君は、ティーハウスを建築中だというけれど、いまアメリカでは、米軍の沖縄行政を主題にした『八月十五夜の茶屋』という本がベストセラーになっている。君も知っているだろうが、軍政府に働いていたミスター・スナイダーが、長い間軍政府の中で暴れ回っていたお前をモデルに書いたのだと僕も聞いたが、この名を君の料亭につけたらどうだ」

と、チョンガー准将殿の仰せです。

「わが楼は、沖縄の古い歌にも詠まれたほどの由緒ある『松乃下』という名前があるので、抱親様に聞いてから」

と、返事をしました。

「もともと、石川時代に集まった元老たちの言い伝えのように、辻遊廓〝花ぬ台〟の発祥は、琉球王府の国策で、アグシタリー（遊女）を使って唐や大和のお役人の接待をし、琉球支配を骨抜きにするためにできたもの。外貨獲得のためには、アメリカーたちの呼びやすい別名があってもよい」

という抱親様の意見もあり、ルイス准将のお申し付けのまま、「ティーハウス・オーガストムーン」

というその名をありがたく頂戴しました。

米国民政府保安部勤務のミセス・パーラーのご主人が仕事を探していると聞いて、

「自分がＲＥＸに支払う手数料のように、総売り上げの十パーセントをわたしに渡してくれればそれでよいから」

と、料亭の三分の一を占めるダンスホールのマネージャーを依頼したところ、喜んで引き受けてくれることになりました。

日本から来た大手建設会社のお偉方について来た大和女性のお姐さんたちも寄り集まって裾を引き、日本舞踊を踊る芸妓さんたちもなんとか揃いました。また、琉球舞踊の宮城能造先生には、平身低頭して、わが料亭の妓供たちへ訓練をお願いしました。一番肝心な台所を預かるコック長には、戦前の日本料亭で働いていた友寄さんという確かな人が見つかり、お給仕の妓供もそれぞれに揃いました。

さて、準備万端整って万事ＯＫ！　いよいよ出発の時が来ました。

抱親様とわたしの人生に栄光の火花が輝く年の暮れ、一九五二年（昭和二十七年）十二月五日、開店祝いの日を迎えました。

栄光の開店

朝からイブニングドレスを着けているホール係の女性たちに、日本髷を結って、だらりの帯を締めた四畳半の芸妓たち。古《いにしえ》の辻姐《おんな》たちは、不夜城といわれた昔の遊廓を再現しようと意気込んでいます。沖縄風の高髷結って、長いジーファー簪（銀の簪）を挿して、大奥女中のような打掛けで着飾って中央に立ち、皆がずらーっと並んだ様は、まるで龍宮城に色とりどりの魚を従えて並んだ乙姫様のようです。

沖縄県旧那覇市の第一号の建築物である料亭に、戦後初めて立ち並ぶ琉装姿の姐たちは、梅もよし、

創業時の「松乃下」

花盛りの桃もまた素晴らしいのです。乙姫たちに迎えられた招待客のアメリカ人たちも地元の方々も、東洋の昔話に聞いた龍宮城へ迷い込んだように目をみはり、喜びのため息が大きく広がっていくようです。

何千万坪も平坦になった旧那覇市の焼け野原、その一角の辻遊廓に、軍から連ねて来たバスや自家用車がぎっしりと並び、陸、海、空、海兵隊四軍の将官旗を立てた車が次々と到着する様は壮観です。

忙しく立ち回る男たちの着た黒地のハッピには、片襟に料亭「松乃下」の印、もう一方には「TEA HOUSE AUGUST MOON」の英字が真っ白に染め抜かれています。ホール前にある辻遊廓先祖の拝所には、千年に一度花が咲くといわれる龍舌蘭が群生して花を咲かせ、またバンドが高らかに音楽を奏でています。中央舞台では、三線や太鼓に合わせた琉舞が始まり、四畳半からは、さんざめく男女の笑い声が低く高く聞こえてきます。威容を誇り、近代的な設備を持つ、と人々の噂に力づけられ、華やかな舞踏会を思わせる琉米軍官民合わせての大宴会が始まりました。

産み月をまもなく迎える出っ張ったお腹に打掛けを羽織ったわたし。たった一つ、第二次大戦からさえ、わが身とともに守り抜いてきたジーファーを挿した琉球髷の姿でしずしずと招待客の前に進み、

「レディース、アンド、ジェントルメン……」

と、たどたどしい英語で覚えたての挨拶を一席ぶち始めました。立ち並ぶ軍官民の人たちは、尾類《ジュリ》の英語のスピーチに目をまん丸くして驚いています。続いて、又吉市長とルイス准将殿からの祝辞を受けました。また、車に将官旗を立てて現れたビートラー将軍や、後任のオグデン将軍も、素晴らしいご挨拶をくださいました。

泡盛《あわもり》や日本酒に馴染《なじ》み深い沖縄人にとって、初めてのカクテルやオードブルは、パーラー氏が孤軍奮闘、従業員たちに次々と手ほどきしてできたもので、その出来映えはといえば、純西洋風に気をつかっての大サービスとあいまって、お客様方にも大好評でした。

料亭「松乃下」のオープン

きら星のごとく集まったアメリカの将軍や官民の人たちの間を、馬子にも衣装と飾り着けた妓供《こども》たちが、あちらこちらと飛び回っています。

ほかの先輩方に先駆けて、一番乗りで辻へ帰った喜びを身体中で表現して踊り回る妓供たち。思い込んだら命懸けと、ここまで突き進んできたわたし自身も、抱親様《アンマー》とともに辻姐の一途な心意気を示したつもりです。それでもあまり意気込み過ぎたのか、宴会が終わる頃には、心も身体もくたくたになっていました。

コーヒーショップの明け渡し

米国民政府内のコーヒーショップを、G中佐殿の彼女である米子さんとH夫人の二人に譲れないかという話が、彼女たち二人を引き連れて料亭へやって来たG中佐殿の口から伝えられました。米国民政府から建物の一部を借りた形のコーヒーショップですが、コーラを水で冷やす最新式の機械を、小さいものが三百ドル、大きいものは千ドル余りも出して買い入れたばかりです。しかし、朝のコーヒーショップと夜の料亭、両方の経営を一人で切り盛りするのは、とても無理なことだと前々から思っていたので、一応はマネージャーであるパーラー氏に相談したところ、

「一方の成績が悪ければ、もう一方で埋め合わせができるから、両方持つべきでは」

と言われました。抱親様《アンマー》に聞くと、

「戦後のわれらは米軍から与えられた衣食住のお陰で生き延びてきた。コーヒーショップの開店、運営に奔走してくださったアメリカーたちのお陰で、お前はこの料亭を建てることができたようなものだ。その恩は生きているかぎり忘れてはならぬ。尾類《ジュリ》であったお前が、G中佐に逆らって、コーヒーショップを続けようとしても、兵隊さんの権力ににらまれては、ひとたまりもないはずだ。われわれは、念願の辻へ帰って料亭を建てたのだから、あまり欲張ってコーヒーショップに未練を残してはならぬ」

との仰せ。相変わらず報恩には厳しい抱親様です。サンドウィッチショップも含めて、設備、従業員ともに抱親様の指図どおり、大恩ある米国民政府へそのままポイッと渡し、店長に置いていた豊子

も料亭に引き取りました。

けれども、義理、恥を重んじて、不義理を許さない沖縄人が、戦後は変わり果ててしまったようです。G中佐の権力の陰に隠れた女たちは、店の品物や設備など一切合財の支払いもせず、全部そのままに取り上げてしまったのです。何はともあれ、わたしたちの夢を開いてくれた七軒のコーヒーショップにありがとうを言いましたが、さすがにさよならするときは寂しさでいっぱいでした。

尾類馬復興

五月四日の泊爬龍船《ハーリー》、十月十日の西東の大綱引きと並んで、旧正月二十日に行われていた辻の尾類《ジュリ》馬《ンマ》行列は、戦前の那覇市では、街を挙げての三大行事のひとつでした。他人様《ひとさま》に先駆けて辻へ帰って来た者として、他の行事に先駆けて、尾類馬行列を再開することになりました。

「尾類馬の復興は、辻はもちろん、那覇市の歴史の再開にもなる。それゆえ、行列は昔そのままのしきたりをしっかりと守ったものでなければ相ならぬ」

大元老たちに、堅っ苦しいことを言いつけられてしまいました。辻遊廓最後の決定権を持つ年寄り五人組のお年を合わせると、なんと三百五十歳にもなります。

ちりぢりになっていた先輩のお姐《ねえ》さん方も、噂を聞いて次々に集まって来ます。戦後に松尾にできた「花咲亭」や牧志の「那覇」料亭、栄町の「左馬亭」を先頭に、各料亭も戦後初めて催す尾類馬行列に参加する運びとなって、辻大元老たちはますます大張り切りです。朝晩出入りする彼女らのいかなる仰せにも、「さよう、しからば、ごもっとも」と抱親《アンマー》様もわたしもただ、平身低頭かしこまってばかりです。

復活した尾類馬行列。筆者の右隣りがパーラー氏

やると決まればすぐさま取りかかるのがアメリカ世《ゆう》に生きる姐《おんな》たちです。まず手始めに、辻遊廓の守護神であり、尾類馬行列の象徴でもある上村渠《ウイーンダカリ》の勇猛な獅子頭と、前村渠《メーンダカリ》の大きな腹と顔をもった弥勒《みろく》のハーチブラー（面型）を準備します。これは特別に金城安太郎先生に製作をお願いしました。それを皮切りに従業員が全員で寄り集まって、昔を思い出し思い出し、大道具、小道具を作ったり壊したりです。中でも、行列の先頭を行く琉球式旗頭や大旗小旗をつくるのは大変手間のかかる作業で、十数人の男女が昼夜兼行で頑張ります。初めて見る聞く東洋の祭りに興味をもったパーラー氏は、自ら米軍各部隊への宣伝係を引き受け、動き回ります。

行列を代表する馬小グループに着せる緞子《どんす》の布地は、戦後では大変な貴重品です。華僑のチャーリー・ションに頼んでやっと見つけましたが、この布地、頭を下げれば下げるほど値段は上がってゆくのです。それでも、打掛けなしの尾類馬行列など考えられません。あり金はたいて買い込んで持ち帰りました。

辻の遊女であった自分たちが、地域社会への報恩という一点に生き甲斐を感じ、自分の持ち味を出し切って、長い間の夢を果たそうと奮闘しています。そんな姐たちの頭上で、陣羽織を着けて二人の抱親様が采配を振るうのです。

　準備を始めた日から数えて一カ月が経ちました。それでも、祭りに関する一切の大道具、小道具を作り上げるにはまだまだです。料亭の従業員たちは、一方でお客様の接待もやらねばならず、全員が寝る暇もないほどの忙しさに追われています。


　とうとう祭りの日がやって来ました。百八十八人余りの全従業員が、それぞれの能力を持ち寄りながら、不眠不休で頑張ったお陰で、すべての大道具、小道具が仕上がって、出来映えは上々です。辻姐たちは尾類馬ヤジ馬に乗ってみごと沖縄復興、琉米親善の先頭に立って黄色い声で、

「イェーイ！　イェーイ！」

と、勇ましいかけ声を張り上げて、行列が街中を練り歩きます。米軍基地からは、バスを連ねて、青い目に金色の髪の軍人たちがやって来ました。昔の辻に関係のあった人、なかった人、国頭《くにがみ》の果てから、島尻の先まで、沖縄中の人々が押すな押すなと、華の街辻町へ押しかけて来ました。お年寄りたちは、悲惨な戦争の中を生き永らえていたればこそ、このような祭りを再び見ることができたと、皺だらけの顔を涙でくしゃくしゃくしゃにして喜んでいます。

　昔ながらの銅鑼を打ち鳴らして、行列の先頭に立つわたしの隣では、パーラー氏が旗持ちの衣装を着けて大はしゃぎです。アメリカ人と結婚した料亭マダムの噂を耳にしている人々は、ノッポの彼とわたしを指差しながら、見当違いのひやかしを飛ばします。もちろんただ行列を喜ぶ人々は、華やかな行列に目をくるくる回しながら、あれこれと批評に大忙しです。戦後初めての二十日正月は、戦争

創業して間もない「松乃下」

の生き残りの約十万人もの人々が集まったお陰で、子どもどころか大人までもが迷子になったと新聞も感慨深げに書いています。

　旧那覇市街第一号という宣伝が効いたのか、わが料亭は、八万人といわれる米軍駐留軍の方々の間でも評判を呼び、忙しさも増して、うれしい悲鳴をあげています。アメリカ婦人会の昼食会から始まって、夜は家族揃ってのパーティーや、男女織り交ぜての大宴会で上へ下への大忙しです。それでも、時間厳守のアメリカ人たち、夜の十時五十分を合図に、今まで騒がしかった三線が「蛍の光」を弾きだすと、未練を残しながらも、帰り支度を始めます。そして足の踏み場もないほどに集まっていた客人たちが、閉店の十一時には、一人の酔っ払いも残りません。ぴしゃりと閉められる料亭の仕切りの良さはさすがと、抱親様は感心してくれます。

　一日の売り上げの計算を済ませた後も、何もかもわが目で確かめなければ気が済まない性分のわたしは、煮沸消毒をした台所の食器にまで目を通して、一切を終えるころには、時計の針は真夜中の三時を指しているのです。

へその緒

産み月に入ったわたしの身体。ふくれて下がったお腹を抱えて、階段の昇り降りにも、気をつかわずにいたのですが、ある日、二階へ上がったとたん、水のようなものがさっと流れ出たのです。大慌てでバスタオルを当てました。

「生まれそうだ！」

と大声で叫んだら、びっくりしたリチャードが飛んで来ました。そして、わたしを車に乗せるのに今度は彼の方が大慌てです。

「子どもはどうでもよいから、君は無事でいてくれよ」

と言うリチャードに、男親と女親の違いを知りました。すでに母親になったつもりで、お腹の子どもに愛情を感じ始めているわたしは、「自分の命よりも、生まれて来る子どもの方が大切だと思っているのに！」と最愛の夫の言葉を聞いていました。

ようやく、宜野湾《ぎのわん》市真志喜の軍病院へ真夜中に着きました。分娩室に寝かされたわたしは、待合室中を歩き回るリチャードのコツコツと鳴る靴音だけを聞いていました。お腹が崩れるほどに痛くなって、おトイレに行きたくなり、お医者様に、

「ベッドから降ろしてください！」

と頼むと、脊髄に麻酔を打ったし、もうすぐ生まれるのでダメだと言います。三十八歳になって、初めてお産をするのは、わたし自身もさすがに不安です。万が一のために書いておいたリチャード宛の遺言書を一言一句思い出しながら、聞きとれぬような声でつぶやいていました。

明け方になって、急に「オギャー」と赤ちゃんが生まれ出て来ました。女の子です。血だらけで、

そのへその緒のついたままの赤ちゃんを、自分のお腹の上に載せられると、訳のわからない涙がポロポロと溢れ出ました。「わたしのお腹の中に、この子がいた！」と本当に不思議な感情で、赤ちゃんに見入りました。

分娩室から個室に移されたわたしの傍らに、赤ちゃんが寝かされました。

何とかわいい赤ちゃんでしょう。

「どんなことがあっても、決してあなたを売ったりしないから、幸福に生きるのよ」

と、さっそく生まれたばかりの赤ちゃんとの対話を始めました。

昼すぎに金髪の看護婦さんが来て、昨日出産したばかりの姐《おんな》に向かって、シャワーを浴びろと言います。さてもさても、わが沖縄では、出産で女の皮膚は弱くなり、風邪を引きやすいから、産婦には、一カ月間は冷たい水を使わせないのが常識です。たとえ真夏であっても、部屋の中で汗疹《あせも》が出るほど火をボンボン燃やして血液の循環を図り、火鉢のそばで寝なければならないと教えられているのに、今朝方一つの生命を誕生させたばかりの産婦に向かって、

「すぐに起きなさい。頭も身体もきれいに洗いなさい」

とアメリカ人の看護婦さんは言うのです。

納得のいかないわたしはリチャードに助けを求めました。彼は慌てて医者の所へ走りました。

「お産は病気ではない。起きて歩いた方が子宮も納まる所へ早く納まるし、シャワーを浴びれば、身体に付いたバイ菌も洗い流すことができる。ただし三カ月間は、日本流の湯船につかるのは禁止する」

戻った彼は、ドクターにこう言われたと報告してくれました。なるほど、それで納得です。

アメリカ流の出産祝いは、友人や知人に葉巻を配るんだと言うリチャード。米国民政府の皆に配るべく、葉巻の箱を担いで行きました。

大山の米軍病院と米国民政府と那覇の自宅とを走り回っているリチャードは、雨の降る中を赤ちゃんの産着を取りに行きましたが、赤ちゃんを産んだ妻以上にうろうろして、何を取りに行ったか忘れて戻って来るのです。初めて赤ちゃんを胸に抱いたリチャードに、抱かれた赤ちゃんは父親への挨拶のつもりか、くしゃみをしたりしゃっくりをしたりです。それを心配したほやほやの両親は、赤ちゃんのどこをどうすれば、しゃっくりが止まるのかわからず、小さく冷たい赤ちゃんの足を自分たちの掌でさすり、交代で暖めていました。すると金髪の看護婦殿が、何をするのとばかり、白い目を向けてうさん臭そうに見ています。

生まれて四日目。赤ちゃんの食事といえば、初めは白湯ばかり。二日目からは、シロップを混ぜた白湯を飲ませていました。それが、自らのお乳をふくませたとたん、女が母親になるという意味は、頭で理解しているようなものではないことをしみじみと覚りました。

わたしの身体の中から飛び出してきた小さな命が乳首を口にふくんで、お乳を吸いだしたときの気持ちはなんともいえません。母親になった実感が、感激とともにひしひしと胸に伝わってきます。シロップや白湯よりも、赤ちゃんは母乳に満足するのか、飲んでは寝、飲んでは寝、この世の幸福をすべて集めたような寝顔を見せてくれるのです。

毎日の仕事の帰りに病院へ駆けつけるリチャードパパは、寝てばかりいる赤ちゃんを起こして遊ぼうと認識票をつけた小ちゃな足に触り、ほっぺたを突っつき、一所懸命悪戯《いたずら》をしています。

待ち遠しい土曜日、退院の日です。ドクターや看護婦さんへのお礼にと、進物を持って来たリチャードが、これを配り終えました。そして二人は赤ちゃんを抱いて、ごく普通の幸せな夫婦のように料亭へ帰るのです。

「ベビーには抵抗力がないから、誰にも抱かせないように」

と言うリチャードの注意も空しく、赤子のお祝いに寄り集まって来る人たちは、「かわいい、かわいい」と代わる代わる抱いては、顔をのぞき込みます。お祝いの人々や、料亭の従業員たちにわれもわれもと回し抱きされて疲れたか、赤ちゃんの寝つきが悪く、新米の両親は、明け方まで彼女の手を握るやら、足をさするやら……。

最愛の夫殿に娘の命名を任せたところ、「アイヴァ」という名を考え出しました。ははーん、愛の葉か、と考える姐は大満足です。

貝のレイ

「何がどうあろうと、料亭のマダムであるお前が、子を産んだからとて、これだけの大仕事をわたしたちだけに任せっきりでは、百八十余りもいる従業員に動揺を与えてしまう。責任を持つ者の頭が動かねば、尾は動かぬ」

と抱親様《アンマー》は言い放ちます。

従業員たちの信頼を得るには、表面は外科医のように冷たく、何事が起きても自分の執刀は世界一だという顔をして、物事を処理しなくてはならない、とおっしゃるのです。三千の美妓といわれた辻遊廓に男性一人も交えず、姐《おんな》たちだけで治めていた大元老たちや抱親様が、人の上に立つ者の心得をその一、その二、と教えてくださいます。

従業員の生活がお前の肩にかかっていると、のほほんと過ごしている尻を蹴られた思いです。

アメリカ人たちのために、「TEA HOUSE AUGUST MOON」のネーム入りの浴衣やハッピ、茶碗、茶托などを日本の業者に注文してつくらせたところ、「八月十五夜の茶屋」へ来た記念品ということで、飛ぶように売れました。

そこで、ロビーの一角にお土産品コーナーをつくり、輸入に手間暇かかる日本製品だけでなく、わが琉球製で何かよい物はないか、探し始めました。すると、「わがハワイ島のように、お客様歓迎用の沖縄式レイをつくったらどうか」と、ハワイの日系二世の方が教えてくれました。いろいろ考えた抱親様とわたしは、石川時代に潮干狩りでよく行った恩納《おんな》の浜に、沖縄独特の白黒の斑模様の入った貝がゴロゴロしていたのを思い出しました。貝のレイをつくらせてはと、家中皆で話し合い、思いきって行動に移しました。

ローズ氏と筆者。「松乃下」の前で

さっそく恩納村の知人を訪ねてみました。のどかで陽気な島の人たちは、欲得もなく、貝は砂に長い間埋めておかないと艶は出ず、量産は絶対に無理だという返事です。すべてが灰燼《かいじん》に帰した現在の沖縄には、肝心の売る物がないと抱親様は嘆きます。そして、何とか知恵を働かせて商品化できないものか、と村人たちに頼み込みます。抱親様の熱意が伝わったか、彼らも「やれるだけのことは」、と快く引き受けてくれました。

随分と考え、工夫したらしい彼らは、中身を取り除いた貝殻の合間に新聞紙を詰め込んで、細い針金をかませてつなぎ、首飾り用として持って来ました。素朴なつくりでも、ちゃんとアメリカ婦人の喜びそうな代物になっています。それを一つ二十円で買い取って、貝の間に料亭の名前を入れ、お客様の歓送迎用のプレゼントに使うことにしました。またこれを、一つ五十円で土産物コーナーに並べたところ、最初は少しずつしか売れなかったのに、日がたつにつれてだんだん売れ行きがよくなり、何百何千のレイが飛ぶように売れだしました。

ハワイの花のレイは一晩しか持たないけれど、沖縄のレイは永久に色も変わらず、沖縄乙女の情愛と同じですと、お客様に向かって大キャンペーンをくり広げます。抱親様も、愛するわが島独特の商品を開発し、作らせ、外国人たちに売れた喜びにあふれています。しかし、新聞の投稿欄に、「どこかの島の先住民の装身具と一緒だ」と騒ぎ立てて書かれ、クシュンとなってしまいました。

Aサイン証書

米軍からの食品検査官が、料亭の調理場へ入り込んできて、衛生検査を始めました。

脱脂綿を巻いた割り箸くらいの棒を薬に浸し、それでお皿の裏表を撫でまわしてはフラスコの中へ入れて検査していきます。そして、食器棚のあちこちを直せと言います。わざわざ日本本土から買い込んで来た木製の冷蔵庫を、衛生によくないから電気冷蔵庫でなければだめだ、などと言いつけてきます。

「われわれの規定どおりに調理場の設備一切を直したら、お前たちの料亭を琉球ホテル、米国民政府食堂と同様に『米軍人が食事のできる場所』という〝Aサイン〟の証書を与えるので、一日も早く設備を整えるように」

と彼らは言い添えました。これを聞いたわたしたち親妓《おやこ》は、わが料亭に米軍の公認遊交場としての資格がもらえて、お客様が増えれば、これに越したことはないと喜び、彼らが指図する物品や直さなければならない場所などを全部メモし始めました。すると、そばで一緒に聞いていたミスター・パーラーは、

「現在、一枚一枚の食器を煮沸消毒している沖縄人経営の営業所は、この料亭以外どこにもない」

と、検査官に立ち向かうように、しきりに強調しているのです。

シビリアンのパーラー氏は、

「民間人の営業に対して軍の手が入るというのは面倒の始まりで、Aサインはもらわない方がいいよ」

と心配そうな顔でおっしゃいます。どんな面倒が起きるのかはわかりませんが、向こうから来た商売のチャンスに、歓迎の門戸を開くしかないと単純に考えた抱親様とわたしです。Aサインの話が出たお陰か、上山小学校があった、お向かいの米国民政府に来ている電気を料亭へ引けるようになったので、電柱を五本揃えておくようにとの通知が、米国民政府を通じてポストエンジニアの事務所から来ました。彼らの指示どおりに書類をつくって、電柱を買って来て立てたところ、さっそく電気をつないでくれたので、建坪が十五坪くらいの自家発電小屋が空きました。

料亭への出入りを嫌うリチャードのために、わたしたち夫婦は、その自家発電小屋へ引っ越し、パ

Aサイン証書を手にオグデン将軍と

ーラー夫婦のお隣に住むことになりました。朝夕、料亭の玄関から出入りしなくてもよいことが、こんなにもリチャードを喜ばせるのか、別人のように彼の顔が輝いています。一方、わたしは、赤ちゃんのお守りや夫の食事の世話は光ちゃんに一切任せっきりで、料亭と発電所跡のわが家を行ったり来たり。わたしの人妻稼業は、のほほんとしたものです。

沖縄最初のAサイン証を授与するので、軍の最高指揮官室へ来いとのお達しを受けました。琉球ホテルのオーナーと米国民政府食堂を経営するご婦人と三人で、米軍司令部の玄関で落ち合って、オグデン将軍の部屋へ入って行きました。そして、英字で書かれた書類の上に大きくAと赤いスタンプの押された証明書を渡されたのです。これが、米軍人の全部が料亭へ来てもよいというAサインかと思うとがっかり。大金を注ぎ込んだ調理場を考えると、軍隊の入口に立つような大きな看板をもらえるものと思っていたところ、手渡されたのは、何と半紙くらいの小さな紙で、こんな小さな紙切れで大きな軍隊が来てくれるのかしらと思い悩みます。

ドル交換所

プラザハウス近辺の輸入商であるアメリカ人たちがやっている米軍人向けレストランや衣服商では、堂々とドルで商売をしているのに、ドルを持てない沖縄人営業者である私の料亭に、「外人客が来ても、絶対にドルで商売をしてはならぬ」という通達が米軍司令部から来ました。どこの国でも料理店商売は、食事をした後でしかお金はもらえないとは思いますが、琉球通貨のB型軍票（B円）だけしか使えない料亭のお客さんの中には、円が足りず残りはドルしか持っていないアメリカ人もいるのです。食べてしまったものを返せと言うわけにもいかず、お金をもらわないわけにもいきません。困り果てた私たちは、ミスター・パーラーに相談しました。円に換算したドルを受け取っても罪になるというので、彼は米国民政府とアメリカ銀行に申請書類を出したり、かけ合ったりしました。そして料亭からB円の特別手当を出す約束で、帳場の隅に畳半分ほどの金網の部屋をつくり、ばかでかい鉄の金庫を一つドカンと置いて、銀行マンを毎日出張させ、初めて正式なドル交換所を設けたのです。

人が一人やっと入れるドル交換所は、繁盛し始め、他の料亭や民間倶楽部を利用する米軍要員たちも喜んで、押すな押すなの盛況です。この頃は、沖縄の外貨獲得の任務を果たすようにもなって琉米親善の草分けだと人々から持ち上げられ、躍りだした私は、いつもふわふわ浮いている気球のようです。わが料亭の従業員とともに、沖縄の民間外交の先駆けにいざ励まんと意気込むのです。

その手はじめに、抱親様《アンマー》と私は週に一度、アメリカ人学校の幼稚園児から高校生までの児童・生徒の三百人ほどを限度にわが料亭へ招待し、駄菓子一包みとお茶一杯を十セントと交換して、琉球舞踊を見せるようにしました。すると、未来の紳士淑女に沖縄のよいところを教えてくれたと、オグデン米軍司令長官から感謝状が来たのです。

気をよくした抱親様の発案で、各部隊の婦人団体の集まりに出かけて行って、ランチタイムの宴会を勧誘することになりました。それがまた好評で、ご婦人方へのサービスが夜は家族連れのお客様ともなって、この頃は昼夜ともに忙しい料亭です。

五百人分のステーキ肉

世界的に有名なアメリカの企業の方が見えて、

「国際観光団の船が那覇へ寄るので、あなたの料亭で沖縄の踊りや音楽を鑑賞させながら、お食事は超一流のステーキを」

とのご注文です。旧那覇市の草茫々《ぼうぼう》の原野の中でただ一軒ニョキニョキと聳え立つこの料亭に、世界中のお金持ちが一度に五百人も見えることになったのです。さーて大変。一度に五百人に座ってもらうための座布団、食器を揃え、東洋流に靴を脱がせて置いておく下駄箱を用意しなければなりません。一人ひとりお膳を運ぶ料亭では、使ったこともないような、一度に何人でも座れる細長いテーブルも必要です。

この和洋折衷の接待は、その設備やら手順やらお土産やらで、料亭従業員がごった返し、てんてこまいです。パーラー氏を中心に全従業員が集まったり、走ったり、知恵を絞り出したり、引っ込めたりで大変です。ニュースを聞いた地元の新聞は毎日、国際観光団が現在どこでどうしているといった報道に忙しく、その観光団が小さなわが島にも来ることを最大の話題と報じています。

さて、当日になりました。だんだん雲行きが怪しくなり、気象台も台風が接近するという予報を発表しました。君子危うきに近寄らず、台風を恐れた観光船は、肝心の沖縄には寄らずに、日本本土へ直行したというのです。

台風銀座といわれる沖縄では自然の成り行きで、誰の責任でもありませんが、意気込んでいたわたしたちは気持ちの整理がつかず、そのはけ口もありません。桟橋まで行って海を見つめて立っているわたしの目の前に、一人前十二オンスのテンダーロイン、サーロインなど、五百人分のステーキ肉が波間からちらちらして、ステーキの厚さと外国人の顔が交互に浮かんでは消え、浮かんでは消えしています。

ニュース不足の各新聞社が、悄然と一人佇むわたしの後ろ姿と、大欠損を与えたステーキの肉の写真を掲げて小さな沖縄の大きなニュースとして騒いでいます。物の少ない沖縄で、ステーキの肉が心配になったか、お金持ちの観光団に関係のない人たちまでが、わざわざ料亭へ電話をかけてきて、

「ステーキ料理の全部を、沖縄人たちに無料サービスしておけば、将来、君たちの料亭はもっと繁盛するだろう」

と、教えてくれます。なるほど、そうかもしれませんが、今は家一軒分ほどにもなる肉の代金が払えない状態なのです。

東洋の王様

目の前で極上肉を焼いて箸で食べさせる沖縄風すき焼きの安売りで、なんとか牛肉を使い切ることにしました。宣伝が効いたのか、夫婦連れや男女の外国人客が日ごとに多くなってきます。襖で区切ったプライベートルームで、「TEA HOUSE」と染め抜いた浴衣を着たアメリカ人たちが、見たこともない真っ黒な棒炭をぼんぼん燃やして、肉や野菜が美味しそうに煮える匂いを楽しんでいます。盃

のサービスを受けたことのない彼らは、両手におちょことどっくりを持って、「ジャパニーズ・サーケ」の味を楽しみ、ひじ掛けに手を置いて、まるで東洋の王様にでもなったような気分です。一部屋に二人ずつ付いたサービス嬢は、オキナワン・アメリカ流のカクテル言葉で、お箸の持ち方から、お茶碗の持ち方まで教えるのに大忙し。ぶきっちょなくせに興味津々のアメリカ人は、やっと挟んだお肉を口もとまで持っていって、ポロリと落とすご愛敬です。

そしてお土産はお客とサービス嬢が一緒に踊る琉球舞踊です。

「この料亭へ来なければ、琉球へ来た価値がないだろう。必ずまた来る」

と、朗らかに満足そうに語りながら、閉店の十時四十五分には、這うようにして帰って行くアメリカ人たちです。

発電所跡のトタン屋根の下で生活をしていたわたしたち夫婦に、リチャードの願いがかなって、料亭から歩いて五分の場所にたてられたシービューの軍宿舎を割り当てられました。そのすぐそばにユーナヌカーという、どんな日照りにも水は涸れないと言い伝えられる有名な井戸があります。リチャードはもちろん、娘、光ちゃん、わたし、猫までも喜んで引っ越しました。朝に夕にどんちゃん騒ぎの料亭から引っ越したリチャードもまた、仕事に張りが出て、家への帰りも早くなりました。彼の家来に納まった雌猫は、月夜の晩も闇夜の晩も、毛遊びをして五匹も子どもを産んで、初めて持ったわたしたちの家は、たちまち猫屋敷になってしまいました。

「八月十五夜の茶屋」

米国陸軍琉球司令部の宣撫班事務所の係官と米国民政府教育部長様が見えました。

「琉米親善の催しに『八月十五夜の茶屋』という演劇をやるから、君の料亭も応援してくれ」

本場のニューヨークのブロードウェイで上演されて、続演につぐ続演で、入場券が手に入らないといわれた劇です。入場券が手に入らなかった人たちは、前大統領トルーマン夫妻が特別招待されたことまでも問題にして、「それはデモクラシーに反する！」と非難したほどのヒット作であったといいます。

内容は、低俗な雑誌を部下に隠れて読みふけっているくせに、大将への昇進を考えているパーディー大佐と、ワシントン政府からの指示に基づいてトビキ村の民主化を押し進め、産業おこし、村おこしの責務を負わされたフィスビー大尉殿が主人公です。最初の仕事として、役場と学校の建設を命じられた理想家肌の大尉が、そこに超近代的なペンタゴン（米国防総省のある五角形のビル）型の小学校を建てようとします。

ところが任地トビキ村に着いたフィスビーは、虫籠や下駄や漆器、果てはロータスという美人芸者までも贈られたあげく、彼女のサービスに振り回されて、「民主教育」どころではありません。なまじ住民たちに「多数決」や「平等」というデモクラシーの原則を教えたばっかりに、もともと歌や三線の好きな村民たちが、焼酎《しょうちゅう》工場をつくり、さらには料亭を建ててしまうのです。

教育普及に失敗した大尉殿は窮余の一策で、アワモリブランデーを軍倶楽部に売りつけて経済復興に活路を見いだします。フィスビーに激怒した大佐によって料亭は取り壊されてしまいますが、ワシントンではあべこべにトビキ村の〝発展〟を軍政成功の一例として高く評価し、視察のために議員団を派遣することになるのです。仰天して大佐殿はまた、料亭を再建するといったストーリーです。全篇うそとまことが織り交ぜられ、そこに罪のない笑いを積み重ねていきます。抱腹絶倒の三幕十景の大喜劇といったところ。

「アメリカは、芸術家を尊敬する文化的一等国民と新聞も報じており、琉球人の大先生方も出演する。しかし、何と言っても、茶屋が主体の劇であるから、出演する女の子や男たちを集めてくれないか」

という彼らの申し出です。マネージャーのミスター・パーラーに相談すると、

「とてもよいことだから、積極的に応援してあげた方がよい。僕もできるだけ協力するから」

ということで、衆議一決。喜んだ抱親様《アンマー》とわたしは、この芝居を引き受ける返事をしました。沖縄芝居の第一人者である宮城能造先生にお願いして、この芝居の立役者となるロータス芸者をわが料亭の踊り妓の中から選び出しました。さらに舞台に立てる男女も台所の従業員や雑用の人々から引き抜いて、わざわざ面白おかしく、素人を出すのが売り物です。お稽古は端慶覧《ずけらん》の体育館でするというので、毎日パーラー氏が即席役者について行き、その時間までに出演者の皆を集めて送り出すのが抱親様やわたしの役目です。

オグデン米国民政府長官殿から、「八月十五夜の茶屋」の公演を祝う、観劇前の昼食会の招待券をもらいました。戦後の全沖縄の官民に初めて発行された夫婦同伴のデモクラティックな招待状です。戦後の沖縄では初めての「正装」でというこの招待に、まだ袴を持てない沖縄人たちは羽織だけで出席し、軍人であるアメリカ人たちは、軍服に階級章と勲章をびっしり吊り下げ、胸からひらひらのついているシャツを着て、黒いズボンの上に大きな腹巻きのような色帯を締めています。

わたしたち夫婦も将校倶楽部へ案内されて、二人並んで正面テーブルに座らされました。わたしの隣にはオグデン将軍が座り、リチャードの隣にはミセス・オグデンが座りましたが、普段から無口で

感情を表面に出さないリチャードが、今日はわたし以上にあがり、ていねいに勧められた食事前のお酒を少し飲んだだけで酔いが急に回っています。

早々に食事を済ませ、将軍様のご案内で招待を受けた軍官民の客人たちが、沖縄では最上級であるフォート・バクナー（端慶覧の劇場）へ案内されました。夫を先に立てて歩くわたしは、吹き抜けの高い一階建ての観客席に入りましたが、そこにはすでに五百人ほどの正装をした紳士淑女がそれこそきら星の如く居並んでいました。観劇とはこんな風にするものか、劇場の真ん中の一列が正客の予約席でわたしたちは深々としたクッションつきの椅子に身を沈めました。

約二カ月の練習期間を持った素人役者たちの芝居ごっこの舞台は、皆真剣そのものです。一番目に出てくる通訳サキニーは、ボロボロの半ズボンにボロシャツをつけ、GＩの誰かがくれたのであろう靴は、サイズが大きく靴下もだぶだぶで、歩くたびにしわになって垂れ下がってくる代物です。サキニーが語る台詞《せりふ》はおよそ次のようなものでした。

「琉球人たちは、いくども侵略されたが、まだ海に沈まない。台風に侵略され、イナゴに侵略され、ゴキブリにも芋虫にも侵略され、今またトビキ村は、大佐殿に侵略されている。しかし、琉球住民は、征服者から学ぶことも熱心である」

風刺がたっぷりで大変に面白いものでした。サキニーという人物は、終戦直後、石川時代の玉那覇君を思わせました。戦後そのままのボロ服姿に思わず吹き出しました。主役である軍人の一番手は、理想家で文学者肌の大尉殿と、石頭の大佐殿です。艶麗さが花を欺く芸者ロータスには、踊り妓のユキちゃんが扮しています。

隣村へさえ通行パスがなければ行けなかったあの頃、チャンスをつかんでわが村へ帰りたいという

1954年、那覇市端慶覧の体育館で演じられた「八月十五夜の茶屋」の一場面

避難民たちが登場しました。人のいい大尉殿のジープが舞台に引っ張り出され、荷物のありったけを積み込んで、年寄り特有の押しの一手で無理やり乗り込んだ老婆様のけろっとして飄々《ひょうひょう》とした姿が傑作です。それは全くわが家の抱親様を描いているようです。

年寄りだからしかたないと、大尉殿があきらめていると、彼女の娘が来る、孫たちが来る、おまけに本物のヤギまでジープの上に乗せて、山と積んだ自分たちの荷物のてっぺんに、無表情に鎮座ましまます老婆様と、あっけにとられている大尉殿の顔。その対照のおかしいこと。こんな騒ぎの中に、大佐殿が駆けつけて来ました。これこそまことに「アキサミヨーゴザイマス」

トビキ村に着いて、芸者ロータスを贈られた大尉殿と通訳サキニーの問答が始まります。

サキニー　「いかがです。彼女は芸者組合の幹部級で、義務金も毎月かけているんですよ」

フィスビー　「そんなくだらないことは聞いたことがない。君たちの国の人間は恥を知らないのか？」

サキニー「恥を知らないと大変ですよ」
フィスビー「僕たち両国民の間には、確かに相いれない根本的な違いがある。僕たちの国にも売春がないとは言わん。だが、あちらでは組合をつくり料金を定め義務金を取る、なんてことはない」
サキニー「しかし、芸者は売春とは違いますよ」
フィスビー「何と言っても、あちらでは慎みがある。……どうして芸者は売春じゃないのか。奴らが何をするか誰でも知っている」
サキニー「じゃ、皆間違っているんでさぁー」
フィスビー「じゃ、どういうふうにして儲けるんだね」
サキニー「違いを説明するのはちょっと難しいですが、貧しい人はお金持ちの気分になりたい。金持ちは賢人の気分になりたい。悲しみのある者は幸福な気分になりたいのです。こんな人たちは、皆芸者屋に行って、芸者にその悩みを打ち明けます。すると、芸者はかしこまって聞き、『おやまぁ、何て悲しいことでしょう』と言うんです。その女はきれいです。そのうえお茶をいれ、歌をうたい、踊りをします。その頃になると、悩みも吹き飛んでしまうんです。大したもんじゃありませんか」
フィスビー「そんなことしかしないのか？」
サキニー「大変に古風な尊い仕事です」
フィスビー「おいサキニー、かんべんしてくれよ。先走りをしていたが、お陰ではっきりわかったようだ」

サキニーの言葉は、どこかの抱親様がいつも申されている言葉を聞くような台詞に聞こえます。

トビキ村にあるキャプテンの事務所で、公用電話で司令官殿と話し中の大尉殿を、芸者ロータスが無理やりに軍服を脱がせ、着物を着せて、下駄を履かせる場面や、第三幕で激怒した大佐が茶屋と泡盛工場の取り壊しを命じ、廃墟となった料亭の玄関跡で、芸者ロータスと別れの盃を取り交わす場面が大変印象的でした。それまでの舞台に比べて、茶屋の出来上がった場面の装置が大変凝っており、誰が見ても面白い筋書きの芝居で、皆が拍手でこれをたたえていました。

しかし、この公演に一部の沖縄人が反対した理由は、作者の住民観が侮辱的であり、特に学校より茶屋を先に建てたということです。

米軍側は、

「この劇は沖縄を侮辱したものではなく、むしろ作者はアメリカ行政が悪いとほのめかしている」

と、反論しています。

それはともかく、芸能に対するアメリカ人の感じ方の面白さを宮城先生も指摘され、「沖縄の芝居人には、よい勉強になった」と、話しておられました。

夫の故国へ

ジャンクと大船

一年間に三週間ももらえる有給休暇が、六年分もたまったとリチャードが言い出し、台湾、香港、日本本土、アメリカへと三カ月の旅行を勝手に決めてきました。抱親様《アンマー》とともに料亭経営者のわたしが三カ月も旅をすれば、百八十人余りもいる従業員の給料支払いなど抱親様にゆだねなければなりません。リチャードが旅行の話をするたびに、悩みは深くなるばかり。妻は夫を喜ばせたいし、ビジネスウーマンはいついかなる場合にも従業員第一に考えなければならないというのが抱親様の教えです。

一人で決めた旅行に喜んで、飛び回っているリチャードが、わたしの分までパスポートや渡航手続きを一切終わらせてしまいました。わたしは、沖縄を発ったあとの料亭の采配を、抱親様やミスター・パーラーとお姐《ねえ》さんに頼みました。しかし、後ろ髪を引かれる思いです。

まして、三歳になったばかりの一人娘を置いて行くことになりました。リチャードは、

「もし、僕ら二人の旅行中に危険があっても、彼女は無事に残るから、後の心配はないじゃないか」

と言います。料亭の人たちの中へ残す一粒種の娘のほっぺに、「アイヴァ、さようなら」と、キッスをして出かけることになりました。

軍艦のような米国客船に乗せられましたが、海に浮かぶ家のように大きなこの客船は、窓の外から

見える太平洋の波が上がったり下がったりしていても、船自体は少しも揺れません。リチャードの話によれば、功成り名遂げてお金と時間を持てあますアメリカ人は、飛行機で世界中を飛び回るよりも、電話もなく、ゆっくり遊べる船旅を楽しむのだそうです。世界旅行を楽しむアメリカのご婦人方は、洋服を詰め込んだスーツケースやカバンを持ち歩くのではなく、洋服ダンスのようなファンシーケースをご主人が押して、奥様の後ろからついて来るのです。船中の夕食会には毎晩、正装でなければ加われません。

慣れない風俗習慣にわたしは目を白黒。わずらわしい旅行に出たものだとうんざりし始めましたが、考えてみれば、慣れない洋服を引っかけたり、引きずったりして歩かずとも、沖縄古来の琉装が一番便利で簡単でしかも女らしいのです。沖縄人には琉装がイブニングドレスよりよいと、今更に知って悔やんでみても海の上、船の上では後の祭り。すっきりとした琉装の着物一枚持ってこなかった自分の鈍感さを思い知らされました。

船の中で何度も寝たり起きたりしているうちに、家も人間も、ごちゃごちゃに重なり合って生きているように見える香港に着きました。女は、どこへ行っても先に洗濯物が目につきます。街の中に見える家々の物干し竿が、建物と並行にかけられているのではなく、国旗を掲げるように、窓から空へ突き出されていることに気づきました。空へ向かって、万国旗がひらひらはためいているような楽しい風景も、実際は、この土地の狭さと窮屈さを生き抜いている人々の知恵だと教えられました。

香港に着いて、初めて夫婦だけで食事をしました。「食物は中国、ワイフは日本、住む家はアメリカ風に」と、冗談を交え、この世をわが天下のようにご機嫌なリチャードが、中国料理は世界中で一番うまいと言います。その彼のご指定で、有名なペキン・ダックとともに変わったスープを注文しましたが、そのおいしいこと！　こんなおいしいスープは生まれて初めてです。食べたことも飲んだこともない、ないない尽くしの味です。あまりにもおいしいので、わたしはお代わりを所望しました。リチャードが、そのスープを一所懸命、何度も何度も説明してくれましたが、簡単なのに難しい英語、何のことかわかりません。親愛なるわたしの旦那様は、とうとうペンを持ってナプキンに絵を描き始めました。なんと、それは亀の絵です。ウワァーッ！　わたしの名前も亀、亀の共食いィ……！　旦那様をおっぽり出して、わたしは外に飛び出してしまいました。小走りに道を進みながら、今にも戻しそうな感じです。さっき食べた亀が、お腹の中で口を尖らせ、目を光らせ、四角い顔で暴れているようです。

香港はアヘン戦争で英国に借入された所です。土地も狭く、水もなく、飛行機が降りるときには直降下のような危険を感じます。こんなはげ山、岩石しかない場所に、百万ドルの夜景をつくり上げた香港人の偉さは、どこから来たのでしょう。何が彼らをそうさせたのでしょう。

貧乏といえば、世界でも有数の貧乏人がいて生活をしていた沖縄人たちのように、集団で暮らす香港人たちは、敗戦後の沖縄人と全く同じです。家の屋根は、寄せ集めの木端や枝端や剝《は》いだ木の皮を置いて、吹き飛ばされないようにその上に砂袋を重ねています。かと思うと、お城のようにばかでかい立派な建物が、個人の住宅だったりします。

東京の夜

わたしたち夫婦は日本へ向けて出発しました。香港で買い込んだ洋服や品物をいっぱい詰め込んだトランクを持って、思い出深い香港の街に別れを告げます。

1953年、香港旅行の際に。左端がローズ氏

やがて船は横浜に着きました。先に連絡してあったお友達のロビン夫妻が迎えてくれましたが、東京へ行きたいというわたしたちの要望のままに、彼らの車で東京へ直行。帝都ホテルに着きました。短いようでいて長い旅に疲れ、今日明日はゆっくりホテルで寝て、金曜日の夜からロビン夫妻と一緒に東京見物に出かけることを約束しました。しかし彼らは、

「今、東京の街は、アメリカ人に対してとても荒れているから、あまり出歩かないように」

と言い残して、帰って行きました。東京の人々が荒れているということを聞かされて、島尻壕の中にいた頃の日本兵や、雨の中を歩いた傷病兵たちを思いだしました。なまじっか戦場を歩いてきたわたしは、戦争に敗れた人間の無念さを知っており、敵国人であったアメリカ人に向かって、勢い立つ人々の気持ちがわからないこともありません。

日本の料亭で、客の接待とか姐《おんな》たちの生活などを勉強したいと前々から考えていたわたしは、夫殿と一緒に、ホテルのフロントで紹介してもらった料亭へ出かけました。金屏風の引かれた二間続きの部屋に、ダラリの帯を締めた二人の踊り子とともに、三味線を弾く芸妓と歌を唄うお姐《ねえ》さんが出て来ました。弾き語りの沖縄芸妓には、三味線を弾く姐と唄う

姐が別々という風習が珍しく、日琉の違いをまたひとつ学びました。

丸い大きなお皿の真ん中に、お魚の骨と頭みたいなものが盛りつけられたお料理が出てきます。有名なふぐ料理だとのこと。よくよく見ると、透明な切り身を通して皿の青絵が鮮やかに浮かんでいます。これを食べて死んだ人もたくさんいるそうですが、危険な味に魅力があって、あえてこの料理を食べてみようと注文したアドベンチャー夫婦です。ふぐの刺身とはなるほど、口の中に入れると溶けるようで、何とも言えない味です。しかしステーキ以外には興味のないミートボーイの夫殿は、口に入れたふぐ刺しに目をくるくるされているだけです。日本人の舌には向いても、アメリカ向きではないのでしょう。

横浜から再び船に乗って沖縄へ帰って来ました。しかしすぐにアメリカへ向けて出発しなければなりません。料亭のことや娘のことは大いに気になりますが、リチャードが「僕は十年ぶりに故郷の土を踏むことになる……」と言いながら、喜び勇んでいるのを見るとわたしまで心が浮き立ってきます。お土産に三線三丁、紅型《びんがた》打掛け三着、クバ笠三十個と、沖縄の地方色を積み込んでの出発です。

夫の兄嫁

一九五四年（昭和二十九年）、いよいよアメリカへ向けて旅立ちました。夫の後について、てくてくと飛行場へ向かいました。お尻が上下にパクッと開いた軍用機の搭乗口を見ると、まるでライオンの口の中へ吸い込まれていくような気分です。その入口に足をかけることさえ恐ろしく思えます。手足がブルブルと震えて動けず、搭乗口にしがみついているわたしは、夫殿に手を引っ張られ、腰を押されてやっと飛行機に乗りました。

東京経由アメリカ行きの軍用機の乗客は、ほとんどがカーキ色の軍人です。そして皆が飛行機の旅と時差の疲れで寝込んでいるようです。

ハワイで一泊して、翌日にはサンフランシスコに着きました。飛行機の都合で、今夜はここに泊まりだそうです。

再び飛行機に乗ったわたしたちは、ロッキー山脈の上空を越えて行きます。何という素晴らしさでしょう。空の遠く近くに重なり合った山肌が、ひと山ひと山くっきりと太陽の明かりで輝き、山間の雪に反射して浮かんで見えます。雲の上に光って浮かぶ山々はすごいというか、荘厳ささえ感じます。飛行機の真下に広がる、明るい太陽の光を浴びて真っ黄色になった山や丘は、まるで別世界を見るようです。

やがてお兄さんがいるというワシントン州のシアトルに着きました。ここはまた、途中の景色とは違って、うっそうと茂るアメリカ杉と緑の芝生が続いています。

リチャードの次兄とその家族を紹介されました。兄嫁のアイリスの美しいこと！　ゆで卵の皮をむいたような皮膚が、ピンク色にほんのりと燃えて、おまけに金色の髪と産毛がきらきらと全身光っているのです。目が覚めるように美しいとは彼女のような人を言うのでしょう。見上げるような背の高さで、性格もカラッとしているのか、しょっちゅうケラケラと笑っています。そんな兄嫁を、わたしは初対面で好きになってしまいました。小柄なリチャードとは似ても似つかぬ次兄のミスター・ローズは、大きくてどっしりした体格の男性です。

大会社の経理部長をやっているというお兄さんの家は、丘の上に建っています。五つある部屋のうち二つが客間です。プールのある広い庭には青い芝生が広がって、シュッシュッと水を撒く規則的なスプリンクラーの音が、二つも三つも重なり合って、あちらこちらで水の乱舞と音楽を奏でています。まるでお伽噺《とぎばなし》に出てくるようなこの家は、急勾配の屋根を持ち、美しい色とりどりの花に囲まれており、わが小島沖縄のトタン屋根コンセット住宅を思い出すと、大きなため息が出そうになります。丘の上に建つこの家からは、夜になると、向こうの街の灯がきらきらと輝いて見え、まさに百万ドルの夜景だとお兄さん家族のご自慢です。

お土産の中で、兄嫁のアイリスが一番喜んだのは、直径四十五センチくらいの竹で編んだミージョーキー（平笊《ひらざる》）です。竹を珍しがる彼女が、

「平ったいこの笊の平面に、芸術的な日本文字で、何か書いてくれない？」

と言います。

それではと、「ウサガミソーレー。どうぞお召し上がりください。」と日琉両語で書いたところ、なんと台所へ行くべき笊が応接間の正面の壁に飾られたのです。自由な発想で物の扱い方の自由奔放さに感心させられました。

国際結婚は妻の国に住んだ方が長続きすると、リチャードは先輩方から教えられたといいます。それでも自分が生まれた国を愛する彼は、「いつかは、ここで暮らさなければならないかもしれない」と、アメリカに住むことを望んでいるらしい様子を見せます。

しかし、料亭を開業したばかりのいま、わたしが沖縄を離れてアメリカに永住することなど考えられません。

リチャードのお兄さん一家と別れを告げ、今度は空からアメリカ大陸横断です。リチャードの予定では、ニューヨークに行って、そこから次は車で西海岸へ戻ってきます。小島の沖縄しか知らないわ

その後映画化された「八月十五夜の茶屋」のスチール写真。
左からマーロンブランド、グレンフォード、清川虹子

たしにとって、まさに気が遠くなるような計画でした。

ブロードウェイの「八月十五夜の茶屋」

ワシントン州からニューヨーク州へ、アメリカ国内を飛行機で十時間余りもかかってようやくの到着です。ブロードウェイへの招待状とともに、指定されたホテルに着くと、琉球米軍政府の社会事業部長であったキング大佐夫妻に迎えられました。彼らと一緒に、「八月十五夜の茶屋」の芝居をやっているブロードウェイの劇場へ行ったのです。ブロードウェイはアメリカ演劇界のメッカであり、世界中の役者が一度はこの舞台に立つことを夢に見、目標とするほどの檜《ひのき》舞台だとの、キング大佐のご説明です。

「八月十五夜の茶屋」の主役であるサキニー役のバーバラ・ルーナに会ったわたしは、芸者役のアメリカ女優たちに、琉球三線の弾き方を一所懸命教えて差し上げました。ところが、長い爪を伸ばした彼女たちに、爪と指先との間で押す三線の弦がうまく操れるはずもなく、日本本土と沖縄の風俗の違いが分かるはずもありません。舞台上の彼女た

ちの姿は、日本の踊り妓や芸者であり、清楚な琉球髷の姐《おんな》の感じが少しも出ていないのです。それに比べ、一般ご婦人たちの姿は、頭にタオルを巻きつけ、鉄兜をかぶりいかにも戦後の沖縄人という雰囲気が出ていました。遠いニューヨークのちぐはぐな演出よりも、オグデン将軍管轄のもとに、沖縄現地のフォート・バクナー劇場でやったお芝居の方が、土地を知っている者には何百倍も素晴らしかった、と夫殿は残念がっています。

アメリカ大陸横断

アメリカ東海岸、ニューヨークの端から、いよいよ車でのアメリカ大陸横断の始まりです。ナイアガラに行く途中で、猛獣たちを放し飼いにしている山の中を通りました。山の入口にいるガイドからは注意を受けました。

一、ライオンやトラやヒョウたちが、道にゴロゴロ寝そべっていても、騒がしくクラクションを鳴らしたりせずに、動物が立ち去るまで静かに待っていること。

二、車の窓ガラスが少しでも開いていると、爪で引っかけて、壊されるおそれがあるから、窓をきっちり閉めておくこと。

三、動物には絶対に餌をやらないこと。

原始林の中にいる獰猛《どうもう》な動物たちを、見ることすら恐ろしく、こんな危険な山の中を二人っきりで通り抜けるなんてと、恐怖感でいっぱいになります。それに比べて動物好きの夫殿は一人で喜んで、途中で出会う一頭一頭の猛獣に、「ハイ、パパ」「ハイ、ボーイ」と挨拶をしながら、ゆっくりと車を進めているのです。

世界で二番目の大きさを誇るナイアガラの滝に着きました。絵葉書や写真で何度も見た風景に、以前にも来たような錯覚を起こして、そんなに感動するということもありませんでした。旅行者の本性は静寂を好むのでしょうか。ゴーゴーと水煙を上げて落ちる滝よりも、緑の中に建つ白壁と赤い屋根がポツンポツンと浮き出て見える、まるで風景画のようなナイアガラフォールズの街のたたずまいが印象に残っています。東京やニューヨークの大都市のように、隣近所の建物がすれすれに建っていないことが落ち着いた風景を演出しています。

地図の上にあるかないかの針の先ほどの小島からやって来たぽっと出のお上りさんには、どんなアメリカ名所を見て歩いても、夫殿の説明がないかぎり、その値打ちも歴史も何もわかりません。この国の風景はあまりにも大き過ぎて、視界からはみ出してしまいそうな感じがします。

オハイオ州を通って、一六二〇年に英国から渡って来たというメイフラワー号を見た後は、ピッツバーグへ向かいました。お城のような大きな建物があって、ガーデンには花が一面に咲き乱れています。その中を、開いたパラソルをそのまま下におろしたような昔風のフープ・スカートをはいたご婦人方が、花傘をさして、そぞろ歩いています。観光協会の職員である彼女らは、全員公務員の身分だそうです。郷愁を売り物にするご婦人方は、そぞろ歩きの女性もおれば、旅行者にこまごまと親しく説明をしている女性もいます。

こんな光景を見せられると、一刻も早く沖縄に帰り、わが料亭従業員たちの、日米琉の文化がごちゃ混ぜになった姿を、馥郁《ふくいく》たる昔の沖縄姐《おんな》の姿に戻したくなります。国を造って二百年もたたないアメリカ人が、懸命に自国の文化を守ろうとしているのに、四百年もの貴重な歴史を持つ、辻の琉球文化を軽んじてはならない、と今更ながらに思います。夫の国に学ぶつもりで来たはずなのに、何を見ても聞いても頭はわが島沖縄に飛び、辻のことを考えます。

山高帽をかぶって、フロックコートを着た馭者殿《ぎよしや》が、馬車の上で馬の尻を叩きます。アメリカの大統領になったつもりのリチャードと、沖縄の乙姫様になったつもりのわたしは、馬車の上の箱に並んで座り、ちりひとつ落ちていないフィラデルフィアの街を威風堂々と見物しています。のぼせあがって、くしゃみをしたついでに、使ったちり紙を窓の外へ投げ捨てようとすると、

「一つでもごみを落としたら、五百ドルの罰金だ」

と、馭者が言います。

「大きなごみである私のような人間を捨てたら、いくらの罰金を取られるのかしら?」

と聞くと、馭者殿は笑ったまま、大声出して馬の尻を叩きました。

馬車から降ろされた所は、古色蒼然とした家の前でした。中に入ると、太い屋根の梁《はり》が真っ黒で、大きな丸太を二つに裂いて並べたテーブルだけが無雑作に置かれています。リチャードの後について入ったその部屋は、トーマス・ジェファーソンが人権宣言を起草した部屋だということです。リチャードは一ドル銀貨を出して見せ、

「これに描かれているひび割れた釣り鐘は自由の鐘と呼ばれるアメリカ合衆国のシンボルだ。イー・プロバンス・ユナムとは、〝団結の中に力あり〟という意味。僕らはこれからその実物を見に行くんだ」

と言います。なぜ自由の鐘にひびが入ったのかしら? なぜひびの入った鐘にアメリカの自由があるのかしら? なぜ人権は、ひび割れた鐘にしか書けないのかしら? 何もかもが不思議に思えてきます。一セントにはリンカーンの顔が描かれ、五セントにはジェファーソン、十セントにはルーズベ

ルト、そして二十五セントにはワシントン……。日本のお札の顔さえ覚えぬ私には、他国の人の顔を覚えるのはもってのほかかと、その場で忘れてしまいました。

公衆便所に入ろうとすると、十セント玉を入れると開くこの便所の入口に「有色人種お断り」という貼り紙がされています。

「黄色い人種と言われる沖縄人の私は、どこへ行ったらよいの？」

と夫殿に向かって皮肉たっぷりに聞くと、「黄色は有色人種ではない。黄色は大丈夫だ」と言います。

その後、車は西を目指し、グランドキャニオン、グレートソルト砂漠、イエローストーン国立公園を回り、リチャードのお母さんと長兄が住んでいるオレゴン州のポートランドに着きました。四、五年前に夫を亡くしたお母さんは、六十を過ぎてから再婚して、今は街の真ん中に夫婦で住んでいると、リチャードは平気な顔で言います。尾類《ジュリ》であった自分たち辻姐《おんな》でさえ、お客である旦那が死んだ後は、やもめの生活に入って生涯を過ごすというのに……。

リチャードがどんなに説明しても、年寄りの再婚は惨めに思えます。おばあちゃんが再婚したのは、きっと自分の夫殿を含めて、三人もいる息子たち全員が親不孝のゆえなんだ、と思えてなりません。

「あなたは自分を産んでくれた母親さえも大事にできない男なの？　産み育ててもらった親の恩を知らない人間は、愚かで、ケチで、残酷で、変人だ！」

親孝行という名目の陰に隠れ、幼い頃遊女の卵として売られたわが身に思いがつのり、ありったけの暴言を並べてリチャードに噛みつきました。

「私は、あなたのお母様がかわいそうだから、二度目のお父様の顔は見たくない」

妻に叱られてきょとんとして、説明のつかない顔をしたまま、リチャードは、わたしを長兄の家に連れて行きました。

さて、長兄殿は大きな牧場を持ち、さらにその牛を加工して、ハム、ソーセージをつくる工場や直売店まで持って、生産から販売までを一括して運営している実業家です。彼の生活が素晴らしければ素晴らしいほど、産みの親を捨てた血も涙もない子どもたちに見えて、よけいに腹が立ってなりません。

リチャードが助けを求めたのか、兄嫁がコーヒーカップを二つ持って来て、そこへ座れと言いながら、

「われわれアメリカ人は、個人としての生き方を大変尊重するのよ。それぞれが生きていることを楽しみ、自分に合った人生を選ぶべきだというのが、基本的な考えです。夫が死んだから、妻がこの世を去ったからといって、自分の子や孫に気がねしながら、自らの生涯を寂しく送る必要は全くないのです。父母が再婚をしても、幸福であればそれでよく、政府からの年金もあり、子供たちは親に対して、毎月それぞれの仕送りはきちんとしているから、お金を持った年寄り夫婦は、いつでもどこへでも自由に旅行へ出かけたりして、余生を楽しむことができるのです。だから、われわれアメリカ人は、親を捨てるどころか、心から彼らの幸福を願っているんですよ」

と説明してくださいました。国が違えば考え方もこれだけ違うのです。再婚をしたアメリカの年寄りたちもまた、神経が太いのか。それともこれがアメリカ流の理解のしかたなのでしょうか。再婚した場合、沖縄ならば、前夫の写真や過去の生活などは、全部整理するのが当たり前だとされています。ところが、アメリカ人は、前の生活を抱えたまま、さっさと次の幸せをつかむようで、前夫の写真も

堂々と新家庭のテーブルの上に飾られているのです。大陸的な生活や親孝行は、小島沖縄に生まれたわたしには、理解の範囲を超えています。

立ったままちょっと片足を曲げるだけで、日本式の最敬礼にあたるというアメリカ人には、年上・目上に対する礼儀や敬語などまるでないようです。八歳から十四歳までの長兄の子どもたちが、四十数歳かの叔母であるわたしに向かっても、「エイコ、エイコ」と、メイドでも呼ぶように呼び捨てにします。幼い時から行儀万端、目上・年上を敬い、お客様に向かっては、米つきバッタのようにペコペコ頭を下げて育ったわたしです。片足だけをちょっと曲げて事足りる彼らの様子は、まことにもって教養のない子どもたちに思えます。しかしそれも開けっ広げのアメリカ人気質の特徴。お客の名を呼び捨てにすることで親愛なる情を表していると、兄嫁は教えてくださいました。

何万キロ離れたアメリカへ、遊びに来たのやら、買物に来たのやら、珍しいお土産を次々と手当たり次第に買い込んでいるうちに、大きな荷物が出来上がってしまいました。何百キロも離れた次兄の家族には、電話でお別れの挨拶をして、いよいよ沖縄へ戻ります。行きもドキドキ、帰りもドキドキ、恐ろしい飛行機を二十八時間余りもやっと我慢して、ようやく沖縄にたどり着きました。

妻・母、そして経営者

経営者の腕

久し振りに故郷へ帰って、親兄弟に会ったリチャードは、よけいアメリカが恋しくなったのか、それとも仕事だけに首を突っ込んで溺れている妻に不満を持つのか、この頃では、「飲みネー、食いネー」の友達と一緒に夜を過ごすようになってきました。

「あんなに優しいご主人様が酒のみになったのは、お前がよい奥さんでない証拠だ。夫を持った姐《おんな》は、かわいい奥さんになることが、幸せになるための第一条件。特に尾類《ジュリ》であったお前は、平凡な家庭に生まれたご婦人方以上に、亭主に惚れられねばならぬ！」

と、生粋の辻姐である染屋小の抱親様《アンマー》に、姐の道を諭されてしまいました。

古い辻の仕来りを重んじる抱親たちは、現代的に飛び回るわたしを悪妻だと言いますが、自分では内助の功に努めているのですが……。米国民政府婦人倶楽部の一員でもあるわたしは、社会活動や奉仕活動なども懸命にやっているつもりです。

身の丈ほどの草原であった辻町に、いつの間にか鉄筋コンクリートのビルが建ち始めました。米兵目当てのバーやキャバレーが軒を並べ、貸家まで出来ています。新那覇市で営業をしていた「那覇」

料亭も、栄町で繁盛していた「左馬」料亭も、皆が元の辻へ移転して来て、新築ご披露や営業開始に忙しく、姿形は変わっても、少しずつ昔の雰囲気が戻ってきたような気がします。

「料理を主として、酒を従とする料亭業にはあまり利益がなく、同じ苦労するなら、酒を主として、料理を従とするバーやキャバレーの方が、はるかに儲かるものよ。そのうえ、料亭のかき入れ時は一日のうち二、三時間で、特別大きな宴会でも続かない限り、妓供《こども》たちも昼は遊ばせて、夜だけの短時間出勤になってしまう。お客さんたちは、飲み続けるということはあっても、食べ続けることはないものね。一人の殿方が飲むお酒の売り上げは、料理を五人分も売ったくらいの儲けがあるでしょう」と、ベテランのお姐《ねえ》さんたちに教えられました。そこで、これから先、有望だというウィスキー輸入業の免許申請をして許可をとりました。

バー街になった辻町に、料亭から道をひとつ隔てた角に、手ごろな建物を見つけてこれを借り、キャバレーを開くために、お店の内装や二階住宅の設備を整えました。「ストークハウス」と名づけたこの店は、抱親《アンマー》様の跡継ぎである豊子への暖簾《のれん》分けのためにもと、抱親様と彼女の采配に任せることにしました。

商売の材料であるウイスキーを、水や氷やコーラなどで上手に薄めて、どれだけの利益を出せるかはバーテンの腕次第と、ミスター・パーラーにキャバレー経営者の極意を教わります。しかし、とにかくこのキャバレーの責任者として、豊子がしっかりやってくれたらそれでよい、「豊子よ頑張って！」と心から彼女に声援を送ります。

軌道に乗ったキャバレーに気をよくして、今度は、那覇には遠い嘉手納《かでな》航空隊の米軍一般兵の獲得に、コザ市でもキャバレーをつくることにしました。まずは、コザの街中を歩き回って、貸しホールを見つけることから始めます。契約と同時に設備や備品など一切を揃えると、住み込みのボーイと女の子を集めてチャイナ服を着けさせ、この店を「チャイナ・ナイト」と名づけました。

開店するまでの二十日間は、つきっきりで従業員たちを指導せねばなりません。豊子とともに、コーヒーショップから来た宮平さんにも暖簾分けの必要があります。そこで彼をこの店の責任者としましたが、そのため、かわいそうな宮平さんは毎夜、那覇とコザの間を往復しています。

東洋と西洋の商売道

年の瀬も差し迫った頃、料亭では忘年会が続き、朝から忙しさに追われています。ミスター・パーラーなどは、ホールでストリップショーをくりひろげて、派手にやっています。今月は三十セント遊興飲食税の徹底月間で、税務署発行の領収書を使用させ、収支額の適切な申請を指導するという名目で、税務署からの出張員が帳場の中へ入り込んで見張っています。

そんなこんなで琉球の習慣に馴染《なじ》めぬパーラー氏と、遊興飲食税やご贔屓《ひいき》のお客様への盆暮のご進物などのことで、言い争いをしてしまいました。

日本語の読めない彼は、百円が百三十円になる琉球税法を納得できない、と言い張るのです。そして三十パーセントの遊興飲食税を、まるで料亭経営者であるわたしが取り上げているかのように怒ります。また、お得意様へ盆暮の進物のことも理解できないのです。

「これは、古くからの沖縄の習慣であり、料亭のお得意様を確保するために、盆暮の挨拶はもちろん、冠婚葬祭その他、ことあるごとに贈り物や付け届けは絶対に必要なのです」

と言うわたしに向かって、

「それは、自分の仕事に対して自信のない者がすることで、アメリカ人の僕の知ったことではない。そんな経費を使うよりも、従業員の給料をよくした方が、仕事の面ではもっとプラスになる」

と頑張るパーラー氏。東洋流と西洋流の商売道がガチンとぶつかり合ってしまいました。顔を真っ赤にして怒ったパーラー氏は、それ以後レジスターで打ったホールの売上表も見せず、口だけの報告をして、すぐに焼いて捨てるようになりました。

「どうして？」と聞くわたしに向かって、

「毎日の売り上げは、帳面に書いてあるから、ダイジョーブー」

とダイジョーブーのパーラー氏が、米琉日本語で反論します。アメリカと沖縄の習慣の違いはいかんともしがたく、説明不足や理解不足から感情の行き違いになって、彼との商売上のお付き合いも徐々に難しくなってきました。

　あれこれと心労が多いこの頃、ついに料亭のお客さんとトラブルを起こしてしまいました。円とドルを使い分ける煩わしさからか、アメリカ人たちはわしづかみにした円をテーブルの上に置いて、飲み食いをする習慣となっています。心得たお給仕の妓供《こども》たちも、それぞれの前に置かれたお札の中から、一杯ごとの酒代や料理代を必要なだけ持って帳場に払うようにしているのです。

　ところが今夜は、その金がまるごとなくなったとお客さんに騒がれたのです。料亭業は、何事にもお客様第一で、ご無理ごもっともと頭を下げるのが立派な接客業者と、抱親様《アンマー》から厳しく躾《しつ》けられてきました。わたしの一存で、なくなったというお金の全額を弁償して、お客様を帰してホッとしていたら、さっそく、昔遊女の大元老たちに呼び出しを受けました。

「料亭の女将たるお前がそんなことをしては、辻全体の名折れになる。なぜ、その部屋にいる妓供たち皆を裸にしてでも、証明しようとしなかったのか！」

わが料亭の暖簾を守るため、また信頼関係で成り立った辻社会の信用を失わぬためにと、こっぴどく叱られたのです。亀の甲より年の功ということでしょうか、年も経験も積み重ねてきた辻の抱親たちは、やはり偉いものだと、叱られながらも頭の中で考えました。

ユーモアとノーモア

石の上にも三年といいますが、無我夢中で走っているうちに、「TEA HOUSE」料亭も誕生してはや三年になりました。そろそろ三周年記念のお祝いをしなければならないと、折り目正しい二人の抱親様《アンマー》が言い出しました。何百年という辻の歴史に比べれば、生まれたばかりでまだ落ち着かないわが料亭を、素直に表した小粋な贈り物はないものかと考えました。そして、一人立ちができない赤ん坊という意味を込めて、這い這いをしている赤ちゃん人形を三千個注文して、多くのお得意様へ招状とともに配ることに決めたのです。

日本髷《まげ》に振り袖を着けた舞妓と、琉球髷に銀の簪《かんざし》をきらきら光らせた踊り妓を左右に引き連れて、銀行、会社、新聞社、米軍基地などへ、お礼の挨拶回りに出かけました。

アメリカと沖縄は、地球の裏と表だというけれど、会社回りひとつとってみても、まったく習慣が違います。東洋風の会社回りは複雑な手続きを経て面会の日取りや時間を決め、空気も重々しい事務所の中で礼儀正しく振る舞わなければなりません。一方、あっけらかんとした米軍では、ゲートの入口に立っているＭＰ殿の差し出す訪問ノートに日時、名前、職業、性別を書き込んで用件を話せば、ただちに電話連絡、いかなるお偉方でも、紹介状なしですいすいと簡単に通してくれるのです。あまりにもオープンなアメリカ流訪問と、東洋風の煩雑な事務受け付け。姐《おんな》が三人寄れば、まことにかしましく、「東洋と西洋のど真ん中に住んでいるのがウチナーンチューだ」と妓供《こども》たちも、一流の社会評論家気どりです。

海兵隊の本部に行って、総司令官殿の事務所へ通された私たち。長官室へ案内してくれた衛兵が上官殿に足を鳴らし敬礼をして出て行った後、沖縄娘をベビーベビーと呼ぶ司令官殿へ、さてと向き直って、わたしはしゃべりだしました。

「実は、あなた様と副官殿へ、かわいいベビーを連れて来たのです。彼女たちは、あまりにも若過ぎて、着ける着物さえなく、かわいそうだから、寒いときには着物を着せて、育ててやってもらえないでしょうか？」、さらに大真面目な顔で「あなたに心があれば、このベビーたちは、必ずあなた方を慰めてあげることでしょう」

と、まことしやかに申し上げます。フクロウのような目になって、びっくりたまげている司令官殿は、慌てて副官殿を呼び出し、今の言葉をもう一度話してほしいと言います。言われたとおり同じ言葉をくり返すわたしたちに向かって、副官殿もしどろもどろです。

「この部隊内には、女の子は置けないが……」

と言いつつも、私の後ろに立っている二人の芸妓たちをジロジロと見ている司令官殿。

「だって、このベビーたちが、司令官様のそばにいたいと言うんですもの」

と言って、持って来た二つの裸人形を大きな机の上にポンと差し出しました。かつがれたと知った彼らは、腹を抱えたり、手を広げたり、負けた口惜しさを身体中で表現して、勝った姐たちを必要以上に歓待してくださいました。生真面目なばかりが取り柄の日本の会社では、絶対に通用しない姐たちの悪戯や茶目っ気が、米軍の最高幹部には大喜びで受け入れられます。ばかのひとつ覚えの私たち、今度は海軍部隊へ行ってかつぎ、まことに愉快な一日を過ごしました。

三周年記念のお祝いに、五百人ものお客様を招待した料亭は、日米琉カクテルのお料理を並べて、大変な大盤振る舞いです。宮城能造先生のご指導を受けた踊り妓たちが中心となって、那覇の三大行事の一つである尾類馬行列《ジュリンマ》の原点ともいわれる「華の台由来記」の大芝居を打ちました。このお芝居は、金、銀、べっ甲、銅、竹、木とそれぞれの材料でつくるジーファー簪や、女の髪の結い方、着物の柄の大小で、女たちの地位を表した琉球婦人たちの風俗史を描き出したものです。

唐人に襲われて身を汚された王女様が、汚れた身ではお城へも帰れず、「支配者である中国や薩摩の旦那方に接待を重ね、琉球支配を骨抜きして、琉球王府と貧乏国沖縄の一助ともなれば……」と、王女様は侍女たちとともに辻という廓を開いたという辻発祥の言い伝えの物語を芝居仕立てにしたのです。母君である后と王女にしか許されぬ金の簪を、実の娘であっても今は遊女になり下がった王女から取り上げて、泣き泣き家臣だけに許される銀の簪を、わが娘へ手渡す場面が、この劇のクライマックスです、そのとき、お后様は、

「毎年一度、旧正月の二十日の日に、父上はじめわが一族郎党、馬勝負という名目で、首里から轡《くつわ》を並べて潟原へ向かうことになっています。恩納妃王女や他の姐たちは、踊りの行列を組んで進めば、よそ目ながら親子の対面もできるであろう」

と、年一度の出会いを約束して、別れていくのです。――これが尾類馬行列の由来であると、大元老たちに教えられました。この大芝居を、わが妓供たちは大勢の招待客の前で見事にやってのけたのです。

揺れる人生

昇進したリチャードが、牧港地区の家族宿舎へ入れるから、そこへ引っ越そうと言い出しました。アメリカ人の宿舎地域の周囲には金網の柵が張られ、ゲートの入口には歩哨兵が立ち、訪ねて来る人々の車やハンドバッグの中さえも厳しく調べると聞きました。できることなら柵もなく、誰でも自由に出入りのできる海の見える今の家の方がよいと頑張りましたが、夫殿はなんとしても地位の上がったことを誇りたいのか、強引に引っ越しの書類を持って来て、

「子どもの将来のためには、こっちの方がいいだろう」

と言うのです。確かに、料亭の姐《おんな》たちに取り囲まれて育つ幼児は、琉球語と日本語しかしゃべれず、英語だけを使う父親との対話もできません。そんなかわいそうな娘のことを言われれば、渋々ながらも認めざるを得ないのです。しかたなく、米国民政府要員の集まる地域でも、一番端っこの家を選んで引っ越すことに決めました。

平屋一戸建て、おおよそ五十坪くらいの外国人住宅は、玄関の傍《かたわ》らにお客様用のトイレが一つ、台所の横に使用人用、家族用はお風呂場にと、一軒の家にトイレが三つ、まるでトイレの中に人間の住む部屋をつくってあるみたいな宿舎です。中央に二十坪くらいの大広間があり、あとの三つの個室は、一つが子ども部屋、一つを夫殿の書斎、一番大きな奥の部屋を夫婦の寝室としました。

応接間には軍支給のテーブルと長椅子、肘掛け椅子がでんと置かれています。寝室にはダブルベッドに鏡台、衣装箪笥など、とにかく身体一つ持っていけば、その日から暮らせるほど。鍋、皿、コーヒーカップまで備えつけられているのです。このような施設の一切合財を無償で貸してくれるアメリカの物量とは大変なものです。よくもまあこんな国と戦争したものだとつくづく考えました。

米国民政府事務所のローズ氏（左から４番目）

寄り添って暮らしていた古島の住民たちを、強制的に立ち退かせて建てた米軍用住宅地。その端っこの家にひっそりと入ったつもりでほっとしていると、右隣は米国民政府の水産部長殿、そのお隣は商工部長殿、そのお向かいが行政部長殿、その右が文教部の課長殿、そのお隣が渉外部長殿……、いずれも錚々《そうそう》たる面々です。隅の方でひっそりと……どころかお歴々の家族に囲まれた家に私たちは住むことになったのです。

自らの勉強部屋を持って、やっと落ち着いたリチャードが、アメリカ国務省立の夜間大学（ユニバーシティ・オブ・メリーランド）へ行くと言いだしました。目を丸くした私が、

「妻子もあるお方が学校へ行くとは沖縄では聞いたこともありません。いったいどうしたことなの」

と夫殿に聞くと、なんとなんと、

「アメリカでは、結婚してから学校に行くのは普通だ」

と平気な顔で言うのです。またもや西と東の習慣の違いには驚かされます。

「お前は昼夜に仕事で忙しいし、僕だけポツンと家にいるわけにはいかない。事務所から帰って来たら、

夜は学校へ行って学位を取るよ！」

と言います。

わが家のすぐ目の前に、将校倶楽部と水泳プールが出来上がりました。小高い丘に建てられた近代的な倶楽部は、朝夕に車を乗りつけるお客で超満員です。家の目隠しに植えた芭蕉や蘇鉄がかえって人目をひくのか、飾り立てた米国民政府要員のご婦人方が、ランチタイムやディナータイム、ビンゴーなどで倶楽部に出入りしながら、「TEA HOUSE」料亭のマダムが住むという家を肴に、おしゃべりに花を咲かせています。台所に立つ私には、かしましいその声が、遊女であった私を非難、中傷しているような気がしてなりません。

四歳になった娘のアイバは、ショートパンツにベストを着けて、カウボーイハットを横っちょにかぶり、男の子のようにピストルを腰に下げて、隣近所の男の子たちを馬にして遊んでいます。まるっきり英語の使えなかった彼女が、いつの間にかバリバリ英語で喧嘩をしています。楽しそうに走り回っている子どもたちの姿を見ていると、ここに移って来たことが娘のためには本当によかったと、改めて夫殿に感謝するのです。

武士の商法

商売は相変わらず大盛況です。お座敷に納まらぬほどになったお客様を、断るたびに怒られてばかりいます。そこで大広間と離れの部屋をつなげて建て増しをすると、随分と広くなり需要に応じられるようになりました。

テーブルだけ置いた大広間に満足のお客様。でも無税のウイスキーを米軍倶楽部で一杯十セント

（十二円）で飲みつけている軍人たちには、一八五パーセントの輸入税に三十パーセントの飲食税を含めて、四倍以上にもあたる一杯五十円のウイスキー代を払うのは、なんとも割り切れないのです。異人客からブウブウと文句を言われるカウンター嬢は疲れ気味です。料亭経営者は、琉球政府からは国際経営者という言葉で徴税義務を押しつけられ、琉球に対しての納税義務はないと、言い張る異人客との間で板挟みになっています。

彼らに料亭「TEA HOUSE」の税金一つひとつを説明しながら、抱親様《アンマー》とともにわが島復興のための外貨獲得に励まねばなりません。米つきバッタのように己が身を折り曲げ、ペコペコ頭を下げて、異人様から税金を取り上げることに、従業員の皆がさまざまな辛い思いをしながらも頑張っているのです。

そんなある日、車に旗を立てて、行政官夫妻が二世通訳殿を案内人にわが料亭へやって来ました。二世通訳殿からは、

「閣下には、一般兵がやるような尾類馬踊《ジュリンマ》りをさせないように」

とのご命令を言い渡されました。

しかしながら、アメリカ世《ゆう》は皆が一列横並びだと思い込んだ単細胞のわたしは、恐れ侍《はべ》るは事務所の中だけでよいと、雲の上の方々にも庶民の遊びを知ってもらいたいと考えました。二世通訳殿の言葉をデモクラシー違反と受け取って、

「どんな場所へもすぐ溶け込んでしまうのがアメリカ人。宴の席ならばなおのこと、皆が平等に喜んで笑って泣いて、心ゆくまで沖縄の夜を楽しんでもらいたい」

との言葉を返したのです。怒った二世通訳殿は居丈高《いたけだか》な態度で、給仕たちにぷんぷん当たりちらし

ながら出て行ってしまいました。意地になったわたしはこれぞ庶民の遊びとばかりに、わざわざ白馬を閣下のベルトにひっかけ、奥方様には赤馬をまたいでもらいました。羽織らせた大きな打掛けの袖を引っ張ってお囃子《はやし》を入れながら、大声で舞台の上へ、

「イエイ！　イエイ！」

庶民同様、尾類馬ダンスに喜んで飛び回る行政官夫妻。その間中、じっと白い目でわたしをにらみつけている二世通訳殿には悪いことをしたとは思いつつも、しかしお偉方には誠実であったと得心しています。抱親様にはあとで呼び出され、まるで武士の商法だとしたたかに叱られました。

三頭馬車

支配人のポーターさんに、店をいくつも持っていれば利益の分配は持ちつ持たれつで、チェーンストアの強みが出てくると教えられ、慣れないキャバレー仕事に二つも手を伸ばして、三頭馬車に乗ってはみたものの、手綱ひきが悪いのか経営能力がないのか、キャバレーの運転資金をやりくりするのに、毎日頭を抱えるようになりました。悩みに悩んでミスター・Mに相談したところ、こんな答えが返ってきました。

「料亭一カ所だけで、プラスの営業ができたものを、お金と力を分散した君は、わざわざ苦労を背負っているようなものだ。外へ打って出るよりも、まずは料亭の運営に気を配るべきだ。ミスター・パーラーがやっているホールなどは、電気、水道、設備一切の経費がこちら持ちだというのに、収入といえば売り上げの十パーセントをもらうだけで、設備費その他でホールは赤字になるだろう。彼に辞めてもらって、広げたキャバレーはそれぞれの責任者に任せ、君は料亭一カ所で手堅い仕事をやっ

た方が、夫婦生活のためにもよいのでは？　ミスター・パーラーはどんな仕事でもできる人だから、彼とよく話し合ってみるように」

結局、パーラー氏と話し合った末、彼はわたしの持っている酒類輸入業の権利を譲り受けることで、これから先、見込みのある輸入業者として独立していきたいとのことです。一方、私は宮平さんが苦労しているコザの店を閉じて、料亭のホールを直接経営することにしました。

妖怪の足音

鬼人の足

アメリカ本国からウイスキーを直接輸入すれば、三分の一の価格で仕入れることができると、ミスター・パーラーが初商いかたがた教えてくれました。こんなうまい話はないと、「フォアローゼス」「カナディアンクラブ」「シーグラムセブン」など二百ケース分のお酒を注文しました。一六五パーセントの税金がかかっても、仕入値が安ければ、世間並みの価格で小売りに出しても利益は十分でるはずです。

さて、お金を支払って、一カ月の約束で来るはずのウイスキーが、二カ月たっても着きません。やいのやいのとパーラー氏に電話しても、

「注文した品物は、すでにアメリカの桟橋に積まれているが、アメリカでは労働者たちの記録に残るほどの大規模なストライキが行われている最中で、まだ船に積み込むことができずにいるのだ」

という返事です。なんと面倒くさいデモクラシー。

「とにかく、品物がなくては商売もできないから、早く何とかしてください！」

と言い、電話を切りました。しかし、自分も含めて「TEA HOUSE」料亭の従業員たちは、毎日忙しく働けばこそ給料も収入も上がるのに、仕事を休めば給料が上がるというストライキとは、いっ

たい全体どうなっているのでしょう。ウイスキーが来なければ仕事にもならず、持てる国、アメリカ合衆国の自由主義を勝手に怒っている琉球姐《おんな》です。

注文した二百ケースのウイスキーは、三カ月を過ぎてもまだ着きません。悪いことは重なるといいますが、どうやらリチャードは浮気を始めたようなのです。妻の悩みと、マダム業の悩みに挟まって、気持ちの落ち着く日もありません。心はガタガタ、歯もガタガタで、のぼせあがって浮き出た歯が痛みだしました。

豪華さと礼儀正しさを売り物にしている「TEA HOUSE」料亭の玄関の長椅子に、酔っ払いでもないアメリカ男が片足をソファーにかけ、大の字になってひっくり返っています。見かけない男です。あまりにも横柄な態度にカチンときたわたしは、

「軍の倶楽部では皆きちんとしているのに、沖縄の民間営業を踏みつけにする不良外人め！　姐たちの経営といっても、一般兵から将軍様まで区別なくお見えになるこの料亭。お客様としてのマナーゼロの輩《やから》は許しませぬ！」

とプリプリ。のぼせあがった幼稚園生のマダムは、アメリカーたちの権力を恐れる抱親様《アンマー》の忠告も聞きません。この小さな出来事が、わが身の一生を変える導火線であることの予感もなく、自らのこのこ表玄関に出て行きました。そして、長椅子の背に足を持ち上げ、長々と一人占めにしている彼の足指を指先でつまんで下に下ろしたのです。

「アイムソーリー。あなた様はどうぞお帰りくださいい！」

と、怒鳴りつけたのです。むくっと起き上がったその男は、ジロッと私をにらんで、

「僕が何をしたんだ！　僕の顔をよく覚えておけ！　ユーアー・インマイ・ブラックリスト！（お前は要注意人物だ）」

と、毒づいて帰ろうとしましたが、彼の言葉をブレックファースト（朝ご飯）と聞き違えた私は、

「テイク、ウィズユー、エニタイム（いつでもご一緒に）」

冗談半分に彼の背に罵声を投げつけたのです。後で聞くところによると、彼はＣＩＤ（民間調査局）の曹長だそうです。お客様と言い争っているわたしの様子を見届けた抱親たちに、さっそく呼びつけられました。

「権力とは、どんな毒薬よりも恐ろしいということを知らないお前は、いよいよ世間知らずの不遜なマダムだ！　たった一軒の料亭をつくったくらいで驕《おご》りたかぶっている姐には人もついてこないし、傲慢《ごうまん》な輩には人間連帯の和も生まれない。ちょっとしたことで火のように燃えるお前は、ばかかとんまかあほうか！」

と、マダム業の心得をひとくさり、手痛いお灸をすえられました。

「料亭を経営している者は、客に対して強気を出すより、なんでもごもっともと味方につけておればよいのだ。そのように客のかわいいマダムである一方で、妓供《こども》たちには一人前の家長としての敬意を払わせねばならぬ。戦後の辻に料亭をつくり上げたお前でも、自分だけが偉いのではない。家を建てることは誰にでもできるが、これを実らせ基礎を築き、自分の後に続く姐たちを何人育て上げ、成功させていくかが営業者としての勝負である。マダム業に必要なのは、包容力、指導力はもちろんだが、その上に人間的な魅力がなければ、従業員たちの信頼は得られないのだ」

と、辻の大元老をもって任じる抱親たちは、懇々と自論を述べられます。

春に浮かれだした夫と、煩わしい料亭業の悩みで、頭の調子も身体の調子もすぐれません。人は一生、歯は二生というけれど、わたしの歯は現在三生目で老いの坂を駆け足で下っていこうとしています。総入れ歯にするために、上下に残った歯を一度に八本も抜かれ、氷枕に埋まってうんうんうなっているのです。

「ウイスキーが足りないので、パーラー氏に電話をしたら、おもちゃのようなウイスキーの小瓶を運んで来ました」

との報告です。こちらは歯の痛みに耐えかねてウイスキーどころではありません。

久しぶりの病気で、仕事もそっちのけ、朝晩家にいる母親に娘も喜び、家族と一緒に過ごせることを喜んだ夫殿も、この頃は仕事から早く帰るようになりました。

料亭の家宅捜査

奥様業に専念して毎日をのんびり過ごすわたしのところに、急に料亭のお姐《ねえ》さんから電話がかかってきました。

「何がどうなっているんだか。MPの車に料亭の裏表を取り囲まれ、家宅捜索をされている。パーラーさんが運んで来たたくさんのウイスキーの小瓶を開けて普通瓶に移し、その空瓶を裏庭へポイポイと捨てているところを税関の役人を引き連れてドカドカと乗り込んで来たCIDたちに取り押さえられたわ」

と言います。さらに、報告は続いて、

「『この料亭の経営者は、アメリカ帰還軍人倶楽部のR・T・オズボーンと結託して、無税ウイスキーの密輸入をした』と、通訳である二世殿が言っている」

　これを聞いてびっくり仰天してしまいました。何がどうなっているのかわかりませんが、パーラー氏が持って来たというミニチュアウイスキーは、どうやら米軍の倶楽部から出た品物らしいのです。いったいパーラー氏とオズボーンという人とはどんな関係なのでしょう。外国人妻である者の料亭に無税ウイスキーがあったとなると、当然夫に迷惑がかかることになります。とにかく大変なことになったと心配しているところへ、通訳兼お給仕の総監督である勝子さんが走り込んで来ました。

「料亭へ靴のままドカドカと入り込んで来た制服のMPや私服のCIDたちは、玄関から裏口まで周囲を固めてから、従業員を一カ所に集め、皆をそれぞれ壁に向かって座らせた後で、家宅捜索を始めたんだわ。その間便所へ行くにも、後ろからMPがついている有り様よ！　小さな一口ウイスキー瓶から移した大瓶を並べて、いろんな角度からこれを撮影すると、あいつらは書類を突き出して、バーテンにサインさせ、倉庫にあったものも全部押収していってしまいました」

　何を聞いても言われても、歯を抜いて顎まではれ上がっているわたしには、考えもつかず、どうすることもできません。いざというときは抱親方《アンマー》がいる、とにかく何とかなると思っていたのです。ところが、今度は、料亭にオフリミッツ（立入禁止）の札が貼られたという連絡が入りました。

「八月十五夜の茶屋といえば、ニュースバリューは十分。闇商売を摘発したCID殿はお手柄になり、外国人妻の料亭経営という実体に苦虫を噛みつぶしていた人々も、胸につかえていたもやもやが取れて、せいせいしているだろう」

　と見舞いに来たミスター・Wが、思い切ったことを言います。個人で二百ケースのウイスキーを注文するほどの料亭経営者が、おもちゃのような一口ウイスキーを買う必要がどこにあるの？　と、ばからしくなって高笑いしているわたし……。報道価値があったのか、琉球の三新聞はでかでかと三面全部を使って、「米国民政府勤務のリチャード・ローズの妻上原栄子（「TEA HOUSE」料亭経営者）は、米軍の法規に違反して、三百五十本の無税ウイスキーを購入した」と報じています。ニュース材料の少ない平和な沖縄で、書く方はそれでよいかもしれませんが、書き立てられる者は恥ずかしさのあまり、地の底へでもひっ込みたい思いです。落ちた風船は足で蹴っ飛ばすのか、米国民政府の広報課さえも、鬼の首を取ったように、「ミセス・ローズは、布令七十七号の闇商売で捕まった」と、でかでかと広報に載せて、各事務所に配ったといいます。お姐さんたちに電話をして確かめたところ、

「あまりに小さな瓶なので、数量の確認はしなかったが、パーラー氏は、三百五十本あると言っていた」

ということです。そのミニチュア瓶のウイスキーを、パーラー氏に言いつけられて、納税済みの普通瓶に移しているときに、CIDたちが入り込んで来たのです。運の尽きと言えばそれまでのことですが、やっと沖縄経済にも活気が出てきて、一般社会の軌道に乗り始めてきたこの頃。品物さえあれば、お金は箒《ほうき》で掃き集められるような料亭の好景気の中で、こんなことが起きようとは夢にも思いませんでした。「安心して気の緩みが出たときが危ない」と、日頃から抱親様から教えられていたのに、これほどのことが起きては、伝統ある辻遊廓も、わが料亭の面子も丸つぶれです。何よりも、米国民政府に職を持つリチャードに迷惑をかけたことが一番ショックです。

「米国民政府内でも、前の将官方の頃ならば、何とか事情を聞いてくれたろうに」

と言うわたしに、夫殿は言います。

「アメリカ政府は、トップが変われば政策も行政官も全部が変わり、前任者の仕事とは、一切関係

がなくなるほど、世代わりをするのだ」

　でかでかと新聞に載ったわたしのために、一蓮托生、辻姐のしるし、商売敵《がたき》であるはずの有名料亭のマダム方に言いつけられたそれぞれの支配人が、わざわざ訪ねて来られました。彼らは、米軍で働いている通訳殿へ頼んで、検察関係の人にお金を握らせれば、大きな問題にならなくて済むと言うのです。しかし、それをリチャードに話したところ、

「そんなことをすれば、お前が犯罪を犯したことを証明するようなものだ！」

　と吐き捨てるように言って、取り合おうとはしません。結局、お金での解決をせずに、正面から戦うしかないと彼は言い、わたしもまた決意したのです。

逮捕

　一度に抜いた八本の歯の跡はいっこうに痛みが治まりません。家族と一緒におかゆの夕食をしているところへ、料亭玄関の長椅子に寝そべっていたいつかのＣＩＤの曹長が、逮捕状を持ってやって来ました。そしてリチャードへそれを示しながら、私を連行すると言うのです。驚いて子どもをかき抱いて、リチャードの陰に隠れると、逮捕状を読んだ夫殿は、私を振り返って強い声でたった一言、

「彼らと一緒に行きなさい！」

　と冷たく言い放ちました。支えてくれるはずの宿り木も失せた思いがし、情けなくなったわたしは、抱いていた娘を夫に預け、ＣＩＤ殿とともに外に出て、彼らの黒い車に乗りました。逃げ出すとでも思ったのか、暗闇に立っていた二人の男が両方から近寄って来て、わたしを真ん中に挟んで車に座り、まるで殺人犯が護送されて行くようです。曹長殿が車を運転しながら無線機を持って、たった今ミセ

ス・ローズを逮捕した旨を本部へ報告しています。

　連れて行かれた所は、コザの民間警察署でした。宿直の琉球巡査殿の顔が二、三人見えます。「TEA HOUSE」料亭の外国人妻のマダムが来るのを知っていたのか、無表情は装ってはいても、彼らの戸惑いは隠せません。

　ガチャガチャと鍵が開けられ、入れられた所は三畳くらいの独房でした。ギギィーッと戸を締める音で初めてわれに返ったわたしは、地獄の底に突き落とされた思いで、大声をあげて倒れ込み、泣くだけ泣いた後は牢屋の壁にすがっていました。

　しばらくして、ガチャガチャと鍵の音がしました。外へ出ろと命じる巡査殿の後について廊下を渡り、待合室へ入ると、リチャードと米国民政府のS裁判長殿が引き取りに来ていました。

　リチャードの運転する車の中で、S裁判長殿は、

「沖縄人である栄子に起きた事案は、民間警察を通して、米国民政府裁判に持って行くべきであり、CIDが直接動くというのは違法である」

　と話しています。彼らの話を聞きながら、一度でも牢屋に入れられたわたしのショックは大きく、手足はブルブル、歯はガチガチ、目は血走って、神経失調の状態に陥ってしまいました。心配した夫殿に、桜坂の当山病院にそのまま担ぎ込まれました。あまりにもビーンと張った神経のせいか、動脈も見えず、足首から注射をされながら、「自分はどうでもよいから、夫を助けてくれ！」とうわごとをくり返していたと、病院長のお母様に聞かされました。

　米軍内では、政府の広報に妻が逮捕されたことをでかでかと報道され、それを皆が事務所の中で回し読みしています。腹に据えかねたリチャードが、民間でも米軍関係でも法律家として名の通ってい

る弁護士殿を頼み、占領軍の軍裁判ではなく、民間人としての正式な裁判を請求しました。

料亭の従業員たちから取った証言記録の写しと、証拠品であるウイスキーの写真をＣＩＤ本部から借りて来た弁護士殿が、その写真はミニチュア瓶ではなく、移し替えられた普通瓶の写真で、書類はサインをする上の欄に、〝この証言に間違いはありません〟と、日本語で書かれてはあるものの、後は全部英文タイプで打たれていて、アメリカ人には読めても、料亭の従業員には読めないものだ、と言い放ちます。

リチャードにこれを読んでもらいますが、日本語で妻に説明することはできず、わたしはいらいらが募るばかり。異人同士の夫婦は、いざというとき通じ合えない国際結婚の悲哀を思い知ります。

閑古鳥

Ａサインを取り上げられた料亭は灯が消えて、各部隊の兵隊たちや外国人事務所へ米軍からオフリミットの通知が出され、閑古鳥が鳴いています。

「立入禁止になっている料亭に、通訳を引き連れて来たＣＩＤの例の男が、酒を飲ませろと言って、くだを巻いていますが」

とお姐《ねえ》さんから電話がありました。あのときの自分は人間の足と猛獣の足の見分けがつかない料亭経営者だったのでしょう。その過ちを今になって知らされ、ほぞを噛んでいるのです。米軍人立入禁止の料亭です。たとえＣＩＤであっても、米軍関係の人に酒を飲ませたらたちどころに違反を指摘されます。

「酒は、一滴も出してはならぬ」

とわたしは返事をしました。ところが、またもや電話がかかってきて、今度は女を出せとごねていると言うのです。今更ながら米軍人相手の料亭業の難しさを知らされます。Ａサインを取るとき、パーラー氏が言った「民間人の営業に軍の手が入るのは面倒の始まり」という言葉の意味を思い知りましたが、今では後の祭りです。話の通じ合う地元のお客様でなければ仕事の永続性はないと言い切った抱親《アンマー》たちの偉さを知りました。

やっと病院から家に帰って来ましたが、牢につながれた妻のために、リチャードが米軍に対して正式に裁判を請求しました。にもかかわらず、捕まえたわたしを宙づりにしたまま、ＣＩＤからは何の音沙汰もありません。

半年も過ぎた頃、急に弁護士が来て一緒に米軍の法務部へ向かいました。その事務所には、太平洋戦線で怪我でもしたのか片足を引きずり、白い目の陰気そうなアメリカ人女性が、弁護士から話を聞きながらわたしの調書を取っています。二百ケースのウイスキーをアメリカ本国へ注文したという事実が、オモチャのミニチュアウイスキーで闇商売をする必要のない唯一の証明になると教えられたわたしは、そのご婦人に向かって、

「アメリカに注文した二百ケースのウイスキーは、すでに那覇港のストックヤードに入って使っています」

と声を張り上げて説明します。しかし、聞こえぬふりの彼女は、私の手を捕まえ、書類の上に十本の指の指紋を採っています。ああ神よ、仏よ……。

米国民政府法務部のＦ少佐と弁護士が家に来て、四百七十五ドルの罰金を払い、かつ料亭業を辞めれば、事件は一切構いなしにしてやるという法務部からの条件を持ち出してきました。

「闇物資だけで出来上がった那覇市場まであるのに、商売人たちにいちいち仕事を辞めさせていたら、今の沖縄人は、誰一人商売はできないはずだ！」

と、ちょうどそこに居合わせたミスター・Wが反論しましたが、でんと座っている彼らは、W氏の言葉を受け付けず、聞こえぬふりをしているだけです。

「戦後の泥まみれの苦闘の中から、抱親様たちと手を取り合って命懸けでつくり上げた料亭から手を引けというのは、夫や子どもを取るか、仕事を取るか、二つに一つにしろということですか？」

とF少佐に食いつく私です。

「アメリカ人の妻という資格でハワイまで行って、正式に裁判を受ければ、軍裁と民裁の違いで、無罪になるのは確実だが、あなたはどっちを選ぶか」

と言外にハワイ行きを促すような忠告をしてくれます。夫リチャードにW氏、そして弁護士、F少佐と四人の居並ぶ前で、わが人生の中の大事を決めなければなりません。自分の財産を取るべきか、夫や子どもを選ぶか、辻遊廓の尾類小《ジュリグワー》時分から自分が求めてきたのは、確かな女の道を生きることではなかったのか、と思い悩み、

「料亭を建てたのは、あの凄まじい戦場の中で、自分の命を救ってくれた辻の先人たちへの誓いを遂げるためでした。目的の達せられた今は、何がどうあろうと、自分のような姐《おんな》と結婚してくれたリチャードや、愛くるしい子どもにこれ以上迷惑をかけることはできません。今はもう、料亭業には未練はないから、料亭を売り払ってください」

と、皆の前で弁護士殿に頼みました。戦後は裸からの出発です。誠心誠意懸命に頑張ってきたことが、こんな形で突き崩されてしまうのか、こんなことで仕事を辞めねばならないのかと、わが身の不

甲斐なさに腹もたちます。地の底に落ちそうな己の運命に呆然として、わが部屋へ走り込みました。後ろから追いかけて来たリチャードが、

「お前、本当にそれでよいのか？」

とたった一言かけてくれました。ここまで迷惑かけられても、まだ妻の生き甲斐を思ってくれる夫の優しさに、初めて大粒の涙がポロポロ出てくるのでした。今度こそ、リチャードの後ろだけにくっついて生きるかわいい奥さんになって、親子三人で生きていこうと心に決めたのです。

料亭明け渡し

料亭を売ってくれるように頼んであった弁護士から、アメリカ二世の買い手がいるということを聞いたわたしが、料亭へ報告に行ったところ、慌てた抱親《アンマー》たちが寄り集まって来ました。

「自分は、営業を辞めてこの料亭を売ることにしました」

と宣言するわたしに、大元老の威厳を持つ抱親たちが、〃サッテムサッテム（さてもさても）〃と目をつり上げ、ひざをにじらせ詰め寄って来ます。

「お前の建てた料亭だから、お前の勝手に処分できると思うのは大間違いだ！　長い歴史を持つこの場所には、辻遊廓開祖の墓もあり、由緒あるこの場所に建てた料亭の暖簾《のれん》をいったい誰の許しを得て、売ると言うのか！」

と老女たちの目は、まるで火花が散るように、カッと開き切っています。辻古来の伝統と、目に見えぬ圧力に胸を突かれる思いです。やがて静かに口を開いた抱親様《アンマー》はこう言いました。

「人間が生きていくためには、苦しみや悲しみがつきもので、それからは誰も逃げることはできな

い。問題が起きて、いざというときに、どう対応していくかが人生の決め手である。人間が真に光るのは、逆境にいるときだ。苦悩は大きいだろうが、世の中には、もっと大きな苦しみを背負って生きる人がたくさんいる。松の種は苔むした朽木に助けられて、成長していくものだ！」

長きにわたって、多くの遊女たちをしつけ育ててきた抱親たちです。姐《おんな》の慎み深さと人間性をぶつけてくるその知恵と光に、胸を揺さぶられてしまいます。

「由緒あるこの場所や料亭を、如何《いか》ようなことがあろうとも、辻の特殊性を知らない他人様《ひとさま》に譲れるものではない。『松乃下』の暖簾を守り、辻の名をつぶさぬためには、尾類《ジュリ》姉妹である豊子へ賃貸しして、営業を続けさせることが、今は一番の得策だ」

と、説得力たっぷりに説く大元老たちです。馬車馬のように走り続けて建てた料亭でも、今では何十人という従業員を抱えており、常に後輩の出世を図っておくことが、やがて後輩たちから引き上げられる因にもなると言うのです。あらゆる苦難を乗り越えてきた辻の大元老方の誰に向かっても、私の頭は上がりません。総支配人であるトミ姐《ねえ》さんも、わたしの前にペタリと座り、

「自分たちがこの料亭を盛り上げていくから心配しないで」

と意気込んで言います。那覇の闇市で商売をしていたのを無理やり引き抜いてきた手前、彼女の意見を無視できない義理もあります。

「それでは、あなたが責任を持ってまだ若い豊子の補佐をしていけますか？」

と聞きます。にじり寄った彼女は、

「わたしは、今までこの料亭のために一所懸命働いてきました。あなたは、あの事件以来、夫や子どものそばに引っ込んでいましたが、米軍からオフリミッツの烙印を押されて猫の子一匹も来なくな

った料亭で、責任を持たされたわたしは抱親たちとも相談して、自分なりに営業方針を変えて料亭を盛り立ててきました。もちろん、アメリカーたちとは違って、地元の方々は、飲み代、料理代を現金で払うことはなく、皆売り掛けの商売。しかし、仕入れもまた現金ではなく、掛けでやって、どうにかやりくりしながら、皆の力で今日まで過ごしてきました。商売人同士が持ちつ持たれつということになれば、事業はだんだん大きくなっていくのが、沖縄人のやり方で、取引が多ければ多いほど資本を投じたお得意さん方が、この店をつぶすことはないはずです。あなたがいなくても、ここまでちゃんとやってきたんだから、これからもやっていけないことは絶対にありません！」

と強く断言します。開設当時から汗水流して盛り立ててきたトミ姐さんならばこそ、辻第一号の料亭を他人様の手に渡すまいと必死なのでしょう。皆が言うとおり、昔からの習慣に従って、妹芸妓である豊子に賃貸しするしかない。それが辻で育った者の常識と教えられたわたしは、ストークラブで営業をやっている豊子を呼び出しました。

わたしとは対照的に必要以上のことは絶対にしゃべらない豊子が珍しく、

「この料亭の仕事は大き過ぎて、わたしにはできません！」

とはっきり断ってきました。しかし、彼女へにじり寄った抱親たちは、

「今となっては、お前よりほかに『松乃下』の暖簾を継ぐ者はいないのだ。自分たちも皆で力を合わせて応援するから、この料亭を借り受け、心配せずに営業を続けなさい！」

と強く押します。総支配人のトミ姐さんにも、

「応援するから、絶対に大丈夫！」

とくり返し言われて、不承不承、豊子は承諾しました。

無理強いに押しつけたような形の豊子に、つり銭さえも添え、そのまま営業権を渡し、すぐにも必要な運転資金は、たまりたまった売掛金を集金して当てる手だてをとりました。妹芸妓であればこそ、一文の金も出さない豊子に、料亭の権利をそのまま貸すことにしました。しかし、若さのゆえか、やるべきこともやらず、ただ黙ってばかりいる豊子に、年寄りたちも自分で言いだした手前、団結して彼女の後見に立つと言うのです。因習深き辻遊廓の三原則の掟を守り、「松乃下」の名を継ぐ豊子の繁盛に期待をかけ、祈るわたしです。

弁護士の中でも第一人者であり那覇市長にもなった当間先生や、権力を恐れぬ一匹狼の知念先生、それにわが弁護士殿立ち会いのもとで、三通の契約書がつくられました。第一に、百六十五坪の料亭の建物を、月八万円の家賃で貸すという賃貸契約。第二に、二百ケースのウイスキーや、料亭に来る外国人なら誰でも買っていくお土産用の『TEA HOUSE AUGUST MOON』とネームの入った浴衣三千枚、ハッピ五千枚、同じく名前入りの茶碗五千個、ドイツビール百五十ケース、ワイン百ケース、その他一切の商品、消耗品をひっくるめて、四百三十万円の売買契約。そして第三に、次のような内容の契約書を交わしました。

契約書

賃借人は、其の賃借した建物の所在する土地の伝統ある特異性（拝所）を尊重し、古来、挙行されてきた祭儀を、怠らない事を約した。

賃借人は、前項の祭儀挙行に関しては、左に記す者の助言、又は指示を受けるものとする。

親富祖カマド（八十八歳）

上原　カマド（七十九歳）
宮平　ツル　（七十三歳）
新垣　マカト（七十三歳）
大城　ウシ　（六十七歳）
上原　モウシ（七十三歳）
上原　トミ　（四十五歳）

豊子と交わしたこの契約書を、弁護士を通し、総司令部のゲーナー大佐へ提出し、わたしは無事、アメリカー妻として落ち着きました。

尾類姉妹というだけで、小さなキャバレーのマダムであった若い豊子に料亭を貸せば、創立当時からともに苦労してきたお姐さんや、金城さんたちに不公平になります。そこで、料亭のすぐ前にできたキャバレーの権利を買い上げてお姐さんに譲りました。そして開南にある土地建物が欲しいと言う金城さんには、それを買えるだけのお金を渡しました。自分の半生を注ぎ込んだ料亭業をあきらめた姐《おんな》には、これから先、夫だけに身を任せて生きる安心感と裏腹に、生き甲斐を失った寂しさが入り混じります。偶然に「TEA HOUSE」劇の結末を思い出し、全くそのとおりになってしまったと考えながら、後ろ髪を引かれる思いで、わたしは料亭を出ました。

一九四四年（昭和十九年）十月十日の朝、空襲で辻を追われたそのときから、戦中戦後、懸命に辻へ帰ることのみを目標に生きてきたわたしが、今はその目的を果たして、自分の任務は終わったのだ、思い残すことはない、と考えています。お客様相手に二十四時間の苦労をするより、一人の夫を満足させて、その後ろに添って生きるのが、姐の余生としては安泰です。これからは、家族とともに寝起きして、心ゆくまで平凡な人生を楽しもう、そして夫の首にぶら下がり子どもの手を握って、本当に良き妻、良き母になりきろうと心に決めるのです。もう一度人生のやり直しです。

事件が起きて、料亭の賃貸契約を結んでから約八カ月も過ぎたある日、弁護士殿とリチャードと三人で、米軍司令部司法部のゲーナー大佐の事務所へ赴きました。いつか自分を黒い車に乗せて警察へ連行し、闇ウイスキー購入営業者に仕立て上げたあのＣＩＤ曹長殿が、勝ち誇ったような顔をしています。そして彼は、アメリカ国旗を背にでんと座ったゲーナー大佐の大きな机の前に、椅子を三つ並べながら、わたしたちに座れと言います。この男のお陰でわが生活を滅茶苦茶にされたと思えば感情が高ぶって、胸が張り裂けそうになります。

自ら手掛けた仕事を始末するのだから、ＣＩＤ殿はうれしいのだろう、と夫殿は言います。腹わたが煮えくり返るというのはこんなことでしょうか。ゲーナー大佐がいろいろと話していたけれど、オーナーがすべての責任を取って、料亭業を辞めたということについては、仕組まれた演技のように誰も発言せず、触れもしませんでした。そばに座っているリチャードさえ何ごともなかったように、「サインしなさい」と言って書類を差し出すのです。私が、自分の名前を書き、それで一切全部が終わりです。一人の人間の進退を決める一幕にしては、あまりにもあっさりした結末でした。

四面楚歌

普段と変わらぬ朝が来て目が覚めました。メイドが持って来た新聞に目を通したとたん、飛び起きてしまいました。なんとその日の朝刊には、「TEA HOUSE」料亭の経営者上原栄子の写真がデカデカと載せられています。その新聞には、「米軍からの発表では、三百五十本の闇ウイスキーを買い込んだ料亭経営者の上原栄子は、千ドルの罰金と九十日間の監獄での重労働を言い渡された」とだけ書かれているのです。問題のウイスキーがミニチュア瓶であったということも、四百七十五ドルの罰金を支払い、料亭を貸すことによって、いっさいがお構いなしとなったという昨日までの経緯は何ひとつ書かれておりません。

わが目を疑い、両手で目をこすって、もう一度読み直しても、やはり千ドルの罰金と九十日間の監獄行きの事実が書かれているだけです。猛パンチを食らった衝撃で、全身から力が抜けていくようです。

わたしは新聞をつかんでタクシーに飛び乗り、弁護士の事務所へ駆け込みました。しかし、弁護士殿はお客さんと話し中だと言って、ドアを開けてくれません。部屋の中は、止まった機械のように、突っついても叩いても、ウンともスンとも返事がありません。

すごすごと家に帰ってベッドへ倒れ込みました。泣いてもわめいても、新聞に書かれたという事実は消えるはずもありません。大声をあげて泣きわめく母親を心配して、娘がおろおろしています。

軍と話し合って決めたことが、こんな報道になろうとは予想もしませんでした。自分さえ料亭業から退けば、一切が無事解決すると信じていたのです。ミスター・パーラーが持ち込んだミニチュアのひと口ウイスキーで、いったい自分がどんな闇商売をしたというのか、なぜ米軍は真実をはっきり告げようとしないのか、世の中は不思議で不合理だと、またまた激昂、翌日もう一度弁護士事務所へ出向きました。ところが、弁護士殿の事務員は、

「損害賠償なら分量の計算もあるだろうが、違反したかどうかの争いであるから、小瓶大瓶の問題

ではなく、何本という数量しか書類には書けないのだろう」

という冷たい言葉。占領下の沖縄では、弁護士さえも問題にしようとしない事の真相です。コップ一杯分もつくれないひと口ウイスキーで罪人となるわたしにとっては大変な問題です。米軍法務部の申し出を了承したと言えばそれまでのことですが、沖縄人であるがゆえに、全部売っても三百五十杯分のミニチュア瓶を普通瓶の八千七百五十杯分と同じ扱いをされたと、腹わたは煮えくり返ります。

こんな状態の中で、料亭「左馬」の女将《おかみ》さんが、彼女の料亭へ来た弁護士殿を捕まえて、「どうして、上原栄子を助けてくれなかった！　彼女は辻の再建をしてくれた姐《おんな》ですよ……」と責めたてたと、当の弁護士殿から聞きました。琉球の風習や尾類《ジュリ》の歴史を知らない二世弁護士殿は、「同業者が倒れたら喜ぶのが当然なのに、辻の風習は僕らにはわからなかった」と、首をかしげるばかりです。

市民権取得

戦後の困難な時代を馬車馬のように走って来て大きな穴に落ち込んだわたしを、力づけてくれる米国民政府の裁判長であるS氏。彼はわたしがゲーナー大佐の申し入れを受け入れる前に、「ハワイへ行って、正式な裁判を受けて来い」と言った人です。

ゲーナー大佐の謀略にはまったわたしに、「僕が言ったとおりになった。それ、見たことか」と言いながらも、自らワシントンへの嘆願書を書くために毎晩わが家に通って来るのです。嘆願書はマクナマラ米国防長官に宛てたものだといいます。軍政下の沖縄で、大佐の権力の大きさを恐れるわたしです。S裁判長殿に夫の首を心配する話をしても、彼は、

「わがアメリカは民主主義の国であり、独裁者のはびこる国とは違うんだ」

と言い切って、せっせと嘆願書を作成しています。無理にでも、人を陥れる人間がいるかと思えば、わざわざワシントンに直訴してまで、取るに足らない小島生まれの女を助け、アメリカ人は決して非道なことはしないことを理解させようと努力する裁判長殿もいます。出来上がったこの嘆願書は、米軍支給の宿舎であるわたしたちの家に置くのは危険で、再び踏み込まれたときに困るので、デモクラシーの国アメリカ本国の次兄の家へ送っておきなさいと指示されました。

「アメリカ人と結婚したけれど、お前は日本人でもなければ、アメリカ人でもない。国籍もない沖縄人では、裁判になっても不利な立場に立たされるだろう」

というS裁判長の勧めで、アメリカの市民権を取りにアメリカへ行くことになりました。凸凹です き間が多いカボチャ頭ですが、目標を定めたらその一点に向かって突き進むわたしです。第二の人生を記したわが戸籍簿に前科者の汚名を残してはならない。それより何より、リチャードや娘のためにも、前科者の妻や母親であってはならないと、切実に考えたのです。今後は何がどうとあろうと、ミセス・ローズとして生きようと決意し、市民権を取るために、アメリカへ旅立ったのです。

四歳になる娘の手を引いて、飛行機に乗るには乗りましたが、シアトルに着くまでは不安の連続でした。それでも出迎えてくれた兄嫁のアイリスが、家族とともに両手を広げて抱いてくれて、ひと安心です。同じワシントン州のシアトルからウエナチまで、山を越え谷を越え、車の中は兄嫁の娘や息子たちの歌声であふれ、大変にぎやかです。

義兄の家に着くやいなや、沖縄へ国際電話をかけて、無事アメリカに着いたことをリチャードへ報告しようとしたときには、心細さのあまり、すでに泣き声になっていました。

アメリカ市民権取得に必要な特別夜学の入学の手続きは、兄嫁アイリスに連れられて行きました。

二十五人ほどのさまざまな外国人が集まって開かれるこの講義は、普通校の教室を夜間利用して、毎晩六時から八時までの二時間、みっちりと行われます。

アメリカの歴史や星条旗の由来、独立宣言、南北戦争、独裁施政官とは、モンロー主義とは、上院および下院議員の資格と年俸、どのようにして選ばれるのか、任期は、解任はできるのか、大統領で弾劾された人はいるか、十六代目の大統領は誰か、彼の在任中何があったか、政府はいくつの省に分かれているか、最高裁判所とは、合衆国大審院とは、などなど学ぶことが目白押しです。膨張したわたしの頭は今にも爆発しそう。毎日が未知と無知との遭遇です。

あっという間に三カ月が過ぎました。明日は市民権取得のための試験日。本人以上に兄嫁の家族たちが心配して、一人一人が本と首っぴきで質問したり、早く寝ろと言ったり、アスピリンを飲んで行けと言ったり、家中皆が落ち着きません。

とうとう試験当日。沖縄の方に向かって、辻遊廓の先人たちに一所懸命お祈りしました。アメリカまで来て、遊廓の神様に真剣なお祈りをするのは、自分だけだろうと考えましたが、遊廓よりほかに頼りになるものを知らないのです。

無事に試験が終わり発表がありました。「合格！」です。とてもとても喜んだ兄嫁のアイリスが、

「来週は地区の裁判所へ行って、宣誓してサインをすれば、アメリカ市民権がもらえるわ」

と言ってくれます。それを聞いて思わず、「フワーッ」と大きなため息をついたのです。

毎日、沖縄に電話をかけて、最愛の夫リチャードの安否を気づかう妻は、抜けているといえばどこまで抜けているのか。時は一九五七年（昭和三十二年）、軍宿舎生活のわたしたちは電気・水道・電話一切の支払いの必要がなく、電話料金が水銀柱のように上がって行くのを心配している兄嫁たちの様

子には気がつきません。

裁判所で市民権取得の面接試験の日になりました。四時間もかかる遠い道のりの地区裁判所へ行くにも、兄嫁の家族全員が一緒に、朝から出かけます。朗らかな次兄の子どもたちは、車の中で流行の「ケセラセラ」を歌っていますが、今日が瀬戸際の私は、のぼせ上がって落ち着きません。

裁判所に着いて、わたしは法廷に立ち、厳かに宣誓をさせられました。判事か検事かわからない人から、

「……ドュユー・ベァ・アーム?」

と質問されます。わたしは腕をまくり上げて見せながら、

「ノォー!」

と突拍子もない声で返事しました。法廷にいた人たちが、皆大声で笑いだしました。武器を持つという言葉と腕をまくり上げるという言葉は発音が近いことを初めて知りました。あちこちでつまずきながら、やっと質問にパスしたことを、次兄の家族たちは大変喜んでくれましたが、わたし自身は、まさに虎口を逃れた思いでした。

大急ぎでやみくもに学んだ姐《おんな》に、米国政府から送られて来た帰化証明書はたった一枚の紙切れでした。それでも最高の宝物、これでやっと最愛な

1957年、米国市民権取得のお祝いの際、娘アイヴァとローズ氏の家族と

る夫のもとに帰れると大喜びです。

沖縄に戻って来ても、夫リチャードと娘の世話に追われながらも充実した日々を過ごしていました。

しかし、そんなわたしに再び危機が訪れようとしていたのです。

ガンとの対決

ガンの宣告

生理でもなく、どこも痛くないのに、夫殿と過ごした夜はシーツに血がつくようになり、陸軍病院へ行ったところ、いろいろな検査をされたうえ、先生に次のように言われました。

「僕からご主人の事務所へ電話をするから、あなたは明日の朝、彼と一緒に来るように」

素直に、「イエス」と答えはしましたが、何のことだかよくわかりません。

翌朝、早々に支度を済ませたリチャードと一緒に病院へ向かいました。診察室に入ると先生がこう告げるのです。

「あなたは、子宮にガンを持っているらしい。ただ、もしそうであっても、早く手術をすれば心配はない。直ちにこの病院からジョージワシントン病院へ連絡するから、一刻も早く、向こうへ行くように」

まさかそんな！　ウソでしょう……。日本や沖縄のお医者様ならば、ガンという重い病名を病人に向かって直接告げることはないはずなのに……。

「ガンといえば治す薬もない、大変な病気よ。その宣告を直接本人に向かって言う医者がいますか！　そんなのウソです！」

と、わたしはリチャードに向かって噛みつきます。

「アメリカの医者は、死を当たり前に受け止めており、ガンという病気に対するお前のファイトを期待している。それに市民権をもらっていたお陰で、今すぐにもアメリカの病院へ行けるのだから、何事が起きても心配はない！」

と、夫殿は市民権のお陰を力説します。

悲惨な戦争から生き延びて、先人たちに誓った辻再建も果たし、わが任務は終わったようでも、ウイスキー事件の汚名を未だ拭い去ってはいません。

「西洋人は罪の意識で暮らし、東洋人は恥の意識で過ごしており沖縄姐《おんな》の考え方はまことに快い」

と、夫に言われながらも、朝夕の新聞を読むたびに「闇商売」とか「脱税」という文字がイの一番に私の目に飛び込んできます。

「ケンドロンという博士は、苦痛や悲しみを伴う出来事が、ガン細胞の発生に何らかの影響を与えていると述べている」

と夫殿は語ります。死を決意しなければならないわたしは大真面目です。事件の真実を明らかにして無罪とならないかぎり、夫の昇進や娘の結婚にも差し障りがあります。このままでは死んでも死にきれないと悩みます。良い妻であったというつもりはありませんが、夫の恥になるような闇商品を買い込んだのではないと、身の潔白を証明しなければ死ぬに死ねません。

五歳になったばかりの娘を残して逝く悲しみも、因果応報かもしれません。自分自身がそうであったように、幼い彼女は母親の顔を覚え込むこともないだろうと、悲しい気持ちになります。那覇市場から漆のお位牌を買ってきました。琉球式の黒縁の位牌の真ん中は朱塗りで、周りにはアワビの貝殻

で張られた錦の蓮華の花が豪華です。その真ん中に自分の写真を貼りつけたわたしは、五歳の娘の両手を握って、

「ママは遠い所へ行くから、これをママだと思ってお話をしてね」

娘アイヴァと筆者

と言って聞かせると、彼女はたった一言、「ウン」と答えたのです。

アメリカまでの旅費といくらかかるか分からない入院費を工面しなければなりません。豊子と総支配人のお姐《ねえ》さんに、

「アメリカ国の病院に行かなくてはならないので、すぐにもお金が必要なの。銀行に行ってわたしの土地建物を抵当に、お金を借りてきてくれませんか」

と頼みました。銀行へ出かけた彼女たちですが、すぐにはお金は借りられません。一口二十万円で総額二百万円の無尽に二口入れば、ひとつはすぐにも現金を借りることができる。そのためには土地建物一切を抵当に入れなければならない、という話を持ってきました。豊子と売買契約した品物代の四百万円さえも受け取っていないわたしです。「それならば、譲った品物代の半分として、とにかくその一口

分の二百万円を持って来てください」と言いましたが、二百万円の一割で二十万円は座元である無尽会社に取られ、最初の一口分の二十万円も自分たちにはすぐに払えなかったからと、二百万円取るべきところが、百六十万円しか持って来てくれません。いまは、これで賄わなければならないのです。

ガンにかかった自分が死ねば、沖縄の風習も知らぬ夫が、後片づけにも困るだろうと、リチャード宛の遺言状と料亭の借り主である豊子宛の遺言状を書いて、これをリチャードに渡しておきました。軍病院から迎えの車が来て、担架に乗せられ運ばれた私は、色々とわが身の後始末を指示する変な重病人です。

今は思い残すこともなく、身の周りの整理は終わりました。

いよいよ出発の朝です。

アメリカへはリチャードが同行してくれることになりました。沖縄から東京、そしてハワイ、ロサンゼルス、ワシントンDCへ。赤十字マークのついた救急専用の軍用機です。行く先々の地で軍病院での診察を受けなければなりません。どんな旅になるのか、はたして沖縄の地を再び踏むことができるのか。

夫に看取られて最後を迎える姐《おんな》の幸福を思いながら、ただひとつ思い残すことは、せっかく書いてくれた裁判長殿の訴状をなすこともなさず、罪人の汚名を着せられたまま死ぬことです。担架に揺られながら夫を見つめるわたしは、頭いっぱいに苛立ちを覚えます。

寝台へ寝かされたままで、飛行機が舞い上がり、下を見下ろしたわたしは、だんだん小さくなっていくわが島沖縄に、

「さようなら、私の沖縄、私の辻町！」と別れを告げました。沖縄生まれの姐は葬式も出されずに消えていく自分を寂しいと思いました。

ワシントンＤＣに着くと、大学病院からの迎えの救急車が待っていて、さっそく病院の素晴らしい一人部屋に担ぎ込まれました。リチャードが手続きをしている間に、病院用のパジャマを着せられました。東洋の、それも小さな島国に住む私には、病院用の制服というのは、見るのも初めてです。

完全看護のこの病院では、夫といえども泊まれず、リチャードは頭をかきかき近くのホテルに部屋を取りました。しかし一人残される恐ろしさに、「私もあなたと一緒にホテルへ行く！」と必死にすがりつく妻に夫殿はびっくり。しかし後で、カルテを見つめている先生と話したリチャードは、

「お前の言うとおりだ。さぁ、一緒に僕のホテルへ行こう」

と言いだして、今後は私の方がびっくりです。コバルト照射でガン細胞の広がるのを止めてから手術をするので、日数がかかり、病院にいるよりもホテル泊まりの方が安上がりだと、お医者様に教えられたようです。

ホテルに住まいながら、毎日病院通いです。一日一回のコバルト照射を受ければ、後は何もすることもありません。ワシントンの名所、迷所を歩き回るのにも慣れ、ペンタゴン（国防総省）の建物に陸軍省民生局のキング大佐に連れられて行きました。迷路のようなペンタゴンの中は本当に壮大です。三万人もの人が働いているといい、廊下の壁には第二次世界大戦中、勇敢に戦った兵士たちの戦闘写真がいっぱいに飾られています。

部隊長殿のもとで仕事をしていた頃、わたしに新聞を送り続けてくれたミスター・リーチを思い出しました。終戦直後、軍政府の治政が始まった当時、栄野比や知念、那覇と、それぞれの軍政府事務

所に勤務していた昔の知人たちが、今はお偉いさんになっています。皆がそれぞれに自分だけの大きな机と事務所を構えています。琉球の匂い、懐かしい島琉球ニュースが聞きたい軍行政府の旧メンバーたちは、事務所から事務所へ電話をかけて次々に集まり、わたしの病気見舞いを口実に、昔話に花を咲かせて大にぎわいでした。

夫婦の愛情

いつまでかかるかわからないコバルト照射に、ホテル代も高いので、病院の近くに家具つきで一カ月八十ドルの一部屋を借りて移りました。外食で暮らすつもりでいたわたしたちですが、一日三回も外に出るのが億劫《おっくう》になって、コーヒーを沸かしたり、朝食をつくるのはお部屋で済ますようになりました。結婚以来、本当に初めて二人っきりの生活です。

毎日通うワシントン大学病院では、沖縄女の肌の強さを証明しました。毎日のコバルト照射でお腹から下が真っ黒に焦げてしまった南国乙女の皮膚を珍しがったドクター様が、電気を止めた後に、病院の看護婦やほかの医者を呼び寄せて、皆が次々に私の下腹を見て触ってペチャクチャ話しています。

白人なら、これだけのコバルトを当てればとっくの昔に皮膚がただれて血が滲《にじ》み出ているはずだ、と言うのです。それに比べて黄色人種の皮膚は、どんな強力なコバルトでも、ただ表面が黒焦げになるだけと感心しています。「もともと面の皮も厚く、お腹の皮が厚いのは当然のことだ」と言いたいわたしは、こんな冗談を英語で言えないのが、ちょっと残念です。

いよいよ手術の日が来ました。一週間も前から検査のために入院し、運命の日を迎えたのです。子宮を取るという女にとっては忘れがたい「事件」ですが、なによりも生命のほうが心配でした。手術室へ行くための移動ベッドに移されました。麻酔が効き始めると、そばに付き添っているリチャードの手に取りすがりながら、言葉も出ず、その後はどうなったのかわたしにはわかりませんでした。

やがて、再び病室のベッドに寝かされた自分に気がつきました。「ああー。自分は生きている！」。ただ、二度と取り戻すことのできない子宮を失ったという事実は、わが身体から貴重な宝を失ったような虚無感がありました。

主治医の先生が手術後の様子を診に来ました。どうやら経過は順調のようです。その後、沖縄で米国陸軍の軍属であった二人の牧師様が見舞いに来てくれました。彼らは沖縄にいた頃を懐かしげにおしゃべりして帰りました。

医者が来て、次に牧師が来たので、最後はあの世行きと冗談を言っているわたしのところに、何と琉球政府の主席であるシルバーファーザーの当間先生が花束を持って見えたのです。米軍に占領されている沖縄では、土地問題でもめています。ブラッカー米陸軍長官の招きで、土地問題解決渡米団代表としてアメリカへ来ている彼のために、琉球米国民政府の財産管理課長であり、土地課にも関係しているリチャードが役に立てばよいがと、沖縄とアメリカの政治事情を知らぬまま考えるのです。先生の話は次のようなものでした。

一九四五年（昭和二十年）、沖縄占領と同時に沖縄の土地を使用してきた米軍は、一九五二年（昭和二十七年）十一月一日、布令第九十一号「契約権」を公布して、土地所有者との間に賃借契約を結ぶことになった。この布令は、同年八月一日にさかのぼって施行され、一九五〇年（昭和二十五年）七月一日以降、軍用地として米軍に使用されてきた土地に対して、二カ年分を支払うと同時に保存登記をし、賃借契約を締結し、さらに正式に賃貸借登記をして、地代が支払われる仕組みになっていた。

プライス議員の勧告である十六年と半年分の一括払いの金額は、地価に等しい額であり、それを受け取れば土地買い上げとなって、地主は発言権を失うのではないかと、住民たちは恐れている。

一括払い反対といっても、土地はおのおののものであり、地価に相当する程度の金額も受け取れるし、その利子は、毎年払いの地代に相当すると、アメリカの政策は琉球住民の利益も図ったらしい。だが、政治家たちが一括払いに反対している理由のひとつに、二十億B円しか必要としない琉球の銀行に、一度に百五十億もの多額の金が入ったら、利子払いだけでも銀行はたちまちつぶれるという心配がある。

しかし、それならばドル不足で困っている日本国に、余った分のお金を貸せばよい。土地問題がこんなにこじれたのは、もちろんわれわれ沖縄人の側にも理解が足りなかったのだが、アメリカ側も、デリケートな住民の気持ちが理解できず、せっかくの善意が、そのまま通らなかったことにもある。

沖縄側では、地代が安いということと、アメリカ側だけで地代を決めたことに不満がある。それに、アメリカ側からは、最初は自由契約でという線で話が進められていたのだが、三政党が収用令反対演説会を開き、強制土地接収に方針が変わったので、沖縄側としては、アメリカが強制力を用いたことに反対したのだ。それでもわが沖縄は、アメリカの占領下になってよかった。もしソ連に占領されていたら、今の沖縄はどうなっていたかわからない。ペンタゴンの中で働いているアメリカ人から、われわれ軍用地折衝団に向かって、「しっかり頑張れ！」と激励されるのもうれしいが、沖縄人にとって最大の関心事である平和条約第三条を、アメリカの新聞記者たちは知らなかった――。

一九五六年（昭和三十一年）の現在、どの政党にも属さずに琉球主席になっている当間先生は、こう言って豪快に笑っています。

西も東も英語ばかりの外国で、わが島人に会うのは大変な喜びです。大和言葉を使い、ウチナーグチ（沖縄方言）を使い、豪快な笑い方をする当間先生に、病院中が揺さぶられているような感じです。そばに立っている看護師さんが、きょとんとした顔で当間先生を見つめています。

アメリカの病院は不思議です。箱のような機械を押して来て、美容師が寝たまま髪をきれいに洗ってくれます。ところが二十ドルも取られてしまいました。今度は、お風呂に入れてくれる人が来てベッドに寝ているわたしの身体を横向きにさせ、背中の後ろへまっすぐにビニールの敷物を敷き、向こうへ身体を転がすと、ベッド全体が濡れても構わない状態になりました。熱いお湯に石鹸をつけて、身体半分、爪の先まで手際よく拭き取って、次に裏返して残りの身体半分を拭いてくれます。一日おきに、お湯とアルコールで拭いてくれます。お風呂の代金は、一回五ドルです。栄耀栄華を極める大国アメリカでは、お金さえ出せば、寝ていて髪を洗え、お風呂にも入れるのだと知らされました。

オレゴンへ

至れり尽くせりのワシントン大学病院を無事退院したわたしは、借りていたアパートを整理して、ワシントン州ウエナチの次兄の家へと向かいました。レンタカーを借りて次の州で乗り継ぎするのです。そんな面倒なことをするよりも、車を一台買った方が安くつくのではと聞いたところ、夫殿が言います。

「アメリカは、ひとつの州でも日本全体の広さがあり、いつ君の身体の具合が悪くなるかもしれないから、どこの州からでも飛行機に乗れるように、無駄でもレンタカーの方がいいと思うんだ」

果てしなく、家一軒もない地平線が過ぎたかと思えば、大きな建物がずらりと建ち並んだ街並みを過ぎていきます。行き当たりばったりのモーテルで、休養を取りながら進むわたしたちです。

ガンという病気は、手術後の五年間が、最も気をつけなければならない時期といいます。再発すると、今度こそ本当に危険だと医者に脅された夫殿、腫れ物に触るように、妻を労《いたわ》ってくれます。

ワシントンDCから大陸横断、やっとオレゴン州へ着きました。久し振りに会った兄嫁家族は、相変わらず和気あいあいです。市民権を取ったときのわたしの失敗談を兄嫁のアイリスが、ユーモアたっぷりに一つひとつ我が夫殿に報告するのです。

優しい兄嫁のアイリスに、「これ食べる?」と聞かれて、欲しいと思っても、遠慮するわたしです。良いでもない嫌でもない曖昧《あいまい》な返事をすると、アメリカ人のアイリスは、さっさと冷蔵庫へしまい込みけろっとしています。習慣の違う彼らの中にいると、わたしの頭は、ミキサーの中に入れられたボールのように、あっちこっちに飛びはねて、何が何だかわからなくなります。でも、幸せです。生きているという実感がします。しかし、リチャードには仕事が、わたしには娘が待っています。長居することはできません。二度と戻れるとは思っていなかった、わが島沖縄へ向けていよいよ出発です。

南の島にドルが降る

命永らえて、わが島沖縄に帰って来ると、わたし自身の人生が変わったように、沖縄の生活もずいぶんと変わってきました。今までは、沖縄人が持てば罪になり、米軍人だけにしか使えなかった米本国ドルを、沖縄全体の人々が使うようになっていました。銀行預金も、すべて百二十円対一ドルの計算で換算されていたのです。

一九五八年（昭和三十三年）八月二十三日、ブース高等弁務官から「B円（B型軍票）とドルの切り換え」が発表されると、米国民政府、琉球政府、琉球銀行三者の実行委員会が組織され、全琉球の金融機関と、それがない町村では役場を通貨交換所に指定して、窓口業務に当たることになったのです。九月十五日から二十日までの切り替え予定日が、台風にたたられて一日延期、十六日午前零時を期してドル交換がなされることになったのです。一セント未満の端数は、B円の六十銭以上を一セントに切り上げ、五十九銭以下を切り捨てたと聞かされました。今まで使っていた戦時用B円というお金は、アメリカ本国で印刷したもので、ドルの裏づけがあるとはいえ、琉球内でしか通用しませんでした。

でも、今回の通貨切り換えによって、一ドル百二十円のB円に対し、日本円は三百六十円であるため、沖縄のドルが日本に流れるのは必至です。ドル不足の日本だけでなく、華僑の闇船が行き交う香港、台湾、フィリピンなどの国々にも運び出されるのを、沖縄の有識者たちが心配しているという噂で街中がもちきりです。

リチャードやミスター・Wと一緒に「TEA HOUSE」料亭へ遊びに行ったところ、「沖縄全体がドルを使うようになってから、Aサインを取る沖縄人経営のバーやレストランも増えて、外国人たちがほかの店へ自由に行くことができ、この頃は客が少なくなって困る」と、豊子が愚痴っています。それでも「八月十五夜の茶屋」の名前は衰えず、働いている踊り妓《こ》の姿が何種類かの切手や絵葉書にもなって発売されています。

差し押さえ

料亭の総支配人のお姐《ねえ》さんから呼び出しを受け、料亭へ赴きました。不況で毎月の無尽の支払いを続けていくことができず、抵当物件であるわたしの土地建物一切を、銀行から差し押さえられたと言うのです。

小さなバーのマダムであった豊子を料亭の女将に押しつけたあと、営業内容がどうなっているのかわかりません。抱親様《アンマー》やお年寄りたちは、銭のことになると一言半句も口にお出しにならず、家賃のことでも、昔の辻遊廓の習慣そのままに、催促なしということらしいのです。旧態依然の年寄りたちのご意見でしかたがなかったとはいえ、彼女たちの営業不振でわが料亭の建物や土地をむざむざと銀行へ取り上げられてはたまりません。しかたなく焦げついた無尽の支払いを、他の土地を売って済ませましたが、料亭を往き来していると、どうも彼女たちの様子がおかしいのに気がつきました。

城代家老のお姐さんが毎日の売り上げや帳簿や金庫など料亭の権限の一切を握り、抱親様や年寄りたちは、見ない聞かない話さないという有り様です。経営者であるはずの豊子は、知らぬ存ぜぬのお姫様ぶりです。総支配人のお姐さんにおんぶに抱っこ、料亭経営の一切を任せっきり。

もっぱら客席の挨拶回りだけが、豊子の仕事です。営業に関しては昼行灯《あんどん》のようだと従業員たちは言います。豊子と話し合ってみましたが、普段から辻の遊女らしく、雰囲気をよりよくと心得ていますが、いざ問題の核心に触れると、黙りこくってしまいます。そして、料亭のマダムに据えられたのはありがた迷惑とも言うのです。

喜劇と悲劇は相通じるところがあるのかもしれません。姉妹と言っても尾類《ジュリ》姉妹です。一文の金も出さず苦労もせずに、一流料亭の女将に納まった彼女ゆえに、無理に押しつけられた仕事だと言い、支払うべき家賃や品物代に対しても、のほほんとしているのです。抱親様の跡継ぎである彼女には、それが本当の尾類らしい生き方かもしれませんが、苦労の末、旧那覇市街第一号の建築許可をもらって建てたこの料亭が繁盛するのは、抱親様やわたしの誇りであり、戦後生きてきた証《あかし》でもあるのです。

わたしが仕事をしていた頃は大忙しで、そのおかげで多くの土地を買い込むことができました。損をするはずのないこの料亭で、家賃も払えず無尽も払えないというのは、一体どういうことなのでしょうか。

「儲からないから払えないんです！」

支払いのできない理由を逆毛立てた猫のように歯向かってくる支配人のお姐さんと豊子です。辻遊廓では、寡黙な方が周囲からは信頼されます。とりあえずは自らの不動産を確保して、毎月の家賃を取れればそれでよいと考え、毎月自分が取りに来るからと、家賃の支払いを約束させました。そして、私が銀行へ支払った金を取り返すために、今一度、彼女らに無尽をかけさせたのです。

辻育ちの煩わしさ

辻遊廓という社会の底辺に生きるわたしたち遊女であればこそ、義理、人情、報恩でしっかりと結ばれているはずでした。しかし、外国人妻となったわたしは、尾類《ジュリ》社会からさえも見捨てられたのか、大波に揺さぶられるように、生活も財産もゆらゆらと揺られてばかりいます。

一九六〇年（昭和三十五年）、沖縄はドルを使う魅力にひかれた日本からの観光客でごった返すようになりました。「TEA HOUSE」料亭も活気を取り戻してきたはずです。ところが家賃を徴収に行っても、彼女らは相変わらず今は払えないと言うばかりです。

「今のわたしたちは無尽を支払っていくのが精いっぱい。あなたが借金を無理やり押しつけた！」

と、払わずともよいものを払わされたように言うのです。彼女たちが銀行へ支払う品物代と家賃とは、全然別だと説明しても、たまった家賃のことは誰も口には出さず、ないものは支払えないという言葉をくり返すだけ。儲からないと言えば、家賃などはどこ吹く風という集団悪の態度に変わってきているのです。それでも家賃を催促にいくわたしに、借り主である豊子は、

「わたしはなんにもわかりません。総支配人のお姐《ねえ》さんに一切を任せてあるから、彼女に聞いてください」

と言い、お姐さんに請求すると、

「帳簿は、金城さんが持っているから、彼に聞きなさい！」

金城さんに聞くと、

「僕は現金を扱っていないから、持っている人から取ったらどうか」

まるでサッカーボールのように、蹴られてしまいます。

家賃も取れず、品物代も取れず、わが土地までも銀行に差し押さえられました。あまりにも面倒くさくなって、いっそのこと料亭を売ってしまえばすっきりすると考え、なんとか彼女たちと話し合いをと出かけたのですが……。

「この料亭を売りたい。あなたたちが買い取るなら買い取ってください」

と申し出ました。

「料亭を売るといっても、看板がかかっているうちこそ値打ちがあるもので、一度暖簾《のれん》をおろしてしまえば、二束三文にもならない」

という返事です。ウイスキー事件の後でも自分たちが頑張ってきたからこの料亭も続いているのだと、彼女らは、面と向かって恩着せがましく言います。料亭を貸した五年という年月で、マダムはマダムとして成長しており、総支配人のお姐さんは、でんと構えているのです。外国人の妻のわたしに

対して、義理・人情のへったくれもありません。

あらゆる力を失って、困り抜いた私の相談相手は、最愛なる夫だけです。夫というのは、いつの場合にも雄々しく、鷹揚にして正義の味方であってほしいと、すがりつくような視線で彼に聞いたところ、

「それは君と料亭の間で解決すべきことであって、僕には関係のないことだ。僕は、ミスター・オーガストムーンにはなりたくない」

と声をはり上げ、目をむいて煩わしがり、わたしは夫にもおっぽり出されたのです。豊子との賃借契約書を保管している米軍の法務部も、私の資産の保護はしてくれず、知らん顔です。それなら天は、自ら助くる者を助くで、自分の土地建物は、自分で守らねばならないと考え始めました。

増　築

社会の底辺で、肩を組み合わせていた姐《おんな》たちが、家賃のいざこざから、外国人妻となった家主との心の通い合いすら難しくなってきたのです。昔風の抱親《アンマー》たちが事あるごとに、「雑草は根を張っての団結が必要だ」と教えていたのに、外国人妻になった己が問題だったのかもしれません。

何かよい知恵や解決法はないものかと、米国民政府へ行き、コーヒーショップ時代にお世話になったオグリスビー商工局長に、家賃の取れない自分の立場を訴え、アメリカ市民になったわが悩みを相談しました。

「もともと『TEA HOUSE』料亭は、あなたが建てた料亭だということは皆がよく知っている。アメリカ市民になった君はＪＦＩＢ（外資導入）ライセンスを取れるから、許可を取って上原豊子と

一緒に営業を始めたらどうか。キャラウェイ将軍と太田主席宛ての書類申請は、僕が応援してあげるから」

と彼は言うのです。落ち込んでいた私が、ミスター・オグリスビーに力づけられ、ガジュマルの青さよ今一度とばかり勢いづきました。豊子と支配人であるお姐《ねえ》さんに会い、

「私にも外資導入の許可申請ができるようになりました。営業を盛り立てるためにも、三人寄れば文殊の知恵とも言うから、今度は三人で共同経営の料亭業に取り組みましょう」

と話すわたしに、彼女たちの返事は考えてみると言うだけです。

外資導入を申請して、しばらくしたら、豊子からの呼び出しの電話を受けました。

「木造家屋は、台風が来るたび吹っ飛ばされやしまいかと心配でなりません。家屋を支えるためにもあなたに支払うべき無尽をこちらにまわして、お座敷を増やし、テコ入れをしてくれませんか」

という話です。この無尽は、もしも財産を差し押さえられたときには、銀行へ支払ったお金の返済に充てようと考えていましたが、外資導入の許可さえおりれば、建物を増築していても、営業のプラスにもなると思い直しました。善太郎組に頼んで、木造家屋の補修と同時に、六十坪のコンクリートづくりの部屋を広げ、商売を活気づけようと意気込んだのです。

遅かりし十周年記念

何がどうあろうとも、営業不振で失いかけた料亭の暖簾《のれん》や信頼を回復し、長い間働いてきた従業員たちにも、新しい息吹きをもたらさねばと、静御前の歌ではありませんが、昔のおだまきをくり返して、皆が心から仲良く、確かなる遊女たちの信頼関係を築き直そうと夢を描いたのです。

料亭をつくった最初の頃は、皆が団結し、共通の目的を持って頑張っていたのに、ウイスキー事件以来、米軍の圧力の前に皆の心も離ればなれです。昔どおりの復活は確かに難しいのですが、しかしどん底にある今こそ、逆境をバネに転じてゆくのだと教えられて、踏んばることにしたのです。

「お前は、生まれたときから尾類《ジュリ》という宿命を担っているのか、四十近くになってから始めた奥様業より、今の方が水をはったたらいの中の鮒のように動きがよい」

と染屋小の抱親《アンマー》様は笑うのです。

さて、外資導入の書類申請の一切が終わり、今は米国民政府からの返事待ちです。増築現場を見るために、毎日料亭通いをします。五年間のブランクを埋めようと、抱親様のもとで毎日が接客業の猛勉強です。そして遅まきながらも、料亭創立十周年を記念して招待会をやろうと、皆と相談し、琉球王朝時代のご接待法で、お客様をもてなすことになりました。

さて、大元老である染屋小の抱親様のご指導を受けながら、昔風の高煙草盆やばかでかい東道盆《トンダー》をつくらせ、三献のウトウイケー（御取受）というお料理の数々を並べます。招待客もお給仕たちも琉球王朝時代の服装とサービスで沖縄料亭の特徴を出したおもてなしです。ひいき客への招待には、琉球王朝時代のご接待と銘打って、御座楽の音を高々と鳴り響かせました。古《いにしえ》の首里城の雰囲気が馥郁《ふくいく》と漂い出ています。

「この御座楽は、〝ピーラルラー〟（吹奏楽）とも呼ばれるが、琉球王の時の奏楽だよ」

と、染屋小の抱親様が教えてくれます。ことさらに長くつくらせた昔風のジーファー簪を沖縄の高髷へ離し株に挿して、豪華な打掛けを着けた大奥の上臈方のような妓供《こども》たちが、玄関へずらーっと並んで座り、お招きするのです。お客様の一人ひとりを、

「何々様お上がりーっ！」「奥方様お上がりーっ！」

と、頭を地につけた全員がうやうやしくお出迎えです。そして、行灯を提げた若衆姿の妓供たちが、静々と控の間にご案内します。殿方には、琉球高官の正式なかぶりものである黄色や紫のハチマキをかぶせ、袖の広いクルチョー（武士が着た独特の衣装）を打ち掛けて、お腹いっぱいの垂れ帯を下げてもらいます。色打掛けを着せて、御座楽の鳴り響く大広間へとお通しします。

粗雑な戦後のイライラ時代を過ごしてきた人々が、目を見張って面白がり、面食らっておろおろしています。しずしずと運ばれるお料理は、琉球古来の三献のお取り持ちで、いろいろなお料理の膳が五回も取っかえ引っかえ出されるたびに、お客様方は度肝を抜かれているようです。前年から開始された琉球民放のテレビも珍しがって、日ごと夜ごと放映してくれます。

料亭全体が水を得た魚のように泳ぎだしたのです。

魔の十三階段

不吉な予感

シュラインクラブ（カトリック系の慈善団体）のメンバーであるリチャードが沖縄地区の代表となり、全会員たちの力を結集して、一号線沿いの牧港《まきみなと》にシュライン会堂をつくることになりました。沖縄支部長である彼の役職と会員たちの名前を会堂礎石の下に埋めるために、太平洋地域の長であるミスター・Ｃが琉球を訪れました。夫殿は、

「Ｃ氏は弁護士なので、彼に頼んで、ウイスキー事件の後始末をしないか」

と言ってくれます。外資導入（ＪＦＩＢ）の書類も政府へ出した今、過去の清算をしておくことも大切です。リチャードと話し合った結果、米国民政府のＳ裁判長がつくってくれた書類をＣ弁護士に見せることにしました。誠実感あふれるＣ弁護士は、

「米軍の管轄内で起きた事件は国防長官の責任であるから、アメリカ政府に訴えた方がいい」

と、意気込んで、わたしの書類を抱えて帰って行きました。

しばらくして、「頑張り屋のシュライナー」という定評のあるＣ弁護士から手紙が来ました。

「最高裁に訴えたウイスキー事件が勝訴になって、取り上げられた罰金四百七十五ドルも全部取り返した！」

とのことです。取るに足りない小さな生き物が、米国防長官殿を相手取って、裁判に勝ったのです。本当に個人の権利を尊重するアメリカ国、デモクラシー万歳！　と叫び喜んでいたころ、高窓に取り付けてあるクーラーがバサッと音を立てました。あれっと見たら、ちぎれた雀の首が飛んで来て、テーブルの上に落ちました。不吉な予感がします……。

それは現実のものとなりました。軍支給の大きな家にのほほんと暮らしていたわたしたちは、突然のように半分以下の狭い宿舎に移され、事務所に働くリチャードにも圧力がかかって、米国民政府を辞めさせられるかもしれないと、彼が言いだしたのです。

家宅捜査

ＣＩＤの二世をはじめとする三人の男たちが、キャラウェイ将軍のサインした捜査令状を持って、狭いわが家へ入って来ました。そして大男三人が一日がかりで家中をひっくり返して、上原豊子との料亭賃貸契約書を取り上げたのです。彼らのすることを黙って見ていたわたしは、怒りがふつふつとこみ上げてきました。いったい何で、どういう理由でＣＩＤ（民間調査局）が我が家の家宅捜索をしているかわからないのです。一緒に来た二世のＣＩＤへ、

「なぜあなた方は、料亭の賃貸契約書を取り上げるのですか？　わたしが料亭へ出入りするからですか？　支払いのない家賃を取りに行くのは、貸主として当たり前であり、今のわたしはＪＦＩＢライセンスも出してあるのです。何のために取り調べを受けなければならないのですか」

と、食ってかかりました。すると、

「家賃を取りに行くのはしかたがないが、君はたくさんの土地を売っている。アメリカ人は琉球の

土地を売買してはならないのだ」

と言うのです。わたしも負けずに、

「売った土地は、アメリカ国籍を取る前から持っていた土地で、これを売らずにどうしろというのですか？」

と尋ねると、

「売るのはよいが、買うのはいけない」そして「僕らの仕事は上からの命令で動いているのだ」

と二世殿はつけ加えました。

「上というのは、キャラウェイ将軍のことですか？」

と聞くと、

「それは言えない」

という返事です。

第三代琉球列島高等弁務官ポール・W・キャラウェイ中将は、わたしがワシントンへ訴状を出した後の一九六一年（昭和三十六年）に来島しました。そして今までの弁務官にない、絶大な権力を握って、同時に米太平洋軍代表、在琉米軍陸・海・空・海兵隊四軍の調整官をも兼職しています。まさに四つの帽子をかぶるオールマイティーの将軍という噂の人です。

それにしてもわたしは、ビートラー将軍やオグデン将軍、ルイス将軍と代々の将軍方に育てられてきた立場にあります。コーヒーショップや料亭の仕事からも手を引いて、家庭の中に引っ込んだ今、自分の生命財産を守るために取ったはずのアメリカ国籍のために、貸してある料亭の家賃を取ってはいけないという法はないはずです。

突然のことでオロオロするわたしに、またもや悪い知らせが入りました。同じ日の早朝、九人のCIDが料亭へ踏み込んで、再びAサインの表示を取り上げたというのです。帳簿、契約書、銀行預金通帳などを全部持ち帰り、経営者の豊子、支配人のお姐《ねえ》さん、男女の集金係、バーテンダー、とにかく料亭にいた全員が朝の九時頃からCID本部に連れて行かれました。そして一人ひとりが壁に向かって座らされたまま、夜の十時になって、やっとCIDのつくった書類にサインをさせられ釈放されたといいます。

「お前たちには気の毒だが、エイコ・ローズがアメリカ市民権を取ったため、こんな取り調べを受けるんだ」と、CIDたちは言っていたそうです。

その日以来MPは、Aサインの表示を失った料亭へ入り込んで来て、飲食中のアメリカ人のお客様を追い出すようになりました。持っていかれたAサイン表示を取り返すために、豊子は米国民政府の衛生課へ足を運びました。しかし何度申告をやり直しても、「ここが悪い」「今度はあそこを直せ」「クーラーを入れろ」などとさんざん金を使わせたあげく、「この料亭は、CID関係の問題が決着のつかないかぎり、Aサインはもらえないものと思え」と言われたそうです。

この事件以後は、料亭の従業員たちの話す言葉の端々に、外国人妻のひけ目を意識するわたしへの刺があるような気がしてなりません。料亭へ行っても、冷たい視線を浴びて針のムシロに座らされた思いがします。米軍管轄下にある沖縄での出来事を、アメリカ本国へ訴えたことが、彼らの態度をさらに厳しいものにさせたのでしょうか。権力者である米軍は料亭業を憎み、経営者の豊子たちは家主のわたしを憎む……。

「毎日の売り上げが少なくなっていくのは、あなたがここへ出入りするせいだ！」

と言う彼女らに反論もできず、家賃も取れず、わが苦悩の向けどころもなく、蹴とばす壁もありません。考えてみれば、料亭の経営者である豊子自身が、家賃さえ滞らせず払っていたら、わたしは料亭へ出入りする必要などなかったのです。今は外資導入の申請もしてあるし、いずれ料亭へ帰って自分の財産確保もしなければならないというのに……。

米国民政府のS裁判長の勧めで市民権を取った後、買った上之屋《うえのや》の土地を豊子に頼み、彼女の名前で登記を済ませ、建設中の建物を請負業者の善太郎組に頼んで、一万三千ドルの契約書も豊子の名前につくり変えたことが、こんなにも最後まで問題になろうとは、考えてもみませんでした。

事務所から帰ってきたリチャードが、

「今日は、キャラウェイ将軍に呼びつけられたのだが、行ってみたら大した用事でもなかった。仕事の話しかしなかったが、おかしなことがあるものだ」

と言います。この頃のキャラウェイ将軍は、琉球の〝自治神話論〟を唱え、琉球の一流の文化人や財界人の首を切ったり左遷をしたり、人呼んで〝キャラウェイ旋風〟という名のとおり、火花を散らし、嵐を巻き起こし、沖縄の全新聞紙上をにぎわしています。

商工会議所の幹部の方に会ったとき、

「おい、お前はキャラウェイ旋風にやられたというじゃないか」

とおっしゃいます。まさか⁉　沖縄全体の大責任者であり、最高の立場にある人が、虫けらのような姐《おんな》のすることに関心のあろうはずがない！　しかし、それでも気にかかるので、リチャードに聞いてみたところ、

「最近は僕も職場で重要な書類に触ることを禁止されているんだ。ワシントンへ訴状を出したせいかなあ」

と言います。普段はのんびり屋のリチャードが、この頃は家にいても神経質に廊下を歩き回ります。裁判長殿の書いてくれた書類を本国政府に出したことで、こんなことになるようでは、デモクラシーとは、偽りの自由だったのかしら？　アメリカ合衆国はフロンティア精神によってつくられたというけれど、アメリカ人は占領した土地の風習を理解せず、異質なものにはアレルギーを起こす民族なのでしょうか。

夫婦喧嘩

ＣＩＤが踏み込んで来て、半年近くたちましたが、いまだに家宅捜査をされた理由も知らされず、おずおず生きているこの頃です。わたしから土地を買ってくれた人々や、取り引きの銀行の方へもＣＩＤからの呼び出しがあり、いろいろな取り調べをされているという愚痴や苦情を聞かされます。守礼の邦の沖縄人の生き様は、社会を大切に、恥を重んじて生きてゆくことです。

あれやこれや身に余るほどの問題を抱えて、国際結婚の家庭生活にさえ疑問を持ちだしたわたしは、毎日が身を切られるような北風の中にいるのです。

「料亭へ出入りするのを嫌うあなたのためにと、五年間も家にひっ込んで、平凡なママ、平凡なワイフで日々を送ってきたのに、自分の正当性を証明するために出した訴状で、なぜＣＩＤからこのような厳しい扱いを受けねばならないのでしょう？　なぜ！　なぜ！」

極端に押さえつけられたバネが一気にはね返るような大変な勢いで夫に向かって叫んでいました。

「お前は、百回も千回も同じことを僕に聞く。僕はそのたびにいろいろ考えて答えてきたはずだ。でも、本当にはっきりしたところはわからないのだ。もう二度と聞くな！」

と叫び返すリチャード。それでも、何度も何度も彼に食い下がって、アメリカ人の考え方を尋ねます。しかし彼は、

「ここはアメリカではないんだ、沖縄なんだよ」

としか言いません。占領下の沖縄住民の自由などアメリカの統治者の考えひとつで、どうにでもなるということなのでしょうか。

ジレンマ

一九六一年（昭和三十六年）の六月以来、軍の権力をかさに着たＣＩＤ殿に、行く先々、尾行され続けています。これが神経戦というのか、一年もたった今では、自分でも何か大それた悪いことをしているような錯覚に陥って、道を行くにもキョロキョロと、常に何かを警戒している感じです。人に会っても、怖し恐ろしという気持ちが先に立ち、ついには魔除けになると教えられた、両手の中指と人差し指を前に出して歩くようになっていました。

ＣＩＤの隊長という人が、「エイコ・ローズを責めて何も出てこなければ、彼女が持っている料亭がつぶれるまでやってみせる！」と、豪語していたといいます。こうなったら尾類《じゅり》姉妹というだけで、料亭を借りた豊子たちにも迷惑をかけ続けることは避けられず、かわいそうに思われてきます。

日ごと夜ごとの夫婦の争いに幻滅したわたしは、彼と離婚し、沖縄住民に戻ることを決意すべきかどうか真剣に考え始めました。リチャードもまた、男児、至るところに青山ありと、二、三日も家に

帰らない日が続き、わが家庭は氷山のように冷えきっています。

　行くあての知れぬ夫の留守中に、わたしは家を出て行く決心で那覇市内に家を借りました。軍宿舎の中で引っ越しの準備をしていたら、七歳の娘がそばに来て、

「ママ、これも持って行っていい？」

と、彼女がわたしに見せたのは、なんとリチャードの写真でした。頭の上から冷水をぶっかけられたように、ぞーっとしました。厳然と父親の写真を持って立つ娘の目が、いかに悪妻愚母であるかを責め立てているように見えたのです。両親のもとで育った記憶のない姐《おんな》は、この世に生まれ落ちたときから、人生の問題児。ごく当たり前のように夫婦が別れることを考えていたのです。父親の写真を手に持って立つ娘の姿に、自分の愚かさを見せられました。

　実に、理性という馭者が大鞭を振り上げて、思い切りわたしの心をひっぱたき、二度とこんなことはするまい、わが親たちがわたしに与えたと同じ運命を、わたしはわが娘に科してはならないと、慌てて集めていた荷物を下に戻しました。

　ＣＩＤの圧力は、大昔からの心の絆が強かった尾類社会にさえ利害をからませ、不平不満の感情的対立を割り込ませてきました。料亭の経営者である豊子は、総支配人であるお姐《ねえ》さんを先頭に立てて、儲からぬ商売に家賃を払えぬのは当然、とまで言うようになりました。前門の虎、後門の狼に、進みもならず、引きもならずと、今は腹背に敵を受けたようなかっこうです。

家主と経営者のすり替え

一九六三年（昭和三十八年）五月二十五日。料亭へ行ったところ、琉球政府外国人税務署の職員三

人が、わたしの来るのを待っていました。そのなかに、軍政府でコーヒーショップを開いていた頃からの知り合いの保さんがいました。彼は今は課長様になったと名刺を見せ、持って来た厚い封筒を差し出しました。そして、

「僕たちはこの書類にサインをもらいに来たのだが、その前に一応の説明をするから聞いてくれ」

と言います。てっきり米国民政府に申請した外資導入の許可書だと思ったわたしは、

「ハイ、喜んでサインしましょう」

と言ったのです。ところがよくよく見ると、その書類は、わたしがアメリカ市民になった一九五七年（昭和三十二年）以降の料亭の遊興飲食税、源泉徴収税、所得税などの天文学的な数字を並べた莫大な金額の書かれた通知書だったのです。外資導入を申請した家主と、経営者のカン違いだと思ったわたしは、

「この通知書は、上原豊子宛ての間違いじゃありませんか？　わたしは家主であって、実際に営業はしていないし、また鑑札も持っていません。この料亭は豊子に貸していますが、彼女たちはわたしが病気をしていた過去五年間にたまった家賃を払えないと言うので、しかたなく上原豊子、上原トミと三人共同で仕事を始めようと、外資導入の申請をしたのです。それよりも外資導入の許可を早くください！　許可も出さない前から税金を取るなんて、聞いたこともありません！」

と冗談半分に主張しました。それでもぜひ受け取りのサインをしてくれと彼らは言います。押し問答のすえ、外資導入の書類作成のときに、所得税の申告をしてくれた外国人経理事務所の屋宜《やぎ》さんに電話をかけて、お伺いをたてることにしました。

「この書類をどうしたらよいでしょう」

と聞いたところ、屋宜さん自身が税務署の人と話をしてくださると言うので、保さんと電話を代わりました。どうやら彼らは、経営者が支払うべき税金を、家主であるわたしに振り向けたうえ、三十日以内に支払いをしなければ、この料亭を差し押さえようとしているらしいのです。そんな無茶なことがあるものかと噛みつきます。困った保さんはどこかへ電話をかけていましたが、やがてその書類を持ち帰って行きました。

ところが三十分くらいすると、今度は彼の部下である二人の男が再び同じ書類を持って来たのです。

「僕たちは、ぜひこの書類をあなたに渡して帰るように、米国民政府の二世殿から命令を受けて来ました。あなたが受け取らなければ、ここに置いて帰りますが、この書類はただ今から効力を発します」

と、切り口上の宣言をしたなり、料亭玄関の上がり口に書類を置いたまま帰って行ってしまいました。たとえ、米国民政府の二世殿から命令を受けた彼らであっても、同じ沖縄人であり、税務署で働いている地元の人なら、この料亭の持ち主が誰であり、今は誰が経営者であるかは確かに知っているはずです。

琉球政府外国人税務署という立派な名目はつけられてはいても、敗戦国民として現在の社会では、お上の操るとおりに動かなければ、おのずと首がとぶ仕組みになっているのです。惨めな被支配者たちの姿を、同じ沖縄住民のわたしは口惜しい思いで見つめていました。

とにかく玄関へ置かれたこの書類を、何としても返さねばなりません。屋宜さんと一緒に米国民政府配下にある外国人税務署へ行ったのですが、所長殿はこの書類を受け取らず、更正決定も再調査請求も受け付けてはくれません。屋宜さんは、

「この書類は、書留で送り返す方法もあるけれど、それよりも弁護士に相談してみてはどうだろう」と教えてくれました。

「軍の命令を受けた税務署は、本当のことを調べようともせず、家を貸しているだけのわたしに、料亭に対するいろいろな税金を押しつけようとしています。そんなことが本当にできるならば、多くの貸家業は大変なことになります。これが現実の社会なのでしょうか」

やりどころのない怒りを屋宜さんにぶっつけ、泣きついてしまいました。

翌日、屋宜さんと一緒に税務署へ行って、賃貸したときから現在までの経営者である上原豊子が支払った料亭に関する納税記録を見せてくれと頼みました。しかし、彼らは二世殿に言いつけられているのか、「そんな記録はありません」と言って、何も見せてもらえないのです。

「税金を支払った記録や証明がないということは、料亭経営者である上原豊子は、五年余りも税金を納めずに営業していたのかしら？」

と、わたしは疑問を提示しました。すると税務署員は片方へ集まってヒソヒソ話を始めるのです。故意か偶然か、彼らはあっちを向いてばかりいます。とにかく、差し押さえ通知書を返そうとするわたしに、「あなたがここへそれを置いて帰っても、あなたに渡した事実がある以上、この書類は効力を失いませんよ」と、彼らは言います。

前歴が遊女であれば、他人様をだませる大それた女だというレッテルを貼るのは簡単です。そうやって、軍ではどうしても、わたし自身が料亭の営業をしていると言いたいらしいのです。S裁判長殿が訴状を書いてくれた時から、料亭業へは手を出すなというのが彼らの注意でした。彼らが書いてくれたその訴状をいつかはアメリカ本国へ出したいと思うわたしは、目の前にでんと構えている米国民政府を、何年間もないがしろにするような大それたことができるはずがありません。

料亭へも足を運ばず、黙っていれば家賃を取れず、わが身の正当性を訴えれば訴えるほど、権力側からの圧力がのしかかってくるようです。わたしの愚痴に耳を傾けていた屋宜さんは、

「権力のある者が起こす一つひとつの事件は、納得のいかないことでも堂々とまかりとおり、われわれ庶民はそれに対していちいち対処をしなければならない」

と、独り言のように言います。そして、

「今はただ、誠実に軍の疑いを晴らすことだけが、あなたにできることです」

と、励ましてくれるのです。ミスター・マギーという検事を訪ねて、米国民政府の法務部へ行きました。マギー検事は、体格のいい赤ら顔の男であり、彼のそばに座る二世検事殿に通訳をしてもらいながら、アメリカで市民権を取ったときのように、厳粛な気持ちで片手を上げて宣誓をしたのです。

「わたし、上原栄子・ローズは、嘘も隠しもなく誠実に申し上げます。その一、アメリカ市民権をもらったお陰で、ガンの病いにかかっても、アメリカ本国の病院に入ることができて命が助かりました。わたしは、心からアメリカ国に対する忠誠を宣誓します。その二、神に誓って、外資導入を申請するまでの過去五年間は、絶対に料亭の経営をしていなかったことを、並べて宣誓します」

それから、二、三日のちに、琉球政府の法務局から、わたしが持っている市民権証書を持って来いとの呼び出しを受けました。行ってみると、それを見た法務局の沖縄人たちに、

「このアメリカ帰化証の写しをマギー氏が欲しいと言っているので、そのコピーを持って来るように」

と言いつけられました。わたしは「ミスター・マギーに向かって宣誓したことを証明するためだ、

本当にありがたい」と感謝感激です。さっそく家に帰って、そのことをリチャードに話したところ、びっくりした彼は、

「この書類をコピーしたら、お前はまた罪を犯すことになる」

と言うのです。

「うわあっ！　いったいどうういうことなの」と聞くと、

「帰化証明書には〝何人といえども、これを写し取ることはできない〟と、アメリカ本国政府の文言が印刷されてある」

と答えてくれました。わたし同様、市民権に対して何も知らない琉球政府のお役人たちを顎で使ってまで、一人の姐《おんな》を陥れようとしたアメリカの検事殿の裏の顔を見せられあきれ返りました。

「お前が本当のことを宣誓しても、彼らはお前が哀れみを乞うているとしか思わないだろう」

と、リチャードは言います。地獄のようなあの戦場の中から、沖縄人を救ってくれたアメリカ人の中に、こんなにまでして人を罪に陥れようとする検事がいることに、改めて大きなショックを受けました。

消えた戸籍

一九六三年（昭和三十八年）五月二十八日、那覇市の西銘順治市長より公文書が来ました。

「琉球政府法務局長よりの報告に基づき、貴方の日本国籍を削除したので、警察局へ出頭して在留許可を受けねば、直ちに処罰される」

と書いてあります。仰天したわたしが、天妃《あめひ》にある市役所の戸籍課へ行ったところ、

「軍からの命令で、あなたの戸籍は抹消されています」

と担当の高良さんが教えてくれました。戸籍簿を見せてもらうと、受理されていたわが娘の出生届とともに、わたしの戸籍も同じく、本当に抹消されていました。

沖縄生まれの沖縄育ちで、沖縄より他の国を知らないわたしが、市役所へ行けば、自分の戸籍があるのは当然と考えていたのは誤りで、今は沖縄から追われた外国人になっていたのです。

広い地球の東と西に生まれた男と女が、結婚したということ自体、不思議な縁です。泥んこの中からはい上がって、やっとつかんだ結婚生活が、いつの日か米軍という大権力の重さに引き裂かれて離婚という事態になったとき、沖縄人に戻らねばならなくなった場合、わたしには琉球の籍がないと教えられたのです。弁護士事務所へ相談に行ったところ、

「日本国から切り離された現在の沖縄では、日本国籍を取り戻そうにも、日本の法務大臣の許可を得ることはできません。アメリカ帰化人であるあなたは、自分の意思で日本国籍を捨てているから、いよいよ難しいのです」

と、弁護士は教えてくれます。日本は父系優先主義だから、外国人と結婚した女が産んだ子どもは、私生児としなければ、その子どもは日本国籍を取れない。また、本来はアメリカ人であるべき国籍も、彼らが十八歳から二十歳までの間にアメリカ本国に渡って、そこで五年住まなければ消えてしまうとも言うのです。無国籍の問題はメリット、デメリット、多くの要因を含んでいるけれども、無国籍者は人権をも無視され、結婚もできないと聞かされたのです。

もし、わたしが夫と離婚すれば、母娘とも直ちに無国籍者になり、夫婦の離婚は娘の将来を大きく左右すると知らされたのです。国籍、市民権、那覇市の戸籍、それらは皆、人間の生命や財産を守る

ためのものであるはずです。ところが、今は、その国籍によってこんなに苦しめられているのです。どうしてそうなるのか、本当に難しくてわかりません。

脱税容疑

一九六二年（昭和三十七年）の二月以来、ＣＩＤの企んだ〝神経戦〟に、やっさもっささせられたうえ、十二万何千ドルかの税金未納ということで、外国人税務署員らが書類を持って来たのが六三年の五月です。罠《わな》を仕組んだように、一カ月経った六月七日に送られて来たのは、土地建物一切の差し押さえ通知書です。その内容は、一九五八年五月以降六三年六月までの、五年間の遊興飲食税の脱税、それから源泉徴収所得税の未納というものです。

とにかく、上原豊子が支払い済みであるはずの料亭の税金の名称を書き連ねて、この処置に不服であれば一カ月以内に異議申し立てをしろという通知書なのです。

「今度の事件は、純粋な税金の問題ではなく、米国防長官に訴えたことに対する腹いせか、見せしめの行為であるから、外国人税務署も琉球政府も、米国民政府の言うがままにしか動けないだろう。この問題は結局、裁判でなければ解決しないようだから、弁護士に相談した方がよいだろう」

というリチャードの提言で、外国人経理事務所の所長さんが紹介してくれたヘッグウッド弁護士の事務所を訪ねました。

ヘッグウッド弁護士は、背が高くチョビ髭まではやして厳しそうな男性です。税務署から来た差し押さえの書類を彼に見せながら、六年前のウイスキー事件の頃からの問題を一つひとつ話しました。無実の罪をかぶせられたウイスキー事件をアメリカ本国へ提訴するために、アメリカへ行って市民権を取得してきたこと、市民権のお陰でガンを治せたこと、リチャードと同じフリーメイスンのメンバーであるクワーシャー弁護士に頼んで、マクナマラ米国防長官に訴えたことなどをすべて話し、

「わたしは、アメリカ市民になったことを喜んでいましたが、今度はそのためにわけのわからない税金をふっかけられたり、ＣＩＤに尾行されたり、土地建物の差し押さえをされたりで、アメリカ市民になってよかったのか、沖縄人でいた方がよかったのか、わからなくなりました」

と、どこにもいられない身の始末を嘆いたのです。

「なぜこうなったのか調べてみよう」

と言ってくれた彼に、事件の一切を頼むことにして、委任状を書いて帰りました。

そうこうしているうちに、琉球列島米国民政府裁判所書記官代理からの起訴状が来ました。

起訴状

琉球列島米国民政府高等裁判所

アメリカ合衆国　対　エイコ・ウエハラ・ローズ

刑事第三号

大陪審第二号

大陪審は次の通り起訴する。

起訴事実第一

米国民政府布令第一四四号二・二・二七違反。

エイコ・ウエハラ・ローズは料亭松の下（別名オーガストムーン）の所有者として、且つその事業所得受領者として、琉球列島沖縄に於て、一九六二年九月五日頃、同事業から得た所得について、脱税をなす意思で一九五七年七月一日から一九六二年六月三十日までの期間の所得について、琉球政府に対し、同所得に関し、故意に虚偽の申告をなし、一九五三年七月二十一日付民政府布令第一一四号「琉球所得税」により、補正されたところの一九五二年十月十二日付立法第四四号所得税法第八七条に違反して、琉球政府に納付すべき額七万ドルの脱税を試みたものである。

起訴事実第二

米国民政府布令第一四四号二・二・二八違反。

エイコ・ウエハラ・ローズは料亭松の下の所有者として、且つその事業所得受領者として、琉球列島沖縄に於て、一九五六年十二月から一九六三年六月頃まで上原豊子その他の者と共謀して、一九五三年七月二十一日付民政府布令第一一四号「琉球所得税」により、補正されたところの一九五二年十月十二日付立法第四四号所得税法第八七条に違反した。即ち一九五七年七月一日から一九六二年六月三十日まで、料亭松の下の経営によりエイコ・ウエハラ・ローズが収益した所得に付き、琉球政府に納付すべき総額七万ドルの所得税の脱税行為を故意になした。共謀の目的を果たすため、エイコ・ウエハラ・ローズは一九六二年九月五日頃、琉球政府に対し、一九五七年七月一日から一九六二年六月三十日までの期間、料亭松の下経営からあげた所得について、虚偽の申告を故意になしたものである。

起訴事実第三

一九五三年七月二十一日付民政府布令第一一四号「琉球所得税」により補正された一九五二年十月十二日付立法第四四号所得税法第八七条違反。

エイコ・ウエハラ・ローズは料亭松の下所有者として、且つその施設で雇用する被用者の賃金その他所得の源泉徴収義務者として、琉球列島沖縄に於て、琉球政府に対し、徴収税額を納付し、毎月必要なる報告をなす義務を履行すべきものであるところ、報告事項に付き一九五九年四月から一九六三年三月までの期間、被用者数及び徴収税額の虚偽申告をなし、以て右期間中、料亭松の下被用者の賃金その他所得から政府に納付すべき源泉徴収納付額五千八百二十ドルの脱税をなした。

起訴事実第四

米国民政府布令第一四四号二・二・二八違反。

エイコ・ウエハラ・ローズは料亭松の下所有者として、且つその施設で雇用する被用者の賃金その他所得の源泉徴収義務者として、琉球列島沖縄に於て、琉球政府に対し、徴収税額を納付すべきであるところ、一九五九年四月から一九六三年三月頃までの期間中、上原豊子、金城セイコ、その他の者と共謀して、一九五三年七月二十一日付民政府布令第一一四号「琉球所得税」により、補正されたところの一九五二年十月十二日付立法第四四号所得税法第八七条に違反した。即ち右期間中料亭松の下被用者の賃金その他所得から政府に納付すべき源泉徴収納付額五千八百二十ドルに付き、琉球政府への源泉徴収税不納付の脱税行為を犯し、並びに共謀の目的を果たすため、金城セイコをして料亭松の下の被用者数及び徴収額の虚偽申告を一九六三年三月までなさしめたものである。

起訴事実第五

遊興飲食税法（一九五七年立法第一〇四号）第二〇条違反。

エイコ・ウエハラ・ローズは料亭松の下所有者として、且つ料亭経営からあげた収益に付き、遊興飲食税納付義務者として、琉球列島沖縄に於て、一九五八年五月から一九六三年四月まで、他の者と共に、又は一人で継続して、料亭経営から上げる課税収益及び政府に納付すべき遊興飲食税額の虚偽申告をなした。以て右期間中料亭経営から上げた収益から政府に納付すべき税額、四万九千五百ドルの遊興飲食税不納付の脱税行為をなした。

起訴事実第六

米国民政府布令第一四四号二・三・四・一違反。

エイコ・ウエハラ・ローズは料亭松の下所有者として、且つ経営者として、一九五八年十月から一九六三年六月二八日頃まで琉球列島沖縄に於て、一九五八年九月十二日付高等弁務官布令第十一号「琉球列島に於ける外国人の投資」に基づき、琉球政府行政主席が、事業活動を認可する外資導入免許を得ないで、故意不正に料亭松の下の所有並びに、経営活動をなした。

起訴事実第七

米国民政府布令第一四四号二・二・二八違反。

エイコ・ウエハラ・ローズは料亭松の下の所有者であり、且つ経営者であるが、一九五八年十月から一九六三年六月二八日頃まで、上原豊子その他の者と共謀して、琉球列島沖縄に於て、民政府布令第一一四号二・三・四・一に規定する犯罪をなした。即ち琉球政府から外資導入免許を得ないで、故意に事業を経営し、共謀の目的を達するために一九六三年六月六日付の文書で、琉球政府に対し、右料亭は上原豊子との間の賃貸借契約に基づき一九五六年十二月以降、上原豊子に賃貸してある旨虚偽の申告をなしたものである。

以上

起訴状原本

政府訴訟代理人

陪審長

右は謄本である。

沖縄県那覇市

琉球列島米国民政府裁判所

書記官代理

ジェームス・エル・スミス

琉球列島米国民政府裁判所大陪審起訴状第二号という名の訴状によって、わたしは起訴されたのです。リチャードが言うには、大陪審の起訴状第一号は不発に終わって、事実上法廷に持ち出されるのは、この裁判が最初であるとのことでした。

キツネに化かされたようで、何が何だかわからないわたしは、この訴状を持ってヘッグウッド弁護士の事務所へ走り込みました。ひととおり目をとおしたヘッグウッド弁護士は、

「これは、全部一貫して、とりとめのない推定でかけられた容疑だ。僕の調べた範囲内では誰かの密告があったようだが、あなたは人に恨まれるようなことをしていないか？」

と言うのです。そんなこと身に覚えがありません。

「いいえ、誰にも恨まれるようなことはしていません。料亭の人たちとは、家賃のことで少し揉めていますが、しかし彼女たちも一緒にCIDからの取り調べを受けており、外国人妻という差別以外は、別に誰とも問題を起こしたことはありません。やっぱりリチャードが言うように、マクナマラ米国防長官へ訴えたのが原因で、キャラウェイ将軍たちを怒らせたのではないでしょうか？」

と言ったところ、弁護士殿は、

「本国政府に訴え出たものは、高等弁務官でもどうにもできないだろう」

と、でんとした態度で言います。落ち着き払った彼の姿にわたしは安心しました。

ミスター・Wが遊びに来たので、リチャードとともに事件の経過を話したところ、

「どうやら今度の事件は、キャラウェイ将軍自らがかかわっているようだなあ。彼の持つ権力の前には、住民たちがどんなに抵抗しても何の効果もないだろう。現在琉球にいる弁護士たちはキャラウェイ将軍の権力には弱いので、ヘッグウッド弁護士のためにも、ほかの弁護士をアメリカ本国から呼んだ方がいいのでは」

とW氏が言います。そして、それはウイスキー事件を勝ち取ってくれたミスター・クワーシャーのような勇気と侠気のかたまりのような弁護士でないと解決はつかないだろうと言うのです。

そうだ！　頼りがいのあるクワーシャー弁護士がいたではないか！　さっそくリチャードがクワーシャー氏に電報を打ちました。しかし、また彼が沖縄へ来るとすると、一日三百ドルはかかると言う

のです。一日三百ドルという大変な金額です。しかし今はお金の問題ではありません。

「幸い土地を売ったお金を銀行に預けてあるから、お金のことは心配しないで」

惨めな夫婦は、お互いに励まし合っているのです。

目に見えない権力を前に縮こまって暮らす妻を見かねたリチャードは、彼なりにRYCOM本部を訪ねたり、検事に会ったり色々してくれているらしいのですが、この頃は彼自身の仕事にも権力の圧力がかかってきて、事務所の重要書類を入れたロッカーの鍵さえも取り上げられたと言うのです。

「お前に課せられた税金の額の多少が問題なのではなく、琉球で起きた問題を本国政府へ訴えたことが軍の気に入らないのだそうだ」

と言いながら、寂しそうに帰って来るリチャード。彼の言葉の端々には、いつ切られるかもしれない自分の首を心配する気配があります。今は地獄のどん底生活にあえぐわたしも、追いつめられて命懸けです。

別居

ドライブに行こうと、リチャードはわたしを家から引っ張り出しました。連れて行かれた所は、大波が打ち寄せる残波岬《ざんば》のヤロービーチです。暗いわが家を出て、久しぶりに味わう海の匂いです。広がる霧の間に南国の夕日が残り、大きく寄せ来る潮鳴りが楽しい音楽に聞こえています。

家の中にひっ込んで、鬼の口に噛みつかれたように朝晩を過ごしていたわたしは、大きな空に思いきり両手を広げて空気を胸いっぱいに吸い込んでいました。

岩と岩の間に立って、目の前にぶつかってくる身の丈ほどの波しぶきを見つめていたリチャードが、

いきなり振り返って、

「エイコ！」

と呼びかけてきました。

「この大波はキャラウェイだ。僕ら二人をさらって行くかもしれない。だが、キャラウェイの力の攻撃に対して、お前は自分が営業していなかったという潔白を証明し、僕がお前を応援できるたった一つの方法がある。それは、僕の職場を韓国に替えて、向こうから君たちの生活費を送り、応援することだ。権力はわが家庭を壊す意図はないだろうが、キャラウェイ将軍の力の及ばない韓国にいれば、その攻撃を受けて立てると思う。親子三人がこのまま沖縄にいれば、僕の首は切られて、たとえ離婚しても米国籍の君は沖縄におれず、アメリカへ強制送還されるだろう。そうなれば君の料亭はもちろん、事件に決着をつけることもできなくなってしまう」

十二年間も政府勤めをしてきたリチャードを、沖縄に引き止めて首を切らせるようなことになれば、わたしはこの人の一生を棒にふらせることになります。尾類《ジュリ》であった自分と結婚してくれた彼は、女としての道を歩ませてくれたたった一人の男です。彼のお陰でやっと姐《おんな》の巣を見つけ、これからというときに、生涯にたった一つのこの巣を失ってよいものか。結婚とは、男女が身を寄せ合ってお互いに温め合って生きてゆくことだと信じてここまでやってきました。

でも今は、言葉のわからない米軍の裁判に出て行く不安よりも、自分の杖とも頼む夫を大切に考えたい。そうすることが、これからの生涯に一つの灯を点すことになるのだと思い直して、愛するリチャードと別れて暮らすことにようやくうなずいたのです。

リチャードがあと二週間で韓国へ発ちます。何かに追い立てられるようなわたしは、久米町に民間のアパートを借りてお引っ越し。と同時に、リチャードの荷物は全部韓国へ送り出しました。

　韓国に発つリチャードとともに、待合室に点された淡い電灯の下で、飛行機が来るのを待っているわたしたちは、入口から入って来る軍人軍属たちの姿をじっと見つめていました。もしやその中に、高等弁務官殿の命令をもって、夫の出発を止める人たちがいるかもしれないと恐怖におののいていたのです。

「もし彼らが表立って僕の職を取り上げるならば、そのときは僕も表に出て、開き直ることもできよう」

　とリチャードも言ってくれます。

　権力という鬼の口、鬼の爪を逃れて無事リチャードは飛行機に乗りました。

裁　判

正義感を持つアメリカ人

いよいよ裁判が近づいて、沖縄へ呼んだ弁護士のミスター・クワーシャーは、ヘッグウッド弁護士とともに、三日間もあっちこっちを歩き回っていました。

「調べてみたら、沖縄に住む人々の一挙手一投足が最高司令官の一存ですべて決まるようだ。僕はある所で面白い話を聞いてきた。先島の軍裁判で有罪になった事件を沖縄の上級裁判所に上訴することになり、その準備中に沖縄人被告が逃亡した。怒った軍側は、弁護士を捕まえて警察に留置してしまったというのだ。米軍のチャランポランかつ全能ぶりは相当なものだ。こんな情勢では絶対勝ち目がない。あなたは、アメリカに飛ぶか、日本に身を隠すか、とにかく沖縄から逃げなさい。その方が得策だ」

という絶望的な彼の言葉を、歯ぎしりする思いで聞いていました。正義が通らぬもどかしさ、夫婦を別れまでさせた最高司令官を前にして、何ゆえ尻尾を巻いて逃げ出さねばならないのでしょう。くるっと弁護士殿に向き直って、

「なぜ、自分の生まれた沖縄から逃げ出さねばならないのですか。逃げ出すくらいなら、わざわざアメリカからあなたを呼びません。もし、あなたが言うように権力に負けて、MPが来て無理やりわ

たしを飛行機に乗せても、ナイフやフォークで喉をかき切って見せます。決して沖縄から罪人として
は立ち退きません」

と言い切ったのです。姐《おんな》の真剣さと無鉄砲な発言に心を動かされたのか、

「あなたがそこまで言うのなら、一人で司法、立法、行政、軍政を司って、沖縄に圧政を加えているキャラウェイ将軍と一戦交えるよりほかないようですね。僕はワシントンＤＣのインスパクタージャノン（検閲官）たちを呼んででも、この事件を解決してみせよう」

と、火の玉のように意気込んだクワーシャー弁護士です。力強い彼の言葉に、わたしは、アメリカの弁護士には素晴らしい正義感があると喜びました。しかし、ミスター・Ｗは、

「キャラウェイ将軍もそもそも弁護士だし、あなたは両方の弁護士の間に挟まって、フットボールのように蹴とばされるのがおちだ。沖縄人のあなたが市民権を取ったことで、ガンも治せたし、最高裁でも勝てたかもしれないが、今度はそのためによほど悪辣《あくらつ》なしっぺ返しをされるだろう」

と、冷静に言い放つのです。リチャードと離れて暮らすようになって以来、一人で血の出るような努力をしてきたわたしは、その言葉を聞かされて不安にさいなまれるばかりです。

裁　判

六月二十八日に韓国へ行ったリチャードが、八月十二日のわたしの軍裁判のために、二週間の休暇をもらって帰って来ました。今はただ、真実を調べる法廷に立てば、それで何もかも明らかになるはずと信じるのみです。

アメリカでも最高の雑誌、『ナショナルジオグラフィック』にまで載ったことのある料亭が、今で

は『ニューヨーク・タイムス』に「『八月十五夜の茶屋』のエイコ・ウエハラ・ローズは、脱税をした」と報道されているとのことです。しかし、この裁判で真実が明らかになれば、彼ら権力者たちは、わたしにどんな詫びをしてくれるのでしょうか。

いよいよ裁判の日がやって来ました。裁判が始まる前に裁判所の事務所へ呼ばれ、書記官代理から「起訴状を発行したときに、あなたを逮捕して監獄へ入れておくべきであったが、琉球から逃げ出す心配がなかったので、そのままにしておいた。もし今からでも逃げ出すようなことがあれば、あなたは五千ドルの罰金を支払わねばならない」

と言われ、料亭の土地建物を抵当に五千ドルの違約金を払うと記された書類にサインさせられました。料亭は五千ドルの値打ちしかないのに、なぜ税務署は十二万何千ドルもの差し押さえをしたのかしら？　とわたしの頭は混乱するばかりです。

法廷に入ると、米国民政府の二世税務官殿が、琉球政務税務官らに命令してつくらせた、三・三平方メートルの板にたくさんの数字が書き込まれた偽装証拠が運び込まれました。そしてわたしは脱税被告人として、被告席に座らされたのです。書記官、検察官、廷吏、そして彼らに続いて堂々と入って来る担当検事殿。陪審員有資格者として裁判所に呼ばれた多くの外国人たちと、ごく少数の沖縄人が、木づくりの長椅子に座っています。突然、「起立！」という声が鋭く響き渡り、黒いガウンを引きずった、アメリカ人にしては小柄な裁判長が入って来ると、法廷にいた全員が、まるで小学校の教室のように、ガタガタ椅子を鳴らして、いっせいに立ち上がりました。法廷の空気がピーンと張りつめました。

出席者は、判事、検察官、副検察官、被告人エイコ・ウエハラ・ローズ、弁護人ウイリアム・クワーシャー、共同弁護人チャールス・H・ヘッグウッド、弁護人助手ノブシゲ・屋宜、被告人の夫リチャード・ローズ、通訳レイモンド・アイ・上原、書記……。

その中で目の黒いのは、私と屋宜さんと二世の三人、あとは皆青い目のお歴々です。

全員着席の後、すぐさまM裁判長の説示が始まりました。およそ、法律用語なんて聞いたこともないわたしにはチンプンカンプンです。速記者が、音の出ないタイプライターを叩くごとく、速記機を叩いています。

「レディース・アンド・ジェントルメン、琉球列島米国民政府高等裁判所は、アメリカ合衆国を原告とし、エイコ・ウエハラ・ローズを被告人とする、刑事訴訟事件の公判にあたり、有資格陪審員として召還された方々の中から、十二名の陪審員と一名の補欠員が選定されます。選定が終わるまで、全員廷内にとどまってください。選定を受けられなかった方々は、あとで本日の日当、および交通費をお支払い致します。それでは皆さん、ただ今より選出にかかります。書記官に名前を呼ばれた方は、どうぞ陪審員席に進み、わたしの左側、後列最初の席より順に着席してください」

初めて見る法廷の有り様は、何もかも珍しく面白いものです。後でクワーシャー弁護士に、陪審員の日当は一日八ドルだと聞きました。やがて書記官と廷吏が中央に進み出て、いよいよその選定なる作業が始まりました。

裁判長席の前には、福引きのときに使うようなガラガラ箱が置かれ、廷吏がそのハンドルを回して、下に落ちた紙片を一つひとつ取り上げ、それを書記官がアメリカ人特有のアクセントで読み上げます。呼び出された陪審員候補者はまず証人席に座り、検察、弁護、双方からの質問を浴びせられます。

「あなたは、ここへ呼び出しを受ける直前まで、三カ月以上琉球列島に居住していますか。どんな仕事をしていますか」

「検事、弁護人の誰かと親しく知り合っていませんか。もし、いたとすればどの程度、どんな関係ですか」

「この事件について何か知っていますか」

陪審員をめぐる弁護士と検事双方の激しいやりとりが三日も続き、熱意のかたまりとなって議論する彼らに、わたしはようやく事件の重大さに気づき始めました。

検察、弁護側双方が折り合った、補欠員を合わせて十三人の陪審員を選び出す選定作業が終わり、やっと陪審員席が埋め尽くされました。

「メンバーズ・オブ・ザ・ジュリー（陪審員の皆さん）」

事務官が陪審員席に向かって呼びかけます。

「全員ご起立願います。右手をあげて宣誓を行います」

陪審員たちは、事務官の後について宣誓します。

「政府と被告人両者の争訟に関し、法と証拠に基づき、公正な審理を尽くし、真実な答申を成すべきことを、ここに厳粛に宣誓します」

十二人の陪審員と、一人の補欠員を選定するのには大変な時間を要しましたが、検察側は選定された陪審員たちに満足の言葉を送り、弁護人もまた同じような言葉を言いました。続いて裁判長が、裁判の運営方法について説明します。

聞いたこともない法律用語がずらっと並ぶと、もうわたしにはさっぱり意味がわかりません。そばに座ってくれた通訳殿によれば、裁判長殿は引き続き陪審員たちに対して、アメリカの裁判の陪審制の由来や、あり方について述べており、説明は長々と続いています。

いよいよ本番。検事の出した起訴状が読み上げられて、裁判が始まりました。公判第一日目。十二人の陪審員たちが、四角張った顔で席に座り、被告人であるわたしはわが裁判でありながら、決して法を犯すような何事もしていないという自信からか、人の噂話を聞くような気分で、辺りをきょろきょろ見回すことに忙しいのです。

すると、突然、マギー検事が、「アテンプト（未遂）」という罪状を大きな声で読み上げました。一瞬、心臓が凍りつきます。未遂という言葉など、殺人未遂よりほか聞いたことがありません。次に、クワーシャー弁護士が、立ち上がっておおよそ次のようなことを述べられました。

一、この裁判を却下してもらいたい。

二、この裁判には、アメリカ国籍の者を裁く権利はない。

併せて、

三、憲法事項

四、平和条約

に基づいてこの裁判の不当性を申し立てます。

「いかにアメリカの大統領であっても、一人で行政、司法、立法の三権を握ることはできないのに、琉球にいる高等弁務官は一人でそれを行使している。アメリカの国会は、大統領であっても、国民を罰する権利を与えてはいない。戦争が終わってから十八年にもなるのに、琉球は未だに、戦争の空気の中にある。高等弁務官は、民主主義国の国民に与えられている自由を、占領国民に対しても保障すべきである。アメリカ合衆国は、共謀や教唆に対して罰を与える権限はなく、琉球における米国民政府の布令一一四四号の二・二・二八から二・二・二九などはすべて無効であって、アメリカ合衆国憲法にも違反する」

と、電話番号のような数字を並べ立てて、マギー検事への反論をくり出します。学も耳もないわたしには、何のことなのかトンとわからないのですが……。

「平和条約まで持ち出されるこの裁判は、だんだん風船のようにふくれあがって、肝心の被告に対する罪状はそっちのけ、もっぱら司法権、行政権を持つ弁務官の権限について争われている」

と屋宜さんは説明してくださいます。一方はアメリカ合衆国の代表として、行政権を握っている施政権者のサインをした法律を守り抜こうとしている検事殿、それに対してアメリカの国民である誇りのもと、アメリカの憲法を持ち出す弁護士殿。まるでターザン映画のライオンとヒョウの喧嘩を見ているようで面白いと、人ごとのように思ってしまいました。

「検事の冒頭陳述の論調は、誇張されたアウトラインを提示するだけで、事件の内容には深入りせず、あなたがいかに上原豊子や上原トミと共謀して、うまく利益を上げていたかということを、華やかな映像のようにくり広げている」

とヘッグウッド弁護士は言われます。

「彼らは、それが事実か、事実でないかの議論をなおざりにして、脱税の数字をくり返し並べて、陪審員に聞かせているだけだ」

と通訳の方も言います。そのやり方とでっち上げのうまさには、怒りも通り越して感心してしまうほどです。一九五六年（昭和三十一年）のウィスキー事件の際に、当時米軍の法務局長であったゲーナー大佐の命令ともいえる提言を受け入れて、琉球随一の法律家である当間先生や知念先生に立ち合ってもらい、上原豊子と交わした契約書類の写しを法務局へ提出しました。

その書類が七年も過ぎた今となっては偽りの書類であり、わたし自身が料亭の経営をやっていると検事側は主張しているのです。琉球の錚々《そうそう》たる方々が、偽りの契約書をつくったと彼らは言いたいのかと、当間先生や知念先生に対して申し訳ない気持ちでいっぱいです。神聖な場所であるはずの法廷で、そんなこんなのこじつけが通るはずもない、と信じたいのですが、正直でありさえすれば、弁護士はいらないと考えていた自分の浅はかさも、したたかに思い知らされました。

数字のマジックとはこのことでしょうか。料亭の預金、売上金、借入金など、料亭に入った一切合財のお金は、すべて私の収入として計算されているのです。畳二畳くらいの大きな板紙には、それらに付け加えて、土地を売った金額も、上原豊子との売買契約によって受け取った商品の代金も料亭の収入も、全部それぞれに並べ立ててあります。それは、いかにも大きな収入があり、大きな脱税者であるかのように思わせるに十分なものです。最後に書かれてあるわたしが売った土地には、料亭に必要な駐車場まで含まれています。経営者でないからこそ売り払ったはずなのに……。

やがて、立ち上がった検事殿が、

「エイコ・ローズは、過去にウイスキーの脱税で、軍首脳部から有罪判決を言い渡されたことがある」

と言いだしました。しかし、そのとたん、立ち上がったクワーシャー弁護士が、

「それは、ワシントンに控訴して無罪になり、罰金も取り返して、すでに解決済みである」

と反論したので、検事殿は黙って座ってしまいました。

「しかし、いったん口から出された言葉は消えるわけではない。陪審員たちの頭の中にはすでに、

脱税の前科がある姐《おんな》だという先入観ができ上がってしまった」

と、クワーシャー弁護士が言います。また、通訳の方も、

「人間の心に、一度不信というヒビが入ると、なかなか信頼の心は取り戻せないものだ。検事殿の演出効果は満点だ」

と言うのです。気のせいか、陪審員たちの蔑《さげす》むような視線を感じ、射すくめられるような気がします。音のない声が毒針となって襲いかかり、敵意を秘めた世界に放り出されたような思いです。自己嫌悪に陥ったわたしは、首を垂れて心を暗くしているのです。

証人尋問

義理、人情、報恩の社会に生きていた辻遊廓出身のわたしたちです。ところが、支配人であるお姐《ねえ》さん、帳簿係の金城さんをはじめ、豊子までが検事側の証人となっていると、法廷へ出て初めて知らされたのです。

ＣＩＤに命令されたのでしょうか。上原豊子は雇われマダムであり、実際は、全面的にエイコ・ウエハラ・ローズが料亭を経営していると証言するための証人だといいます。戦争の悲惨さは、戦場よりも戦後の今ここにあったのです。しかし、なんてことはない、ビー玉に泥んこを塗りつけても、乾けば自然に剝《は》げ落ちるように、わたしが法廷に立てば、事実が明るみに出て、かぶされた泥んこも落ちてゆくだろうと考えて、少し気が楽になりました。なんと言っても、根本は料亭の借り主である豊子が、支配人任せにせず、毎月の家賃をきちんと払ってさえおれば、こんな問題は起きなかったのだと、今さらながらほぞを噛んでいるのです。

証人尋問が始まって、ＣＩＤ、上原豊子、お姐さん、金城さん、税務署や銀行の人々、わたしの知っている人、知らない人まで、合わせて約四十人が検事側証人席に仰々しく並びました。そこには現在の民政府はもちろん、琉球政府や市役所に働く人々まで含まれています。いったいこの人たちは、何のつもりで集められたのかしらと、不思議に思えてなりません。彼らは次々と呼び出されて、証人席に立ちましたが、なかでも銀行の支店長である方の証言が、検事側にとって大変ショッキングな内容となりました。

検事「君の銀行は、料亭に金を貸しているか」
証人「はい、貸しています」
検事「その金は、誰に貸したか」
証人「上原豊子に貸しました」
検事「上原栄子が借りたのではないか」
証人「上原栄子は家主、地主であり、それを抵当に入れた保証人であります」
検事「自分の家屋敷を抵当に入れたのは、上原栄子が料亭の利益を全部吸収しているということではないか。ということは、上原栄子が経営者であると考えないか」
証人「いいえ、考えません。銀行の保証人は、あくまでも資産の保証しか認めません」
検事「料亭松乃下は、エイコ・ウエハラ・ローズの経営ではないのか」
証人「現在の経営者が上原豊子であることは、世間の皆が知っています」

次は日本の旧法で現在の琉球法を説明しようと、沖縄のＳ弁護士がわたしの側の証人に立ったのですが、軍の力をかさに着た暴力検事によって、こてんこてんに罵倒されてしまいました。これに腹を

立てたクワーシャー弁護士が、

「次は、料亭の賃貸契約のときに立ち会ったという二世の弁護士が、検事側の証人として出て来るというが、アメリカ弁護士会の名にかけてでも、彼を免職させてみせる！」

と、意気込んで言います。ライオンとヒョウは、いったいどっちが強いのでしょう。

証人に立つ民間人一人ひとりの証言が、検事側の思惑どおりにはならないと知ったのか、権力で集められた四十人余りの検事側証人の中から、証人席に立たされたのは、わずか十四、五人で、あとは打ち切られてしまいました。

次に立たされた証人はＣＩＤたちです。そのうち一人はアメリカ人で、三人は沖縄人です。彼らの証言を聞きながら、「ＣＩＤたちが、検事側と口裏を合わせているのは確かだ！」と、クワーシャー弁護士は断言します。当の本人であるわたしの前で抜け抜けと見え透いた嘘をつくＣＩＤたちには、ただただ唖然とするばかりです。裁判とは、嘘か真かをはっきりさせる所、強きも弱きも公平に裁く所だと信じていたのに、事実を曲げた一個人の証言が、真実に勝るほどの力を持っているように感じられます。
二、三日で済むと思っていた裁判が、二週間を過ぎても、まだ終わりません。韓国へ戻らねばならないリチャードは、これ以上は新しい職場から休暇がもらえないので、わたしと娘を法廷に残したまま韓国へ帰って行きました。

嘘の供述書

検事側証人として米国民政府職員の一人が法廷に出頭しました。彼はＣＩＤに協力しなければ米国民政府勤務を辞めさせると、検事殿に言い渡されていたことが、わが弁護士殿の追及によって、明らかにされたのです。

いよいよ、検事側証人として豊子やお姐《ねえ》さん、金城さんが証人席に座りました。彼女たちには、席に着くと同時に、「エイコ・ウエハラ・ローズと共謀して云々ということに関して、あなた方が共謀した罪を白状しても、いかなる罪にも問われない」と書かれた証明書が検事殿から渡されました。その紙を渡しながら内容を説明している検事殿の言葉は、そばで聞いていても頭が割れんばかりにカーッとなるくらいの侮辱と偏見に満ちたものでした。

彼女たちに対する弁護人尋問が始まりました。まず、

「この調書には、上原豊子は雇われマダムであり、料亭の収益は全部エイコ・ウエハラ・ローズが取っているということが書いてあるが、それは本当か？」

と弁護士が尋問しました。すると豊子は、

「それは違います。CID事務所でその書類を見せられたときに、『エイコ・ローズは家主であって、営業はわたし自身がしています』と申し上げたのですが、彼らは、『払う家賃は料亭の売り上げから出ているから、利益を吸い上げているのだ』と言って、『この書類にサインしなければ、取り上げたAサインを返してやらない』と言われました」

と証言したのです。CIDから、エイコ・ローズが経営者であると言うように、と命令されていたにもかかわらず、さすがに幼い頃から一緒に育った豊子は、CID事務所での状況と本音を素直に告白してくれました。CIDたちの、軍支給のAサインという利害と欲得を絡ませて、豊子たちをおどしていた事実が、クワーシャー弁護士の尋問で明らかにされたのです。

「外国人客の多いわたしの料亭は、Ａサインがなければ商売も成り立たず、Ａサインをもらうためにしかたなく彼らの書いた書類にサインをしました」

と続ける豊子。貴重な証言を引き出したクワーシャー弁護士に比べ、彼女たちの供述書は、検察側を不利な状況へと追い込みました。そして、事実でないと知りながらサインをした豊子たちの偽証罪も成立しませんでした。

嘘の供述書にサインをさせて、鬼の首を取ったようなＣＩＤや検事殿は、脱税者という名目でわたしを裁判に立たせました。しかし、豊子は五七年以降、今年までの税金をすべて琉球政府に納めていたことも明らかになりました。つまり一つの営業に対して、同じ税金を二人の間にかけていたということになります。事実が一つひとつ明らかになってゆくにつれ、明るい顔を取り戻してゆくわたしとは反対に、検事殿はますますやっきになって、威圧的な態度でまくしたてます。

「この営業場所は誰の物か、家は誰の物か、上原豊子が借りていると言っても、それは名目だけであろう。エイコ・ウエハラ・ローズに渡した金は、料亭の利益を吸い上げているのであろう」

それを聞いた通訳は、

「沖縄の企業は、アメリカの企業のあり方とは違って、上に立つ個人だけが権力を握っているのではなく、上原豊子を守る周囲の人たちの意思で料亭が動き、仲間意識で皆が団結して働くので、いったい誰が料亭の権力を握っているのか、彼らアメリカ人にははっきりしないのであろう。己が利益のためには、軍に対して恐怖におびえる者たちを罠に落とすこともいとわず、どんな悪辣な方法でも使うＣＩＤたちは、沖縄生まれのあなたが、アメリカ国籍を取ったことに対してさえ、料亭の人たちの心に敵対意識を植えつけようとしているのだ！」

と言います。検察側の化けの皮が一枚一枚剝がされていくのが面白くて、ニヤニヤしながら聞いていると、わたしの態度に気づいたヘッグウッド弁護士に、

「この法廷にいる人々は、皆米軍の息のかかった者たちなのだ。被告であるお前が、法廷の中でニヤニヤしているその態度は彼らを挑発していると言われてもしかたがない！」

と厳しくたしなめられました。

今度は怒りに燃えた検事殿が、

「上原豊子、上原トミ、エイコ・ウエハラ・ローズの三人は名前も同じで、お互いが姉妹と呼び合う仲であり、三人が共謀して罪を犯したに違いない」

と言いだしました。同姓同名の多い沖縄で、名前の同じ者が皆姉妹であるなら、小禄村の八割は上原姓、それらは皆姉妹ということになります。どんなことでも犯罪に結びつけようとする検事殿の言葉の遣いようで、わたしたち尾類《ジュリ》姉妹の運命が右にも左にもなっていくのをひしひしと感じます。言葉はその人の心情を示すと言うけれど、一方で権力や暴力となって人を言いくるめたり、欺いたりする武器のようにも思えてきます。法廷に座らされている証人や陪審員たちの頭の中も、わたしと同じように煙が渦を巻いているのではないかと、通訳と話し合っていました。

事実は、次々と明らかにされてゆきます。上原豊子がすでに納めていた五年間の税金が、琉球政府の税務署から彼女に返されてきたというのです。

「なんてことだ！　五年分も支払済みの税金をわざわざ営業者に返してまでも、エイコ・ウエハラ・ローズという一人の女を罪に陥れようとする権力の力は、法も秩序もあったものではない！」

と、クワーシャー弁護士は怒りをあらわにして、声を荒らげます。蛇に魅入られた蛙と言いますが、

今は本当に身動きすることも、息をすることさえ遠慮しなければと、黙って彼の声に耳を傾けます。

傷つく娘

わたしのスーパーマンであり、弁護士であるミスター・クワーシャーから、わたしは「琉球人の苦悩を一人で背負ったような女だ」とからかわれます。

本当は、自分のことで精いっぱいで、なかなか娘のアイヴァをかまってやる暇もありません。今日、娘の学校から呼び出し通知が来ました。指定された時間に学校へ行くと、待ち受けていた担任の先生が、

「あなたのお嬢さんは、休み時間が来ても、一人で校舎の壁に寄りかかって立っているだけで、誰とも話そうとも遊ぼうともしません。今はちょうど心に傷を受けやすい年頃なので……」

と、毎日の英字新聞『モーニングスター』を読んだり、基地内のテレビやラジオのニュースを聞いて、裁判沙汰も重々ご存じのはずの先生が、優しく心配そうに話してくださいました。米軍系の新聞で連日、トップ記事として書き立てられる母親を持つ娘は、かわいそうに逃げ隠れもできず、家にいては泣き暮らす母親のもとでおずおずと過ごし、学校へ行っても校庭の隅で一人ポツンと立っているのです。

母親のわたしにすれば、沖縄とアメリカのかすがいとなるべく生まれたはずのこの娘の将来を思って、アメリカ市民権を取り、陳情書を出すことになったのですが、かえって娘の心を痛めつける結果になっていたのです。

「父親もいない今は、自分一人で彼女を教育する力も労《いたわ》る余裕もないのです。申し訳ないけれど、

暇を見つけて娘と話し合い、彼女の力になってくださいませんか？」

と、わたしは娘かわいさに先生に泣きついています。独身の先生は優しく、母娘と一緒に、毎週一回の食事をして、閉ざされた娘の心が開くよう互いに努力しましょうと、約束してくださいました。

法廷のニュースを民間へは流していないのか、民間テレビや新聞などはうんともすんともないのに、軍用テレビのニュースは、毎晩六時になると、「八月十五夜の茶屋」の持ち主であるエイコ・ウエハラ・ローズの裁判の様子を大きく報じています。娘はその時間が来ると、

「どうか学校のお友達が見ていませんように！」

と、下を向いてしまいます。

被告であるわたしにいくらの所得があったかの真実も、ついに論じられぬまま、やがて全陪審員たちが起訴状の有罪無罪を決めるために席を立ち、裁判所内にある評議室へぞろぞろ入って行きました。陪審員たちと裁判長の間に何度となく取り交わされる質問状を持ったメッセンジャーの行動を、石の廊下に立ってじっと見つめながら、生死の宣告を受けるような気持ちで、自分の上に落ちてくる判決を待っているわたしです。

静寂に冷えきった石の廊下で、何時間も何時間も時は過ぎていきます。昼の一時から評議室へ入って行った陪審員は、すでに夜の十一時というのにまだ出て来ません。

十時間余りも閉ざされていた評議室のドアが真夜中近くになってやっと開き、陪審員たちがぞろぞろと出て来ました。裁判長、検事、弁護人、陪審員、被告席に座ったわたしと、法廷に皆が集まりました。傍聴席には、軍新聞記者、軍のテレビ報道記者、二世税務官殿、琉球税務署員やＣＩＤたちが

詰めています。

いよいよ評決が出ます。起立したわたしに向かって、裁判長が聞いてきます。

「何か言うことはないか？」

「いまだにわたしは、何のために裁判にかけられているかわかりません。どうか真実の裁判をしてください」

と、血を吐く思いで答えました。

やがて陪審員長が立ち上がり評決を読み上げたのです。その内容は、次のようなものでした。

「七つの罪に対する六つの起訴事実は無罪であり、『琉球政府に納付すべき所得税七万ドルの脱税を試みたものである』という起訴事実の第一だけが有罪であります。しかしわれわれ陪審員は、被告自身にいくらの所得があったのか事実はわからないので、それについては裁判所で決めてほしい」

わたしに下された判決は、不十分な証拠に根拠もない有罪判決だと弁護人は言います。「脱税を試みたものである」という疑いで裁判に立たされ、評決もまた、疑いのかかったままで言い渡されたのです。自分さえ正直であれば、他人様《ひとさま》はその正直を認めざるを得ないと信じていたのに、出された評決は疑いを残したままのものでした。権力のもとに、煩悩多き人間たちが一人の人間を裁くことの難しさを知らされました。

「独裁者であるキャラウェイ将軍のもとで働いている陪審員たちは、彼を恐れ、無言の圧力に振り回されているのだ！」

と、吐き捨てるように言うクワーシャー弁護士です。巨大な米軍に働いているがゆえに、自由を持てない人々の悲しいうめき声が響いてくるようであり、デモクラシー社会というアメリカ世《ゆう》の何ものをも信じられなくなってしまいました。

「マッカーサーは、天皇と日本政府を通じて日本を占領したと言うけれど、琉球は三権保持するキャラウェイ将軍の直接統治で、法律も行政もすべて無能になっている。この判決は有罪と出たが、われわれの戦いはこれからが本当の正念場だ。ネバー・ギブアップ！」

とクワーシャー弁護士は言いつのります。

クワーシャー弁護士のバイタリティーがなかったら、わたしもここまでは闘えませんでした。でも、絶対に無罪であるはずなのに、有罪という判決を下された今は、これから先どうなってゆくのか霧に包まれたままです。

裁判を終えて、ハーバービュー倶楽部へ向かいました。食事をしながら、クワーシャー弁護士殿は、

「今日の判決は有罪と出たが、この事件はワシントンDCに訴え出なければばならない。その前にもう一度、米国民政府の高等裁判所に訴えて、段階を踏まなければならないが、君は何も心配するな。僕たちは、ワシントンへ訴えて検閲官を琉球に呼び、三権を行使する一高等弁務官の実態を調べてもらうから」

と力づけてくれます。しかし、無罪であればそれでよし、それ以上の難しいことは、わたしの手の届かない問題です。

軍政府勤務の平事務員から、努力を重ねて、役職もだんだんと上がっていったリチャードは、地区工兵隊の次長にまでなっていました。しかし、私が訴状を出した頃から軍の圧力を受け始め、そこにも屈しない彼は韓国での仕事に替わりました。名目は栄転の形を取っていますが、実際は左遷です。一家離散の憂き目をみることになりました。どの面下げて、かけがえのない夫殿に有罪になった報告

ができましょう。尾類《ジュリ》であったがゆえ、ただひたすらに夫や子どもとともに真心で生きようと努力して歩んできた私が、有罪判決を受けた今、ぶつけどころもなく、心の支えもありません。

外人向けの借家は天井が高く、セメント壁のザラザラを消すように、ペンキが塗られているだけの四角い部屋です。牢獄のように冷たい壁が、四方から迫ってきます。浴びるように飲んだウイスキーの勢いでワァーワァー大声をあげて泣いても、誰も聞く人はいません。

親の泣き声を恐れた娘は、一人で自分の部屋に引っ込んでしまいました。偽りで固めた今の世にこれほどの未練があろう。こんな世の中に娘を一人残してもかわいそう。彼女を殺して自分も死のう。それだけが、ワンマン偽政者キャラウェイ将軍に対する唯一の抵抗であり、復讐であるという考えに行きつきました。

ふらふらと家の裏へ出て、物干し用の麻縄に手が触れましたが、この縄はあまりにもザラザラと固いのです。「これで絞めたら痛いだろうなあ……」と思う母心。部屋に戻って、ドレス用の柔らかい細紐をつかんだ私が、娘の部屋のドアを開けたところ、勉強机の上においてあった位牌に貼られた自分の写真が目に飛び込んできました。

そうだ、私はガンにかかったあのときに死ぬべきだった、と思ったのです。

裁判中のテレビやラジオの報道に背中を向けて、一人で部屋の中に座って、ローソクの灯を見つめている娘の姿に気づいても、母親として何もしてあげられなかったのです。食事を一緒にとっても、私の頭の中には、毎日開かれる法廷の裁判長や検事様の手を振り上げる姿が目の前に浮かんでいたのです。ボーッと立って、位牌を見つめ、紐を持ってつっ立っている私に、

「ママ、何をしているの?」

と、ベッドから起き上がった娘が話しかけてきました。二人で死のうとは言えない母親に、

「ママがするようにしてもいいよ」

と言う十歳の娘。彼女の口からその言葉が出たとき、ハッとよみがえりました。

「何をバカなことを言っているの！　あなたには素晴らしい未来があるのよ。アメリカと沖縄を結ばなければならない使命があるのよ」

と、思わず引き寄せた娘をわが胸にかき抱いて、彼女の背中をさすっているのです。

「沖縄で、米国民政府の上訴裁へ訴える段階を踏んでから、ワシントンDCへ持っていく。ちょっとした苦労にうちひしがれたり、安易な逃避をしてはいけない。寒風の中を通り抜けてこそ、春の開花がある。今は勝つために辛抱する段階だ」
とクワーシャー弁護士に励まされました。帰って行った弁護士から、やがて送られて来た願書作成の一切をお任せしました。彼に、ワシントンDCの最高裁判所へ上訴する願書作成二十三センチ、横十六センチの約百ページの小冊子で、その表題は次のようなものでした。厚さが八ミリ、縦
“PETITION FOR WRIT OF CERTIORARI TO THE UNITED STATES COURT OF APPEALS FOR THE DISTRICT OF COLUMBIA CIRCUIT.
IN THE SUPREME COURT OF THE UNITED STATES 4th July 1964”
ヘッグウッド弁護士から、米国民政府上訴裁の法廷へ、十時までに来るようにとの電話がありました。
そこへ赴くと、裁判長殿が、M検事とヘッグウッド弁護士、それに陪審員長を呼んで、わたしの前

で書類を渡しました。M検事は、

「陪審員長が提出した評決文の内容には、金額が明記されておらず、不備である」

と、陪審員長であるミスター・ケリーに食いつきました。判決の日に陪審員たちとやり取りをして、責任があったという裁判長殿も、

「ミスター・ケリーから確かなことを聞きたいが……」

と、ヘッグウッド弁護士に言います。

「この事件は、最初から最後までちゃらんぽらんなんだ」

彼はこれに対する返事を断りました。するとそこにいた『モーニングスター』や米軍紙『スターズ・アンド・ストライプス』の記者たちは、

「陪審員たちの出した評決が確かでなかったので、M検事からエイコ・ウエハラ・ローズは七万ドルの脱税の罪で判決されたと聞いて、僕はこれを報道したのだ」

と言うのです。軍法廷に法はなく、エゴ、感情、権謀だけが渦巻いているのです。検事殿は、自らの手柄を立てたいし、弁護士殿も彼らの手の内には、入りたくありません。裁判長、陪審員長、弁護士、検事、それに軍新聞の記者たちも入り交じって、皆がそれぞれにまくし立て、ガンガン激しい言い合いをしています。いったい何がどうなっているのでしょう。裁判という恐ろしいジャングルの中で、赤鬼、青鬼たちのわめき声を聞いているようです。あー神様……。

在留許可書

出入国管理部から、在留許可のことで呼び出し通知が来ました。ヘッグウッド弁護士と一緒に行っ

たところ、尋ねられました。

「あなたは、琉球にいてもよいという、キャラウェイ高等弁務官からの許可証を持って来ましたか？」

「夫のローズが韓国へ行く前に、軍の人事部に願書を出しましたが、断られたそうです」

とわたしは答えました。

「許可証がなければ困るから。民政府の公安部に行って、話をつけてきなさい」

と言われて、公安部へ行きました。すると、

「一人の人間が、二つの国籍を持つことはできないのだ。日本の法務大臣の許可があれば、琉球籍に戻ることもできるが、今は日本政府の権限の届かない琉球だ。あなたの在留許可については、米国民政府も高等弁務官の指示を待っているのだ」

と、彼らは言うのです。

「それなら、とてもよいチャンスだから、わたしたちが直接キャラウェイ将軍に会って、在留許可をお願いすれば、裁判のことも何もかも、はっきりするのではないでしょうか？」

単純な頭のわたしが、ヘッグウッド弁護士に言ったところ、

「キャラウェイ将軍は、会ったら堪忍袋の緒が切れるかもしれないなぁ」

と、彼は言うのです。結局は、皆が高等弁務官を恐れているのだと知らされました。裁判で片がつかなければ、在留問題で追い出そうというのでしょうか。

今日もまた、出入国管理部へ出頭を命じられ、赴きました。籍を失った者は、三十日以内に新たに

登録すべき義務があるのに、お前はそれをしなかったと言いがかりをつけられ、「エイコ・ウエハラ・ローズは、一九六二年五月二十一日、琉球住民の資格を失っているのにもかかわらず、期限内に在留許可証明書の交付を受けることなく、不法に滞在している……」と書かれた違反書にサインをさせられました。アメリカ国内にだけあると思った人種差別は、わが沖縄人の中にもあったのです。冷たい目をした彼らは、アメリカ国籍を持った外国人妻を蔑《さげす》むように見下ろしていたのです。

「外国人妻ではあっても、沖縄生まれです。この島にいることは許されないのでしょうか」

と尋ねたところ、

「ほかの人には許されても、君は特別だ。法務局長からの通告によれば、君の琉球籍は失効するべきで、在留許可がなければ、君はここにいることは許されないのだ」

という返事です。

「わたしが、沖縄にいられるかどうかは、法務局長様が決めるのですか？」

と聞いたところ、彼は軍布令集の分厚い本を取り出し、

「一九五三年十二月十五日から、琉球列島に在留する者は、弁務官の許可によって無期限在留ができる」

と教えてくれました。米軍属の家族になっているわたしのパスポートは、夫が韓国に行った現在、在留延長には特別な許可が必要であり、配偶者であるリチャードが沖縄にいなければ、私の長期滞在は許されないと言うのです。

しかたがありません。軍属の家族としてではなく、わたし個人としてのパスポートに切り替えるために、弁護士を頼み、領事館へ行ったところ、米国帰化市民であるわたしが、沖縄という外国で罪を

犯した場合、外務省へ報告しなければならないと言われました。そのうえ、リチャードが韓国の大使館へ出頭して、わたしを沖縄に置かねばならない理由書を提出し、その書類が沖縄の領事館に来なければ、パスポートを発行することはできないと言うのです。いったいわたしはどこへ行けばよいのでしょう。

戦後の、汚濁と喧騒の中で、痩せて枯れた身体の置き場もないほど沖縄は狭くなってくるような気がします。あっちを向いても、こっちを向いても、張り子の虎のように、首を振るばかりの世の中……。その環境が容貌にまで強い作用を及ぼすものなのか、なりふりかまわぬ狂女のように、だんだん凄惨な姿に変わっていくわたしです。この頃は、人に会っても、

「お前の顔は、醜悪な老人を思わせる容貌になった」

と言われます。

そして権力は、とうとう沖縄生まれのわたしを、一九五七年（昭和三十二年）六月に那覇港から上陸した外国人に仕立て上げ、ようやく決着が着きました。

琉球政府裁判

高圧的なクワーシャー弁護士のやり方が嫌になったのか、それとも権力との戦いに疲れたのか、ヘッグウッド弁護士が申し出てきました。

「僕はこの事件からおりる。僕の代わりは、マクレラン弁護士に相談したらよいだろう」

そして、嘉手納《かでな》空軍基地の法務大尉を退官して、沖縄で法律事務所を開いているマクレラン弁護士を紹介してくれました。マクレラン弁護士は、米国民政府上訴裁判へ出た後、クワーシャー弁護士へ

の連絡に、「今の沖縄は赤鬼青鬼の島だ」と書いて送ったと、その手紙の写しをわたしにくれました。

とうとうクワーシャー弁護士は、ワシントンDCの裁判で戦い、わたしは琉球政府を相手取って戦うことになったのです。税金が琉球政府の管轄であれば、外国人弁護士だけでは足りず、米軍に対して顔が利くと噂の高い琉球人弁護士を訪ねて行きました。彼に脱税容疑に関する書類を見せたところ、「これは不思議な事件だ。一つの営業に対して二人の人に同じ税金をかけるというのは普通では考えられない。何かほかに理由があるのではないか」

と聞かれたのです。尾類《ジュリ》であった自分が、アメリカの最高裁にまで訴えた不遜な姐《おんな》だと思われることの恐ろしさに、「わたしが、米国防長官に訴え出たせいでしょうか?」とは言えませんでした。

「この税金問題は、琉球政府の裁判に訴えて、在留米軍の権力者たちの感情を刺激するよりも、彼らと話し合って、税金を少しでも安くして支払えば、それでいいのではないか」

と弁護士殿は言い、自分が扱うかどうかは、よく調べてから後日返事するということでした。

琉球人弁護士殿との約束の日に事務所へ赴いたところ、次のようにご自分の意見を述べられました。

「この事件は、米国民政府財政部の課長と二世の二人が、主体として動いている。いろいろ調べた結果、

一、あなたは裁判には負ける。

二、もしあなたがこの裁判に勝ったとしても、彼らは次々と何らかの名目で、あなたに税金をかけることができる。そうなればあなたは生涯、裁判に振り回されるだろう。

三、今は裁判に勝つ、負けるということよりも、あなたの被害を最小限に食い止めることを考えるべきだ。それにはこの税金を払うこと。それしか解決方法はない」

と彼は言います。

クワーシャー弁護士は、「料亭営業に対する税金は一銭たりとも払ってはならない。それを払ってしまえば、政府側の言うとおり、お前自身が料亭営業をしていたと認めることになるから」と強く言っていたのに、話が違います。

社会の錚々《そうそう》たる方々でさえ、キャラウェイ旋風に吹き荒らされて、琉球全体が目には見えない権力に押さえつけられているのです。わたしのような弱い立場の者は、いったいどこへ助けを求めればいいのでしょうか。

それでも七万ドルの税金の裁判を扱えるのは、琉球の弁護士だけというので、米国民政府の法律顧問、検察庁の副検事を経て検事となり、今は弁護士である高良隣栄先生と、裁判官であった沢岻《たくし》安清弁護士を頼んで、琉球裁判所に訴えを出しました。さすがに元検事であった高良弁護士の質問は鋭く、

「あなたを琉球から追い出して一番得をするのは誰か？」

と聞かれました。そこまでは考えもつかなかったわたしは、何も答えられません。

「今は、毎日を何かに追われているような強迫観念が心から離れず、とにかく何とか早く解決しなければ、心労に負けて気が狂いそうです。わたしのような者と結婚してくれた夫のためにも、子どものためにも、無実の罪を認めることはできないのです。どうかはっきりさせてください」

とすがりつくばかりです。二人の弁護士殿と三人四脚で、いよいよ琉球政府外国人税務署を相手に、裁判が始まったのです。

人間の宿命というか、運命というか、わたし自身の生涯の曲がり角となったのは、一九五五年（昭

和三十年)、料亭の長椅子に乗っていたCID殿の足の爪先をつまみ上げたことでした。さらにコップ一杯分もつくれないようなミニチュアウイスキーが輪をかけました。それ以後のわたし自身の人生は、まるでぐでんぐでんの酔っ払いのようでした。焦っても、もがいても権力の前にがんじがらめにされ、争いにもなりません。

検事や弁護士が、自分たちの手帳とにらみ合わせながら、次の日程を決める琉球政府裁判は、月に一回開かれればよい方で、政府側裁判担当係官の内地研修、あるいは出張などと延ばし延ばしです。あいまいなままに、のろのろと続く裁判のぬかるみにあえいでいるのは、被告人のわたし一人です。一九六〇年(昭和三十五年)の軍裁判から琉球政府裁判に移るまで約五年。一九六四年に持ち出した琉球政府裁判が今は一九六八年。合わせて約十年です。これだけの年月の間、わたしはたった一つのことを証明するために、弁護士事務所、裁判所、また弁護士事務所と、毎日毎日重たい足を引きずって歩くのです。裁判が長引けば長引くほど、身の皮も心の皮も剝《は》ぎ取られてボロボロです。

親身になって裁判を続けてくれる高良弁護士は、四月の裁判で政府側証人に出て来たCIDたちが傍聴席に座っている目の前で念を押すように、証人席に座った豊子に向かって、

「あなたたちがサインした供述書は、CIDが書いたものに、署名をしただけですね」

と聞いたところ、

「はい、そうです」

と返事をしたのですが、CIDたちからの反論は何もありませんでした。

なかなか進まない裁判でも、わたしはリチャードに隠れて料亭をやっていた姐《おんな》ではなく、彼の誠実な妻として生きてきたことを必ず証明すると、その一念なのです。

裁判の進行状態の報告を、クワーシャー弁護士に言いつけられているわたしは、うるさがられるくらい、毎日のように弁護士事務所へ通います。しかし姐一人で焦ってもどうしようもない世の中のようです。

今日は、アメリカ弁護士のマクレラン事務所へ行きましたが、彼に会うことはできませんでした。

「いったいアメリカの裁判の方は、どうなっているのでしょうか？　お金はいらないから、自分たちにこの事件を引き受けさせてくれと、アメリカ本国から言って来たネルソン弁護士は、わたしの裁判書類をどのように使っているのでしょうか？」

と尋ねましたが、マクレラン事務所の秘書は、何もわからないと言います。

七月十日には、琉球政府の裁判があるはずでした。しかし、またしても政府側の都合で延期になり、次は二カ月後の九月十八日です。昨年の十一月から五回も延ばし延ばしにされてきましたが、政府側としては裁判が長引くことに、痛さも痒《かゆ》さもありません。しかし、一庶民のわたしの被害は、あまりにも多く重いのです。それでもかまわず月日は過ぎて行きます。

離婚宣言

裁判所の休廷が娘の休みと重なったので、ちょうど幸い、「重要な話があるから、東京で会おう」という夫の手紙に喜んで、東京へ親娘で飛んで行きました。久し振りに妻や娘に会ったリチャードは、うれしそうでもなく、そわそわして、どうも様子がおかしいのです。家族揃って食堂へ出ると、韓国から来たという将校に出会いました。彼はわたしたちを誰と間違えたのか、リチャードに向かって、

「奥さんと一緒に来なかったんですか？」

と言うのです。これもまた不思議なことに、わが夫リチャードは、

「いや、彼女は……」

とうやむやな返事をします。とうとうわたしたち母娘を、自分の妻と娘だとは紹介しないのです。

黙って食事を終えた夫は、ホテルの売店で、十五歳になった娘に高価な腕時計を買ってくれましたが、妻子を部屋に残したままどこかへ出て行ってしまいました。

夜も遅く、ぐでんぐでんに酔って帰った夫殿は、部屋に入るなり、

「ドント・タッチ・ミー！」

と怒っています。何のことかわからず黙っているわたしに、ぷいと向き直った彼は切り出しました。

「君と真面目な話があるのだ」

そして、突然言い放ちました。

「僕と離婚してくれ！」

頭の中がごちゃごちゃになって、手足がブルブルと震えてきました。好むと好まざるとにかかわらず、裁判沙汰を起こしているわたしには、夫に向かって返す言葉もありません。

「どうしてあなたは、急にそんなことを……」

「僕は、お前と子どもの写真を事務所の机に飾り、部屋に飾り、財布に入れて持ち歩いたが駄目だった。一晩遊ぶつもりで付き合ったキムという女に魅かれて、今は彼女なしでは生きられない。韓国には、ちゃんとした軍支給のファミリーホームをもらってあったが、君は裁判に勝つまでは、沖縄を離れないと頑張っていた。それでも君を責めるつもりはない。だから女を見つけたんだと言うつもりもない。一切の責任は僕にあるが、僕と離婚してくれ。今は彼女との間に男の子ができたんだ」

と、書いた文字を読み上げるように言い切る夫の声は、冷たい墓石を思わせます。夫に忠実ならんがために、ひとりで裁判で闘っているはずのわたしは、色々な思いがよぎる中、茫然と夫の声を聞いていました。

「あなたは酔っています。今すぐ返事しろと言われても、何と答えていいかわかりません。お話は明日にしてください」

と言ったところ、彼はまたぷいっと出て行ってしまいました。

僕を自由にしてくれと、泣いた夫の苦しみがわからないでもありませんが、今は夫よりほかに本当に何もありません。まるで牢獄の中にいるようにうち沈んで、ホテルの部屋からさえも一歩も出ず、夫を待ちわびる妻に、夜はしらじらと明けていきました。

どこで夜を過ごしたのか夫殿は部屋に戻るなり、ベッドにごろんと横になりました。わたしはおずおずと彼の傍《かたわ》らに寄って、一晩かけてまとめた考えを彼に告げたのです。

「わたしのような姐《おんな》と結婚してくれたあなたに、心の底から感謝しています。あなたが言うとおり離婚して、あなたを自由にしてあげることが一番の恩返しになるかもしれないと、一晩中、一睡もせずに考えました。しかし、離婚するのはもうしばらく待ってください。あなたにかけた迷惑をどう詫びていいかわからないけれど、沖縄ではあなたのことを、『裁判で戦っている妻子を置いて韓国へ逃げている』と、噂を立てている人もいます。今離婚したら、あなたの男が立ちません。たとえあなたがどこでどういうことをしようとも、あなたはわたしの夫に変わりありません。あなたが韓国へ行ったあとも、昔と変わらず友人たちが、週に一度は必ず集まって慰めてくれます。わたしの愚痴を聞いてくれるこのグループの人たちにも申し訳が立たないので、裁判に勝つまでは今のままでいてください。裁判には必ず勝ちます。裁判に勝つことだけが、あなたの妻であったというわたしの誠実な愛の証なのです。裁判が終わってから離婚すれば、あなたの男としての顔も立つでしょう。それまでは待ってください」

目の前にいる大事な夫、妻でありながら彼の首を抱くことも、手を握ることもできず、身体ごと寄り添っていこうとするわたしに向けた彼の目は氷のように冷たいのです。

「今夜すぐ韓国に帰る」

と言う夫を、立川まで見送りに行ったわたしは、飛行場のＰＸで香水を買って、

「あなたの彼女にあげてちょうだい」

と、渡しながら、ひと言付け加えました。

「たとえあなたが何をしようとも、まだわたしはあなたの妻であり、あなたはわたしの夫なんです」

悲しい妻の口から出る言葉に顔をそむけた夫は、飛行場の入口に向かって行きました。その後ろ姿を見つめて見送るわたしは、何かしら言いようのない大きなものが去って行くようで、彼の足音と同じ速度で全身から力が抜けてゆく自分を感じていたのです。

一九六九年（昭和四十四年）三月十八日。今日は、わたしたち夫婦の十六回目の結婚記念日です。東京で離婚を持ち出されたわたしは、沖縄に帰って二カ月近くも、まるで世界を失った女のようにふらふらで倒れてしまいました。それでも夫婦とはおかしなもので、布団の中でうんうんうなりながらも、死ぬならばやはり夫に手をとられて死にたいと、何度も何度も夢の中で夫の手を握り、ただそれだけで心を慰めていたのです。

韓国に戻ったリチャードから、相変わらず手紙と生活費が送られてはきますが、彼の手紙には離婚のことは一言も触れられていません。わたしの送る手紙も離婚話にはいっさい触れず、「ワシントン大学病院に、あなたが持って来てくれた六年目の結婚記念日の象牙細工を、いつまでも忘れ得ないわたしです。今度の結婚記念の象牙はいつ買いましょうか」などと手紙の返事を送るのです。結婚生活十六年といえば、その間には本当に色々なことがありました。

常夏の国と言われる沖縄にも冷えびえと寒い冬がやってきました。雪の降っている韓国でリチャードはどんなに寒かろうと心配になります。離婚を言い渡されたわたしですが、あと一歩だといわれる裁判さえ投げ出してでも、彼と一緒に暮らしたいと思っているのです。

真夜中にふらふらと起き上がったわたしは、また彼に手紙を書き始めます。

「いつまでも若い気持ちで暮らすのもよいと思いますが、あまり無理をすると、一度にあなたの身体が利かなくなります。沖縄は韓国よりも暖かく、長生きをする所と言いますから、いい加減韓国を引き揚げて、あなたが今一緒に住んでいるという彼女も連れて帰って来てください。ちょうど壁隣のアパートが空きましたから、そこの壁を突き通せば、あなた方はその部屋で誰にも知られず、愛の巣を持つことができます。若い頃は妻が夫に甘え、年老いた夫は妻に甘えると言うけれど、夫婦別れをするよりも、今のわたしはそれを望んでいます。娘も父親が絶対に必要な年頃です。娘の寂しそうな姿が哀れに思えます」

初めての直接尋問

いよいよ待ちに待った琉球政府裁判の結審の日です。政府側の人々が、どかどかと法廷の中に入って来て、わたしは、今日の証人席へ座る知念先生を高良弁護士と一緒に待っていました。

知念先生は、私と上原豊子の十年の賃貸契約書をつくった二カ月後の一九五七年（昭和三十二年）二月、わたしたち夫婦がアメリカへ引き揚げたときの用意にと、ドル換算の賃貸契約書をつくってくれた方です。もしエイコ・ローズが、政府の言うように、料亭借り主との偽りの契約書をつくったのなら、わざわざドルの契約書まで作成する必要はなかったであろうことを証明するための証人でした。

法廷には、借り主、支配人、帳簿係の料亭側三名に、軍のＣＩＤや、弁護士と関係者の皆が揃いました。そして軍民裁判合わせて約十三年もかかって、わたしは初めて裁判長席の前に座らされ、裁判長から尋問を受けたのです。

「本当にわたしは、料亭借り主と賃貸契約をした後から問題の五年間、料亭の営業はしておりません。家賃徴収に行っても、いっこうに払ってくれない料亭の借り主に困ったわたしは、外資導入の申請をしましたが、その返事もないまま脱税容疑の軍裁判に引き出されたのです。そのために、わたしのような前歴を持つ女と結婚してくれた夫にさえも、非常に迷惑をかけており、それは本当にわたしの生涯に残る悔いなのです」

と、十三年という長い間裁判にかかりながら、初めて証言席に立ち、神の前で裁きを受けるような気持ちで真実を訴えました。この裁判が終われば、リチャードに離婚される身だとも言えず、アメリカー妻のわが身を思い泣き崩れていました。

判　決

わたしたち夫婦の人生を狂わせたこの事件に、やっと勝訴の判決が出ました。

一九六九年　十月十五日　判決言渡
一九六九年　十月十五日　原本交付
裁判所書記官

一九六四年（行）第四及び六号

判　決

那覇市松下町一丁目二十九番地
原　告　ローズ・エイコ
右訴訟代理人弁護士　高良隣栄
同　右　沢岻安清
同　右　安里積千代
同市見栄橋町一丁目二番地

被　　告　　　琉球政府主税局長
　　　　　　　糸　州　一　雄
右指定訴訟代理人公務官　玉　城　栄　徳
同　　右　　　前　蔵　正　七
同審理官　　　安　里　英　佑

右当事者間の、一九六四年（行）第四及び、六号所得税更正処分に関する審査決定取消請求事件について、当裁判所は、次のとおり判決する。

主　　文

被告行政庁が、原告に対し、一九六四年四月六日付でした一九五八ないし一九六〇各年度の所得税更正決定に対する原告の各審査請求を棄却するとの裁定および、一九六一年度の所得税更正決定に対する原告の審査請求にもとづく同決定を、一部変更するとの裁定。ならびに、一九六四年十一月十一日付でした一九六二年度の所得税更正決定に対する原告の審査請求を棄却するとの裁定を、いずれも取り消す、訴訟費用は、被告行政の負担とする。

事　　　実

第一当事者の求めた裁判

一、原　告

主文と同旨の判決

二、被　告

（以下三九二行略）

那覇地方裁判所民事第一部

裁判長裁判官　真栄田　哲

裁　判　官　中　村　透

裁　判　官　知念　義光

右は正本である。

一九六九年十月十五日

那覇地方裁判所

裁判所書記官　宮里　政輝

勝訴となった判決を、自分の手に握るには握りましたが、たったこれだけの文面の書類をもらうためにどんなに悩み、苦しんだことか。人間の運命なんて正気の沙汰ではないと人は言います。大戦後の裸の中からの出発でも、誠心誠意一途に生きてきたはずのわたしが、一九五五年（昭和三十年）、玄関の長椅子の上に長々と伸びていた、通訳殿の言う「鬼」の足を引き下ろしたがために、権力の巨大な策略に引きずり込まれ、なぶられ、翻弄されることになりました。しかし、姐《おんな》の意地で頑張り通して、やっと勝訴判決が出たのです。

敗戦後、沖縄住民たちが一つになって、苦労をして得た一切の成果を突き崩したキャラウェイ将軍も帰国し、法は法、行政は行政として、米国民政府の人々も右向け右の生活から解放されたように、穏やかな社会になりました。しかし、裁判というのは、勝っても負けても、一人の人間の全生涯を変えてしまうようです。

戦争というものの悲惨さ、悲しさ、二百五十キロ砲弾が花火のように散る戦場の中で、一人残らず受けた苦しみは、今もこの身体に刻み込まれ、記憶から消し去ることはできません。戦後の世の中に生きる苦しみ、異民族支配のもとに哀れさを身をもって経験し、ある意味では死んだ方が幸せだったのかもしれないと思うときもあったほどです。戦後は人間が鬼となり畜生となり、人間の心を失った悲惨さを嫌というほど味わわされました。二度と取り戻せない尾類姉妹《ジュリ》の失った心を思えばなおさら、あの裁判での醜い人間模様に、血を滴らせながらのたうち回った戦場の生き地獄の中にいるような気がしたこともたびたびだったのです。

　脱税容疑で、差し押さえられていたわたしの土地建物の取り消し通知が、二通の公文書になって送られて来ました。今は堂々とリチャードへ向かって、あなたの誠実な妻であったという証を立てることができます。わが全生命をかけた真実の愛の証明として、これを翻訳してリチャードへ送りました。生まれた国は違っても、今は晴れやかに夫とわたしの二人だけが、この世に生きているような気がしているのです。

家賃裁判

孤児同様に生まれ育ったわたしは、尾類姉妹《ジュリ》というだけの理由で、金銭的には相当甘かったようです。経理士に頼んで、貸した料亭の家賃残金の総計表を出してもらったところ、十三年間で、六万二千百七十七ドル九十八セントという数字が出ました。そこで、豊子を呼んで、

「これだけたまった家賃をあなたが払ってくれるか、もう一度、わたしが『松乃下』へ帰って、お姐《ねえ》さんも一緒に三人で最初から立て直しをするか、二つに一つしか解決の道はないでしょう」

と話したところ、

「計算書をお姐さんにも見せて、相談してから返事をします」

と言います。彼女はそれを持って帰りましたが、それ以来、梨の礫《つぶて》になりました。わたしからどんなに電話をしても「マダムは外出中」という返事だけです。

わざわざ料亭へ会いに行きましたが、総支配人のお姐さんと一緒に茶の間で食事をしていた彼女が、自分で台所へお皿を持って行くふりをしながら、どこかへ消えてしまいます。総支配人は、話す言葉もしどろもどろです。脱税容疑の事件は、料亭を借りた当人が、毎月の家賃をきちんと支払わなかったがために起きた問題です。どうやら彼女たちの言い分では、外国人妻である家主のお陰で、米軍からとことん営業妨害されたので、その損害の責任の一端をわたしにかぶせたいようなのです。あいまいもこながらも言葉や態度の端々に出てきます。

電話をすれば居留守を使い、夜行けば消えていなくなる料亭借り主に、今日こそは、と彼女の寝込みを襲いに、早朝の料亭へ行きました。ようやく会えた彼女に、渡してある家賃計算書のことを話したら、相変わらずのらりくらり、

「自分一人では、返事ができないので、お姐さんに話してから」

ということで、また突き放されてしまいました。

「あなたは、いつでも同じ返事ばかりしているけれど、わたしが料亭を貸したのはあなたであって、他の誰でもないから、あなた自身の判断で返事をしてくれ！」

と食い下がります。しかし豊子は、

「わが料亭は、皆がそれぞれの責任を担って働くからこそ、営業は成り立つのであって、わたし一人の決断ではどうにもなりません」

と、従業員たちにかこつけて、暖簾《のれん》に腕押しの返事です。そして洗面器を持って洗面をしに出て行ったまま戻ってきません。結局、彼女の部屋で一人取り残され、ポツンと留守番をするのもはばかり、抜け殻のような朝の料亭から、のこのこと肩を落として帰るのです。

会っても無駄ならと料亭へ電話をかけたところ、アメリカ国籍を取った私の立場より、琉球人の彼女の力が強いと誰かに吹き込まれたのか、

「アメリカ国籍のあなたが、あまりにお金のことをしつこく言うと、自分は琉球政府の主席に訴えます」

と、豊子が言うのです。売り言葉に買い言葉の私、

「何を訴える理由があるの。訴えるなら訴えなさい。アメリカ国籍の私だけれど、琉球に永住権をもらっているから、あなたと資格は同じです。何も恐れることはありません」

とやり返しました。ショックを受けたような彼女は、いつどこでそれが許可になったのかと、聞き返してきました。

「知りたければ、あなたが自分で調べなさい！」

とわたしは電話を切りました。

権力には勝ったものの、実の姉妹のように育った姐《おんな》たちと、アメリカ人の妻になったがために、これほどまでに対立することになるとは思いませんでした。強気な彼女の言葉に、私は仰天し、かつ幻滅しました。なるほど、こんな考えがあることとは知りませんでした。

このときになって初めて、在留許可を取ってくれた金城武男弁護士に助けられていたことを知ったのです。彼は、アメリカのテキサス州にあるサウス・ウエスターン法律財団で国際法及び比較法律学を研修してきただけに、多くの外国人問題を扱い、私の立場もよく理解してくれていたのです。もし彼の忠告がなく、私に永住権がなかったら、今日の私は借り主に何と返事をしたろうか？　と胸をなでおろしました。

外国人妻の弱さ

わたしの歩いてきた道は、初めから平凡な家庭に育った人のような平坦なものではなく、雑草のように宿命や運命に押しつぶされながら、泣いたり嘆いたりしながらの半生です。半生を打ち込んで働き続け、つくり上げた料亭を、時世の流れか、外国人妻になった女の弱い立場を悪用する人たちに、横取りされてはたまらないと、防衛策を講じました。弁護士殿に頼んで、料亭借り主に対する家賃支払い督促状を内容証明で出し、二週間の間に返事がなければ、家賃取り立ての裁判に訴えることにしました。

ひとつの釜の飯を食べて育った者同士のもめごとは、望むところではありません。しかも、警察の玄関さえ踏んだことのない者たちを、裁判という公の場所へ出すのは、わたしたちの精神風土である辻社会の和を乱すという観念が、辻元老たちを絶対支配しています。

裁判という言葉さえ彼女たちの感情に嫌悪感を抱かせ、四面楚歌となるのは必定です。でもしかたがありません。借り主は、営業権をもって商売をしていて、家主は勝手にその家を他人に売ることもできないのです。滞納家賃の多い料亭の借り主に、契約解除を試みて裁判に訴えても、判決までに何年かかるかわからない現状です。法律は家主より借家人の方を保護しているので、たとえ支払命令を受けても、借り主は払いますと言って、少しずつの金額を出しておれば、支払い期限を延ばし延ばしで済むというのです。アメリカー妻は蹴られ蹴られてどこへ行くのでしょう。

永遠の別れ

寂しいクリスマス

友人のミスター・マクラーノの誕生日に、古い仲間たちが集まってカード遊びをしました。彼らは、わたしを寂しがらせないように気を遣ってくれましたが、そばにリチャードがいないカード遊びは、気の抜けたビールのように味もそっけもありません。何をしなくても、リチャードのそばにいるだけで、幸せな女なのです。

マクラーノさんの家からの帰り道、車をゆっくり走らせながら、「とにかく、今度のお正月（一九七一年）は彼と一緒に迎えたい。彼のいないクリスマスやお正月なんて……」と考え、家に着くと同時に、レターペーパーに向かい合いました。

「韓国では雪が降っていると聞きました。琉球は韓国より暖かく、もちろんわたしの心も暖かさでいっぱいです。一日も早く帰って来てください。優しい奥さんが、胸を広げて待っています。そしてあなたの娘も。今度はお父様に誉めていただこうと、学校の特別試験にもパスして、誇り高く自分の報告を用意して待ち構えています」

一週間後に帰って来ると長距離電話をくれたリチャードのために、わたしは一所懸命わが家を飾り立てます。こんな苦労は夫が知ろうと知るまいと楽しいものです。どのように彼を喜ばせ、楽しませるかを考えるのが、妻の愛だと思っています。親子三人で、結婚記念日の象牙細工を買いに行くことを考えるだけでも、胸がわくわくし幸せいっぱいの気分です。

十二月二十日に来たリチャードの手紙には「仕事は忙しいけれどなんとか沖縄に帰る」と書いてあったので、彼はきっと帰って来ると信じていました。しかし、今日は二十四日。街にはジングルベルが鳴り響き、テレビもラジオも皆が、わいわい騒いでいます。

一人でクリスマスツリーに電気をつけて、それに見入っている娘。父親のいない寂しさや悲しさを、口に出しては言わない娘の強情さもさることながら、彼女の心の中に大きな穴を見たような気がしたのです。彼女のそばにそっと寄り添って、ツリーの上で光る星を見つめる彼女のオデコにキッスをしてやることとくらいしか、母親のわたしにはできません。

急に大きな声を出した娘は、

「アイ・ウォント・ダディー!」

と、泣くまねをしたのです。気の強い娘が、これだけ大声を出して、気分を発散して自分を慰めているのです。

クリスマスもお正月も過ぎました。あんなに興奮して、夢にまで見ながら待っていたリチャードですが、とうとう帰って来ませんでした。この世に、クリスマスもお正月もなくなればいいと思う母娘です。ミセス・グラハムが、リチャードのためにと大きなターキーやいろいろなご馳走をつくってくれましたが、とうとうリチャードが帰らないまま、グループの皆で食べる空しさ……。今にも泣き出しそうになっている娘をミスター・Wが一所懸命慰めてくれましたが、誰に何を言う元気もなく、黙って食べているわたしたち母娘。

車の音がするたびに、リチャードが帰って来た、とのぞいても、ドアの外には冷たい北風が吹いているばかり。テレビをつけても化粧をしても、何ひとつ喜びを与えてくれません。

帰らぬ夫

一九七一年（昭和四十六年）一月十九日、リチャードと一番親しかった春島さんと一緒に、軍の人事部職員という人たちがやって来ました。その四角ばった人事部職員殿が、

「あなたがミセス・ローズですか？」

と聞きます。権力に対して、いつでもどこでも縮み上がっているわたしは、米軍の誰に会っても恐ろしさが先に立ちます。今度はまたどんな事件が起きたのだろう？

「はい……」

と、おずおずしながら答えたところ、非常にていねいな物腰の彼は、

「家の中に入ってもいいですか」

と聞くのです。

「どうぞ」

と言ったわたしですが、何かしら異様なものを感じ、手足が冷たくなっていきます。

「今から僕たちが言うことにびっくりしないでください」

と、彼らは言います。

「実は、あなたのご主人が昨夜亡くなったと韓国から電報が来たのです」

びっくりするなと言われても、びっくりせずにはいられません。

「僕たちでできることがあれば、何でもさせてください」

と、彼らは言ってくれます。

「ローズという名前の人は何十万人もいるはずです。本当に夫のリチャードですか」

「残念ですが、本当です」

「そんなの嘘です、自分の目で確かめなければ、わたしには信じられません」

「それでは、あなたの希望次第でミスター・ローズの遺体を沖縄に運ぶこともできますが、葬式はここでしますか？」

と聞く彼ら。ぼんやりしたわたしが、

「とにかく顔を見せてほしい！」

と言うと、そそくさと帰って行きました。彼らと行き違いに、リチャードと同じシュライン・クラブ（カトリック系の慈善団体）のメンバーであり、米国退役軍人倶楽部の長であるカーター氏が、奥様と二人で慌てふためいて駆け込んで来ました。彼らの家にも韓国から電話があったそうです。

「何だかよくわからないが、とにかく誰かが死んだらしい……」

明日には遺体が到着するといいます。わが家へ頻繁に出入りをしているシュライン・クラブのメンバーや、多くの軍属たち、わたしたちグループの皆で出迎えることになりました。

翌日、遺体が軍の教会へ届いたという連絡があり、ミスター・カーターと一緒に赴いたところ、棺の中に寝ているのは、確かにわが夫リチャードです。「僕と一緒に死のう」と言ってくれたら、喜んで一緒に死んだのに……。彼はわたしに何も言わず、寒い冬の韓国でひとり死んでいったのです。

永遠の愛

何が何だかわからぬ間に、ばたばたと葬式も済みました。死んでいく者はそれで終わったかもしれませんが、この世に残された者は、それはもう大変なことだと知らされました。

ミスター・カーターを頼りにミスター・マクラーノやミスター・W、ミスター・M、その他の友人知人に頼んで、軍の人事部への手続きを取ったり、韓国へ手紙を出してリチャードが借りていた借家の後始末を頼んだり、いろいろ忙しく過ごしました。一番気にかかるのは、荷物や遺品のことよりも、リチャードが話してくれたキムという女性のことや、彼女との間にできた男の子のことです。

カーター氏やその他の人たちに聞いても相談しても、彼らは、「一切自分の知ったことではない。妻のあなたが知るべきことでもない」と言うだけで、冷たくつっぱねるのです。夫の跡を継ぐべき男の子を大事にするのは、妻たる者の務めだと思う琉球生まれのわたしです。皆があまりにも無関心なので、一人で韓国に行ってみようかと、カーター氏に相談したところ、こっぴどく叱られました。

日本の大学に入学する娘と一緒に東京へ行き、彼女を入学させた後、夫の四十九日や百カ日の法要を済ませました。リチャードが死んだと報告を受けて以来、考える暇もないほどの忙しさに紛れたのか、それとも八年も韓国と琉球に別れて暮らしていたせいか、棺の中に寝ている夫を送り届けたはずの妻でも、夫が死んだという感じは、全くない不思議さです。

いまだに彼がどこかに生きているようで、ときどき夫からの手紙を受け取るために、郵便受けの前にポツンと立ったりしています。

土に帰った夫の匂い

一九七一年（昭和四十六年）五月十二日に金城弁護士によって出された催告書をきっかけに、六万二千百七十七ドル九十八セントの家賃残金の支払いを盾に立ち退き請求を借家人に出した後、この件は、真喜屋弁護士事務所に引き継がれて、家賃全額支払いの訴訟を起こすことになりました。例のとおり、長すぎる裁判の一切の解決をみたのは一九七四年（昭和四十九年）の七月でした。一ドル三百六十五円であったドルが、三百五円に換算された年で、一万ドル余りが消えました。

最愛の夫を忘れることができないのは、直情姐《おんな》の執念でしょうか。リチャードの死によって、わたしの愛が終わったのではなく、この頃では彼はもっともっとわたしだけのものになった感じです。

彼がアメリカの前妻との間に残した男の子は、今は立派に成人して、ワシントン州のスポケーンに住んでいます。夫の長男である彼へ遺産の分配をして、リチャードの跡を立てようと考えました。料亭借家人から徴収した料亭家賃と、土地を売ったお金を合わせた小切手をリチャードの形身として夫の長男ガス・ローズに渡そうと決めました。遺産相続の難しい手続きの一切を仲田弁護士に頼んだわたしは、彼と一緒に、アメリカにいる長男に会いに行くことになりました。

リチャードの写真を抱いて、仲田弁護士とともにハワイ経由の飛行機でロサンゼルスに着き、そこからスポケーンまで五時間もかかりました。アメリカという国は、沖縄から東京へ続く海の上の飛行時間が四時間余りなのに、それ以上の時間を飛行機で飛んでも、陸が延々と続いているのです。

いつかリチャードと一緒に見たロッキー山脈の山襞が重なって輝き、雲の絨毯《じゅうたん》の上に浮き上がっています。キラキラと光る雲の上で、大自然の美と崇高な光が一つとなって、音のない白い世界が広がり、点のような生命を乗せた飛行機が一機、高い高い空間に浮いているのです。

窓の下に広がる景色を見ていると、自分が広大な宇宙の中のけし粒のようにも思えます。下を見ると、広大な畑の茶色と青が格子模様になって、どこまでもどこまでも続いています。何と美しいのでしょう。地球とはなんと美しい星なのでしょう。しみじみと思うわたしです。

スポケーンに着くと、連絡してあったリチャードの長男一家が迎えてくれました。一九六四年頃、彼らは新婚旅行で、韓国へ行く前の父親を訪ねて沖縄に来ましたが、その彼らに今は女の子が一人できていました。五百坪くらいの土地に、大きな松の木が何十本も空高く聳えている庭があります。そこに五十坪くらいの家があり、親子三人で住んでいます。目を丸くしたわたしに、この家は一般庶民のための建売り住宅で、支払いは毎月の給料から天引きされるようになっていると聞きました。押しボタン式電話、壁にははめ込み式のレンジ、電子オーブン、大型冷蔵庫、食器洗い器、洗濯機、何でも揃っています。一切合財がついて、二万ドルという安さです。

「あなたの父親のリチャードが亡くなりました。ここに彼の遺産として五万ドルを持ってきましたので、このお金で家の支払いをしたらどうかしら」

と言って、小切手を渡したところ、息子のガス・ローズは、彼の妻と一緒に並んで座り、

「父の位牌を持つという習慣はアメリカにないし、僕たちはまだ若いから二人で働けばどんなことでもできます。ママも年をとったし、やがて働くこともできなくなるだろうから、このお金はママが持ち帰って、老後のために使ってください」

と言いながら、小切手を返してよこしました。一緒に行ってくれた仲田氏も彼らの申し出をびっくりして聞き、また感心もしました。どこの国の人々でもお金には執着し、いろいろな苦労を重ねて生きているのに、この二人は、まれに見る淡白な人だと仲田氏は言います。死んだ夫の匂いがアメリカ

にいる息子の中にするとわたしは思いました。

「人生は決して平坦な道ばかりではない。安穏と老いるのは容易ではないものだ」

と、染屋小の抱親様《アンマー》は教えてくれましたが、さまざまな苦悩を飲み込むように、沖縄はコバルトブルーの海や空の青さで、自然に人々の心を包んでくれます。真っ赤なデイゴが太陽に微笑《ほほえ》み、パパイヤは実り、バナナは垂れ下がります。わたしはこんな沖縄が好きです。ここからは離れられません。たとえ太平洋の孤島の中で西洋と東洋から吹きつけてくる風に翻弄された小舟のような自分ではあっても、やはりわが生まれし島が、この身の余生を送るには一番よいのです。

南国乙女の見果てぬ夢か？　それとも沖縄女の執念か？　身は枯れても命に刻み込まれた埋れ火を掘り返して眺め、遠い昔の思い出を引き寄せ、噛みしめるように、赤裸々な女の心情を記してきました。しかし、過去を忘れ得たからこそ、生きてこられた自分に気がついたとき、「忘れる」ということが生きるものにとって、いかに貴重で大事なことであるかを知らされた思いです。

歴史あるこの土地に旧那覇市街第一号の建物を建てたとき、故意か偶然か、社会の報恩を考えず、我欲に走れば命か財産を失うと教えてくれた抱親様。輪廻転生ということかもしれませんが、辻の先人たちのごとく、今はまた料亭へ戻った私の余生です。

越えて来し遠き山路を振り向けば
虫もなつかし風もなつかし

あとがき

十三年にもわたる熾烈な裁判の末、これに勝訴した母・上原栄子は、後に料亭「松乃下」を取り戻し、再び女将として、「ティーハウス・オーガストムーン」を切り盛りしました。

戦後まもないアメリカ独立記念日、豪華なイブニング・ドレスで正装した米軍人軍属と、心なしか萎縮しがちな沖縄の代表たちが居合わせる祝賀会場に、紅型の着物姿で堂々と現れた母は、まさに孤高で気高い「ロータス・ブロッサム」であったと人々は言い、同時に髪を結い上げたばかりのあどけなさを残しながら、カメラに艶然と微笑む少女もまた、上原栄子だと言います。

「辻四百年の歴史は誇るべきもの」と、一人の琉球人として、まぎれもない民族意識を持ち続けた母・栄子は、七十五歳で他界し、それとともに「辻三千の美妓」もまた、昔話となりました。

ここ三十年ほどで、沖縄の辻町やその周辺は変貌を遂げ、「辻の華」に描かれた人情や風情も遠い国の出来事のように思えます。しかし、まえがきでも述べたように、これから英訳されるであろうこの新篇を通して、最後の琉球芸妓の一人であった母・上原栄子から、皆さまへのお別れと感謝のメッセージをお伝えします。

最後に、『辻の華―くるわのおんなたち』初版発行から三十年近くを経て、この新篇の出版を実現に導いてくださった、時事通信出版局の相澤与剛氏をはじめ、多くの関係者の皆さまのご厚意に、母とともに重ねて深く感謝申し上げます。

二〇一〇年五月

栄子ローズ（上原栄子）の娘

アイヴァ・ローズ保坂

著者紹介

上原 栄子（うえはら・えいこ）

大正4年（1915）6月、沖縄に生まれる。4歳のとき、「辻遊廓」に売られ、昭和19年（1944）までそこに暮らす。戦後、映画、ブロードウェイの舞台で話題となった「八月十五夜の茶屋」（松乃下）という料亭を経営。昭和27年（1952）、米国軍政府勤務のリチャード・ローズ氏と結婚、一児をもうけたが、昭和46年（1971）、夫に先立たれる。平成2年（1990）12月没。著書に『辻の華――くるわのおんなたち』（時事通信社）、『辻の華 戦後篇』上下（時事通信社）がある。

新篇《しんぺん》 辻《つじ》の華《はな》

2010年6月10日　初版発行

著　者：上原栄子
発行者：長　　茂
発行所：株式会社 時事通信出版局
発　売：株式会社 時事通信社
〒104-8178　東京都中央区銀座5-15-8
電話 03(3501)9855　http://book.jiji.com

印刷／製本：株式会社太平印刷社

ISBN978-4-7887-1064-1　C0095　Printed in Japan